भारतीय राजनीति
और
परिसीमन

भारतीय राजनीति
और
परिसीमन

श्रीमती कहकशाँ सागर

GenNext Publication

ISBN : 978-93-8022-248-6
मूल्य : 900
भारत में सन् 2015 में प्रकाशित
जेन्नेकस्ट पब्लिकेशन,
23, मेन अंसारी रोड, दरयागंज
नई दिल्ली - 110002
Phone : 23282060, 23261060
ई-मेल : gennext@hotmail.com

टंकण कार्य: Quick Media, Delhi
मुद्रित: जी. प्रिंट प्रोसैस, दिल्ली

विषय सूची

आभार

निर्वाचन क्षेत्रों के परिसीमन (Delimitation of Constituencies) की विसंगतियां देखकर ''भारतीय राजनीति और परिसीमन ''इस विषय पर लिखने का विचार मेरे मन में काफी समय से था। यह विचार पहले–पहल तो मुझे लंबे अरसे तक कचोटता रहा और जब कभी भी कोई चुनाव होते तो मैं अखबार में ध्यान से मुस्लिम उम्मीदवारों के नाम खोजती और फिर चुनाव में विजयी उम्मीदवारों के नाम ढूँढती रहती। मगर मुझे उन उम्मीदवारों की लम्बी फेहरिस्त में बामुश्किल गिने –चुने मुस्लिमों के नाम ही पढ़ने को मिलते थे। मुस्लिम बहुल क्षेत्रों से भी किसी मुसलमान का चुनाव नहीं जीत पाना मुझे और अचरज में डाल देता था!

14वीं लोकसभा में 37 और 15वीं लोकसभा में 29 मुस्लिम सांसद थे। लिहाजा परिसीमन 2008 के तहत हुए चुनाव में 8 मुस्लिम सांसद कम हो गए थे। 16वीं लोकसभा 2014 के चुनाव सांप्रदायिक लाइन से हुए। इसलिए 22 मुस्लिम सांसद ही विजयी हुए, 6 सांसद इस चुनाव में और कम हो गए। 14वीं और 16वीं लोकसभा के दौरान हुए चुनाव में कुल 14 मुस्लिम सांसदों की संख्या कम हो गई है। इस विडंबना से परिसीमन का दंश एक बार पुनः मेरे मन मस्तिष्क में जहर उड़ेल गया और मैं फिर एक बार विधानसभा और संसदीय निर्वाचन क्षेत्रों के परिसीमन (Delimitation of Assembly and Parliamentary Constituencies) विषय पर चिंतन करने के लिए गंभीर हो उठी...आखिर कब तक मुस्लिम वर्ग़ परिसीमन के इस दंश का ज़हर पीते रहेंगे!

यद्यपि मुस्लिम बहुल निर्वाचन क्षेत्रों को आरक्षित किया जाना और फिर आरक्षित निर्वाचन क्षेत्रों को पुनर्समायोजन प्रक्रिया में सामान्य किया जाना भी मुसलमानों के लिए हार का कारण बनता है... जब इस विचार के संबंध में मैंने अपने सहयोगियों से चर्चा की तो सभी आश्चर्यचकित थे कि, मैं ऐसा क्यों कह रही हूँ। वे मेरे हितचिंतक भी थे और उन्होंने मुझे इस संबंध में सचेत भी किया। मुझे भी इस बात का पूरा एहसास था कि यह एक बड़े उत्तरदायित्व का काम है और संवेदनशील मुद्दा है। फिर भी मैंने साहस और निडरता से परिसीमन बनाम राजनीतिक विषय पर लिखी और बहुतेरी आवश्यक जानकारी संकलित की,

संदर्भ–परिशिष्ट ढूँढे और उन्हें तरतीबवार संजोया जो अब पुस्तक का आकार ले चुका है। मेरा निश्चय अपनी जगह पक्का था। यह मेरी अपनी ही यात्रा थी जो मुझे तय करनी थी... मुझे नए सिरे से निर्वाचन क्षेत्रों के परिसीमन की सच्चाई की खोज करनी थी और यह जानना भी था कि, भारत देश में करोड़ों–करोड़ मुसलमान बसते हैं और उनकी जनसंख्या के अनुपात से देश की 543 संसदीय सीटों में से अभी हाल में सौ से डेढ सौ सीटों पर संवैधानिक हक भी बनता है फिर लोकतंत्र की इस सांविधानिक संस्था "भारत परिसीमन आयोग" के पर्दे के पीछे कौन सी शैतानी ताकत बैठी है जो लोकतंत्र और धर्मनिरपेक्षता की बुनियाद को ही हिला देना चाहती है और दीमक की तरह अंदर ही अंदर इसे खोखला कर रही है। यद्यपि परिसीमन की विसंगतियों में सुधार लाना जरूरी है, उसमें और देरी करना असहनीय है। चंद वर्षों की देरी भी मौजूदा लोकतंत्र के लिए बहुत महंगी सिद्ध हो सकती है।

गहन मंथन के बाद मैंने यह काम हाथ में लिया और आज यह पुस्तक आपके हाथ में है। आत्मप्रेरित होकर लिखी मेरी इस पुस्तक को लिखने में मुझे छह साल लगे। लिखना, पढ़ना फिर उसे दोबारा लिखना, पुनरीक्षण करना, एक तरह से यह लम्बी कवायद थी ...पुस्तक लेखन जब भावनात्मक मुद्दों पर आधारित हो, तब लेखक भावों की धारा को प्रवाहित करता रहता है, पुस्तक का खाका तैयार हो जाता है। किन्तु यह पुस्तक तथ्यों पर आधारित है। इसमें तथ्य संकलन, आँकड़ों का संकलन और विचारों की समीक्षा के लिए दूसरों पर निर्भर रहना पड़ता है। जिन्होंने मेरी आधी–अधूरी पाण्डुलिपि को पढ़ी, अनेक बार मेरी तथ्यात्मक गलतियों की ओर ध्यान दिलाया, सुझाव भी दिए और लिखने का हौसला भी दिया, उनमें ए.जी. कुरैशी सेवा निवृत्त जस्टिस, उच्च न्यायालय इन्दौर का योगदान रहा।

इस पुस्तक की पाण्डुलिपि के साथ दूसरा नाम जुड़ा है ए. कमर साहब, खण्डवा का जिन्होंने खुले मन से बेतरतीब लेखन को तरतीबवार बनाने में मेरी मदद की।

हार्दिक धन्यवाद करना चाहूंगी सहयोगी एवं शुभचिंतक वरिष्ठ साहित्यकार घनश्याम मालवीय का जिन्होंने मेरे उत्साह का संवर्धन कर इस विषय पर लेखन के लिए मुझे प्रेरणा और मार्गदर्शन दिया। पुस्तक पर आपके महत्त्वपूर्ण सुझाव भविष्य में स्वागत योग्य रहेंगे।

...यह कार्य इतने बड़े स्तर पर किया गया है कि इसमें त्रुटियां होना असंभव नहीं है ...इसलिए पाठ्कगण से अनुरोध है कि उनकी नज़र में अगर कोई त्रुटि आए तो इससे लेखिका को सूचित कर अनुग्रहीत करें!

श्रीमती कहकशाँ सागर

भूमिका

भारतीय मुस्लिम और राजनीतिक प्रपंच

विचारों की अभिव्यक्ति प्रत्येक भारतीय नागरिक का मौलिक अधिकार है। देश के संविधान के दायरे के भीतर अपनी बात कहना हर भारतीय का संवैधानिक हक है। देश के अल्पसंख्यक वर्ग विशेषकर मुस्लिम समाज से संबंधित कुछ अनसुलझे सवाल हैं और उनकी अपनी कुछ मूलभूत समस्याऐं भी हैं जिनके कारण देश के करोड़ों मुसलमानों के मन में इस देश के बाशिंदे होने के बावुजूद, उनमें अविश्वास और असुरक्षा की भावना पनप रही है। समय रहते इन सवालों को सुलझा लेना चाहिए ताकि वे स्वयं को एक धर्मनिरपेक्ष भारतीय नागरिक होने का गौरव प्राप्त कर सकें तथा समाज में व्याप्त असुरक्षा की भावना मिट सके। इसी बात को लेकर मैंने पहली बार चिंतन मनन के बाद समाज को चिंतन के लिए एक दिशा सुझाई है जिसका मकसद मुस्लिम समाज को राजनीतिक रूप से जागृत करना है कि वे देखें कि उनकी वास्तविक राजनीतिक स्थिति क्या है? यहाँ प्रस्तुत है चंद उलझे सवाल और उनका समाधान...!

संविधान के अधीन 1952 में जब प्रथम आम चुनाव हुए थे देश की कुल जनसंख्या 35 करोड 60 लाख थी और 489 लोकसभा सदस्यों में से 21 मुस्लिम सांसद जीतकर आए थे। उस समय देश में मुसलमानों की आबादी 9.91 प्रतिशत थी आबादी के अनुपात और प्रतिनिधित्व के लिहाज से उन्हें 49 संसदीय सीटें मिलनी चाहिए थी। उस चुनाव में भारतीय राष्ट्रीय कांग्रेस ने अपने कुल 479 उम्मीदवारों में से 21 मुस्लिमों को टिकट दिया था जो मात्र 4.29 प्रतिशत की हिस्सेदारी थी। गौरतलब है कि, इस आम चुनाव में विजयी 21 मुस्लिम उम्मीदवारों में से 19 सांसद कांग्रेस के टिकट पर जीते थे। 16वीं लोकसभा में कुल 22 मुस्लिम सांसद जीते हैं इनमें से कांग्रेस के 4 और बाकी 18 विभिन्न राजनीतिक दलों के हैं। सनद रहे उत्तर प्रदेश से 14वीं लोकसभा में 11 और 15वीं में 7 मुस्लिम सांसद थे। 16वीं लोकसभा में राज्य से कोई भी मुस्लिम सांसद नहीं है।

1 मार्च, 2001 की जनगणना के अनुसार भारत की कुल जनसंख्या 1 अरब 2 करोड 70 लाख 15 हजार 247 थी। जिसमें से मुस्लिम जनसंख्या 15 करोड़

10 लाख रही। देश में संसदीय निर्वाचन क्षेत्रों का गठन राज्य की कुल आबादी को मौजूदा सीटों से विभाजित किया और इस तरह राज्य की औसत आबादी पर हर एक सीट को परिसीमित किया गया है।

पुनर्समायोजन परिसीमन 2008 में लोकसभा की एक सीट 18 लाख 91 हजार 372 औसत आबादी पर परिसीमित की गई लिहाजा जनसंख्या अनुपात से 80 मुस्लिम बहुल संसदीय निर्वाचन क्षेत्र बनाए जाने थे किन्तु इसकी तुलना में केवल 29 क्षेत्रों से मुस्लिम उम्मीदवार कामयाब हुए थे। जिससे यह माना जा सकता है कि ये ही मुस्लिम बहुल क्षेत्र रहे। 16वीं लोकसभा के चुनाव में जिस तरह का सांप्रदायिक ध्रुवीकरण हुआ, उससे मुस्लिम सांसदों की संख्या और घट गई। जबकि इन 80 संसदीय निर्वाचन क्षेत्रों को लोकतांत्रिक मूल्यों के आधार पर परिसीमित करने से 122 लोकसभा सीटों में तब्दील किया जा सकता था। लिहाजा 29 क्षेत्रों के स्थान पर 122 संसदीय निर्वाचन क्षेत्रों से मुस्लिम निर्वाचित होते रहते।

14वीं लोकसभा 2004 तक अनुसूचित जाति और अनुसूचित जनजाति वर्ग के लिए कुल 120 संसदीय निर्वाचन क्षेत्र आरक्षित थे। परिसीमन 2008 में अजा 84 अजजा 47 कुल = 131 सीट हो गई हैं। यानी आरक्षित वर्ग की 11 सीटें उनकी जनसंख्या अनुपात से और बढ़ी है। इन 11 सीटों को बढ़ाने के लिए परिसीमन आयोग ने 499 संसदीय निर्वाचन क्षेत्रों में फेरबदल और बदलाव किया है। यदि आरक्षित वर्ग के लिए जातीय समीकरण का औचित्य संवैधानिक है... तब मुसलमानों के लिए ऐसा क्यों नहीं? यह सवाल मुसलमानों के मन को कुरेदता है! कई मर्तबा ऐसा भी होता है कि, मुस्लिम बहुल क्षेत्रों से भी कोई मुसलमान कभी भी चुनाव नहीं जीत पाता आखिर कोई वजह तो जरूर है! हालांकि पुनर्समायोजन की पूरी प्रक्रिया परिसीमन आयोग द्वारा की जाती है। मगर परिसीमन की इस प्रक्रिया में आयोग के दो रूप होते हैं, एक संवैधानिक संस्था का और दूसरा रूप प्रपंची सत्ता पार्टी का लिहाजा इस परिसीमन से पनपने वाले उबाल को ठण्डा करने का वक़्त अभी भी है...सरकार के पास!

"जस्टिस राजिन्दर सच्चर समिति" के द्वारा मुसलमानों के बारे में सरकारी तौर पर जुटाए गए आंकड़े, कई मामलों में भारतीय प्रजातंत्र के सामने उभरती गंभीर चुनौतियों की ओर भी इशारा करते हैं, इनका तुरन्त समाधान नहीं किया गया तो देश के प्रजातांत्रिक और धर्मनिरपेक्ष ढांचे को बचाना ही मुश्किल हो जाएगा। तथ्यों से पता चलता हैं कि देश के कई भागों में विशेषकर गुजरात में मुसलमानों के साथ एक तरह का जातीय भेदभाव किया जा रहा है और यह अब संस्थात्मक रूप ले चुका है। गुजरात में मुस्लिम बहुल इलाकों को बाकायदा एक

नाम 'नेगेटिव जोंस' अर्थात 'नकारात्मक क्षेत्र' का नाम दिया गया है। कहने को तो हमारे देश में लोकतांत्रिक संविधान हैं, स्वतंत्र न्यायपालिका, है लेकिन कांग्रेस और दीगर राजनीतिक दल हिन्दुस्तान के मुसलमानों को अपनी तोप के भूसे यानी वोट बैंक की तरह इस्तेमाल करते हैं और उनकी बदहाली दूर करने में कतई कोई दिलचस्पी नहीं है। मुसलमानों के धार्मिक मामले हो या राजनीतिक, प्रत्येक स्थिति में देखा जाता हैं कि उन्हें संविधान के अनुच्छेद 19 (1) (ए) के तहत प्राप्त अभिव्यक्ति की स्वतंत्रता के अधिकार से भी वंचित करने की कोशिश की जाती है...'अल्पसंख्यक' की परिभाषा से आशय केवल धार्मिक अल्पसंख्यक ही नहीं बल्कि मुस्लिम वास्तव में, राजनीतिक अल्पसंख्यक भी हैं।

इटली के निकोलो मैक्यावेली को आधुनिक राजनीतिक विज्ञान का पितामह कहा जाता है। पश्चिम के कौटिल्य कहे जाने वाले मैक्यावेली 1469 को इटली के फ्लोरेंस शहर में जन्में थे। मात्र 58 वर्ष की आयु में 21 जून 1527 को उन्होंने आख़िरी सांस ली। आधुनिक राजनीति का आधार मानी जाने वाली उनकी किताब 'द प्रिंस' राजसत्ता की निर्देशिका है। इसमें सिलसिलेवार ब्यौरा दिया गया है कि किस तरह किसी राजसत्ता पर काबिज हुआ जा सकता है। मैक्यावेली का मानना था कि राजनीतिक स्थिरता ही चरम नैतिक मूल्य है और इस दिशा में उठाए गए कोई भी कदम उचित माने जाएंगे। इसके लिए क्रूर तरीकों का इस्तेमाल करने से भी कोई हर्ज नहीं क्योंकि तब वह एक बृहद आदर्श की प्राप्ति के लिए उठाया गया कदम होगा... लिहाजा, इस संभावना से इन्कार करना ज़रा मुश्किल है कि 24, अकबर रोड, आल इण्डिया कांग्रेस कमेटी (A.I.C.C.) नई दिल्ली ने निकोलो मैक्यावेली की पुस्तक 'द प्रिंस' से प्रभावित होकर ही अपने अस्तित्व की रक्षा के लिए ऐसी विसंगतिपूर्ण राजनीतिक व्यूह रचना की है!

...और परिणामस्वरूप कांग्रेस, यहूदी लाबी के दबाव में मुसलमानों को जम्हूरियत का लबादा ओढ़े हुए कभी विधायिका और कभी न्यायपालिका के जरिए लगातार प्रताड़ित किए हुए है। सहजीवन (live-in relationship) और समलैंगिक संबंध इसका ही एक हिस्सा है। संप्रग सरकार ने आपसी सहमति से दो वयस्कों के बीच समलैंगिक संबंध को अपराध के दायरे से मुक्त करने के लिए दिल्ली हाईकोर्ट के फैसले को लेकर यह फैसला लिया था कि सरकार समलैंगिक मामले में सुप्रीम कोर्ट में दायर याचिकाओं के संदर्भ में दिल्ली हाईकोर्ट के फैसले का पक्ष लेगी।

11 दिसम्बर 2013 को सुप्रीम कोर्ट ने दिल्ली हाई–कोर्ट के इस फैसले को निरस्त करते हुए कहा था कि धारा–377 (अप्राकृतिक यौन अपराध) असंवैधानिक नहीं है। यह एक आपराधिक कृत्य है।

फैसले का हुआ था विरोध–सुप्रीम कोर्ट के फैसले का समलैंगिक अधिकार कार्यकर्ताओं और संस्थाओं ने भारी विरोध किया था। केन्द्र सरकार ने भी पुनर्विचार याचिका दायर करते हुए शीर्ष अदालत से इस पर पुनः गौर करने के लिए कहा था।

पुनर्विचार याचिका हुई थी खारिज–शीर्ष अदालत ने दिसम्बर 2013 को केन्द्र और समलैंगिक अधिकार कार्यकर्ताओं की ओर से दायर पुनर्विचार याचिकाओं को ख़ारिज कर दिया था।

समलैंगिकता पर खुली सुनवाई–सुप्रीम कोर्ट 4 अप्रैल 2014 को सुधारात्मक याचिकाओं पर खुली अदालत में सुनवाई के लिए राजी हो गया है। सुधारात्मक याचिकाओं पर चार जजों की पीठ सुनवाई करती है। मालूम हो कि सुधारात्मक याचिका आदालत में किसी मामले से जुड़ी चिंताओं पर दोबारा विचार कर अंतिम न्यायिक रास्ता है और सामान्यतः इस पर जज बिना किसी पक्ष को बहस की अनुमति दिए अपने चेंबर में सुनवाई करते हैं।

गौरतलब है कि महिलाओं के लिए लोकसभा और राज्य की विधानसभाओं में तैंतीस फीसदी आरक्षण का प्रावधान करने वाला संविधान (108वां संशोधन) विधेयक 2010, 9 मार्च को "विश्व महिला दिवस" के ही दिन समाजवादी पार्टी, राष्ट्रीय जनता दल और जनता दल (यू.) के कड़े विरोध के बावुजूद हमारी संसद के ऊपरी सदन राज्यसभा ने इस विवादित महिला आरक्षण विधेयक को 186 सदस्यों के भारी समर्थन से पारित कर दिया।

इस विधेयक में लोकसभा की 543 सीटों में से 181 सीटें और 29 राज्य और दो संघ राज्यक्षेत्र की विधानसभाओं की कुल 4120 सीटों में से 1360 सीटें अब महिलाओं के लिए आरक्षित करने का प्रावधान है। तैंतीस फीसदी महिला आरक्षण के भीतर पिछड़े और मुस्लिम समुदाय के लिए आरक्षण की मांग के कारण ही 14 सालों से लंबित आरक्षण विधेयक को कांग्रेस द्वारा ज्यों का त्यों पारित करा लेना गोया देश के मुसलमानों के सिर पर (कांग्रेस ने) हथौड़ा मारने जैसा काम किया है।

1952 से लेकर 2009 के चुनाव तक कुल 551 महिलाएं सदन में पहुँची थी। उनमें से केवल 19 महिलाएं मुस्लिम रही हैं जो अभी तक 6 राज्यों से निर्वाचित हुई हैं। 14 वीं लोकसभा में 2 मुस्लिम महिलाएं थी। 3–अनंतनाग संसदीय क्षेत्र से महबूबा मुफ्ती PDP और 27–बहराइच से रुवाब सैयदा SP से निर्वाचित हुई थी। 15 वीं लोकसभा में परिसीमन के कारण सिर्फ 29 मुस्लिम सांसद निर्वाचित हुए हैं। उनमें से तीन मुस्लिम महिलाएं भी निर्वाचित हुई थी। 150–कैराना संसदीय निर्वाचन क्षेत्र से तबस्सुम बेगम समाजवादी पार्टी, 164–सीतापुर से

कैसरजहाँ बहुजन समाज पार्टी और 291–मालदा उत्तर संसदीय निर्वाचन क्षेत्र से मौसम नूर कांग्रेस से विजयी हुई थी। 16वीं लोकसभा में कुछ 22 मुस्लिम सदस्य हैं। इस बार भी तीन महिलाएं विजयी हुई हैं। 38–आराम बाग से अरुपा पोद्दार (आफरीन अली) AITC 300–उत्तर मालदा से मौसम नूर INC और 303–अनंतनाग से महबूबा मुफ्ती PDP से हैं।

देश की राज्य विधानसभाओं में तो मुस्लिम महिलाओं की संख्या शून्य जैसी है। उत्तर–प्रदेश जैसे बड़े राज्य की 403 सदस्यीय विधानसभा में सिर्फ दो मुस्लिम महिला विधायक हैं और जम्मू–कश्मीर मुस्लिम बहुल राज्य की 87 सदस्यीय विधानसभा में भी दो ही मुस्लिम महिलाएं हैं। महाराष्ट्र राज्य के अस्तित्व में आने के बाद 1960 से अब तक राज्य विधानसभा के 12 चुनाव संपन्न हो चुके हैं। 288 सदस्यीय विधानसभा में सिर्फ एक मुस्लिम महिला आयशा इकबाल, 1972 में मालेगांव से निर्वाचित होकर विधानसभा पहुँची थी। इसके बाद कोई और दूसरी मुस्लिम महिला अब तक विधायक नहीं बन सकी। 78 सदस्यीय विधान परिषद् में अभी तक केवल दो मुस्लिम महिला लतीफा काज़ी और फौज़िया तहसीन खान ही दाखिल हुई हैं। फौजिया खान फिलहाल पृथ्वीराज चव्हाण मंत्रीमंडल में राज्य मंत्री है। पंचायत और स्थानीय निकाय चुनाव में महिलाओं को पचास प्रतिशत आरक्षण का प्रावधान पहले ही किया जा चुका है। उस पचास प्रतिशत महिला आरक्षण में भी (ओबीसी) मुस्लिम महिलाओं का कोई कोटा निर्धारित नहीं किया गया है। जबकि पिछड़े वर्ग को उन्नयन और विकास के अवसर प्रदान करने के लिए पिछड़े वर्ग जिसमें मुस्लिम वर्ग के 14 समूहों को भी शामिल किया जाना न्यायसंगत एवं इस वर्ग के हित में होता, किन्तु दुर्भाग्य है कि ऐसा न जाने क्यों नही किया गया। यह एक विचारणीय एवम् अनुत्तरित प्रश्न है।

यह भी सही है कि बुनियादी तौर पर हमारा संविधान धार्मिक आधार पर आरक्षण की इजाज़त नहीं देता। मगर संविधान के अनुच्छेद 16 (1) में राज्याधीन नियोजकों में सभी नागरिकों के अवसर की समता के सिद्धांत को स्वीकार करते हुए अनुच्छेद 16 (4) में समताकरण के सिद्धांत को स्वीकार किया गया है। यदि राज्य की राय में राज्याधीन सेवाओं में नागरिकों के किसी वर्ग का पर्याप्त प्रतिनिधित्व नहीं हैं तो वह नियुक्ति या पदों के आरक्षण के लिए उपबन्ध कर सकती है। संविधान के अनुच्छेद 16 (4) के तहत ही आन्ध्रप्रदेश सरकार द्वारा विधानसभा में एक विधेयक लाया गया था, जिसे पास करवाकर कानून का रूप दिया गया इसमें सामाजिक और शैक्षणिक तौर पर पिछड़े मुसलमानों के लिए आरक्षण की सिफारिश थी। प्रदेश सरकार ने 7 जुलाई, 2007 को सरकारी नौकरी

और शैक्षणिक संस्थाओं में 4 फीसदी आरक्षण का आदेश जारी किया था। लेकिन आन्ध्रप्रदेश हाईकोर्ट की संविधान पीठ ने बहुमत के आधार पर मुस्लिम कोटा बिल निरस्त कर दिया था।

इसी परिपेक्ष्य में सुप्रीम कोर्ट ने 25 मार्च 2010 को अपने अंतरिम आदेश में आन्ध्रप्रदेश सरकार को 4 फीसदी आरक्षण जारी रखने का आदेश दिया है। सुप्रीम कोर्ट ने फैसले में स्पष्ट किया है कि आरक्षण सामाजिक और शैक्षणिक रूप से पिछड़े मुसलमानों के 14 श्रेणी के लिए उपलब्ध होगा। बैंच ने इससे जुड़े संवैधानिक पहलुओं को ध्यान में रखते हुए इसे संविधान पीठ को सौंपे जाने का फैसला किया है।

मुसलमानों को आरक्षण और रंगनाथ मिश्र आयोग की सिफारिशों को लागू करने की माँगें परस्पर विरोधी हैं। रंगनाथ मिश्र आयोग मुस्लिम समुदाय की उन बिरादरियों को अनुसूचित जातियों में शामिल करने की वकालत करता है जिनकी समकक्ष हिन्दू जातियां अनुसूचित जातियों में शामिल हैं। इसके लिए हमें जरा इतिहास के पन्ने पलटने पड़ेंगे। संविधान के अनुच्छेद 21 (बी) के अनुसार हिन्दू धर्म में ही सिख, बौद्ध और जैन शामिल हैं। रंगनाथ मिश्र आयोग ने 1950 के प्रेसीडेंशियल आदेश में बदलाव की सिफारिश भी की है। हालांकि अनुसूचित जाति आदेश 1950 के पैरा 3 में शुरू में लिखा था कि 'ऐसा कोई व्यक्ति अनुसूचित जाति में शामिल नहीं होगा, जो हिन्दू धर्म से इतर किसी और धर्म को मानता हो।' लेकिन बाद में सिखों की मांग पर 1955 में इसके साथ सिख शब्द भी जोड़ा गया और 1990 में नवबौद्ध जोड़कर बौद्ध धर्म अपनाने वाले दलितों को भी अनुसूचित जाति का दर्जा देने का रास्ता साफ कर दिया गया। सन् 1996 में नरसिंहराव सरकार ने एक अध्यादेश के जरिए ईसाई धर्म अपनाने वाले दलितों को भी अनुसूचित जातियों में शामिल करने की कोशिश की थी लेकिन भाजपा के तीखे विरोध के चलते ऐसे अध्यादेश को ठंडे बस्ते में डालना पड़ा। गौरतलब है कि कांग्रेस ने रंगनाथ मिश्र आयोग को ''कमीशन ऑफ इन्क्वायरी एक्ट'' के तहत गठित ही नहीं किया है। यानी कांग्रेस इस रिपोर्ट को संसद के पटल पर रखने के लिए बाध्य भी नहीं है।

एक गैर सरकारी संगठन फार पब्लिक इंटरेस्ट लिटिगेशन द्वारा जनहित याचिका सुप्रीम कोर्ट में दायर की थी, जिसकी सुनवाई 3 जनवरी, 2008 को चीफ जस्टिस के.जी. बालकृष्णन, आर.वी. रविन्द्रन व जे.एम. पांचाल की बैंच ने करते हुए केन्द्र सरकार को मुस्लिम और ईसाई दलितों को आरक्षण के संबंध में जवाब देने को आठ हफ्ते का समय दिया था। इधर केन्द्र सरकार ने बजट सत्र के दौरान 3 मार्च 2008 को राज्यसभा में मुस्लिम और ईसाई दलितों के लिए उठाई गई

आरक्षण की मांग पर संविधान का हवाला देते हुए अपनी दिक्कतें गिनाई। इस संबंध में राष्ट्रीय अनुसूचित जाति आयोग ने भी मुस्लिम और ईसाई दलितों को आरक्षण देने के लिए पुष्टि की है।

सुप्रीम कोर्ट ने भी समताकरण के सिद्धांत को स्वीकार करते हुए 11 मई 2010 को एक अहम फैसला सुनाया। पांच जजों की संविधान पीठ ने अपने फैसले में कहा कि पंचायत और स्थानीय निकाय चुनाव में राज्य सरकारें अपने स्तर पर आरक्षण तय कर सकती हैं। चूंकि सुप्रीम कोर्ट के इस ताज़ा फैसले से न्यायिक प्रक्रिया की बाधा भी अब दूर हो गई है। बहरहाल अब मुस्लिम हितैषी सरकार को चाहिए कि पिछड़े मुसलमानों को शिक्षण और नौकरी के साथ आरक्षण का लाभ कैसे मिले इसके लिए स्वयं न केवल चिंतन मनन करे ...बल्कि इस दिशा में ठोस एवं कारगर पहल भी करे।

'तू ही अगर न चाहे तो बाते हज़ार है'

लिहाजा मिल्लत और सभी मुस्लिम सामाजिक संस्थाओं को चाहिए कि वे धार्मिक आधार पर आरक्षण की माँग कभी भी नहीं करें। उल्लेखनीय है कि संविधान धार्मिक आधार पर आरक्षण की इजाज़त ही देता है। संविधान में 'जातियों को संरक्षण या आरक्षण देने की बात कहीं भी नहीं कही गई है। **'अनुसूचित जाति'** शब्द का प्रयोग जरूर हुआ है लेकिन सबको पता है कि अनुसूचित नाम की कोई जाति भारत में नहीं है। हरिजन, अछूत और दलित शब्द पर ज्यादातर लोगों को आपत्ति थी। इसीलिए अछूतों के लिए **'अनुसूचित जाति'** शब्द का सरकारी प्रयोग हुआ। अतः इन परिस्थितियों में यह काबिले गौर है कि यह मांग न्यायसंगत और संविधान की सीमा में की जाए कि 1950 के प्रेसीडेंशियल (Presidential) आदेश में पुनः बदलाव किया जाए और पिछड़ी 14 श्रेणी मुस्लिम जातियों को भी अनुसूचित जातियों में शामिल किया जाए... मुस्लिम वर्ग सिर्फ इस एक बात पर अडिग रहे! प्रेसीडेंशियल आदेश में बदलाव होने से पिछड़े मुसलमानों के 14 समूहों को 131 आरक्षित संसदीय सीटों पर चुनाव लड़ने की संवैधानिक पात्रता मिल सकती है। अभी अनुसूचित जाति और अनुसूचित जनजातियों को संविधान के (अनुच्छेद 330, 332, 334) के तहत संवैधानिक पात्रता है। 29 राज्य और दो संघ राज्य क्षेत्र की कुल 4 हज़ार 120 विधानसभा सीटों में से आरक्षित 1 हज़ार 160 सीटों पर मुस्लिम वर्ग के पिछड़े समूहों को भी चुनाव लड़ने का संवैधानिक हक मिल सकता है। नहीं तो फिर जाहिर है परिसीमन से मुस्लिम वर्ग को "दोहरा दंड" (Double jeopardy) से जूझना पड़ेगा।

प्रथम, मुस्लिम बहुल निर्वाचन क्षेत्रों को आरक्षित वर्ग में तब्दील किया जाना... और द्वितीय, ये निर्वाचन क्षेत्र वर्ष 2026 की पहली जनगणना तक स्थिर बने रहेंगे... वर्ष 2026 की पहली जनगणना यानी वर्ष 2031 के पहले मुस्लिम वर्ग को परिसीमन बाबत कोई क्रांतिकारी कदम उठाने की सार्थक पहल करना होगा जो संवैधानिक और न्यायिक दोनों हों...

> ...वर्ना परिसीमन की विसंगतियों के कारण...मुस्लिम बहुल क्षेत्रों से भी कोई मुस्लिम उम्मीदवार कभी भी चुनाव नहीं जीत सकता और वास्तव में यही एक चिंताजनक विचारणीय मुद्दा है!

प्रथम खण्ड

परिसीमन का दंश

1
भारत परिसीमन आयोग–एक परिचय

पश्चिम के कौटिल्य इटली के निकोलो मैक्यावेली द्वारा पाँच सौ वर्ष पूर्व कहे गए कथन, अब लोकतांत्रिक और धर्मनिरपेक्ष कहे जाने वाले राष्ट्र भारत में भी परिसीमन अधिनियम, 2008 के रूप में आज हमारे सामने हैं। वास्तव में यह एक क्रूरतम नियम साबित हो रहा है, और इसके दंश से मुक्ति तब ही मिलेगी जब इसके तहत लिए गए निर्णयों को बदला जाए! दरअसल प्रत्येक राज्य तथा संघ शासित क्षेत्रों की विधानसभा के चुनावों के लिए क्षेत्रीय क्षेत्रों का विभाजन तथा इसके साथ जुड़े मामलों के लिए संसद द्वारा भारतीय जनतंत्र के तिरेपन वर्षीय (Fifty-Third Year) कानून परिसीमन अधिनियम, 3 जून, 2002 बनाया है![1]

यह भी गौरतलब है कि परिसीमन आयोग के नियमों के मुताबिक किए गए परिसीमन को किसी भी न्यायालय में चुनौती नहीं दी जा सकेगी और संसद तथा संबंधित विधानसभाओं द्वारा भी किसी तरह का परिवर्तन अनुमत्य नहीं होगा।[2]

जैसा कि परिसीमन आयोग, संसद की ही एक पैदावार है...किन्तु कितना हास्यास्पद है कि वह संसद के अधिकारों पर ही अंकुश लगा रहा है! संसद परिसीमन के मामले में किसी भी प्रकार का कोई संशोधन अथवा परिवर्तन नहीं कर सकता और जैसा कि अब परिसीमन किया गया है। सन् 2026 के बाद किए जाने वाली पहली जनगणना यानी वर्ष 2031 तक स्थिर बनी रहेगी।[3] जबकि यह सभी जानते हैं कि "Creation can not challenge creater" इतना ही नहीं अनुच्छेद 329 में यह भी कहा गया है कि निर्वाचन की प्रकिया प्रारंभ हो जाने पर न्यायालय उसमें हस्तक्षेप नहीं कर सकते हैं। उसी प्रकार न्यायालय को इस बात की अधिकारिकता नहीं होगी कि वे अनुच्छेद 243ट के अधीन निर्वाचन क्षेत्रों के परिसीमन या स्थानों के आबंटन से संबंधित किसी विधि की विधिमान्यता की परीक्षा करे। यह तो लोकतंत्र की जड़ों पर कुठाराघात है, और इससे तो नागरिकों के लोकतांत्रिक अधिकार ही रद्द हो जाएंगे। अगर यही लोकतांत्रिक व्यवस्था है... तो तानाशाही व्यवस्था क्या है? इसके प्रयोग के बारे में देखें परिशिष्ट–1

पूर्व प्रधान न्यायाधीश उच्चतम न्यायालय **वाई.के. सभरवाल** की अध्यक्षता वाली नौ न्यायाधीशों की संविधान पीठ ने भारतीय संविधान की आत्मा व बुनियादी ढांचे को आहत होने से बचाने के लिए 11 जनवरी 2007 को एक फैसले में व्यवस्था दी कि कानून यदि संविधान के अनुच्छेद 14, 19, 20 व 21 में सुनिश्चित किए गए मौलिक अधिकारों का उल्लंघन करता है तो चुनौती दी जा सकती है, उसकी न्यायिक समीक्षा की जा सकेगी।[4]

लिहाजा न्यायपालिका को विधायिका की नीति के प्रज्ञान का (अर्थात नीति के औचित्य का) न्यायिक पुनर्विलोकन करने की शक्ति नहीं है।[5] यदि किसी मामले में न्यायपालिका रूकावट डालती है तो संघ की संसद, विशेष बहुमत से संविधान के मुख्य अंश में परिवर्तन कर सकती है। इस संबंध में भारतीय संविधान के पीछे जो सिद्धांत है, उसे पंडित नेहरू के शब्दों में अभिव्यक्त करना ही श्रेयस्कर है :[6]

यह भी उल्लेखनीय है कि "संसद की प्रभुत्वसम्पन्न इच्छा के ऊपर कोई उच्चत्तम न्यायालय, कोई न्यायपालिका अपना निर्णय नहीं लाद सकती क्योंकि संसद की इच्छा समस्त जन की इच्छा है। वह इस प्रभुत्वसम्पन्न इच्छा को रोक सकती है यदि वह गलत राह पर है किन्तु अंतिम विश्लेषण में जब समाज के भविष्य का प्रश्न है, तब न्यायपालिका मार्ग में बाधा नहीं पहुँचा सकती है।[7]... अन्ततोगत्वा तथ्य तो यह है कि विधानमण्डल ही सर्वोच्च है और सामाजिक सुधारों के मामले में न्यायालयों को हस्तक्षेप नहीं करना चाहिए।[8]"

अनुच्छेद 19 द्वारा प्रत्याभूत अधिकार साधारणतया कार्यपालिका और विधायिका दोनों पर आबद्धकर है![9] ऐसे में विसंगतिपूर्ण निर्णयों को चुनौती के लिए मार्ग खुल जाता है।

विधानसभा तथा संसदीय निर्वाचन क्षेत्रों की प्रस्तावित क्षेत्रीय सीमा तथा अनुसूचित जातियों जनजातियों के लिए आरक्षण के लिए प्रस्तावित निर्वाचन क्षेत्रों को सहयोगी, सदस्यों द्वारा बैठक में दिए गए सुझावों पर विचार करने के बाद तैयार किया गया है। आयोग के सहयोगी सदस्यों के साथ आयोजित बैठकों के दूसरे दौर में कार्य पत्र पर उनके सुझावों पर विधिवत विचार किया जाएगा। फिर आयोग का मसौदा तैयार किया जाएगा। सहयोगी सदस्यों से प्राप्त सुझावों के प्रकाश में इस तरह से तैयार मसौदा प्रस्तावों की एक प्रति प्रत्येक सहयोगी सदस्य को भेजी जाएगी तथा यदि वे चाहें तो किसी भी मसौदा प्रस्तावों के संबंध में असहमति नोट दे सकते हैं। सहयोगी सदस्यों की नियुक्ति राज्य के विधानसभा अध्यक्ष द्वारा की जाएगी। पाँच उस राज्य के विधानसभा के सदस्य होंगे तथा पाँच राज्य के सांसद।[10]

परिसीमन के मामलों में सहयोगी सदस्यों (Associate Members) की भूमिका कितनी अहम है। मगर इसके बावुजूद भी इन 250 से अधिक मनोनीत सहयोगी सदस्यों में से मुस्लिम वर्ग के सदस्यों की उपस्थिति नगण्य है। पश्चिम बंगाल राज्य से मुस्लिम विधायक अब्दुल मन्नान और दूसरे केरल के के.एन.ए. खादर को सहयोगी सदस्य मनोनीत किया गया था जो मुस्लिम लीग के विधायक थे। झारखंड राज्य से भी एक मुस्लिम था लेकिन वहाँ परिसीमन कार्य को वर्ष 2026 तक आकृत कर दिया गया है। उल्लेखनीय है कि भारतीय राष्ट्रीय कांग्रेस शासित राज्यों से एक भी सहयोगी मुस्लिम सदस्य नियुक्त नहीं किया गया था। जहाँ से सहयोगी मुस्लिम सदस्य नियुक्त किए गए थे, वहाँ तत्कालीन वामदल की सरकारें थी। इन दोनों राज्यों में मुस्लिम सदस्यों की नियुक्ति से राज्य विधानसभाओं में मुस्लिम सदस्यों की विद्यमान संख्या में अप्रत्याशित बढ़ोत्तरी जरूर हुई है। पश्चिम बंगाल की 294 सदस्यीय विधानसभा में 46 सदस्य मुस्लिम थे। परिसीमन के बाद हुए चुनाव यानी 2011 में 59 सदस्य हैं। इसी प्रकार केरल की 140 सदस्यीय विधानसभा में 13 सदस्य मुस्लिम थे, अब 20 हैं। मगर मुस्लिम आबादी के अनुपात से राज्यों में अभी भी मुस्लिम सदस्यों की संख्या कम ही है। इन दो राज्यों के अलावा बाकी सभी राज्यों में परिसीमन के कारण मुस्लिम सदस्यों की संख्या घटी है।[11] इसके प्रयोग के बारे में देखे परिशिष्ट–2

इस प्रकार यह स्पष्ट रूप से सामने आता है कि तथाकथित हमारी धर्मनिरपेक्ष और लोकतांत्रिक व्यवस्था में अल्पसंख्यकों को उनके अधिकारों से वंचित करने के लिए केन्द्रीय सरकार की भूमिका हमेशा ही संदिग्ध और राजनीतिक कुटिल चाल के रूप में रही है! सुरक्षा के नाम पर उत्तर पूर्व के राज्यों में... निर्वाचन क्षेत्रों का परिसीमन नहीं करना भी इसी कुटिल चाल का एक अंग है। जबकि असम में लोकतांत्रिक मूल्यों के आधार पर 2009 के लोकसभा चुनाव और फिर 13वीं राज्य विधानसभा का चुनाव मई, 2011 को शांतिपूर्ण तरीके से सम्पन्न हुआ है। लेकिन परिसीमन को यह कहकर सरकार ने वहाँ के निर्वाचन क्षेत्रों का परिसीमन नहीं किया कि, –यह समाधान हो जाने पर कि ऐसी स्थिति उत्पन्न हो गई है, जिसमें भारत की एकता और अखण्डता को खतरा होने की संभावना है और शांति तथा लोक व्यवस्था को गंभीर खतरा है, परिसीमन अधिनियम, 2002 (2002 का 33) की धारा 10 क की उप–धारा (i) के आधीन भारत के राजपत्र में प्रकाशित क्रमशः आदेश संख्या का. आ. 283 (अ), आदेश सं. का. आ. 284 (अ), आदेश सं. का.आ. 285 (अ) तथा आदेश सं.का.आ. 286 (अ), तारीख 8 फरवरी 2008 के द्वारा असम, अरूणाचल प्रदेश, नागालैण्ड और मणिपुर राज्यों में परिसीमन कार्रवाई को आगे आदेशों तक आस्थगित कर दिया है, –

परिसीमन अधिनियम, 2010 की धारा 10 ख के अधीन झारखण्ड राज्य के बाबत सरकार ने अंतिम आदेशों को उस राज्य में होने वाले लोकसभा या विधान सभा के लिए प्रत्येक निर्वाचन के संबंध में वर्ष 2026 तक आकृत कर दिया गया है।[12]

गौरतलब है कि, परिसीमन आयोग ने वहां ऐसा क्यों किया? इसकी साफ वजह यह है कि असम में मुसलमानों की ज्यादातर आबादी बराक घाटी, सूरमा घाटी और ब्रह्मपुत्र घाटी में है। अगर यहाँ परिसीमन किया जाता है तो राज्य की 126 सीटों में से 72 सीटें जोकि इन तीन घाटियों में आती हैं। परिसीमन होने पर प्राकृतिक रूप से मुस्लिम वर्ग को ही सबसे ज्यादा लाभ होता और करीमगंज संसदीय क्षेत्र जो आरक्षित है पहले से ही मुस्लिम बहुल है, उसे इस परिसीमन में सामान्य वर्ग के लिए परिवर्तित करना ही पड़ता जिसका लाभ फिर अल्पसंख्यक मुस्लिम वर्ग को होता।

इन तीनों घाटियों की 72 सीटों में से 17 सीटें आरक्षित वर्ग की भी हैं जो भौगोलिक रूप से मुस्लिम आबादियों से घिरी हुई हैं लिहाज़ा परिसीमन में बदली हुई भौगोलिक सीमाओं के साथ इन आरक्षित क्षेत्रों की कुछ सीटों को सामान्य वर्ग में तब्दील करना ही पड़ता जिसका लाभ अल्पसंख्यक मुस्लिम वर्ग को होता अरुणाचल प्रदेश, नागालैण्ड और मणिपुर पहले ही ईसाई बहुल राज्य हो गए हैं जहाँ परिसीमन से उन्हें लाभ मिलता।

इसी प्रकार मई 2006 के विधानसभा चुनाव में जमीअत उलेमा के प्रभावशाली नेता मौलाना बदरूद्दीन अजमल कासमी के नेतृत्व में असम यूनाइटेड डेमोक्रेटिक फ्रंट (AUDF) नामक एक राजनीतिक दल का गठन हुआ। उक्त दल पहली बार चुनाव मैदान में उतरा और 10 सीटों पर विजय प्राप्त कर सभी राजनीतिक दलों को चौंका दिया। साथ ही 15 सीटों पर कांग्रेस के उम्मीदवारों को हरा दिया था।[13] मुसलमानों की यह ताकत कांग्रेस तथा राजनीतिक दलों के लिए चुनौती है, असम में जो कुछ हुआ उससे कांग्रेस परेशान है, क्योंकि बुढ़िया मर गई इसका अफसोस नहीं बल्कि मौत ने घर देख लिया है। कांग्रेस को इसका भय पैदा हो गया है। उसने जोड़–तोड़कर Boduland Peoples Front (BPF) को साथ लेकर सरकार बना ली। जो बोडो कबाइली अलगाववादी संगठनों का Political Wing है मगर AUDF का समर्थन नहीं लिया जो धर्मनिरपेक्ष विचारधारा की एक पार्टी है। AUDF राज्य में विपक्ष की भूमिका निभा रहा है। जबकि 13 मई 2011 के असम चुनाव नतीजे चौंकाने वाले आए। कांग्रेस 53 सीट के स्थान अब 76 पर विजयी हुई है और AUDF 10 के स्थान पर दुगनी यानी 20 सीटों पर काबिज है।[14] गौरतलब है कि AUDF के कुल 20 में से तीन विधायक हिन्दू है। जो बोको, दूधनाई आरक्षित और लूंगदिंग सामान्य विधानसभा सीट से विजयी हुए हैं।[15]

16वीं लोकसभा के चुनाव में जिस तरह का सांप्रदायिक ध्रुवीकरण हुआ। इस का उदाहरण पहले कभी नहीं मिलता। इस सांप्रदाायिक ध्रुवीकरण का असर हिंसाग्रस्त असम में भी हुआ। लोकसभा की कुल 14 सीटों में से भाजपा 7 कांग्रेस 3 AUDF 3 और 1 निर्दलीय सांसद विजयी हुआ है। AUDF के 3 में से 1 हिन्दू सांसद करीमगंज आरक्षित लोकसभा से विजयी हुआ है।

निर्वाचन आयोग के पत्र क्रमांक (परिसीमन प्रकोष्ठ) 807/19 अगस्त 2013 के अनुसार आयोग असम राज्य में परिसीमन कार्य के लिए कोई भी समय सीमा निर्धारित करने की स्थिति में नहीं है। इस संबंध में अपेक्षित आदेश केन्द्रीय सरकार द्वारा पारित किए जाने हैं। इस बाबत राज्य सरकार को केन्द्र से सिफारिश कर राज्य में आस्थगित परिसीमन कार्य को जल्द से जल्द पूर्ण कराने का फैसला लेना चाहिए।

हमारे संविधान में अल्पसंख्यकों के हितों की रक्षा के लिए जो उपबन्ध किए गए हैं, उन पर विचार करते समय सर आइवर जैनिंग्स की टिप्पणी पर विचार करना आवश्यक है :[16]

"भारतीय परिसंघ का जो सर्वाधिक विशेष लक्षण है, वह यह है कि इसमें अल्पसंख्यकों के दावों की पूर्ण उपेक्षा की गई है। सन् 1940 के पहले भारत को स्वतंत्रता देने के लिए जिन कारणों से इन्कार किया जाता था, उनमें से एक यह था कि धार्मिक और सांप्रदायिक आधार पर लोग अलग–अलग दावे करते हैं। कांग्रेसी राजनीतिज्ञों ने जो राष्ट्रवादी थे, प्रतिक्रिया स्वरूप अल्पसंख्यकों के हितों और भावनाओं को न्यूनतम महत्त्व दिया।[17]" इस समीक्षात्मक कथन की पुष्टि हमारे सामने उत्पन्न परिस्थितियाँ भी कर रही हैं।

संविधान में अनुसूचित जातियों और अनुसूचित जनजातियों की कोई परिभाषा नहीं है किन्तु राष्ट्रपति को यह शक्ति दी गई कि वह प्रत्येक राज्य के राज्यपाल से परामर्श करके एक सूची बनाए? संसद द्वारा इस सूची का पुनरीक्षण कर सकता है। (अनुच्छेद 341–342)। राष्ट्रपति ने भारत के विभिन्न राज्यों में अनुसूचित जातियों और जनजातियों को विनिर्दिष्ट करते हुए आदेश निकाले हैं जिनमें संसद के नियमों द्वारा संशोधन भी किए गए हैं।[18]

संविधान में अनुसूचित जातियों और जनजातियों के हितों की सुरक्षा के लिए विशेष उपबन्ध किए गए हैं जैसे, [19]

(i) अनुसूचित जातियों और जनजातियों के लिए विशेष उपबन्ध।[20]
(अनुच्छेद –15(4) अनुच्छेद15)

(ii) अनुसूचित जातियों और जनजातियों के सदस्यों की दशा में राज्य उनके हितों की रक्षा के लिए विशेष निर्बन्ध अधिरोपित कर सकता है उदाहरणार्थ उनकी सम्पत्ति के अन्यसंक्रमण या विभाजन को रोकने के लिए[21]। (अनुच्छेद –19(5))

(iii) संघ या राज्य के क्रियाकलापों से संबंधित सेवाओं और पदों के लिए नियुक्तियां करने में अनुसूचित जातियों और जनजातियों के सदस्यों के दावों को प्रशासन की दक्षता बनाए रखने के लिए संगति के अनुसार ध्यान में रखा जाएगा।[22] (अनुच्छेद–335)

(iv) अनुसूचित जातियों के लिए एक राष्ट्रीय आयोग होगा जिसकी नियुक्ति राष्ट्रपति करेगा[23] (अनुच्छेद–338)

(v) अनुसूचित जाति जनजाति के कल्याण के लिए, स्कीमों के बनाने में और निष्पादन के बारे में है।[24] (अनुच्छेद–339(2))

(vi) इन कल्याण योजनाओं को क्रियान्वित करने के लिए वित्त सहायता का उपबन्ध किया गया है।[25] (अनुच्छेद–275(1))

(vii) अनुसूचित जातियों और जनजातियों के कल्याण का प्रभारी एक मंत्री होगा जो पिछड़े वर्गों के कल्याण का प्रभारी हो सकता है।[26] (अनुच्छेद–164)

(viii) इसके अतिरिक्त अनुच्छेद 46 में यह साधारण निर्देश है कि राज्य जनता के दुर्बल वर्गो के, विशिष्टतया अनुसूचित जातियों और अनुसूचित जनजातियों के लिए शिक्षा और अर्थ संबंधी हितों के विशेष सावधानी से अभिवृद्धि करेगा और सामाजिक अन्याय और सभी प्रकार के शोषण से उनकी संरक्षा करेगा।[27]

इन उपबन्धों के अतिरिक्त विधानमण्डल में अनुसूचित जातियों और जनजातियों के लिए स्थानों के आरक्षण और विशेष प्रतिनिधित्व के लिए अस्थायी उपबन्ध।[28] (अनुच्छेद–330, 332, 334)

लोक सभा में (क) अनुसूचित जातियों (ख) अनुसूचित जनजातियों, असम के जनजातीय क्षेत्रों की अनुसूचित जनजातियों को छोड़कर, और (ग) असम के स्वशासी जिलों की जनजातियों के लिए स्थान आरक्षित होगा।[29] (अनुच्छेद–330)

प्रत्येक राज्य की विधानसभा में भी, असम जनजातीय क्षेत्रों में अनुसूचित जातियों को छोड़कर अनुसूचित जातियों और अनुसूचित जनजातियों के लिए स्थान आरक्षित होंगे। यह आरक्षण संविधान के प्रारम्भ से 60 वर्ष के अवसान पर समाप्त हो जाएगा। अर्थात जनवरी 2010 में।[30] (अनुच्छेद–334)

आरक्षण मूल संविधान में विहित 10 वर्ष की अवधि को, संविधान (8वां संशोधन) अधिनियम, 1959 द्वारा 20 वर्ष के लिए विस्तारित किया गया।[31] इसके बाद संविधान (23वां संशोधन) अधिनियम, 1969 द्वारा इस आधार पर कि उद्देश्य की पूर्ति नहीं हो पायी है, इसे 30 वर्ष तक विस्तारित किया गया।[32] संविधान (45वां संशोधन) अधिनियम, 1980 द्वारा जो 25 जनवरी, 1980 को पारित किया गया था इसे बढ़ाकर 40 वर्ष कर दिया गया।[33] संविधान (62वां संशोधन) अधिनियम, 1989 द्वारा (20 सितंबर 1989 से) इसे पचास वर्ष के लिए बढ़ा दिया गया है।[34] और संविधान (उन्नासीवां संशोधन) अधिनियम, 1999 (25 जनवरी से प्रभावी) द्वारा इसे बढ़ाकर 60 वर्ष कर दिया गया।[35] (अनुच्छेद 334)

अजा—अजजा आरक्षण अवधि बढ़ाने के लिए विधेयक पेश

लोकसभा और राज्य विधानसभाओं में अनुसूचित जाति अनुसूचित जनजाति और एंग्लो इण्डियन समुदाय के लिए सीटों के आरक्षण की अवधि दस वर्ष और बढ़ाने के लिए संविधान में संशोधन हेतु 30 जुलाई 2009 को राज्य सभा में विधेयक पेश किया गया।[36]

कानून मंत्री एम. विरप्पा मोईली ने संविधान (109वां) संशोधन 2009 पेश किया। विधेयक के जरिए संविधान में संशोधन कर अनुसूचित जाति अनुसूचित जनजातियों और एंग्लो इण्डियन समुदाय के लिए लोकसभा और राज्य विधानसभाओं में स्थानों का आरक्षण 25 जनवरी 2010 के बाद 10 वर्ष के लिए बढ़ा दिया जाएगा। विधेयक के जरिए संविधान के अनुच्छेद 334 में संशोधन किया जाएगा, जिसमें लोकसभा और राज्य विधानसभाओं में सीटों के आरक्षण की व्यवस्था है।[37]

जब उन्नासीवां संशोधन अधिनियम, जो 25 जनवरी 2000 से प्रभावी हुआ था, उस समय यह कहा गया था कि 2010 में आरक्षण नीति की समीक्षा होगी। किन्तु 15वीं लोकसभा के चुनाव सभी राजनीतिक दलों के लिए आरक्षण नीति से कहीं ज्यादा महत्वपूर्ण थे, इसलिए आरक्षण नीति 10 वर्ष के लिए और बढ़ा दी गई है।[38]

लिहाज़ा आज देश का मुसलमान वर्तमान में छद्म धर्मनिरपेक्षता के कारण राजनीतिक रूप से बहुत कमजोर हो गया है। उसे मजबूत बनाने के लिए मुस्लिम बहुल आबादी वाले क्षेत्रों को आरक्षित घोषित किया जाना एकमात्र विकल्प हमारे सामने रह गया है। वर्ष 1871 में सर विलियम हन्टर कमेटी बनी थी, उसने भी इसी प्रकार रिपोर्ट दी थी और उसका भी उद्देश्य यही था कि मुस्लिम बहुल

आबादी वाले क्षेत्रों को आरक्षित घोषित किया जाए। धर्मनिरपेक्षता राजनीतिक दलों के लिए मात्र मुसलमानों को आकर्षित करने का माध्यम नहीं रह जाना चाहिए।

परिसीमन आयोग द्वारा जिस तरह से परिसीमन किया गया है, इसमें मुसलमानों को राजनीतिक रूप से कमजोर करने की सुनियोजित साजिश शामिल है। हर एक प्रजातांत्रिक देश में हार और जीत का फैसला संख्या बल पर निर्भर होता है... मगर भारत जैसे प्रजातांत्रिक और धर्मनिरपेक्ष देश में हार और जीत का फैसला परिसीमन की गाथा पर आधारित है!

इतना ही नहीं बल्कि (अनुच्छेद 330, 332, 334) की आड़ में अनुसूचित जाति और जनजातियों को भी राजनीतिक रूप से कमजोर किया जा रहा है।[39] उत्तर प्रदेश की 403 सदस्यीय विधानसभा में 2007 के चुनाव तक 89 सीटें आरक्षित थी। अब 2008 के परिसीमन 2012 के चुनाव में 85 सीटें आरक्षित हैं यानी 4 सीटें कम की गई हैं।[40]

परिसीमन दिशा–निर्देश की कण्डिका–3 में अजा/अजजा के लिए आरक्षित किए जाने वाली सीटों की संख्या की, 2001 जनगणना के आधार पर फिर से गणना की जाएगी।[41] लिहाज़ा इसके बावुजूद भी अजा/अजजा वर्ग को परिसीमन से कोई लाभ नहीं हुआ। बल्कि और उनकी चार सीटें कम हो गई हैं। देखें तालिका–1, 2, 3.

उत्तर प्रदेश

तालिका–1

भारत जनगणना 2001	राज्य की कुल अबादी–166197921	विधानसभा की कुल सीटें	403
Sc आबादी	35148377	औसत 412402 आबादी पर एक सीट	85 सीट
Sr. आबादी	107963	–	–

स्रोत : 1. उत्तर प्रदेश पेपर–5 चेंजिंग फेस ऑफ इलेक्टोरल इण्डिया : डिलिमिटेशन 2008

2. भारत जनगणना 2001

परिसीमन आयोग आबादी कण्डिका –4

तथापि, परिसीमन आयोग ने यह आंतरिक निर्णय लिया है कि चूंकि निर्वाचन क्षेत्रों को सभी मामलों में एकदम समान आबादी के रूप में परिसीमित नहीं किया जा सकेगा।

राज्य/जिला औसत से 10 प्रतिशत तक कम अथवा ज्यादा तक अन्तर आयोग को मान्य होगा।[42] राज्य की कुछ विधानसभाएं ऐसी भी हैं जिन्हें औसत संख्या से कम आबादी पर पुर्नसमायोजित किया गया है।[43] जैसे,

तालिका–2

जिला नंबर और नाम विधानसभा निर्वाचन क्षेत्र		सामान्य /आरक्षित	कुल आबादी	SC आबादी
1. मुजफ्फरनगर	13–पुरकाजी विधानसभा	आरक्षित	362220	76957, 21.25%
2. ज्योतिबा फूलेनगर	41–अमरोहा विधानसभा	सामान्य	344273	43185, 12.54%
3. बरेली	122–फरीदपुर विधानसभा	आरक्षित	383771	61607, 16.5%

स्रोत : 1. उत्तर प्रदेश पेपर–5–चेंजिंग फेस ऑफ इलेक्टोरल इण्डिया : डिलिमिटेशन 2008.
2. भारत जनगणना 2001.

गौरतलब है कि, उपर्युक्त तालिका में दिए गए आंकड़ों के अनुसार राज्य में जो 85 सीटें आरक्षित की गई हैं, वे संविधान के (अनुच्छेद 330, 332, 334) के प्रावधानानुसार आरक्षित हैं ताकि अनुसूचित जाति और जन जातियों को लोक सभा और विधान सभा में सीटों के आरक्षण का लाभ मिल सके।[44] परन्तु यहाँ जो सीटों की संख्या आरक्षित की गई हैं, वह राज्य में उनकी आवादी के अनुपात से 85 सीटें बराबर हैं। मगर तकनीकी लिहाज से देखा जाए तो आरक्षित वर्ग घाटे में ही है चूंकि राज्य की कुल आबादी में उनकी आबादी 3 करोड़ 51 लाख 48 हजार 377 है और वैसे भी परिसीमन आयोग ने एक सीट औसत आबादी 4 लाख 12 हजार 402 पर गठित किया है।[45] लिहाज़ा जनसंख्या अनुपात से उनकी 85 सीटें किसी भी कोण से बनती हैं जो उसी वर्ग की आबादी पर आधारित होगी।

इसके प्रयोग के बारे में देखें परिशिष्ट–3

दरअसल आयोग धर्मनिरपेक्ष और लोकतांत्रिक मूल्यों के आधार पर उनकी 75 प्रतिशत औसत आबादी को शामिल करते हुए भी एक सीट परिसीमित करता तो उनकी आबादी के अनुपात से 150 विधानसभा निर्वाचन क्षेत्र किसी भी कोण से बन सकते थे। जहाँ से इस वर्ग का व्यक्ति चुनाव जीत कर सदन में अपनी उपस्थिति दर्ज कराता रहता। यहाँ तालिका में दिए गए आंकड़ों से स्पष्ट हो जाता है कि, परिसीमन आयोग ने आरक्षित वर्ग का राजनीतिक रूप से शोषण ही किया है... इसमें आगे एक गूढ़ रहस्य और भी है! जिले की सभी विधानसभाओं को इस तरह परिसीमित किया गया है कि, हर एक विधानसभा में उनकी आबादी 20 से 25 प्रतिशत मौजूद रहे।[46] यानी परिसीमन आयोग ने राज्य में जातिगत समीकरण का पूरा–पूरा ध्यान रखा है ताकि कांग्रेस को 15वीं लोकसभा की तरह राज्य विधानसभा के चुनाव में भी परिसीमन के जरिए राजनीतिक लाभ पहुंचाया जा सके। इस मामले में यदि देखा जाए तो आरक्षित वर्ग को संविधान के (अनुच्छेद 330, 332, 334) का कोई संवैधानिक लाभ नहीं मिला है। अलबत्ता अनुच्छेद 164 के परंतुक में यह अभिकथित है कि बिहार, मध्यप्रदेश और ओडिशा राज्य में

जनजातियों के कल्याण का एक मंत्री होगा जो अनुसूचित जनजातियों अन्य पिछड़े वर्गों के कल्याण का प्रभारी भी हो सकता है।[47] व्यवहार में ऐसे कल्याण विभाग न केवल उन तीन राज्यों में बनाए गए हैं जिनके लिए संविधान में अपेक्षा की गई थी बल्कि अन्य राज्यों में भी हैं।[48] दरअसल यहाँ अनुच्छेद 164 के परंतुक को जोड़ने का मूल उद्‌देश्य इस वर्ग का राजनीतिक शोषण ही करना है। परिसीमन आयोग ने इस तरह की केंचुली फांस सभी राज्यों में निर्मित की है। वर्ना यह हकीकत है कि, मध्य प्रदेश, छत्तीसगढ़, झारखण्ड, ओडिशा और उत्तर प्रदेश राज्य में उनकी आबादी के अनुपात से अजा वर्ग स्वयं अपनी सरकार बना सकता है और फिर इन राज्यों के मुखिया यानी मुख्यमंत्री भी इसी वर्ग के हो सकते हैं।

तालिका–3

क्र.	राज्य	भारत की जनगणना 2001			विधान सभा की सदस्य संख्या	सरकार बनाने के लिए साधारण बहुमत	आरक्षित सीटों की संख्या	सरकार बनाने के लिए आरक्षित वर्ग को सीटों की दरकार	मुख्यमंत्री किस वर्ग से है
		कुल आबादी	अनुसूचित जाति / जनजाति आबादी	राज्य की औसत आबादी पर एक सीट परिसीमित					
1.	मध्य प्रदेश	60348023	9155177 / 12233474	262382	230	116	82	34	सामान्य
2.	छत्तीसगढ़	20833803	2418722 / 6616596	231486	90	46	39	07	सामान्य
3.	ओडिशा	36707900	6082063 / 8145081	249713	147	74	57	17	सामान्य
4.	झारखण्ड	26945829	3189320 / 7087068	332664	81	41	37	04	आरक्षित
5.	उत्तर प्रदेश	166197921	35148377 / 107963	412401	403	202	88	117	सामान्य
6.	महाराष्ट्र	96878627	9881656 / 8577276	336384	288	145	54	91	सामान्य

छत्तीसगढ़ में मौजूदा विधानसभा की एक सीट 2 लाख 31 हजार 486 औसत आबादी पर पुनर्समायोजित की गई है। भारत जनगणना 2001 के अनुसार राज्य में अनुसूचित जाति/जनजाति की आबादी 90 लाख 35 हजार 318 थी। तदानुसार 39 सीटें आरक्षित की गई हैं। गौरतलब है कि, धर्मनिपेक्ष और लोकतांत्रिक मूल्यों के आधार पर ये 39 विधानसभा निर्वाचन क्षेत्र 49 सीटों में तब्दील हो सकते थे। 90 सदस्यीय विधानसभा में सरकार बनाने के लिए मात्र 46 सदस्यों की दरकार है। आरक्षित वर्ग को (अनुच्छेद 330, 332, 334) के कवच की भी कोई जरूरत नहीं है। वे आबादी के अनुपात से ही इन राज्यों में सर्वोच्च सत्ता प्राप्त कर सकते हैं।

स्रोत : 1. भारत जनगणना 2001

2. चैंजिंग फेस ऑफ इलेक्टोरल इण्डिया : डिलिमिटेशन 2008

संदर्भ–सूची

1. दैनिक भास्कर इन्दौर 21 जून, 2010 (अभिव्यक्ति) और परिसीमन अधिनियम, 2002
2. परिसीमन अधिनियम, 2002।2002 का अधिनियम संख्या 33 (3 जून 2002) कण्डिका–10 आदेशों का प्रकाशन तथा उनके प्रचलन की तिथि की कण्डिका–2 'दिशा–निर्देश तथा प्रक्रिया' 'अंतिम आदेश'
3. वही, और कण्डिका–4.
4. उच्चतम न्यायालय नई दिल्ली, वाई.के. सभरवाल की अध्यक्षता वाली नौ न्यायाधीशों की संविधान पीठ आदेश 11 जनवरी, 2007 दैनिक भास्कर इन्दौर, 12 जनवरी, 2007.
5. मूल अधिकारों का वर्गीकरण कण्डिका–(III) इन दो वर्गों के बीच अनुच्छेद 19 द्वारा प्रत्याभूत अधिकार आते हैं। अनुच्छेद 19 द्वारा प्रत्याभूत अधिकार साधारणतया कार्यपालिका और विधायिका दोनों पर आबद्धकर हैं। भारत का संविधान एक–परिचय (मूल अधिकार और मूल कर्तव्य) आचार्य डॉ. दुर्गादास बसु पृष्ठ–86.
6. वही.
7. वही.
8. वही.
9. वही.
10. परिसीमन अधिनियम, 2002 सहयोगी सदस्यों के साथ बैठक की कण्डिका–5 की कण्डिका–1 तथा 2.
11. परिसीमन अधिनियम, 2002 कण्डिका–6 का (।)
12. भारत का राजपत्र सं. 250 नई दिल्ली, मंगलवार फरवरी 19, 2008 (विधिक एवं न्याय मंत्रालय) विधि विभाग अधिसूचना।
13. htt:assam assembly.gov.in 2006, राज एक्सप्रेस इन्दौर, 19 जून, 2006.
14. htt:assam assembly.gov.in 2011.
15. वही.
16. भारत का संविधान–एक परिचय (आचार्य डॉ. दुर्गादास बसु) अल्पसंख्यक, अनुसूचित जातियाँ और अनुसूचित जनजातियाँ पृष्ठ–398.
17. वही.
18. वही, और पृष्ठ–402, 403.
19. वही, पृष्ठ–403.
20. वही.
21. वही.
22. वही.
23. वही.

24. वही, और पृष्ठ–404.
25. वही.
26. वही.
27. वही.
28. वही.
29. वही.
30. वही.
31. निर्देश वही, पृष्ठ–406.
32. निर्देश वही,
33. निर्देश वही,
34. निर्देश वही,
35. निर्देश वही,
36. नई दुनिया, इन्दौर 31 जुलाई, 2009.
37. वही.
38. भारत का संविधान–एक परिचय (आचार्य डॉ. दुर्गादास बसु) पृष्ठ–406.
39. वही.
40. Uttar Pradesh Paper-5 Changing Face of Electoral India : Delimitation 2008.
41. परिसीमन अधिनियम, 2002 विधानसभा तथा संसदीय निर्वाचन क्षेत्रों का परिसीमन दिशा–निर्देश तथा प्रक्रिया कण्डिका–3.
42. वही, 'आबादी' कण्डिका–4.
43. Uttar Pradesh Paper-5 Changing Face of Electoral India : Delimitation 2008.
44. भारत का संविधान–एक परिचय (आचार्य डॉ. दुर्गादास बसु) अल्पसंख्यक, अनुसूचित जनजाति और अनुसूचित जनजातियाँ पृष्ठ–406.
45. Uttar Pradesh Paper-5 Changing Face of Electoral India : Delimitation 2008-
46. वही.
47. भारत का संविधान–एक परिचय (आचार्य डॉ. दुर्गादास बसु) अल्पसंख्यक, अनुसूचित जनजाति और अनुसूचित जनजातियां पृष्ठ–404.
48. वही।

2
निर्वाचन क्षेत्रों का परिसीमन

खण्ड–'अ'

लोकतंत्र और संख्या बल का खेल

हमें यह जान लेना भी जरूरी है कि, फिलहाल भारत गणराज्य में जो लोकसभा और विधानसभा निर्वाचन क्षेत्रों का परिसीमन किया गया है, वह लगभग पचास वर्ष पूर्व की परिस्थितियों के आधार पर हैं। जो परिसीमन अधिनियम 1972 (1972 का 76) के खण्ड के अन्तर्गत गठित परिसीमन आयोग द्वारा आयोजित जनगणना द्वारा तय किए गए आकड़ों के आधार पर पुनः पुनरीक्षण किया गया था और 518 संसदीय सीटों के स्थान पर 542 सीटें की गई थी। निर्वाचन से जुड़े मामलों के लिए संसद ने लोक प्रतिनिधित्व अधिनियम, 1950 और 1951 बनाए है तथा परिसीमन अधिनियम, 1962, 1972 बनाए हैं और इसमें निर्वाचन का ढंग विहित किया है तथा निर्वाचन से संबंधित निर्वाचन क्षेत्रों की रचना और उनका परिसीमन किया था।[1]

अब यही–संविधान (चौरासीवां संशोधन) अधिनियम, 2001 द्वारा यथा–संशोधित संविधान के अनुच्छेद 82 और अनुच्छेद 170 (3) में उपबंधों के अधीन संसद ने परिसीमन अधिनियम, 2002 अधिनियमित किया और लोकसभा और राज्य विधानसभाओं के निर्वाचनों के प्रयोजन के लिए प्रत्येक राज्य और संघ राज्यक्षेत्र के प्रादेशिक निर्वाचन–क्षेत्रों में विभाजन को, वर्ष 2001 में की गई जनगणना के आधार पर अभिनिश्चित किए गए आंकड़ों के आधार पर पुनः समायोजन करने के लिए परिसीमन आयोग स्थापित किया गया है। (जैसा कि संविधान (सत्तासीवाँ संशोधन) अधिनियम, 2003 के अधीन परिकल्पित है); तथा आरक्षित किए जाने वाली सीटों की संख्या 2001 की गणना के आधार पर फिर से गणना की जाएगी। अलबत्ता 1971 की जनगणना के आधार पर लोकसभा में आबंटित विद्यमान सीटों की कुल संख्या लोकसभा और विधानसभाओं में 2026 वर्ष की पहली जनगणना वर्ष 2031 तक अपरिवर्तित रहेगी।[2] लिहाज़ा 19 फरवरी,

2008 को भारत की राष्ट्रपति (विधि एवं न्याय मंत्रालय) द्वारा अधिसूचना जारी कर पुनर्समायोजन परिसीमन किया गया और नए परिसीमन के चुनाव 2009 में हुए। गौरतलब है कि इस परिसीमन को भारतीय समाज की तीन पीढ़ियों ने देखा है, बच्चे से जवान हुए और जवान से बूढ़े हो कर दादा बने लोग!

वास्तव में परिसमीन की प्रक्रिया एक महत्त्वपूर्ण प्रक्रिया है जिसमें उस क्षेत्र के रहने वाले नागरिकों की राजनीतिक, आर्थिक एवं सामाजिक प्रगति की बुनियाद निर्भर है। लोकतांत्रिक और धर्मनिरपेक्ष कहे जाने वाले राष्ट्र में परिसीमन की कई बहुत अलग–अलग तरह की शाखाओं से जो प्रायोगिक तथ्य इकट्ठे किए गए हैं...उनके आधार पर इस बात का अनुवीक्षण करने से हमें बिलकुल निश्चित उत्तर मिलता है : कि निःसन्देह हमारा राजनीतिक भविष्य निर्वाचन क्षेत्रों के परिसीमन के कारण धीरे–धीरे बदल रहा है!

50 साल पहले की इसकी स्थिति, वर्तमान और जो स्थिति निकट भविष्य में हो जाएगी, यह तीनों बहुत भिन्न स्थितियां होंगी।

24 जुलाई 1947 को देशी रियासतों से सर्वोच्च सत्ता समाप्त होने के समय अंग्रेजों ने भी रियासतों की भौगोलिक परिस्थितियों और आबादी की इच्छा को ध्यान में नहीं रखा था।[3] जिसके कारण भारत डोमिनियन (Dominion) में अधिकांश मुस्लिम रियासतों के विलय के बाद राज्य पुनर्गठन के समय 1956 में इन रियासतों का भौगोलिक स्वरूप और राजनीतिक वुजूद खत्म कर दिया गया था। अब यही चतुराई लोकतंत्र की दुहाई के नाम पर पक्षपाती और दोहरे मापदण्ड वाला है। इस प्रकार निर्वाचन क्षेत्रों का परिसीमन जो अतीत की भौगोलिक परिस्थितियों के एक दूसरे रूप में हमारे सामने था। लेकिन परिसीमन को एक निरंतर जारी प्रक्रिया के रूप में उपयोग करते हुए हमेशा सत्तासीन दल ने राजनीतिक लाभ उठाने का ही प्रयास किया है।[4]

हमें एक दृष्टि उन परिस्थितियों और परिसीमन कि प्रक्रियाओं को क्रियान्वित करने के संबंध में बनाए गए नियमों पर भी डालना आवश्यक है। जो इस प्रकार है–

भारत परिसंघ में प्रशासनिक दृष्टि से विभिन्न राज्यों में इकाइयॉ विद्यमान हैं। जैसे संभाग, जिला, तहसील और ब्लाक इन इकाइयों के माध्यम से ही प्रशासनिक और जनकल्याण के कार्यो को क्रियान्वित किया जाता है। गौरतलब है कि, संवैधानिक व्यवस्था के अनुरूप संसदीय और विधानसभा निर्वाचन क्षेत्रों के गठन की प्रक्रिया में राजस्व जिला और तहसील इकाइयों की परस्पर विरोधी भूमिका रहती है। यानी जिला, तहसील अथवा तालुका की सीमा को भी निर्वाचन के लिए

ज्यों–का–त्यों संसदीय/विधानसभा निर्वाचन क्षेत्रों के रूप में परिसीमित नहीं किया जाता है। यह केवल राजस्व और प्रशासनिक इकाइयों के रूप में ही विद्यमान रहती है।[5] दरअसल निर्वाचन क्षेत्रों के गठन के लिए मतदाताओं की संख्या नहीं बल्कि आबादी को शामिल किया जाता है, और फिर निर्वाचन क्षेत्रों का परिसीमन किया जाता है। इस तरह परिसीमित किए गए निर्वाचन क्षेत्रों में मतदाताओं की संख्या/आंकड़े स्वयं सामने आ जाते हैं।

परिसीमन अधिनियम, 1972 के प्रावधानानुसार जिन निर्वाचन क्षेत्रों का परिसीमन किया गया था, उनके चुनाव वर्ष 1977 में प्रभावशील हुए थे। जब भारत परिसंघ राज्यों की संख्या 17 थी और अब परिसीमन 2008 में राज्यों की संख्या 28 और संघ राज्य क्षेत्र 7 है। जिलों की संख्या भी दुगूनी यानी 640 है।[6]

राज्य पुनर्गठन अधिनियम, 1970 हिमाचल प्रदेश, पूर्वोत्तर क्षेत्र (पुनर्गठन) अधिनियम, 1971 मणिपुर और त्रिपुरा, मेघालय (भारत का एक रक्षित राज्य) सिक्किम को संविधान (35 वां संशोधन) अधिनियम, 1974 अधिनियिम, 1986 मिजोरम, अरुणाचल प्रदेश के संघ राज्यक्षेत्र को राज्य का दर्जा दिया गया। सन् 1987 में गोवा प्रदेश और राज्य पुनर्गठन अधिनियम, 2000 छत्तीसगढ़, उत्तराखण्ड, झारखण्ड राज्य अस्तित्व में आए। इन नए राज्यों के पुनर्गठन से भारत परिसंघ की राजनीतिक स्थिति पर भी प्रतिकूल प्रभाव पड़ा है।[7]

वर्ष 1972 के बाद हुए निर्वाचन क्षेत्रों के परिसीमन यानी 2008 के संशोधित परिसीमन में राजनीतिक पक्ष को आधार बनाकर परिसीमन किया गया। विद्यमान संसदीय निर्वाचन क्षेत्र में एक जिले की जनसंख्या को परिसीमित करके भी संसदीय निर्वाचन क्षेत्र गठित किए और तीन–चार जिलों की विधानसभाओं की जनसंख्या को मिलाकर भी संसदीय क्षेत्र गठित किए गए हैं।[8]

विधानसभा तथा संसदीय निर्वाचन क्षेत्रों का परिसीमन दिशा–निर्देश तथा प्रकिया (Guidelines and Methodology) की कण्डिका–3 और आबादी की कण्डिका–2 में यह कहा गया है कि राज्य में प्रत्येक निर्वाचन क्षेत्र को इस तरह से परिसीमित किया जाएगा कि जहाँ तक व्यवहारिक होगा, सभी निर्वाचन क्षेत्रों की आबादी पूरे राज्य में एक समान होगी।[9]

कण्डिका–3 इस प्रयोजन के लिए, राज्य की कुल आबादी (जनगणना 2001) को राज्य के विधानसभा निर्वाचन क्षेत्रों की कुल संख्या से विभाजित किया जाएगा तथा इस तरह प्रति विधानसभा क्षेत्र के लिए राज्य का औसत प्राप्त किया जाएगा। राज्य का यह औसत निर्वाचन क्षेत्र को इस तरह से परिसीमित करने लिए दिशा–निर्देश घटक होंगे कि, जहाँ तक व्यवहारिक होगा निर्वाचन क्षेत्र में समान आबादी होगी।[10]

यहाँ यह उल्लेखनीय है कि विधानसभा तथा संसदीय निर्वाचन क्षेत्रों का परिसीमन दिशा–निर्देश तथा प्रकिया की कण्डिका–5 की सहायक कण्डिका–1 में परिसीमन आयोग ने यह निर्णय लिया है कि, जहाँ तक व्यवहारिक होगा, एक जिले के सभी निर्वाचन क्षेत्रों को उस जिले की एक क्षेत्रीय सीमा के अंदर सीमित किया जाएगा। दूसरे शब्दों में किसी भी विधानसभा निर्वाचन क्षेत्र को सामान्यतः उस एक जिले से अधिक विस्तारित नहीं किया जाएगा।[11] इसके प्रयोग के लिए देखे परिशिष्ट–4, 5

जहाँ तक भारत के महारजिस्ट्रार जनगणना का सवाल है, उन्होंने अपने पत्र क्रमांक 28–1–2011–RT 20 जुलाई 2011 में स्पष्ट उल्लिखित किया है कि, जनगणना 2001 के अनुसार जनसंख्या (धर्मानुसार) केवल जिला स्तर पर उपलब्ध है। तहसील स्तर पर जनसंख्या के आंकड़े उपलब्ध नहीं है।[12]

गौरतलब है कि, मध्यप्रदेश राज्य में वर्ष 1995 के चुनाव में ऐसी स्थिति उत्पन्न हो गई थी कि 320 सदस्यीय विधानसभा में एक भी मुस्लिम प्रत्याशी किसी भी राजनीतिक दल से विजयी नहीं हुआ और राज्य में भारतीय राष्ट्रीय कांग्रेस की सरकार बनी। धर्मनिरपेक्षता का स्वांग रचने वाली कांग्रेस मंत्रिपरिषद में एक मुस्लिम अल्पसंख्यक सदस्य को लेना आवश्यक समझती है। लिहाजा संवैधानिक व्यवस्था के अनुरूप जबलपुर के हामिद हुसैन खान को छह माह के लिए शपथ दिलाई गई थी। वर्ष 2004 के चुनाव राज्य पुनर्गठन के बाद सम्पन्न हुए थे 230 सदस्यीय विधानसभा में मुस्लिम सदस्य दो थे। उत्तर भोपाल से आरिफ अकील और बुरहानपुर विधानसभा से हमीदउद्दीन काज़ी विजयी हुए थे।[13]

2009 के चुनाव परिसीमन के तहत हुए है। परिसीमन दिशा–निर्देश तथा प्रकिया की कण्डिका–5 की सहायक कण्डिका–1 में कहा गया है कि किसी भी विधानसभा निर्वाचन क्षेत्र को सामान्यतः उस एक जिले से अधिक विस्तारित नहीं किया जाएगा। यहाँ उल्लेखनीय है कि मध्य प्रदेश के जिला खण्डवा की तहसील बुरहानपुर को 15 अगस्त 2003 को जिला घोषित किया गया था। सन् 2004 के चुनाव तक जिला बुरहानपुर में तीन विधानसभा क्षेत्र विद्यमान थे। 195–नेपानगर 196–बुरहानपुर 197–शाहपुर, और नेपानगर विधानसभा खण्डवा जिले की सीमा में विस्तारित थी। तथापि 197–शाहपुर विधानसभा निर्वाचन क्षेत्र को परिसीमन 2008 में विलोपित किया गया और उसकी आधी आबादी (2. शाहपुर रा.नि.मं. 3. शाहपुर नगर पंचायत) को संशोधित परिसीमन के तहत पुनर्गठित 180–बुरहानपुर में जोड़ा और शेष भाग को 179–नेपानगर विधानसभा में समायोजित किया गया।[14]

बुरहानपुर विधानसभा क्षेत्र जो वास्तव में एक मुस्लिम बहुल निर्वाचन क्षेत्र था,

इसे राजनीतिक लाभ के उद्देश्य से परिसीमन की आड़ में इस प्रकार विस्तारित किया और एक बड़ा हिस्सा जोड़ा जिससे कि अल्पसंख्यक वर्ग के प्रत्याशी की जीत की सारी संभावनाएँ समाप्त हो जाएं। यह तथ्य 2009 के राज्य विधानसभा चुनाव में सही साबित हुआ। यहाँ से हमीदउद्दीन काजी कांग्रेस और राकांपा के संयुक्त उम्मीदवार होने के बावुजूद भी तीस हजार से अधिक मतों से चुनाव हार गए। प्रदेश के जबलपुर, भोपाल और उज्जैन जिलों के विधानसभा निर्वाचन क्षेत्रों को परिसीमित करते समय विशेष राजनीतिक हित को ध्यान में रखकर आबादी को जोड़ा गया है। इन जिलों में पर्याप्त मुस्लिम आबादी होने के बावुजूद वार्डों का विभाजन किस तरह किया गया है, देखा जा सकता है। राज्य विधानसभा के चुनाव 2013 में 230 सदस्यीय सदन में अब केवल एक ही मुस्लिम सदस्य है।[15]

जिला जबलपुर विधानसभा निर्वाचन क्षेत्र 8–

1. 95–पाटन	
2. 96–बरगी	
3. 97–जबलपुर पूर्व (अ.जा)	जबलपुर तहसील में जबलपुर (नगर निगम) के वार्ड संख्या 3 से 9, 13 से 22 तथा 27 से 33 तक
4. 98–जबलपुर उत्तर	जबलपुर तहसील में जबलपुर (नगर निगम) के वार्ड संख्या 1, 2, 10 से 12, 23, से 26 तथा 35 से 39 तक
5. 99–जबलपुर कैंट	जबलपुर तहसील 1. जबलपुर (नगर निगम) के वार्ड संख्या 34, 40 से 45 तथा 60 ओर 2. जबलपुर कैंट (कैंटोंमेंट बोर्ड) 3. जी.सी.एफ जबलपुर (सी.टी.) जी.सी.एफ 4 ओ.एफ.खमरिया (सी.टी) ओ.आर.एफ. तथा 5. व्हीकल फैक्ट्री एरिया जबलपुर (सी.टी.) वी.सी.एफ.।
6. 100–जबलपुर पश्चिम	जबलपुर तहसील में जबलपुर (नगर निगम) के वार्ड संख्या 46 से 59
7. 101–पनागर	
8. 102–सिहोरा (अजजा)	

जिला भोपाल विधानसभा निर्वाचन क्षेत्र–7

1. **149–बैरसिया (अ.जा.)**	
2. **150–भोपाल उत्तर**	1. हुजूर तहसील में भोपाल (ननि + बाहय वृद्धि) के वार्ड संख्या 9 से 18 और 66 तक
3. **151–नरेला**	1. हुजूर तहसील में भोपाल (ननि + बाह्य वृद्धि) के वार्ड संख्या 39 से 42 और 62 से 65 तक
4. **152–भोपाल दक्षिण –पश्चिम**	1. हुजूर तहसील में भोपाल (ननि + बाह्य वृद्धि) के वार्ड संख्या 27 से 35 और 47 से 50 तक
5. **153–भोपाल मध्य**	1. हुजूर तहसील में भोपाल (ननि + बाह्य वृद्धि) के वार्ड संख्या 6 से 08, 19 से 26, 36 से 38 और 43 से 45 तक
6. **154–गोविन्दपुरा**	1. हुज़ूर तहसील में भोपाल (ननि + बाह्य वृद्धि) के वार्ड संख्या 46 और 51 से 61 तक
7. **55–हुजूर**	1. हुजूर तहसील में 1. रतीबाड़ रा.नि.मं. 2.फन्डाकलॉ रा.नि.मं. 3 बिलाविरीकलॉ रा.नि.मं. और 4 भोपाल (ननि + बाहय वृद्धि) वार्ड संख्या 01से 05 तक

जिला उज्जैन विधानसभा निर्वाचन क्षेत्र–8

1. **212–खाचरौद**	
2. **213–महिदपुर**	
3. **214–तराना (अ.जा.)**	
4. **215–घटिया (अ.जा.)**	
5. **216–उज्जैन उत्तर**	1. उज्जैन तहसील में उज्जैन (ननि के वार्ड) संख्या 1 से 32 और 34 से 35 तक
6. **217–उज्जैन दक्षिण**	1. उज्जैन तहसील में 1. उज्जैन रा.नि.मं. लालपुर बाह्य वृद्धि को सम्मिलित करते हुए 2. उज्जैन (ननि के वार्ड) संख्या 33 और 36 से 54 तक
7. **218–बड़नगर**	तहसील।16

वर्ष 2004 में महाराष्ट्र राज्य की 46–कुर्ला विधानसभा सामान्य सीट थी। यहाँ से मोहम्मद आरिफ नसीम खान विजयी हुए थे। परिसीमन 2008 में इस

विधानसभा को आरक्षित 174–कुर्ला के नाम से तब्दील किया गया है। 272–मीरज से हफीज धतुरे विधायक थे, उसे 281–मीरज के नाम से आरक्षित किया। यद्यपि 136–नागपुर सेंट्रल से हाजी अनीस अहमद विजयी हुए थे। नागपुर की पांच विधानसभाओं के स्थान पर इस संशोधित परिसीमन में छह विधानसभा क्षेत्र गठित किए गए हैं। लिहाजा 2009 के चुनाव में बदली हुई भौगोलिक सीमाओं के साथ गठित 55–नागपुर साउथ–वेस्ट से हाजी अनीस अहमद 1979 मतों से चुनाव हार गए हैं।

अकोला जिले की चार विधानसभा सीटें थी 110–बोरगांव मंजू, 111–अकोला, 112–बालापुर और 116–मुर्तिजापुर संशोधित परिसीमन में 110–बोरगांव मंजू विधानसभा निर्वाचन क्षेत्र को विलोपित किया और उसकी आबादी को अकोला जिले की पुनः चार विधानसभाओं में समायोजित कर पुनर्गठित किया। 29–बालापुर, 30–अकोला पश्चिम, 31–अकोला पूर्व, 32–मुर्तिजापुर आरक्षित, लिहाज़ा 29–बालापुर से रजिया बेगम खतीब 1590 मतों से चुनाव हार गई और 30–अकोला पश्चिम से अजहर हुसैन खान को हार का मुँह देखना पड़ा।[17]

बिहार राज्य की 146–मनुहारी विधानसभा से मुबारक हुसैन 13वीं और 14वीं दोनों राज्य विधानसभा के चुनाव में विजयी हुए थे। यह संशोधित परिसीमन 2008 में 67–मनुहारी के नाम से आरक्षित है। 72–पुपरी सामान्य विधानसभा से फरवरी 2005 और अक्टूबर 2005 के चुनाव में शाहिद अली खान JD (U) से विजयी हुए थे। 79–पांडोल विधानसभा से फरवरी 2005 में नियाज अहमद RJD, 144–बारसोई विधानसभा से फरवरी 2005 और अक्टूबर 2005 में CPI (ML) (L) से महबूब आलम और मुनाफ आलम विधायक थे, 208–बिक्रमगंज विधानसभा से फरवरी 2005 में अख़लाक अहमद RJD से विजयी हुए थे, और अब इन चारों विधानसभाओं की पुरानी पहचान को मिटा दिया गया है यानी विलोपित किया।[18]

संशोधित परिसीमन में उत्तर प्रदेश राज्य की चार मुस्लिम बहुल विधानसभा की पुरानी पहचान को मिटाया गया है। 3–अफजलगढ़, 13–बाहजोई, 39–करवर और 134–चारदा विधानसभा को विलोपित किया और पाँच विधानसभाओं को संशोधित परिसीमन 2008 में आरक्षित वर्ग में तब्दील किया गया है। 44–पूरणपुर, 55–श्रीनगर, 189–सलेमपुर, 257–सोरांव, 341–आगरा कैंटोंमेन्ट। गत चुनाव 2007 में इन सभी नौ विधानसभा क्षेत्रों से मुस्लिम प्रत्याशी विजयी हुए थे।[19]

पश्चिम बंगाल राज्य की मुस्लिम बहुल पाँच विधानसभाओं को विलोपित और दो को आरक्षित किया गया है। 19–क्रांति, 51–औरंगाबाद, 114–गार्डनरीच,

144–बाड़ाबाजार, 225–खडगपुर ग्रामीण और 06–सिताई, 93–स्वरूपनगर विधानसभा निर्वाचन क्षेत्रों को आरक्षित किया गया है।[20]

2004 के लोकसभा चुनाव में 12–शाहबाद संसदीय निर्वाचन क्षेत्र से इलियास आजमी BSP से सांसद थे। संशोधित परिसीमन 2008 में इस निर्वाचन क्षेत्र को विलोपित किया गया है। 27–बहराइच से रूवाब सैयदा SP से मुस्लिम महिला सांसद थी। अब 209–बहराइच के नाम से आरक्षित है।[21]

विगत लोकसभा चुनाव में कर्नाटक की 2–गुलबर्गा संसदीय सीट से मुस्लिम सदस्य इकबाल अहमद सांसद थे। अब 205–गुलबर्गा के नाम से आरक्षित है। पश्चिम बंगाल की 23–कोलकाता नार्थ–ईस्ट से मो. सलीम CPM से विजयी हुए थे और 40–कटवा संसदीय क्षेत्र से महबूब जाहिदी सांसद थे। इस पुनर्समायोजन परिसीमन 2008 में इनकी पुरानी पहचान को मिटा दिया गया है।[22]

इस प्रकार निर्वाचन क्षेत्रों के प्रयोजन के लिए परिसीमन के बार–बार पुनर्समायोजित करने के चाहे जो भी कारण रहे हो, इसमें भारत परिसीमन आयोग द्वारा लिए गए आंतरिक निर्णय भी शामिल हैं। वे अधिकारिक रूप में हमारे सामने नहीं हैं तथापि इनके गहन अध्ययन एवम् अवलोकन से यह तथ्य स्पष्ट रूप से उभर कर सामने आ जाता है कि मुस्लिम मतों की शक्ति क्षीण करने के अलावा अन्य कोई उद्देश्य संभवतः नहीं है... लिहाजा परिसीमन आयोग और मुस्लिम वर्ग में कटुता और बढ़ेगी, क्योंकि इस तरह के परिसीमन से दोनों में परस्पर अविश्वास तो पैदा हो ही गया है।

1950 से 1980 के तीन दशक तक हर एक लोकसभा चुनाव में 50–60 मुस्लिम सांसद विभिन्न राजनीतिक दलों से निर्वाचित होकर सदन में पहुँच जाया करते थे। परन्तु 90 के शुरूआती दशक में भारतीय लोकतंत्र की धर्मनिरपेक्ष राजनीति में भारतीय जनता पार्टी ने भारतीय समाज में सांप्रदायिकता का ऐसा जहर घोला कि अब गिने–चुने मुस्लिम सांसद ही सदन में पहुँच पाते हैं कैसी विडम्बना है कि... ताजमहल से लेकर बाबरी मस्जिद तक की घटनाएं इसकी गवाह हैं। उसका विश्वास इतिहास को गढ़ने में है तथ्यों में नहीं है!

वर्ष 1971 के संसदीय चुनाव में लोकसभा की 518 सीटें विद्यमान थी और 6ठी लोकसभा के चुनाव परिसीमन 1972 के बाद हुए थे। इस परिसीमन में 24 सीटें बढ़ी थी। लिहाज़ा 1977 के चुनाव 542 सीटों पर सम्पन्न हुए थे।[23] 1980 के दशक में केन्द्र शासित राज्य लक्षद्वीप की एक सीट और बढ़ी तब से लेकर यानी परिसीमन 2008 तक 543 सीटें बरकरार हैं।

तीन दशक बाद हुए इस परिसीमन में सीटों की संख्या नहीं बढ़ी है बल्कि आरक्षित वर्ग की सीटें ज़रूर बढ़ाई गई है। अभी तक अजा के लिए 79 और अजजा की 41 कुल = 120 सीटें थी।[24] लिहाजा पुनर्समायोजन में आरक्षित किए जाने वाली सीटों की संख्या 2001 की गणना के आधार पर फिर से गणना करने पर उनकी 11 सीटें और बढ़ी हैं। 120 सीटों के स्थान पर अब अजा 84 और अजजा 47 कुल = 131 सीटें हो गई हैं। गौरतलब है कि इन 11 सीटों को बढ़ाने के लिए परिसीमन आयोग ने 499 सीटों में फेरबदल बदलाव किया है और संसदीय सीटों की कुल संख्या 543 बरकरार है।[25]

14वीं लोकसभा में जो 37 मुस्लिम सांसद विजयी हुए थे वे 11 राज्य और एक केन्द्र शासित प्रदेश लक्षद्वीप से विजयी हुए थे जबकि देश में 28 राज्य और 6 केन्द्र शासित प्रदेश थे।[26]

15वीं लोकसभा के चुनाव परिसीमन के तहत हुए थे। इस पक्षपातपूर्ण परिसीमन से देश का मुसलमान राजनीतिक रूप से और अधिक कमजोर हो गया है। इस चुनाव में 29 मुस्लिम सांसद 8 राज्य और एक केन्द्र शासित प्रदेश से विजयी हुए हैं। यानी 14वीं लोकसभा की तुलना में 15वीं लोकसभा में 8 मुस्लिम सांसद सदन में कम पहुँचे थे। बदली हुई भौगोलिक सीमाओं के साथ हुए इस चुनाव में परिसीमन का असर साफ दिखाई देता है।[27] देश में मुसलमानों की जनसंख्या दर के लिहाज़ से देखा जाए तो उनकी आबादी ख़ासी बड़ी है और जहाँ तक चुनाव का सवाल है वह तो पाँच साल के अन्तराल में होते हैं। फिर तो मुस्लिम वर्ग के प्रत्याशियों को और अधिक संख्या में निर्वाचित होना चाहिए था। अलबत्ता नतीजों का बिलकुल विपरीत आना और मुस्लिम वर्ग के सदस्यों की संख्या चुनाव में घट जाना यह आश्चर्य की बात है। यह एक क्रूर तथ्य है कि परिसीमन के नाम पर मुसलमानों को राजनीतिक रूप से और कमजोर करने का सुनियोजित षड्यंत्र है। बड़े दुःख की बात है कि कांग्रेस और कांग्रेसी मुस्लिम नेता इसे महसूस भी नहीं कर पाते हैं। गौरतलब है कि इसीलिए गाँव की चौपाल से लेकर संसद के गलियारे तक इस बात की कोई चर्चा भी नहीं हुई कि सदन में अचानक 8 मुस्लिम सांसद क्यों और कैसे कम हो गए हैं ?

बहरहाल यह एक कटुसत्य है कि भारत गणराज्य में जब कभी भी निर्वाचन क्षेत्रों का परिसीमन होता है चाहे कोई भी निर्वाचन क्षेत्र का हो ग्राम पंचायत, नगर निगम, राज्य विधानसभा / संसदीय निर्वाचन क्षेत्रों में मुस्लिम जनप्रतिनिधियों की संख्या निरन्तर घटती जा रही है। देखें सारणी–

14वीं लोकसभा के मुस्लिम सदस्य–37

संसदीय निर्वाचन क्षेत्र का नंबर और नाम 2004			
उत्तर प्रदेश–80		नाम	पार्टी 2004
1.3	मुरादाबाद	डॉ0 शफीकुर्रहमान बर्क	SP
2.6	बदायूँ	सलीम इकबाल शेरवानी	SP
3.12	शाहबाद	इलियास आंजुम	BSP
4.22	सुल्तानपुर	मो0 ताहिर	BSP
5.27	बहराइच	रुवाब सैयिदा	SP
6.31	डुमरियागंज	मो0 मुकीम	BSP
7.46	गाजीपुर	अफजल अंसारी	SP
8.51	फूलपुर	अतीत अहमद	SP
9.76	मेरठ	मो0 शाहिद	BSP
10.78	मुजफ्फरनगर	चौधरी मुन्नव्वर हसन	SP
11.80	सहारनपुर	रशीद मसूद	SP
	पश्चिम बंगाल–42		
1.7	माल्दा	ए.वी. गनीखान चौधरी	INC
2.9	मुर्शिदाबाद	अब्दुल मन्नान हुसैन	INC
3.22	कोलकाता नार्थ	मो0 सलीम	CPM
4.25	उलूबेरिया	हन्नान मुल्ला	CPM
5.40	कटवा	महबूब ज़ाहिदी	CPM
	बिहार–40		
1.5	सिवान	मो0 शाहबुद्दीन	RJD
2.13	मधुबनी	डॉ0 शकील अहमद	INC
3.15	दरभंगा	मो0 अली अशरफ फातमी	RJD
4.23	किशनगंज	तस्लीमुद्दीन	RJD
5.27	भागलपुर (उप चुनाव 9 नवम्बर 2006)	सैयद शाहन्वाज हुसैन	BJP

15वीं लोकसभा के मुस्लिम सदस्य–29

संसदीय निर्वाचन क्षेत्र का नंबर और नाम 2009			
उत्तर प्रदेश–80			पार्टी 2009
1.150	तबस्सुम बेगम	कैराना	BSP
2.360	कदीर राणा	मुजफ्फरनगर	BSP
3.32	मोहम्मद अजहरुद्दीन	मुरादाबाद	INC
4.53	डॉ0 शफीकुर्रहमान	संभल	BSP
5.282	जफर अली नकवी	खीरी	INC
6.164	केसरजहां	सीतापुर	BSP
7.207	सलमान खुर्शीद	फर्रुखाबाद	INC
	पश्चिम बंगाल–42		
1.291	मौसमनुर	मालदा उत्तर	INC
2.93	अबु हासेम खान	मालदा दक्षिण	INC
3.156	अब्दुल मन्नान हुसैन	मुर्षीदाबाद	INC
4.159	हाजी नूरूल इस्लाम	वषीरहट	AITC
5.16	सुल्तान अहमद	उलूबेरिया	AITC
6.147	सैदूल हक	वर्धमान–दुर्गापुर	CPM
	बिहार–40		
1.264	मोहम्मद असशरुल हक	किशनगंज	INC
2.151	मुनाज़िर हुसैन	बेगुसराय	JDU
3.158	सैयद शाहनवाज हुसैन	भागलपुर	BJP

संसदीय निर्वाचन क्षेत्र का नंबर और नाम 2004			
जम्मू कश्मीर–6		नाम	पार्टी 2004
1.1	बारामूला	अब्दुल रसीद शाहीन	ने. कां0
2.2	श्रीनगर	उमर अब्दुल्ला	ने. कां0
3.3	अनंतनाग	महबूबा मुफ्ती	पी.डी.पी.
	केरल–20		
1.2	कन्नानूर	ए.पी. अब्दुल कुट्टी	CPM
2.5	मनजिरी	टी.के. हमजा	CPM
3.6	पोन्नानी	ई. अहमद	मु. लीग
	झारखण्ड–14		
1.3	गड्डा	फुरकान अंसारी	INC
	आंध्र प्रदेश–42		
1.24	हिन्दूपुर	निज़ामुद्दीन	INC
2.30	हैदराबाद	असदउद्दीन उवेसी	AIMIM
	असम–14		
1.4	धबरी	अनवर हुसैन	INC
2.6	बारपेटा	ए.एफ. गुलाम उस्मानी	INC
	कर्नाटक–28		
1.2	गुलबर्गा	इकबाल अहमद	INC
	महाराष्ट्र–48		
1.2	कोलाबा	ए.आर. अंतले	INC
	तमिलनाडु–39		
1.7	बेल्लोर	कदीर मोहम्मद	DMK
2.25	पेरियाकूलम	हारुन रशीद	INC
	लक्षद्वीप–1		
1.1	लक्षद्वीप	डॉ0 पी0 पूकुहिकोया	JDU

संसदीय निर्वाचन क्षेत्र का नंबर और नाम 2009			
जम्मू कश्मीर–6			पार्टी 2009
1.412	शरीफुद्दीन	बारामूला	ने. कां0
2.3	फारुक अब्दुल्ला	श्रीनगर	ने. कां0
3.59	डॉ0 महबूबा मुफ्ती	अनंतनाग	PDP
4.203	हसन खान	लदाख	निर्दलीय
	केरल–20		
1.409	एम.आई. शाहनवाज	बायगड	INC
2.14	ई. अहमद	मालापरम	मुस्लिम लीग
3.55	मो. बशीर	पोन्नानी	मुस्लिम लीग
	झारखण्ड–14		
	निरंक	निरंक	निरंक
	आन्ध्र प्रदेश–42		
	निरंक	निरंक	निरंक
1.293	असदउद्दीन उवेसी	हैदराबाद	AIMIM
	असम–14		
1.17	बदरुद्दीन अजमल	धुबरी	AUDF
1.157	इस्लाम हसन	बारपेटा	INC
	कर्नाटक–28		
	निरंक	निरंक	निरंक
	महाराष्ट्र–48		
	निरंक	निरंक	निरंक
	तमिलनाडु–39		
1.1	अब्दुल रहमान	बेल्लोर	DMK
2.2	हारुन रशीद	भेनाई	INC
	लक्षद्वीप–1		
1.43	हमदुल्ला	लक्षद्वीप	INC

16वीं लोकसभा के मुस्लिम सदस्य–22

संसदीय निर्वाचन क्षेत्र का नंबर और नाम 2014			
उत्तर प्रदेश–80		नाम	पार्टी 2004
	निरंक	निरंक	निरंक
	16वीं लोकसभा में राज्य से कोई मुस्लिम नहीं है।		
	पश्चिम बंगाल–42		
1.5	अबु हासेम खान चौधरी	मालदा दक्षिण	INC
2.38	अपारूपा पोद्दार (आफरीन अली)	आराम बाग	AITC
3.62	बदरूद्दुजा खान	मुर्शिदाबाद	CPM
4.148	डॉ0 मुमताज संधामिता	वर्धमान–दुर्गापुर	AITC
5.204	इदरीस अली	बशीरहाट	AITC
6.300	मौसम नूर	मालदा उत्तर	INC
7.302	मोहम्मद सलीम	रायगंज	CPM
8.487	सुल्तान अहमद	उलूबेरिया	AITC
	बिहार–40		
1.109	चौधरी महबुब अली कैसर	खगडिया	LJP
2.305	मोहम्मद असरारूल हक	किशनगंज	INC
3.501	तारिक अनवर	कटिहार	NCP
4.503	तरलीम उद्दीन	अररिया	RJD

संसदीय निर्वाचन क्षेत्र का नंबर और नाम 2014			
जम्मू कश्मीर–6		नाम	पार्टी 2004
1.303	महबूबा मुफ्ती	अनंतनाग	PDP
2.316	मुजफ्फर हुसैन बेग	बारामूला	PDP
3.502	तारिक अहमद कर्रा	श्रीनगर	PDP
	केरल–20		
3.167	ई. अहमद	मालापुरम	मु. लीग
2.168	ईटी मोहम्मद बशीर	पोन्नानी	मु. लीग
3.284	एम.आई. शाहनवाज	वायनाड	INC
	झारखण्ड–14		
	निरंक	निरंक	निरंक
	आन्ध्र प्रदेश–42		
1.47	असद उद्दीन उवेसी	हैदराबाद	AIMIM
	असम–14		
1.62	बदरूद्दीन अजमल	धुबरी	AUDF
2.476	सिराज उद्दीन अजमल	बारपेटा	AUDF
	कर्नाटक–28		
	निरंक	निरंक	निरंक
	महाराष्ट्र–48		
	निरंक	निरंक	निरंक
	तमिलनाडु–39		
	निरंक	निरंक	निरंक
	लक्षद्वीप–1		
1.307	मोहम्मद फैजल PP	लक्षद्वीप	NCP

अलबत्ता यहाँ एक बात गौरतलब है कि 2009 के चुनाव में कांग्रेस के युवा तुर्क राहुल गांधी ने जिन 106 संसदीय सीटों पर प्रचार किया था, उनमें से 57 पर कांग्रेस को जीत मिली थी।[28] निश्चित रूप से काम आया राहुल ''फैक्टर''... मगर यह भी हकीकत है कि परिसीमन के नाम पर आरक्षित वर्ग की 11 सीटों को बढ़ाने के लिए 543 सीटों में से 499 सीटों में बदलाव और फेरबदल किया गया. .. यह रहस्य की बात है! इस तरह परिसीमन के नाम पर तकनीकी हवाला बताकर कई सामान्य सीटों को आरक्षित किया गया और आरक्षित सीटों को सामान्य वर्ग में तब्दील किया गया है।[29]

...जिस कांग्रेस को साल 2004 के चुनाव में केवल 145 संसदीय सीटें मिली थी उसे 15वीं लोकसभा के चुनाव में परिसीमन आयोग ने 205 सीटों का रास्ता दिखाया था...मतदाताओं ने नहीं! इसमें एक कोण और भी है... कांग्रेस को जो सत्ता मिली थी, वह परिसीमन की मिलावट से मिली थी!

कहते हैं बाग़ की कद्र बुलबुल जानती है... साया है फलदार दरख्त है! मीठा पानी है, खुशबूदार फूल हैं! मज़ेदार फल हैं और पुरसुकून माहौल है...ठीक बुलबुल की तरह कांग्रेस भी परिसीमन को जानती है कि परिसीमन के पर्दे के पीछे सत्ता की गंगा है!

विधानसभा और संसदीय निर्वाचन क्षेत्रों का परिसीमन 35 वर्ष बाद ज़रूर हुआ है। अलबत्ता निचले स्तर पर निर्वाचन क्षेत्रों का परिसीमन तो होता ही रहता है और हाँ, कांग्रेस दल भी इस बात से चिर–परिचित है कि परिसीमन से उसे लाभ होता ही है। लिहाज़ा देश में नए संशोधित परिसीमन से 15वीं लोकसभा के चुनाव का होना गोया कांग्रेस को मुँहमांगी मुराद मिल गई।

परिसीमन आयोग ने ''परिसीमन की प्रक्रिया'' की कण्डिका–8 में पहले लेख किया था कि, जहाँ तक संभव होगा जिले के निर्वाचन क्षेत्रों का परिसीमन उत्तर से आरम्भ करते हुए उत्तर–पश्चिम तक किया जाएगा। तथा बाद में मोड़दार तरीकों से आगे बढ़ते हुए इसे दक्षिण की ओर समाप्त किया जाएगा।[30] मगर बाद में भारत परिसीमन आयोग ने आयोग सचिव शंगारा राम के पत्र क्रमांक 282/DEL/2004 5 जुलाई, 2004 के माध्यम से उपर्युक्त दिशाओं को बदलने का निर्देश दिया है। अब संसदीय और राज्य विधानसभा निर्वाचन क्षेत्रों का परिसीमन इस तरह किया गया है।[31]

''जहाँ तक संभव होगा, एक जिले में निर्वाचन क्षेत्रों का परिसीमन उत्तर से उत्तर–पूर्व से आरंभ होगा तथा फिर दक्षिण की ओर घुमावदार तरीके से समाप्त होगा''।[32] संशोधित परिसीमन में चतुर सीमा उत्तर–पूर्व और पश्चिम–दक्षिण में

मामूली बदलाव फेरबदल करने पर उस हर एक निर्वाचन क्षेत्र की स्थिति अजब–गजब हो जाती है।

संवैधानिक संस्था परिसीमन आयोग के पर्दे के पीछे बैठी सांप्रदायिक ताकत से जहां "कांग्रेस को ही राजनीतिक लाभ हुआ है तथापि परिसीमन आयोग ने परिसीमन के कई मामलों में आंतरिक निर्णय भी लिया है।[33]

कांग्रेस उत्तर प्रदेश और बिहार में दो दशक से मृत अवस्था में होने के बावुजूद भी अकेले अपने दम पर चुनाव लड़ने की जिद पर आखिरी वक्त तक कायम रही और न ही किसी राजनीतिक दल से कोई चुनाव गठबंधन किया। दोनों राज्यों के सभी संसदीय क्षेत्र से चुनाव लड़ी और बदली हुई भौगोलिक सीमाओं के साथ 15वीं लोकसभा के चुनाव नतीजे चौकाने वाले आए। 14वीं लोकसभा में कांग्रेस की 9 सीटें थी (उत्तर प्रदेश) और इस बार उसे परिसीमन के कारण 23 सीटें मिली थी। बिहार में उसकी तीन सीटें थी भले ही वहाँ उसे इस बार दो सीटे मिली हो किन्तु उसका वोट प्रतिशत ज़रूर बढ़ा था।[34] कांग्रेस अब दोनों राज्यों में पिछले चुनाव से अच्छी स्थिति में थी। इस जीत से उत्साहित होकर कांग्रेस ने अपने पुराने सहयोगियों को सरकार में भी शामिल नहीं किया था।... बफेट ही थे, जिन्होंने कहा जब लहरे उतरती है, तब आप जान पाते हैं कौन निर्वस्त्र तैर रहा है!

अक्टूबर 2010 में हुए बिहार के चुनाव में कांग्रेस को कोई सफलता नहीं मिली थी। 243 सदस्यीय विधानसभा में भी उसके चार विधायक मामूली अंतर से विजयी हुए थे। जिसमें तीन विधायक मुस्लिम वर्ग से थे। जबकि 13वीं और 14वीं राज्य विधानसभा में क्रमशः उसके 10 और 9 सदस्य थे।[35] 15वीं राज्य विधानसभा में सबसे ख़ास बात यह रही है कि बदली हुई भौगोलिक सीमाओं के साथ 42 विधानसभा सीटों की नई पहचान बनी है और 40 सीटों की पुरानी पहचान को मिटाया गया है। आरक्षित वर्ग की दो और सीटें बढ़ाने के लिए 36 सीटों को प्रभावित किया गया है।[36] फिर भी यहाँ कांग्रेस के लिए परिसीमन का जादू कोई काम नहीं आया।

राजनीतिक गलियारे में ख़ासकर कांग्रेस खेमे में एक सन्नाटा पसरा है कि बिहार और उत्तर प्रदेश के चुनाव राहुल गांधी का राजनीतिक भविष्य तय करेंगे। बिहार से तो कांग्रेस को कोई उम्मीद नहीं बंधी, लिहाजा उत्तर प्रदेश के राज्य विधानसभा चुनाव में भी कोई फायदा नहीं हुआ। 15वीं लोकसभा के चुनाव में पार्टी लगभग 100 विधानसभा क्षेत्रों में आगे रही थी। फिलहाल 403 सदस्यीय विधानसभा में उसके 25 विधायक हैं।

14वीं लोकसभा में बिहार के 40 संसदीय निर्वाचन क्षेत्रों में से कांग्रेस के 3 सांसद विजयी हुए थे। 13–मधुबनी संसदीय सीट से डॉ. शकील अहमद और दो

सांसद क्रमशः सासाराम, औरंगाबाद सीट से थे। 22 सांसद राजद के थे जिनमें से तीन मुस्लिम थे। 15वीं लोकसभा में राज्य की 40 संसदीय सीटों में से कांग्रेस के दो 215–सासाराम से मीराकुमारी और 264–किशनगंज से मोहम्मद असरारूल हक और दो मुस्लिम सांसद अन्य राजनीतिक दलों से विजयी हुए हैं।[37] 14वीं लोकसभा में उत्तर प्रदेश से कांग्रेस के 9 सांसद थे और विभिन्न राजनीतिक दलों से 11 मुस्लिम सांसद विजयी हुए थे। कांग्रेस का एक भी मुस्लिम सांसद नहीं था।

परिसीमन के बाद हुए 15वीं लोकसभा के चुनाव में राज्य के 80 संसदीय निर्वाचन क्षेत्र में से कांग्रेस के 23 सांसद विजय हुए थे। जिनमें से तीन मुस्लिम और बसपा से चार मुस्लिम सांसद थे। सपा का कोई मुस्लिम सांसद नहीं था। 14वीं लोकसभा 2004 में सपा के सात मुस्लिम सांसद थे। 15वीं लोकसभा में राज्य से कुल 7 मुस्लिम सांसद हैं।[38] लिहाजा दोनों राज्यों में इस बार भी मुसलमानों ने कांग्रेस को एक मुश्त वोट नहीं दिया है।

1941 की जनगणना के अनुसार जम्मू–कश्मीर की आबादी 41 लाख और राज्य में मुसलमानों की आबादी 78 प्रतिशत से अधिक थी।[39] कश्मीर के 6 संसदीय निर्वाचन क्षेत्र हैं। बारामूला, श्रीनगर, अनंतनाग, लद्दाख, उधमपुर और जम्मू इनमें से तीन संसदीय निर्वाचन क्षेत्र लद्दाख, उधमपुर, जम्मू के भौगोलिक स्वरूप को इस तरह से परिसीमित किया गया है कि जो हिन्दू बहुल संसदीय क्षेत्र में तब्दील हो गए हैं। यहाँ से कांग्रेस हमेशा हिन्दू वर्ग के व्यक्तियों को ही चुनाव मैदान में उतारती है और इस वर्ग का व्यक्ति ही चुनाव जीत पाता है। 14वीं लोक सभा चुनाव में लद्दाख से थुप्सतान चेवांग, उधमपुर, से चौधरी लाल सिंह, जम्मू संसदीय क्षेत्र से मदन लाल शर्मा ये दोनों कांग्रेस से विजयी हुए थे।[40] 15वीं लोकसभा में ज़रूर लद्दाख से मुस्लिम निर्दलीय उम्मीदार हसन खान विजयी हुए थे।[41] उधमपुर और जम्मू संसदीय क्षेत्र से कांग्रेस के वही पुराने चेहरे सांसद थे। अलबत्ता 16वीं लोकसभा के चुनाव में जिस तरह का सांप्रदायिक ध्रुवीकरण हुआ। इसके चलते ही भाजपा को इन तीनों संसदीय निर्वाचन क्षेत्र में कामयाबी मिली है। अब भाजपा आगामी राज्य विधानसभा चुनाव में मिशन 45 की जुगत में है। दुनियां की नज़रों में जम्मू–कश्मीर मुस्लिम बहुल राज्य है। मगर यहाँ भी परिसीमन की काली छाया पसरी हुई है... लिहाजा देश के मुस्लिम बहुल क्षेत्रों के संबंध में कोई सवाल उठाना बेईमानी है!

भारत गणराज्य में लोकतांत्रिक प्रक्रिया का एक सिस्टम है...निर्वाचन क्षेत्रों का परिसीमन! गोया कांग्रेस की कोख से पैदा हुआ है परिसीमन का दैत्य...जो राजनीतिक रूप से मुसलमानों को निगल रहा है! भारत में मुसलमानों की आबादी कितनी भी हो...यदि इस तरह के पक्षपातपूर्ण और बदली हुई भौगोलिक सीमाओं

के साथ किए गए परिसीमन प्रक्रिया पर अंकुश नहीं लगाया गया तो भारतीय मुसलमान राजनीतिक रूप से अपंग हो जाएंगे...जिसका असर उनकी ज़िंदगी के हर क्षेत्र में पड़ेगा, और वे राष्ट्रीय विकास की मुख्य धारा से जुड़ नहीं सकेंगे।

''परिसीमन आयोग'' जो भारतीय लोकतांत्रिक व्यवस्था की एक कड़ी है। निर्वाचन क्षेत्रों के परिसीमन के मामलों के लिए संसद द्वारा गठित किया जाता है। परिसीमन होने के बाद स्वतः भारत निर्वाचन आयोग में विलीन हो जाता है। उसके अपने नियमों के मुताबिक विधानसभा और संसदीय निर्वाचन क्षेत्र को परिसीमित करने के बाद ''भारत के राजपत्र'' में प्रकाशन होने पर इस तरह के प्रत्येक आदेश लागू हो जाएंगे तथा उन्हें किसी भी न्यायालय में चुनौती नहीं दी जा सकेगी।[42] आयोग ने अपने अंतिम आदेश में यह भी उल्लेख किया है कि भारत के राष्ट्रपति द्वारा अधिसूचना जारी करने के बाद इन आदेशों की प्रतियां संसद तथा संबंधित विधानसभाओं के समक्ष भी रखी जाएंगी, इसमें उनके द्वारा किसी भी तरह का परिवर्तन अनुमत्य नहीं होगा।[43] परिसीमन आयोग सरकार के ऊपर एक सरकार बन गया है जिससे लोकतांत्रिक और धर्मनिरपेक्षता की स्वायत्तता की संकल्पना भी प्रभावित हुई। इससे अल्पसंख्यक वर्ग विशेषकर मुस्लिम समुदाय राजनीतिक रूप से कमज़ोर हुआ है और उन्हें अपने मूल अधिकारों से वंचित किया जा रहा है।

इन परिस्थितियों में जबकि मूल अधिकारों का हनन होता है, तब संवैधानिक व्यवस्थाओं के अनुरूप मूल अधिकारों के विरूद्ध विधि को या कार्यपालिका के आदेश को उच्चतम न्यायालय या उच्च न्यायालय द्वारा शून्य घोषित किया जा सकता है।[44]

जबकि 1928 में स्वतंत्र भारत के उदय के बहुत पहले मोतीलाल नेहरू समिति ने इस बात पर बल दिया था कि ''हमें सबसे पहले अपने मूल अधिकारों को इस प्रकार प्रत्याभूत करना है कि किसी भी परिस्थितियों में उन्हें छीना ना जा सके।''[45]

अंग्रेजी शब्द ''मैन्डेमस'' का अर्थ है आज्ञा। इसमें जिस निकाय या व्यक्ति को वह संबोधित है उससे यह अपेक्षा है कि वह कोई लोक–कर्तव्य या लोक–कल्प विधिक कर्तव्य करे जिसे करने से उसने इन्कार किया है और जो किसी अन्य पर्याप्त विधिक उपचार द्वारा कराया नहीं जा सकता। अतएव स्पष्ट है कि परमादेश तभी निकाला जाएगा जब आवेदक को लोक प्रकृति के किसी विधिक कर्तव्य के अनुपालन का विधिक अधिकार हो और जिस पक्षकार के विरूद्ध रिट की याचना की जाती है, वह उस कर्तव्य को करने के लिए आबद्धकर है। यह उपचार न्यायालय के विवेकाधीन है और यदि जिस क्षति का परिवाद किया गया है उसके प्रतितोष के लिए आनुकल्पिक उपचार है तो न्यायालय परमादेश देने से इन्कार कर सकता है। मूल अधिकारों के प्रवर्तन के मामलों में आनुकल्पिक उपचार

के प्रश्न को उतना महत्त्व नहीं दिया जाता क्योंकि उच्चतम न्यायालय या उच्च न्यायालय का कर्तव्य है कि वह मूल अधिकारों का प्रवर्तन करे। भारत में परमादेश उन अधिकारियों और अन्य व्यक्तियों के विरूद्ध दिया जा सकता है जो किसी लोक कर्तव्य के लिए आबद्धकर हैं और सरकार के विरूद्ध भी क्योंकि अनुच्छेद 226 और 361 में यह उपबंध है कि संपृक्त सरकार के विरूद्ध समुचित कार्यवाहियाँ की जा सकती हैं। यह रिट अवर न्यायालयों और अन्य न्यायिक निकायों के विरूद्ध भी प्राप्त की जा सकती है। यदि वह अपनी अधिकारिता का प्रयोग करने से इन्कार करते हैं और इस प्रकार अपने कर्तव्य का पालन नहीं करते हैं।[46] रिट जिन प्रयोजनों के लिए निकाली जा सकती है वे इस प्रकार हैं :

(क) मूल अधिकारों के प्रवर्तन के लिए। जब किसी लोक अधिकारी या सरकार ने कोई ऐसा कार्य किया है जो किसी व्यक्ति के मूल अधिकार का हनन करता है तो न्यायालय परमादेश रिट निकालकर लोक अधिकारी या सरकार को उस व्यक्ति के विरूद्ध वह आदेश प्रवृत्त करने से या वह कार्य करने से रोकेगा जिससे मूल अधिकार का हनन हुआ है। उदाहरण के लिए याची को जो अधीनस्थ सिविल न्यायिक सेवा में नियुक्ति के लिए पात्र था, इस कारण नहीं चुना गया कि एक ''सांप्रदायिक आदेश'' प्रवर्तन में था, जो अनुच्छेद 16(1) के द्वारा याची को प्रत्याभूत मूल अधिकार का उल्लंघन करता था। इस दशा में न्यायालय ने एक आदेश निकाल कर मद्रास राज्य को यह निर्देश दिया कि ''वह आवेदक के उस पद के लिए आवेदन को ग्रहण करके उस पर गुणागुण के आधार पर विचार करे और निपटाए तथा सांप्रदायिक आदेश को लागू न करे।''[47]

(ख) मूल अधिकारों के प्रवर्तन के अतिरिक्त, परमादेश निम्नलिखित प्रयोजनों के लिए उच्च न्यायालय से प्राप्त किया जा सकता है,

(i) जहाँ लोक अधिकारी को किसी कानूनी कर्तव्य का अनुपालन कराने के लिए संविधान या कानून द्वारा कोई शक्ति प्रदान की गई है और उसने उस शक्ति का प्रयोग करने से इन्कार किया है तो न्यायालय परमादेश निकालकर उसे निर्देश दे सकता है कि वह उस शक्ति का प्रयोग करे।

(ii) जहाँ कर्तव्य संविधान, कानून या कानूनी नियम द्वारा अधिरोपित है वहाँ किसी व्यक्ति को उसका लोक कर्तव्य करने के लिए बाध्य करने के लिए भी रिट निकाली जाएगी।

(iii) जहाँ कोई न्यायालय या न्यायिक अधिकरण ने अपनी अधिकारिता का प्रयोग करने से इन्कार किया है वहाँ उसे अधिकारिता का प्रयोग करने के लिए बाध्य करने के लिए?

(iv) किसी लोक अधिकारी या सरकार को यह निर्देश देने के लिए कि वह ऐसी विधि को प्रवृत्त न करे जो असंवैधानिक है।

प्रसामान्यता, न्यायालय कोई विधि बनाने के लिए सरकार को निर्देशित करने में अनिच्छुक होते हैं।[48]

परमादेश निम्नलिखित व्यक्तियों के लिए नहीं दिया जाएगा :

(i) राष्ट्रपति या राज्यपाल के विरूद्ध अपने पद की शक्तियों के प्रयोग और कर्तव्यों के पालन के लिए या उन शक्तियों का प्रयोग और कर्तव्यों का पालन करते हुए किए गए या किए जाने के लिए, तात्पर्यित किसी कार्य के लिए।

(ii) परमादेश, संविधान, या अधिनियम या कानूनी नियम के किसी उपबंध का उल्लंघन करने के लिए प्राइवेट व्यक्ति या निकाय के विरूद्ध नहीं दिया जा सकता, चाहे वह निगमित हो या नहीं, चाहे राज्य की प्राइवेट पक्षकार के साथ दुरभिसंधि ही क्यों न हो।[49]

जिन बातों पर विवाद हो सकता है वे हैं, क्या निर्वाचन की प्रक्रिया का उचित रूप से अनुसरण किया गया था या क्या निर्वाचित अभ्यर्थी संविधान या विधि के अधीन किसी निःअर्हता से ग्रस्त था या कोई अभ्यर्थी जिसे वास्तव में निर्वाचित घोषित किया जाना था, इस प्रकार घोषित नहीं किया गया है। ऐसी बातों के विनिश्चय के लिए संविधान में यह उपबंध है (अनुच्छेद 329) कि देश के सामान्य न्यायालयों को कोई अधिकारिकता नहीं होगी और निर्वाचन से संबंधित प्रश्न केवल निर्वाचन अर्जी के माध्यम से ही विधि में उपबंधित रीति से प्रस्तुत किया जाएगा।[50]

अनुच्छेद 329 में यह उपबंध है, –''इस संविधान में किसी बात के होते हुए भी,–(ख) संसद के प्रत्येक सदन या किसी राज्य के विधानमंडल के सदन या प्रत्येक के लिए कोई निर्वाचन ऐसी निर्वाचन अर्जी पर ही प्रश्नगत किया जाएगा, जो ऐसे प्राधिकारी को और ऐसी रीति से प्रस्तुत की गई है जिसका समुचित विधानमंडल द्वारा बनाई गई विधि द्वारा या उसके अधीन उपबंध किया जाए, अन्यथा नहीं।''[51] आगे अनुच्छेद 329 में यह कहा गया है कि निर्वाचन की प्रक्रिया प्रारंभ हो जाने पर न्यायालय उसमें हस्तक्षेप नहीं कर सकते हैं। उसी प्रकार न्यायालय को इस बात की अधिकारिकता नहीं होगी कि वे अनुच्छेद 243ट के अधीन निर्वाचन क्षेत्रों के परिसीमन या स्थानों के आबंटन से संबंधित किसी विधि की विधिमान्यता की परीक्षा करें। पंचायत का निर्वाचन, निर्वाचन–अर्जी पर ही प्रश्नगत किया जा सकेगा जो ऐसे प्राधिकारी को और ऐसी रीति से प्रस्तुत की जाएगी जो राज्य–विधानमंडल द्वारा बनाई गई विधि द्वारा या उसके अधीन विहित किया जाए।[52]

मूल अधिकार और मूल कर्तव्य

अनुच्छेद 32 :मूल अधिकार को परिवर्तित कराने के लिए संवैधानिक उपचार– संविधान में मूल अधिकारों की अमूर्त घोषणाएं निरर्थक हैं जब तक कि उन्हें प्रभावी करने के साधन न हों। सभी देशों के संवैधानिक अनुभव से यह प्रकट होता है कि इन अधिकारों की विद्यमानता का परीक्षण न्यायालयों में ही होता है। अधिकारों के अनुपालन को प्रवृत्त करने की न्यायालयों की शक्ति न्यायपालिका की निष्पक्षता और स्वतंत्रता पर ही नहीं इस बात पर भी निर्भर करती है कि कार्यपालिका या अन्य प्राधिकारियों से अनुपालन कराने के लिए उनके पास कितने प्रभावी उपकरण हैं। आंग्ल अमेरिकी प्रणाली में ये साधन हैं–रिटें या न्यायिक आदेशिकाएं जैसे, बंदी प्रत्यक्षीकरण, परमादेश, प्रतिषेध, उत्प्रेषण और अधिकार–पृच्छा।[53]

उपर्युक्त अनुभव के प्रकाश में, संविधान द्वारा प्रत्याभूत मूल अधिकारों के प्रवर्तन के लिए, हमारे संविधान में निम्नलिखित उपबंध हैं।

(क) संविधान, मूल अधिकारों को कार्यपालिका और विधानमंडल की दोनों की कार्यवाही के विरूद्ध प्रत्याभूत करता है। कार्यपालिका या विधानमंडल का कोई कार्य जो इन अधिकारों को क्षीण करता है, शून्य होगा और न्यायालय को यह शक्ति है कि उसे शून्य घोषित करे (अनुच्छेद 13)। उच्चतम न्यायालय राज्य के मनमाने कार्य पर प्रहार करता है। प्राइवेट निकायों और व्यक्तियों के विरूद्ध मौलिक अधिकारों को लागू करने की और मौलिक अधिकारों का अतिक्रमण करने के लिए प्रतिकर अधिनिर्णीत करने की अधिकारिता उसे प्राप्त है। इस अधिकारिता का प्रयोग वह 'स्व प्रेरणा से' (SOU MUTO) या लोकहित वाद (PIL) के आधार पर कर सकता है।[54]

(ख) न्यायपालिका को यह अधिकार है कि वह मूल अधिकारों को प्रत्याभूत करने वाले संविधान के उपबंधों का उल्लंघन करने वाली विधि को शून्य समझे। उसे यह शक्ति भी है कि उस व्यक्ति की प्रेरणा से जिसके अधिकार का उल्लंघन हुआ है, राज्य में किसी प्राधिकारी के विरूद्ध ऐसे अधिकारों को प्रवृत्त करने के लिए उपर्युक्त रिटें (बंदी प्रत्यक्षीकरण आदि) निकाले।

संविधान ने मूल अधिकारों के प्रवर्तन के लिए रिटें निकालने की शक्ति उच्चतम न्यायालय और न्यायालयों को दी है। (अनुच्छेद 32 और 226)।

(ग) इस प्रकार प्रत्याभूत अधिकार केवल आपात की उद्घोषणा के दौरान और संविधान में अधिकथित रीति से ही निलंबित किए जा सकेंगे। (अनुच्छेद–359)[55]

अनुच्छेद 32 के अधीन उच्चतम न्यायालय की अधिकारिकता का वैशिष्ट्य– मूल अधिकार का प्रवर्तन अन्य कार्यवाहियों द्वारा भी किया जा सकता है। जैसे सामान्य विधि के अधीन घोषणात्मक वाद द्वारा या अनुच्छेद 226 के अधीन आवेदन द्वारा या किसी व्यक्ति के विरूद्ध लाई गई विधिक कार्यवाहियों में प्रतिरक्षा के रूप में। किंतु अनुच्छेद 32 के अधीन कार्यवाही को भाग 3 में सम्मिलित मूल अधिकारों के प्रवर्तन के लिए ''संवैधानिक उपचार'' कहा जाता है और उच्चतम न्यायालय के समक्ष ऐसी कार्यवाही लाने का अधिकार भी भाग 3 में प्रगणित मूल अधिकार है।[56]

अनुच्छेद 32 तो संविधान के भवन की नींव का पत्थर है। इस अनुच्छेद पर टिप्पणी करते हुए डा. अंबेडकर ने संविधान सभा में कहा था–

''यदि मुझे यह कहा जाए कि मैं संविधान के किस अनुच्छेद को सर्वाधिक महत्वपूर्ण मानता हूँ–ऐसा अनुच्छेद जिसके बिना संविधान व्यर्थ हो जाएगा–तो मैं और किसी अनुच्छेद को नहीं इसी को इंगित करूंगा। यह संविधान की आत्मा है, उसका ह्दय है।''

अनुच्छेद 32 खण्ड (1) और (2) के सुसंगत अपबंधों की ओर ध्यान देना ठीक होगा।

(1) इस भाग द्वारा प्रदत्त अधिकारों को प्रवर्तित कराने के लिए समुचित कार्यवाहियों द्वारा उच्चतम न्यायालय में समावेदन करने का अधिकार प्रत्याभूत किया जाता है।

(2) इस भाग द्वारा प्रदत्त अधिकारों में से किसी को प्रवर्तित कराने के लिए उच्चतम न्यायालय को ऐसे निर्देश या आदेश या रिट, जिनके अन्तर्गत बंदीप्रत्यक्षीकरण, परमादेश, प्रतिषेध, अधिकार–पृच्छा ओर उत्प्रेषण रिट है, जो भी समुचित हो, निकालने की शक्ति होगी।''

(क) अनुच्छेद 32 मूल अधिकारों के प्रवर्तन के लिए एक प्रत्याभूत उपचार प्रदान करता है। यह उपचार का अधिकार भी मूल अधिकार है क्योंकि यह भाग 3 में सम्मिलित है। उच्चतम न्यायालय को मूल अधिकारों का संरक्षक और प्रत्याभूतिदाता बनाया गया है। वह न्यायालय इन अधिकारों के उल्लंघन के विरूद्ध संरक्षण प्राप्त करने के लिए दिए गए आवेदनों को ग्रहण करने से तकनीकी आधार पर इन्कार नहीं कर सकता। ऐसा करना उसे सौंपे गए उत्तरायित्व से मेल नहीं खाएगा।

(ख) उच्चतम न्यायालय परिस्थितियों के अनुसार कोई भी समुचित आदेश कर सकता है। इंग्लैण्ड की ''परमाधिकार रिटों'' के तकनीकी बंधनों से न्यायालय मुक्त है।

अनुच्छेद 32 का एकमात्र ध्येय संविधान द्वारा प्रत्याभूत मूल अधिकारों का प्रवर्तन है। जब तक मूल अधिकारों का अतिक्रमण नहीं होता, तब तक व्यथित व्यक्ति को अनुच्छेद 32 के अधीन परिवाद करने का अधिकार नहीं है। उसे चाहे जो अन्य उपचार मिलें। यही कारण है कि अनुछेच्द 32 के अधीन कार्यवाही में वही प्रश्न अवधारित किया जा सकेगा जो मूल अधिकार से संबंधित है।[57]

परमाधिकार रिटें "परमाधिकार रिट" यह इंग्लैंड के कामन लॉ की अभिव्यक्ति है। ये वे असाधारण रिटें हैं जो सम्राट न्यायदाता के रूप में इस आधार पर प्रदान करता था कि सामान्य विधिक उपचार अपर्याप्त हैं। आगे चलकर ये रिटें उच्च न्यायालय प्रदान करने लगा क्योंकि उसके माध्यम से ही सम्राट न्यायिक शक्तियों का प्रयोग करता था। ये परमाधिकार रिटें तब दी जाती थी, जब सामान्य विधि में कोई उपचार उपलब्ध नहीं होता था या उपलब्ध उपचार अपर्याप्त था। ये रिटें है–बंदी प्रत्यक्षीकरण, परमादेश, प्रतिषेध, उत्प्रेषण और अधिकार–पृच्छा।[58]

रिट निकालने की उच्चतम न्यायालय और उच्च न्यायालय की अधिकारिकता में अंतर।

एक अर्थ में उच्च न्यायालय की रिट निकालने की शक्ति उच्चतम न्यायालय की शक्ति की अपेक्षा अधिक व्यापक है। संविधान के अनुच्छेद 32 के अधीन उच्चतम न्यायालय को केवल मूल अधिकारों के प्रवर्तन के लिए ही रिटें निकालने का अधिकार है। उच्च न्यायालय न केवल मूल अधिकारों के प्रवर्तन के लिए बल्कि सामान्य विधि के उल्लंघन के कारण किसी अन्य क्षति या अवैधता के प्रतितोष के लिए भी रिट निकाल सकता है। बस कुछ शर्त पूरी होनी चाहिए।

दृष्टांत,–(क) अनुच्छेद 226 के अधीन उच्च न्यायालय को आवेदन मूल अधिकार के अतिक्रमण पर तो होगा ही, भाग 3 से बाहर संविधान द्वारा अधिरोपित किसी अन्य मर्यादा के उल्लघंन पर भी हो सकेगा। उदाहरणार्थ, जहाँ राज्य विधानमंडल ने अनुच्छेद 286 द्वारा अधिरोपित परिसीमाओं के उल्लंघन में विक्रय कर अधिरोपित किया है। किंतु अनुच्छेद 32 के अधीन आवेदन नहीं होगा जब तक कि जिस अधिकार का अतिक्रमण हुआ है, वह संविधान के भाग 3 में प्रगणित "मूल अधिकार" नहीं हैं।

(ख) दोनों अधिकारिताओं के बीच एक और अंतर यह है कि उच्चतम न्यायालय भारत के राज्यक्षेत्र में किसी भी व्यक्ति या सरकार के विरूद्ध रिट निकाल सकता है। अनुच्छेद 226 के अधीन उच्च न्यायालय किसी व्यक्ति, सरकार या प्राधिकारी के विरूद्ध रिट तभी निकाल सकता है जब वह व्यक्ति, सरकार या प्राधिकारी उस उच्च न्यायालय की राज्य क्षेत्रीय अधिकारिता के भीतर भौतिक

रूप से निवास करता है या अवस्थित है अर्थात् उस राज्य में जिस पर उस उच्च न्यायालय की अधिकारिता का विस्तार है या वाद हेतुक उस अधिकारिता में उत्पन्न होता है।

जैसा हम ऊपर कह चुके हैं संविधान ने उच्चतम न्यायालय को अनुच्छेद 32(1) द्वारा मूल अधिकारों के संरक्षक और प्रत्याभूतिदाता की विशेष भूमिका सौंपी है।

सीधे उच्चतम न्यायालय पहुँचने के लिए, अनुच्छेद 32 का अवलम्ब लेने में यह दर्शित करना पड़ता है कि उच्च न्यायालय क्यों नहीं जाया गया, नहीं जाया जा सकता था या वहाँ जाना निरर्थक था।[59]

उच्चतम न्यायालय मूल अधिकारों का संरक्षक—जहाँ मूल अधिकारों का उल्लंघन साबित हो जाता है वहाँ उच्चतम न्यायालय अनुच्छेद 32 के अधीन अनुतोष देने से इस आधार पर इन्कार नहीं कर सकता है कि :

(क) व्यथित व्यक्ति अपना उपचार किसी अन्य न्यायालय से सामान्य विधि के अधीन प्राप्त कर सकता है, या

(ख) याची को अनुतोष देने के पूर्व विवादास्पद तथ्यों का अन्वेषण कराना होगा या साक्ष्य लेना हो,

(ग) याची ने उसके मामले में लागू होने वाली उचित रिट की माँग नहीं की है। ऐसी दशा में, उच्चतम न्यायालय उसे उचित रिट प्रदान करेगा और मामले की परिस्थितियों के अनुसार उसमें उचित उपांतरण करेगा।

(घ) सामान्यतया प्रभावित व्यक्ति ही अभ्यावेदन कर सकता है किंतु उच्चतम न्यायालय ने यह अभिनिर्धारित किया है कि सामाजिक या लोकहित के वादों में कोई भी व्यक्ति अभ्यावेदन कर सकता है। इसे 'सुने जाने के अधिकार' का विस्तार किया जाना कहा जाता है। यह ''लोकहित वाद'' के पक्ष में है। इंगलिश और अमेरिकन विनिश्चयों का अनुसरण करते हुए, उच्चतम न्यायालय ने एक वर्ग के मुकदमों जिन्हें 'लोकहित वाद' (PIL) कहा जाता है, के मामले में शपथ–पत्र पर 'सुने जाने के अधिकार (LOCUS STANDI) या उसी के समान बातों से संबंधित कठोर नियमों में अपवाद ग्रहण किया है अर्थात् उन मामलों में जहाँ किसी अधिकार की रक्षा या किसी लोक कर्तव्य को लागू किए जाने में जन साधारण की रूचि होती है।[60]

न्यायमूर्ति अल्तमश कबीर और एस.एस. निज्जर की खंडपीठ ने 10 जनवरी

2012 को चुनाव आयोग को उत्तर प्रदेश राज्य में एस.टी. के लिए भी सीटें आरक्षित करने का निर्देश दिया। उच्चत्तम न्यायालय ने केन्द्र सरकार की ओर से पेश अटॉर्नी जनरल जीई वाहनवती से जानना चाहा कि एस.टी. के लिए सीटें आरक्षित करने से उत्तर प्रदेश राज्य में चुनाव प्रक्रिया किस हद तक प्रभावित होगी। वाहनवती ने कहा कि इससे चुनाव प्रक्रिया बाधित नहीं होगी। उत्तर प्रदेश में पहले चरण के चुनाव 8 फरवरी 2012 को यानी चुनाव को केवल 29 दिन शेष थे और एस.टी. के लिए भी सीटें आरक्षित करने की प्रक्रिया विचाराधीन थी।[61]

भारत निर्वाचन आयोग ने उनके पत्र क्रमांक/आरटीआई/11/2014 (परिसीमन) 522 7 फरवरी 2014 के अनुसार दिनांक 13–1–2014 की अधिसूचना संख्या 282/उ.प्र./अजा./अजजा./2014 से उत्तर प्रदेश राज्य में 402 ओबरा एवं 403 दुद्धी विधानसभा निर्वाचन क्षेत्रों को अनुसूचित जनजातियों के लिए आरक्षित किया गया है।[62]

उत्तर प्रदेश राज्य में अनुसूचित जातियों के लिए कुल आरक्षित सीटों की संख्या 84 और 2 होगी। परिसीमन 2008 के पहले राज्य में 89 सीटें अनुसूचित जनजातियों के लिए आरक्षित थी।[63]

सन् 1952 से 2014 तक संसदीय निर्वाचन क्षेत्रों की सीटें

सन्		कुल सीटें
1952	–	489
1957	–	494
1962	–	494
1967	–	520
1971	–	518
1977	–	542
1980	–	542
1984	–	542
1990	–	543
1991	–	543
1996	–	543
1998	–	543
1999	–	543
2004	–	543
2009	–	543
2014	–	543

यकीनन भारत में मुसलमानों को 64 साल के बाद आज भी वे संवैधानिक और कानूनी अधिकार प्राप्त नहीं हुए है! बल्कि इन अधिकारों को हासिल करने के लिए मुस्लिम वर्ग को सालों–साल तक और इन्तिज़ार करना पड़ेगा। जो अधिकार उन्हें प्रथम आम चुनाव 1952 में ही मिल जाना चाहिए था।[64] उस समय देश की कुल आबादी 35 करोड़ 60 लाख में मुसलमानों की आबादी 9.91 प्रतिशत थी और प्रतिनिधित्व के लिहाज़ से 489 सदस्यीय लोकसभा में 49 संसदीय सीटें मिलनी चाहिए थी।[65] लेकिन तब 21 मुस्लिम सांसद सदन में पहुँचे थे और वर्तमान 543 सदस्यीय 16वीं लोकसभा में 22 हैं।[66] इस तरह के निर्वाचन क्षेत्रों की सीमा जैसा कि 2008 में परिसीमित की गई है वर्ष 2026 के बाद किए जाने वाली पहली जनगणना वर्ष 2031 तक स्थिर बनी रहेगी।[67] दरअसल इसके लिए संसद व्दारा तिरेपन वर्षीय कानून बनाया हुआ है।

यहाँ उल्लेखनीय है कि इस जैसा ही पुनर्समायोजन परिसीमन वर्ष 2026 की पहली जनगणना वर्ष 2031 के बाद जब भी हुआ तो मुस्लिम वर्ग के लिए ज्यादा से ज्यादा 20 संसदीय निर्वाचन क्षेत्र और बढ़ाए जा सकते हैं अर्थात् मुस्लिम बहुल संसदीय निर्वाचन क्षेत्रों की कुल संख्या 49 हो जाएगी और यदि लोकसभा में 543 सीटों के स्थान पर 900 संसदीय सीटें बढ़ाने की कवायद हुई फिर तो सदन में मुस्लिम सदस्यों की कुल संख्या 300 होनी चाहिए और सदन में उनकी वास्तविक संख्या रहेगी 49 लिहाजा एक शताब्दी के गुजर जाने के बाद भी मुसलमानों को वह संवैधाानिक और कानूनी अधिकार प्राप्त नहीं होगा जो उन्हें प्रथम आम चुनाव 1952 में ही मिल जाना चाहिए था। लेकिन यह दुर्भाग्य ही कहा जा सकता है कि एक धर्मनिरपेक्ष लोकतांत्रिक राष्ट्र के करोड़ों मुस्लिम सालों–साल से अपने मौलिक अधिकारों से वंचित होकर उपेक्षा का दंश झेल रहे हैं और आश्चर्य की बात है कि इस समाज में ऐसा भी नहीं कि कोई योग्य अथवा सक्षम व्यक्तियों का अभाव है! लेकिन माना जा सकता है कि यह सब इसलिए कि इस वर्ग में जागरूकता और बेदारी अभी तक भी पैदा नहीं हो पाई है और न ही उनमें एहसास और हौसला ही पैदा हो सका है। अंततोगत्वा सवाल यह है कि अपना संवैधानिक हक माँगने में न तो कोई शर्म होनी चाहिए और न ही कोई भय... कहावत मशहूर है कि बिना रोए माँ भी अपने बच्चे को दूध नहीं पिलाती है! यदि आगे भी इसी तरह से परिसीमन की विसंगतियों का सिलसिला जारी रहा और उसे फिर नजरअंदाज करने का मतलब होगा कि इस राष्ट्रीय त्रासदी के ज्वालामुखी के मुँह को स्वयं अपने हाथों से खोलना।

प्रथम लोकसभा से 16वीं लोकसभा 2014 तक सदन में 8485 सदस्य रहे हैं। जिसमें मुस्लिम सदस्यों की संख्या 493 रही। यानी 5.81 प्रतिशत ही मुस्लिम सदस्य सदन में पहुँचे हैं।[68]

मुख़्तसर यह है कि वर्ष 2026 के पहले सभी राजनीतिक दलों की नैतिक जिम्मेदारी है कि परिसीमन में जिन अनियमितताओं से विसंगतियां हुई है उसकी समीक्षा कर उन अनियमितताओं और विसंगतियों को दूर किया जाए। ...पिछले चुनाव की तुलना में इस बार सदन में सात मुस्लिम सांसद कम हैं। इसकी भी समीक्षा आवश्यक है और इसके लिए कोई संवैधानिक तरीका अपनाया जाए! जैसे इन त्रुटियों को दूर करने के लिए एक आयोग गठित किया जा सकता है। जिसमें तीन सदस्य हों, परिसीमन आयोग के पूर्व अध्यक्ष, पूर्व मुख्य निर्वाचन आयुक्त और एक सेवानिवृत्त I.A.S जो कि, मुस्लिम वर्ग का हो।''

गौरतलब है कि यह तीन सदस्यीय आयोग परिसीमन की विसंगतियों पर अपनी रिपोर्ट सरकार को सौंपे। इस रिपोर्ट में नगरपालिका, नगर निगम और पंचायत स्तर के निर्वाचन क्षेत्रों के परिसीमन का भी उल्लेख होना ज़रूरी है जहाँ, मुस्लिम वर्ग सबसे ज्यादा प्रभावित होता है। हमारे संविधान के अनुच्छेद 262 में एक विशेष वर्ग के विवादों के न्यायिकेतर अधिकरण द्वारा न्यायनिर्णयन की व्यवस्था है।[69]

संदर्भ–सूची

1. परिसीमन अधिनियम, 1772 (1972 का 76) के खण्ड–3 के अंतर्गत गठित परिसीमन आयोग और भारत का संविधान–एक परिचय (निर्वाचन) पृष्ठ–395.
2. परिसीमन अधिनियम, 2002 (2002 का 33) के प्रावधानों के अंतर्गत ''राज्यों का संसदीय तथा विधानसभा निर्वाचन क्षेत्रों में विभाजन'' आबादी कण्डिका–3.
3. ''कश्मीर का भविष्य'' लेखक–राजकिशोर, वाणी प्रकाशन, नई दिल्ली पृष्ठ–12.
4. राज्य पुनर्गठन अधिनियम, 1956.
5. परिसीमन अधिनियम, 2002 परिसीमन ''दिशा–निर्देश तथा प्रक्रिया'' की कण्डिका–5 की कण्डिका–1.
6. भारत का संविधान एक–परिचय (राज्य विधान मण्डल) पृष्ठ–260, 261.
7. वही.
8. भारत निर्वाचन आयोग, सामान्य चुनाव 2004, 2009.
9. परिसीमन अधिनियम, 2002 ''आबादी'' कण्डिका–2.
10. वही, कण्डिका–3.
11. वही, कण्डिका–1, 2, 3.
12. भारत सरकार गृह मंत्रालय भारत के महारजिस्ट्रार का कार्यालय, नई दिल्ली का पत्र सं. 2811/2011–आर–टी (जुलाई) दिनांक 20–7–2011.
13. भारत निर्वाचन आयोग मध्य प्रदेश राज्य विधानसभा चुनाव 1995 (अखण्ड मध्य प्रदेश).

14. वही, 2004.
15. Madhya Pradesh Paper-5 Changing Face of Electoral India: Delimitation 2008.
16. भारत निर्वाचन आयोग, महाराष्ट्र 2004, महाराष्ट्र शासन राजपत्र असाधारण अक्टूबर 25, 2009 और Maharashtra Paper-5 Changing Face of Electoral India: Delimitation 2008.
17. वही,
18. राज्य निर्वाचन आयोग बिहार, 2005/2010 और Bihar Paper-5 Changing Face of Electoral India: Delimitation 2008.
19. भारत निर्वाचन आयोग उत्तर प्रदेश राज्य विधानसभा चुनाव 2007, और Uttar Pradesh Paper-5 Changing Face of Electoral India: Delimitation 2008.
20. भारत निर्वाचन आयोग, पश्चिम बंगाल चुनाव 2006 और West Bengal Paper-5 Changing Face of Electoral India: Delimitation 2008.
21. भारत निर्वाचन आयोग 2004/2009.
22. वही.
23. परिसीमन अधिनियम, 1972.
24. संविधान (सत्तासींवा संशोधन) अधिनियम, 2003.
25. परिसीमन अधिनियम, 2002 के खण्ड–9 (1) (घ) के अंतर्गत कण्डिका–1, 2, 3 (अजा/अजजा के लिए सीटों का आरक्षण).
26. भारत निर्वाचन आयोग, सामान्य चुनाव 2004.
27. वही, 2004, 2009.
28. वही, 2009.
29. परिसीमन अधिनियम, 2002 के खण्ड–9(1) (घ) के अन्तर्गत कण्डिका–1, 2, 3 (अजा/अजजा के लिए सीटों का आरक्षण).
30. परिसीमन की प्रक्रिया कण्डिका–8 के अंतर्गत.
31. परिसीमन आयोग के सचिव, शंगारा राम का पत्र क्रमांक/282 5 जुलाई 2004 सभी राज्य निर्वाचन आयुक्त तथा पदेन सदस्यों को संबोधित.
32. वही.
33. परिसीमन अधिनियम, 2002 (2002 का 33) के प्रावधानों के अंतर्गत 'राज्यों का संसदीय तथा विधानसभा निर्वाचन क्षेत्रों में विभाजन' आबादी कण्डिका–4.
34. भारत निर्वाचन आयोग सामान्य चुनाव 2004, 2009.
35. वही, राज्य विधानसभा चुनाव 2005, 2010 बिहार.
36. Bihar Paper-5 Changing Face of Electoral India : Delimitation 2008.
37. भारत निर्वाचन आयोग सामान्य चुनाव 2004, 2009.

38. वही.
39. 'कश्मीर का भविष्य' लेखक–राजकिशोर, वाणी प्रकाशन, नई दिल्ली पृष्ठ–12.
40. भारत निर्वाचन आयोग सामान्य चुनाव 2004, 2009.
41. वही.
42. परिसीमन अधिनियम 2002 (2002 का 33) कण्डिका–10 आदेशों का प्रकाशन तथा उनके प्रचलन की तिथि की कण्डिका–2 'दिशा–निर्देश तथा प्रक्रिया'.
43. वही, ''अंतिम आदेश''

    प्रत्येक राज्य की 2001 जनगणना के आधार पर क्षेत्रीय संसदीय तथा विधानसभा निर्वाचन क्षेत्रों का पुनः परिसीमन किया जाएगा तथा इस तरह के निर्वाचन क्षेत्रों की सीमा जैसा कि अब परिसीमित किया गया है, वर्ष 2026 के बाद किए जाने वाली पहली जनगणना तक स्थिर बनी रहेगी।
44. भारत का संविधान एक–परिचय (मूल अधिकार और संवैधानिक उपचार) पृष्ठ–39.
45. वही, पृष्ठ–41.
46. वही, (मूल अधिकार और कर्तव्य) पृष्ठ–136.
47. वही.
48. वही, पृष्ठ–137.
49. वही.
50. वही, (निर्वाचन) पृष्ठ–396.
51. वही, (पंचायतें) पृष्ठ–285.
52. वही.
53. भारत का संविधान–एक परिचय (मूल अधिकार और कर्तव्य) पृष्ठ–131.
54. वही.
55. वही, पृष्ठ–132.
56. वही, पृष्ठ–133.
57. वही.
58. वही.
59. वही, पृष्ठ–134.
60. वही, पृष्ठ–134.
61. नेट उच्चतम न्यायालय का आदेश 10 जनवरी 2012 तथा दैनिक नई दुनिया 11 जनवरी 2012।
62. भारत निर्वाचन आयोग का पत्र क्रमांक /आरटीआई/11/2014/(परिसीमन) 522 7 फरवरी 2014 के अनुसार दिनांक 13–1–2014 की अधिसूचना संख्या 282/उ.प्र./अजा./अजजा/2014।
63. वही.
64. प्रथम आम चुनाव 1952.

65. भारत जनगणना 1951.
66. वही.
67. परिसीमन अधिनियम, 2002 इस तरह के निर्वाचन क्षेत्रों की सीमा जैसा कि अब परिसीमित किया गया है, वर्ष 2026 के बाद किए जाने वाली पहली जनगणना तक स्थिर बनी रहेगी यानी वर्ष 2031.
68. दैनिक नई दुनिया, इन्दौर, 14 मई 2012.
69. भारत का संविधान एक–परिचय (अंतर राज्य संबंध) पृष्ठ–353.

अतिरिक्त संदर्भ

1. दैनिक भास्कर इन्दौर, 13 मार्च 2006.
2. दैनिक भास्कर इन्दौर, 25 मार्च 2007.
3. नई दुनिया इन्दौर, 23 मार्च 2009.
4. नव भारत मुंबई, 17 मई 2009.
5. नई दुनिया इन्दौर, 17 मई 2009.
6. दैनिक भास्कर इन्दौर, 18 मई 2009.
7. वही, 19 मई 2009.

3

परिसीमन के बाद की स्थिति

खण्ड–'ब'

उत्तर प्रदेश और पश्चिम बंगाल के निर्वाचन क्षेत्र

परिसीमन के बाद कई निर्वाचन क्षेत्रों में बदली हुई भौगोलिक सीमाओं के साथ कमजोर राजनीतिक दल की ताकत में भी अचानक इज़ाफा हो जाता है... और चुनाव में बिना जनाधार के भी उनकी सीटें बढ़ जाती हैं। इस तरह के परिसीमन में कुछ रहस्य तो ज़रुर है! परिसीमन आयोग के इस जाल का ताना–बाना क्या है? जानना भी ज़रुरी है। इसी के साथ उन बदली हुई भौगोलिक सीमाओं का भी परीक्षण किया जाना चाहिए जिन सीमाओं के अंदर आते ही उस क्षेत्र में कमजोर हैसीयत रखने वाले राजनीतिक दल की हैसीयत भी मज़बूत हो जाती है!

लिहाज़ा प्रजातन्त्र के वास्तविक स्वरुप को बाकी रखने के लिए उसमें भारतीय संविधान के चारों मूल तत्वों का समावेश होना ज़रुरी है। जनतन्त्र, धर्मनिरपेक्षता, समाजवाद और राष्ट्रीयता। भारत में स्वस्थ प्रजातंत्र कायम रहे, इसके लिए, हमें समीक्षा करते रहना चाहिए। नहीं तो लोकतंत्र का स्वांग रचने वाली संस्था परिसीमन आयोग प्रजातंत्र के मूल स्वरुप को ही खत्म कर देगी। यह तमाम बातें स्वस्थ प्रजातंत्र के लिए उतनी ही जरुरी है जितना बंजर जमीन के लिए पानी, नहीं तो यह प्रजातंत्र धीरे–धीरे तानाशाही में कब तब्दील हो जाएगा महसूस भी नहीं किया जा सकता और जब तक हम इस तथ्य से अवगत होंगे, बहुत देर हो चुकी होगी।

2004 के लोकसभा चुनाव में उत्तर प्रदेश से 11 मुस्लिम सांसद विजयी हुए थे और परिसीमन के बाद हुए 2009 के चुनाव में 7 रह गए थे, और राज्य के दो संसदीय क्षेत्र ऐसे भी हैं जहाँ से मुस्लिम वर्ग के प्रत्याशी 2009 के चुनाव में पुनः विजयी हुए हैं।[1] 32–मुरादाबाद और 360–मुजफ्फरनगर संसदीय क्षेत्र।[2] बाकी 9 संसदीय क्षेत्रों में परिसीमन का तकनीकी हवाला बताकर ऐसा फेरबदल बदलाव किया गया है कि उन निर्वाचन क्षेत्रों से किसी भी मुस्लिम उम्मीदवार का वर्ष 2026

की प्रथम जनगणना यानी 2031 तक चुनाव जीत पाना संभव ही नहीं है। इसलिए राज्य में 3 मुस्लिम सदस्यों की संख्या कम हो गई है। परिसीमन 2008 में 12–शाहबाद संसदीय निर्वाचन क्षेत्र को विलोपित किया। यानी उसकी पुरानी पहचान मुस्लिम बहुल को मिटा दिया गया है, और 27–बहराइच मुस्लिम बहुल संसदीय निर्वाचन क्षेत्र को आरक्षित वर्ग में तब्दील किया गया है।[3] 2009 के संसदीय चुनाव में मुस्लिम सांसदों की संख्या सर्वाधिक कम है।[4] 14वीं लोकसभा की तुलना में 15वीं लोकसभा में 8 मुस्लिम सांसद सदन में कम पहुँचे हैं।[5] सन् 1989 से मुस्लिम प्रतिनिधित्व में जो राजनीतिक गिरावट शुरु हुई, वह अभी तक जारी है। जनवरी 1980 के लोकसभा चुनाव में उत्तर प्रदेश राज्य से 18 मुस्लिम सांसद विजय हुए थे।[6] जाहिर बात है कि इन 8 सांसदों के कम होने की वजह से देश के करोड़ो मुसलमानों का संसद में प्रतिनिधित्व असंतुलित रूप में ही हो सकेगा जबकि धर्मनिरपेक्ष राष्ट्र में सभी वर्गों को आबादी के अनुपात में प्रतिनिधित्व का अवसर मिलना न्यायसंगत है।

वर्ष 2004 के चुनाव में उत्तर प्रदेश की 80 लोकसभा सीट में से कांग्रेस की 9 सीटें थी।[7] परिसीमन के कारण 2009 के चुनाव में कांग्रेस को 23 सीटें मिली थी।[8] पिछले 9 संसदीय क्षेत्रों में से 3 क्षेत्र ऐसे हैं जहाँ से कांग्रेस पुनः विजयी हुई थी।[9]

राज्य के 80 संसदीय निर्वाचन क्षेत्रों में से 17 निर्वाचन क्षेत्र आरक्षित वर्ग के हैं।[10] जिन्हें परिसीमन आयोग ने निम्नानुसार परिसीमित किया है।[11]

1. 14 संसदीय निर्वाचन क्षेत्र में बदली हुई भौगोलिक सीमाओं के साथ परिसीमन किया
2. 4 पुरानी आरक्षित संसदीय निर्वाचन क्षेत्रों की पहचान को मिटाया
3. 4 आरक्षित संसदीय निर्वाचन क्षेत्रों को सामान्य वर्ग में परिवर्तित किया
4. 6 सामान्य संसदीय निर्वाचन क्षेत्रों को आरक्षित वर्ग में परिवर्तित किया

इसके अलावा भी ग्यारह नए सामान्य संसदीय निर्वाचन क्षेत्र परिसीमित किए गए और नाम में बदलाव तथा इतने ही संसदीय निर्वाचन क्षेत्रों को विलोपित किया गया है। इस प्रकार नए सामान्य संसदीय निर्वाचन क्षेत्रों में भी बदली हुई भौगोलिक सीमाओं के साथ परिसीमित किया गया है। इन सभी संसदीय क्षेत्रों का भौगोलिक स्वरुप बदलने के कारण राजनीतिक दलों के जातिगत समीकरणों पर प्रतिकूल प्रभाव पड़ा है।[12] इससे जहाँ कुछ राजनीतिक दलों को लाभ हुआ है, वहीं कुछ दलों को नुकसान भी हुआ है।[13]

जिन 11 संसदीय क्षेत्रों को विलोपित किया गया है उनमें से SP 4, BSP 4 और BJP, NLD, INC की एक–एक सीट हैं।[14] 6 संसदीय निर्वाचन क्षेत्रों को सामान्य वर्ग से परिवर्तित कर आरक्षित किया गया है, जिसमें कांग्रेस को 3 का लाभ हुआ था।[15] राज्य में इतने ही नए संसदीय निर्वाचन क्षेत्र गठित किए गए हैं, उनमें से कांग्रेस को 3 का लाभ हुआ है।[16] चार संसदीय क्षेत्र आरक्षित वर्ग से सामान्य में तब्दील किए गए हैं। कांग्रेस को 2 का लाभ हुआ है। इस प्रकार कुल 6 सीटों का लाभ हुआ है।[17] विगत चुनाव में कांग्रेस की 9 सीटें थी, अब 23 सीटें हैं।[18]

2004 में कर्नाटक के 2–गुलबर्गा संसदीय निर्वाचन क्षेत्र से इकबाल अहमद विजयी हुए थे। इस बार 205–गुलबर्गा के नाम से यह सीट आरक्षित है। राज्य के 28 संसदीय निर्वाचन क्षेत्रों से एक भी मुस्लिम विजयी नहीं हुआ है।[19] केरल की मुस्लिम बहुल लोकसभा सीट 5–मंजिरी को अब विलोपित किया गया है, यहाँ से पिछली बार 2004 में टी.के. हमजा CPM से विजयी हुए थे।[20]

महाराष्ट्र की 48 सीटों में से एक भी मुस्लिम किसी राजनीतिक दल से विजयी नहीं हुआ है।[21] 14वीं लोकसभा में 3–कोलाबा से ए.आर. अतुंले विजयी हुए थे।[22] झारखण्ड के गुड्डा संसदीय क्षेत्र से 2004 में फुरकान अंसारी सांसद थे यहाँ से 15वीं और 16वीं लोकसभा में कोई मुस्लिम सांसद नहीं है।[23]

कांग्रेस पिछले चार दशक से पश्चिम बंगाल की वामदल सरकार को उखाड़ने की कोशिश में जुटी हुई थी। मगर वह कामयाब नहीं हुई। सन् 1972 में हुए पुनर्समायोजन परिसीमन के बाद से देश में संसदीय और राज्य विधान सभाओं का कोई भी पुनर्समायोजन परिसीमन नहीं हुआ था।[24] 2009 के चुनाव पुनर्समायोजन परिसीमन से हुए और कांग्रेस को परिसीमन के ज़रिए वामदल को सत्ता से बेदखल करने का मौका मिला। लिहाजा 2009 के चुनाव में वामदल को 42 सीटों में से 15 सीटें मिली थी।[25] TMC को 19 सीटों पर सफलता मिली है और कांग्रेस की सीटें 6 ही हैं।[26] 14वीं लोकसभा में वामदल 35 सीटों पर काबिज़ थी, और TMC से अकेली ममता बनर्जी ही विजयी हुई थी।[27] कांग्रेस राज्य में कभी भी ऐसी स्थिति में नहीं रही कि वह वामदल से सत्ता हासिल कर ले। मगर परिसीमन के जरिए TMC को सत्ता सौंपने के पक्षधर में ज़रुर रही है। मालदा संसदीय क्षेत्र हमेशा से ही कांग्रेस का गढ़ रहा है। इसलिए परिसीमन में मालदा के दो संसदीय क्षेत्र बनाए गए हैं।[28] उत्तर–दक्षिण दोनों संसदीय क्षेत्रों से कांग्रेस विजयी हुई है।[29] सन् 2001 की जनगणना के अनुसार मुर्शिदाबाद की मुस्लिम आबादी 3.7 मिलियन से अधिक है।[30] मुर्शिदाबाद के तीन संसदीय निर्वाचन क्षेत्र मुस्लिम बहुल अस्तित्व में आ सकते थे।

2004 में समाजवादी पार्टी के 35 सांसदों में से 7 आरक्षित वर्ग के थे और संशोधित परिसीमन के बाद हुए चुनाव 2009 में सपा के 21 सांसद निर्वाचित हुए हैं।[31] जिसमें से 9 सांसद आरक्षित वर्ग के हैं।[32] गौरतलब है कि 2004 में बहुजन समाज पार्टी के 19 सांसद विजयी हुए थे जिसमें आरक्षित वर्ग के 5 थे। इस बार एक और सांसद बढ़ा यानी 20 सांसद हैं। लेकिन आरक्षित वर्ग के 3 और सांसद कम हो गए हैं।[33] हालांकि संख्या के लिहाज से बसपा की 1 सीट ज़रुर बढ़ी है मगर आरक्षित वर्ग में बहुजन समाज पार्टी का बहुत बड़ा राजनीतिक नुकसान हुआ था। जिसका दूरगामी प्रभाव राज्य विधानसभा के चुनाव 2012 पर पड़ा।

राज्य में जो नए संसदीय निर्वाचन क्षेत्रों का गठन किया गया है गौतमबुद्धनगर, अंबेडकर नगर और संतकबीर नगर संसदीय क्षेत्र को सामान्य वर्ग के लिए रखा गया है यद्यपि इन तीनों संसदीय क्षेत्रों में बसपा के ही प्रत्याशी निर्वाचित हुए थे जो सामान्य वर्ग के अगड़ी जाति के हैं।[34] सुरेन्द्र सिंह नागपाल, राकेश पांडे और भीष्म शंकर तिवारी।[35]

समाजवादी पार्टी के आरक्षित वर्ग संसदीय निर्वाचन क्षेत्र

संसदीय निर्वाचन क्षेत्र का नंबर और नाम 2004		**संसदीय निर्वाचन क्षेत्र का नंबर और नाम 2009**	
1–15	हरदोई	1–27	जालोन
2–17	मोहनलालगंज	2–46	बुलंदशहर
3–42	लालगंज	3–197	इटावा
4–45	सैदपुर	4–218	कौशाम्बी
5–53	छैल	5–224	राबर्टगंज
6–59	घाटमपुर	6–262	शाहजहांपुर
7–68	फिरोजाबाद	7–399	मोहनलालगंज
		8–400	मछलीशहर
		9–464	नगीना
		10–522	हरदोई

बहुजन समाज पार्टी के आरक्षित वर्ग संसदीय निर्वाचन क्षेत्र

संसदीय निर्वाचन क्षेत्र का नंबर और नाम 2004		**संसदीय निर्वाचन क्षेत्र का नंबर और नाम 2009**	
1–14	मिश्रिक	1–45	लालगंज
2–23	अकबरपुर	2–371	मिश्रिक
3–25	बाराबंकी		

4–30	बस्ती		
5–49	राबर्ट्सगंज		

Sources : Electionh Commission of India General Election 2004-2009

2004 में खुर्जा आरक्षित और बुलन्दशहर संसदीय क्षेत्र से भारतीय जनता पार्टी के सांसद विजयी हुए थे।[36] खुर्जा, हापुड़ संसदीय क्षेत्र को विलोपित किया गया और बुलन्दशहर को आरक्षित वर्ग में तब्दील किया गया है।[37] मेरठ, मुजफ्फरनगर और सहारनपुर से समाजवादी पार्टी, बहुजन पार्टी के मुस्लिम सांसद थे।[38] इस संशोधित परिसीमन में कांग्रेस ने बसपा को राजनीतिक नुकसान पहुँचाने की गर्ज से मुस्लिम वर्ग के वोटों का विभाजन इस प्रकार किया कि 2009 के चुनाव में मेरठ और सहारनपुर दोनों ही संसदीय क्षेत्र से मुस्लिम वर्ग के प्रत्याशी विजयी नहीं हुए थे। मगर कांग्रेस को अपने विरोधियों को नुकसान पहुँचाने का मकसद ज़रूर पूरा हुआ है। अलबत्ता कैराना ससंदीय क्षेत्र से बसपा की तबस्सुम बेगम ज़रुर विजयी हुई थी।[39] सनद रहे इसके पूर्व कैराना सामान्य सीट कांग्रेस की सहयोगी राष्ट्रीय लोकदल के पास थी परन्तु कांग्रेस ने उसे हाथरस, मथुरा और अमरोहा 3 संसदीय निर्वाचन क्षेत्र में परिसीमन के जरिए सीधा राजनीतिक लाभ पहुँचाया था।[40] विगत चुनाव में हाथरस, अमरोहा, B.J.P, IND और मथुरा स्वयं कांग्रेस के पास थी।[41] परिसीमन के इस बंदरबांट में मथुरा और हाथरस राष्ट्रीय लोकदल यानी कांग्रेस के ही पास है।[42]

संसदीय निर्वाचन क्षेत्र का नंबर और नाम 2004		**संसदीय निर्वाचन क्षेत्र का नंबर और नाम 2004/2009**	
1.1	बिजनौर	1.71.38	हाथरस
2.77	बागपत	2.70.78	मथुरा
3.79	कैराना	3.1.84	बिजनौर
		4.2.276	टमरोहा
		5.77.427	बागपत

Sources : Electionh Commission of India General Election 2004-2009

इस परिसीमन में केंचुली फांस मौजूद है। सन् 2004 में राज्य के 80 संसदीय क्षेत्र में से 11 मुस्लिम सांसद विजयी हुए थे।[43] 7 समाजवादी पार्टी के और 4 बहुजन समाजवादी पार्टी कें थे कांग्रेस से एक भी मुस्लिम निर्वाचित नहीं हुआ था।[44]

2009 के चुनाव में राज्य की 80 सीटों में से 7 मुस्लिम सांसद निर्वाचित हुए हैं–बहुजन समाज पार्टी के चार और कांग्रेस के तीन और समाजवादी पार्टी से कोई भी मुस्लिम सांसद निर्वाचित नहीं हुआ।[45] गौरतलब है कि 2007 के राज्य विधान सभा चुनाव में कांग्रेस से 20 विधायक निर्वाचित हुए हैं, उनमें से एक भी विधायक मुस्लिम वर्ग का नहीं था।[46]

मुसलमान कांग्रेस को दो दशक से राज्य में खूब छका रहे थे इसलिए कांग्रेस ने परिसीमन के रास्ते 15वीं लोकसभा के चुनाव में अपने घर लौटने की दावत ही नहीं दी बल्कि जबरन अपने घर में नज़रबंद कर लिया था। मुलायम सिंह, मायावती और मुस्लिम नेता इस नजरबंद के खेल से अनभिज्ञ बने हुए हैं। लालूप्रसाद यादव भी मुसलमानों के हक–हुकूकों की खूब बातें किया करते थे, उन्हें भी लोकसभा और फिर राज्य विधानसभा के चुनाव में परिसीमन के जरिए राजनीतिक रुप से अपाहिज कर दिया गया है। बिहार की 243 सदस्यीय विधानसभा में 40 विधानसभा को विलोपित किया गया है और 42 नए विधान सभा क्षेत्र गठित किए गए हैं।[47]

2004 के चुनाव में इन 11 संसदीय क्षेत्रों से मुस्लिम सांसद निर्वाचित हुए थे।[48] सन् 2009 के चुनाव में शाहबाद संसदीय क्षेत्र को विलोपित किया गया और बहराइच मुस्लिम बहुल सामान्य सीट को आरक्षित किया गया है।[49] मुस्लिम वर्ग को यहाँ सीधे 2 संसदीय क्षेत्र का नुकसान हुआ है।[50] शेष 9 संसदीय क्षेत्र में से दो ही मुस्लिम सांसद निर्वाचित हुए हैं।[51]

2004 में 11 मुस्लिम सांसद विजयी हुए थे।		15वीं लोकसभा में 2 मुस्लिम सांसद विजयी हुए थे।	
क्रमांक	संसदीय निर्वाचन क्षेत्र	पार्टी	नाम
1–	शाहबाद	विलोपित	
2–	मुरादाबाद	INC	मो0 अजहरउद्दीन
3–	सुल्तानपुर	INC	संजय सिंह
4–	डुमरियागंज	INC	जगदम्बापाल
5–	बहराइच	INC	कमल किशोर (आरक्षित)
6–	गाज़ीपुर	SP	राधे मोहन सिंह
7–	बदायूं	SP	धर्मेन्द्र यादव
8–	फूलपुर	BSP	कपिल मुनि
9–	मेरठ	BJP	राजेन्द्र अग्रवाल
10–	सहारनपुर	BJP	जगदीश सिंह राणा
11–	मुजफ्फरनगर	BSP	कदीर राणा

Sources : Election Commission of India General Election 2004-2009

यहाँ परिसीमन करते समय यकीनन संख्या बल का षडयंत्र रचा गया है और इस षडयंत्र के पीछे कांग्रेस का ही हाथ था। बहुजन समाज पार्टी के आरक्षित संसदीय क्षेत्रों को समाजवादी कुनबे में विभाजित किया गया और मुलायम कुनबे के मुस्लिम वोटों को कांग्रेस ने हड़प लिया।[48] लिहाज़ा कांग्रेस ने इस तरह मनमर्जी का परिसीमन करवाया है कि सांप भी मर गया और लाठी भी नहीं टूटी।

2004 मुस्लिम सांसद–11				2009 मुस्लिम सांसद–7			
संसदीय निर्वाचन क्षेत्र का नंबर और नाम 2004			पार्टी	संसदीय निर्वाचन क्षेत्र का नंबर और नाम 2009			पार्टी
1–3	डॉ. शफीकुर्रहमान बर्क	मुरादाबाद	SP	1–32	मोहम्मद अजहरउद्दीन	मुरादाबाद	INC
2–6	सलीम इकबाल शेरवानी	बदायूं	SP	2–53	डॉ. शफीकुर्रहमान	संभल	BSP
3–12	इलियास आजमी	शाहबाद	BSP	3–150	तबस्सुम बेगम	कैराना	BSP
4–22	मोहम्मद ताहिर	सुल्तानपुर	BSP	4–164	कैसरजहां	सीतापुर	BSP
5–27	रुबाब सैयदा	बहराइच	SP	5–207	सलमान खुर्शीद	फर्रुखाबाद	INC
6–31	मोहम्मद मुकीम	डुमरियागंज	BSP	6–282	जफरअली नकवी	खीरी	INC
7–46	अफजल अंसारी	गाज़ीपुर	SP	7–360	कदीर राणा	मुजफ्फरनगर	BSP
8–51	अतीक अहमद	फूलपुर	SP				
9–76	मोहम्मद शाहिद	मेरठ	BSP				
10–78	चौधरी मुनव्वर हसन	मुजफ्फरनगर	SP				
11–80	रशीद मसूद	सहारनपुर	SP				

Sources : Electionh Commission of India General Election 2004-2009

उत्तर प्रदेश आरक्षित संसदीय क्षेत्र
2004 / 2009

2004 ससंदीय निर्वाचन क्षेत्र–80 आरक्षित ससंदीय निर्वाचन क्षेत्र–17	2004 में 17 आरक्षित संसदीय क्षेत्र थे। 2009 में परिसीमन के तहत 8 संसदीय निर्वाचन क्षेत्र में बदलाव, फेरबदल किया गया। 4 को विलोपित और 4 ससंदीय क्षेत्र को आरक्षित वर्ग से सामान्य वर्ग में तब्दील किया गया। 2 नए संसदीय क्षेत्र गठित किए गए और 6 सामान्य को आरक्षित वर्ग में डाला गया। इस प्रकार 2009 में 80 संसदीय क्षेत्र में से आरक्षित वर्ग के लिए 17 संसदीय क्षेत्र महफूज है।	2009 ससंदीय निर्वाचन क्षेत्र–80 आरक्षित ससंदीय निर्वाचन क्षेत्र–17

संसदीय निर्वाचन क्षेत्र का नम्बर और नाम 2004			दल	संसदीय निर्वाचन क्षेत्र का नम्बर और नाम 2009			दल	विलोपित	आरक्षित से सामान्य	सामान्य से आरक्षित	नए आरक्षित संसदीय निर्वाचन क्षेत्र का गठन	पुराने आरक्षित मंददीय निर्वाचन क्षेत्र शामिल
1–1	बिजनौर	मुंशीराम राम चन्द्र सिंह	RLD	1–27	घनश्याम अनुरागी	जालोन	SP	–	बिजनौर	–	–	जालौन
2–14	मिश्रिक	अशोक कुमार रावत	BSP	2–38	सारिका देवेन्द्र बघेल	हाथरस	RLD	–	–	–	–	हाथरस
3–15	हरदोई	ऊषा वर्मा	SP	3–45	डॉ. बलीराम	लालगंज	BSP	–	–	–	–	लालगंज
4–17	मोहनलालगंज	जयप्रकाश	SP	4–46	कमलेश बाल्मिकी	बुलन्दशहर	SP	–	–	बुलन्दशहर	–	–
5–23	अकबरपुर	मायावती	BSP	5–197	प्रेमप्रसाद कटारिया	इटावा	SP	–	अकबरपुर	इटावा	–	–
6–25	बाराबंकी	कमला प्रसाद	BSP	6–209	कमल किशोर	बहराइच	INC	–	–	बहराइच	–	–
7–30	बस्ती	लालमणि प्रसाद	BSP	7–218	शैलेन्द्र कुमार	कौशाम्बी	SP	–	बस्ती	–	कौशाम्बी	–
8–33	बांसगांव	महाबीर प्रसाद	INC	8–224	पकोरी लाल	राबर्ट्सगंज	SP	–	–	–	–	राबर्ट्सगंज
9–42	लालगंज	दरोगा प्रसाद	SP	9–262	मिथिलेश कुमार	शाहजहांपुर	SP	–	–	शाहजहांपुर	–	–
10–45	सैदपुर	तुफानी सरोज	SP	10–309	कमलेश पासवान	बंसगांव	BJP	सैदपुर	–	–	–	बांसगांव

11–49	राबर्ट्सगंज	लालचन्द्रा	BSP		11–341	पी. एल. पुनिया	बाराबंकी	INC	–	–	–	–	बाराबंकी
12–53	छैल	शैलेन्द्र कुमार	SP		12–355	प्रो.रामशंकर	आगरा	BJP	छैल	–	आगरा	–	–
13–58	जालौन	भानु प्रताप वर्मा	BJP		13–371	अशोक कुमार रावत	मिश्रिक	BSP	घाटमपुर	–	–	–	मिश्रिक
14–59	घाटमपुर	राधेश्याम कोरी	SP		14–399	सुशीला सरोज	मोहनलाल गंज	SP	–	–	–	–	मोहनलाल गंज
16–68	फिरोजाबाद	रामलाल सुमन	SP		15–400	तूफानी सरोज	मछलीशहर	SP	–	फिरोजाबाद	मछलीशहर		–
16–71	हाथरस	किशन लाल डीलर	BJP		16–464	यशवत सिंह	नगीना	SP	–	–	–	नगीना	–
17–73	खुर्जा	अशोक कुमार प्रधान	BJP		17–522	ऊषा वर्मा	हरदोई	SP	खुर्जा	–	–	–	हरदोई
		1. समाजवादी पार्टी		7	10 (+) =3								
		2. बहुजन समाज पार्टी		5	2 (-) =3								
		3. भारतीय जनता पार्टी		3	2 (-) =1								
		4. कांग्रेस पार्टी		1	2(+) =1								
		5. राष्ट्रीय लोकदल		1	यथावत								

Sources : Election Commission of India General Election 2004-2009.

उत्तर प्रदेश–कांग्रेस

2004 के चुनाव में 80 संसदीय निर्वाचन क्षेत्र में से कांग्रेस के 9 सांसद थे और 2009 में 23 सांसद निर्वाचित हुए थे।

संसदीय निर्वाचन क्षेत्र का नंबर और नाम 2004				संसदीय निर्वाचन क्षेत्र का नंबर और नाम 2009			संसदीय निर्वाचन क्षेत्र का नंबर और नाम 2009		
1—10	शाहजहांपुर	जीतिन प्रसाद कुंवर	संशोधित परिसीमन में 11 नए संसदीय निर्वाचन क्षेत्रों का गठन और नाम में बदलाव किया गया और इनमें से कांग्रेस को 3 में विजय मिली है और 3 संसदीय क्षेत्र ऐसे भी हैं जहां से पुनः कांग्रेस विजयी हुई।	1—29	अरुण सिंह	बरेली	13—295	जगदम्बा पाल	डुमरिया·गंज
2—19	रायबरेली	सोनिया गांधी		2—32	अजहरउद्दीन	मुरादाबाद	14—296	राजाराम पाल	अकबरपुर
3—21	अमेठी	राहुल गांधी		3—36	राजबब्बर	फिरोजाबाद	15—306	विनय पाण्डे	श्रावस्ती
4—33	बांसगाँव	महावीर प्रसाद		4—46	कमलेश बाल्मिकी	बुलंदशहर S.C.	16—339	जीतिन प्रसाद	धुराहा
				5—130	राहुल गांधी	अमेठी	17—341	पी. एल. पुनिया	बाराबंकी S.C.
5—48	वाराणसी	डा. राजेश कुमार मिश्र		7—165	प्रदीप जैन "आदित्य"	झांसी	19—455	राजकुमार	प्रतापगढ़
6—61	कानपुर	श्रीप्रकाश जायसवाल		8—168	श्रीप्रकाश	कानपुर	20—467	संजय सिंह	सुल्तानपुर
				9—206	निर्मल खत्री	फैजाबाद	21—491	अन्नू सिंह टंडन	उन्नाव
							22—515	हरीश वर्धान	महाराजा गंज
7—70	मथुरा	मानवेन्द्र सिंह		10—207	सलमान खुर्शीद	फर्रुखाबाद	23—520	बेनीप्रसाद वर्मा	गोंडा
8—72	अलीगढ़	विजेन्द्र सिंह		11—209	कमल किशोर	बहराइच (S.C)			
9—75	हापुड़	सुरेन्द्र प्रसाद गोयल		12—282	जफ़र अली नकवी	खीरी			

Source : Election SouElection Commission of India General Election 2004-2009.

2004 के 11 ससंदीय क्षेत्रों को विलोपित किया गया 7 सामान्य और 4 आरक्षित क्षेत्र हैं। इन 11 संसदीय क्षेत्र में से कांग्रेस का केवल एक ही संसदीय क्षेत्र था। शेष अन्य दलों के थे।				4 आरक्षित संसदीय क्षेत्र को सामान्य किया गया कांगेस को दो संसदीय क्षेत्रों में लाभ हुआ । 6 सामान्य संसदीय निर्वाचन क्षेत्रों को आरक्षित वर्ग में शामिल किया गया है। कांग्रेस को यहाँ भी दो संसदीय क्षेत्रों में लाभ हुआ।				
आरक्षित वर्ग विलोपित		**सामान्य वर्ग विलोपित**		आरक्षित से सामान्य संसदीय क्षेत्र				सामान्य से आरक्षित संसदीय क्षेत्र
संसदीय निर्वाचन क्षेत्र का नंबर और नाम 2004		**संसदीय निर्वाचन क्षेत्र का नंबर और नाम 2004**		**संसदीय निर्वाचन क्षेत्र का नंबर और नाम**				**संसदीय निर्वाचन क्षेत्र का नंबर ओर नाम**
1–45 सैदपुर	SP	1–12 शाहबाद	BSP	1	1. 84-RLD	बिजनौर	RLD	1.10 262 INC शाहजहांपुर SP
2–53 छैल	SP	2–28 बलरामपुर	BJP	2	23.206BSP	अकबरपुर	INC	2.27 209 SP. बहराइच INC
3–59 घातमपुर	SP	3–32 खलीलाबाद	BSP	3	30. 77 BSP	बस्ती	BSP	3.69 355 SP आगरा BSP
4–73 खुर्जा	SP	4–36 पडराना	NLD	4	68. 36 SP	फिरोजाबाद	INC	4.43 400 BSP मछलीशहर SP
								5.62 197 SP इटावा SP
								6.74 46 BSP बुलन्दशहर BJP

Sources : Electionh Commission of India General Election 2004-2009.

संसदीय निर्वाचन क्षेत्रो की तुलनात्मक तालिका 2004 / 2009
उत्तर प्रदेश

2004 – संसदीय निर्वाचन क्षेत्र–80						
समाजवादी पार्टी	बहुजन समाज पार्टी	भारतीय जनता पार्टी	भारतीय राष्ट्रीय कांग्रेस	राष्ट्रीय लोकदल	अन्य पार्टी	कुल
35	19	10	09	03	4	80
2009 – ससंदीय निर्वाचन क्षेत्र –80						
21	20	10	23	05	01	80
(-) =14	(+) =1	यथावत	(+) =14	(+) =2	(-) =3	–
2004 – आरक्षित –17						
7	5	3	1	1	–	17
2009– आरक्षित –17						
10	2	2	2	1	–	17
(+) =3	(-) =3	(-) =1	(+) =1	यथावत	–	–

Sources : Election Commission of India General Election 2004-2009.

पश्चिम बंगाल–कांग्रेस–TMC
2004/2009

2004 के चुनाव में 42 संसदीय निर्वाचन क्षेत्र में से कांग्रेस के 6 सांसद निर्वाचित हुए थे।

संसदीय निर्वाचन क्षेत्र का नंबर और नाम 2004				संसदीय निर्वाचन क्षेत्र का नंबर और नाम 2009		
1-4	दार्जलिंग	दावा नारबूला	आरक्षित वर्ग की दो सीट को बढ़ाने के लिए 23 सीटों को प्रभावित किया गया है। 2009 के चुनाव संशोधित परिसीमन के तहत हुए हैं। राज्य में 9 नए संसदीय निर्वाचन क्षेत्र का गठन किया गया है और मालदा के दो ससंदीय क्षेत्र बनाए गए हैं। विगत चुनाव में मालदा से कांग्रेस विजयी हुई थी और इस बार मालदा की दोनों सीटों उसके पास हैं। नौ संसदीय क्षेत्रों की पुरानी पहचान को मिटाया और तीन सामान्य सीट को आरक्षित तथा दो सीटोंको सामान्य में तब्दील किया गया है। चार संसदीय क्षेत्र ऐसे भी हैं जहां से कांग्रेस पुनः विजयी हुई है।	1-102	श्रीमती दीपा दास मुंशी	रायगंज
2-5	रायगंज	प्रियरंजन दास मुंशी		2-156	अब्दुल मन्नान हुसैन	मुर्शीदाबाद
3-7	मालदा	ए.बी. गनीखान चौधरी		3-95	अधीर रंजन चौधरी	बेहरामपुर
4-8	जंगीपुर	प्रणव मुखर्जी		4-268	प्रणव मुखर्जी	जंगीपुर
					अब्दुल हुसैन खान चौधरी	

विलोपित संसदीय निर्वाचन क्षेत्र			नए संसदीय निर्वाचन क्षेत्र का गठन		
संसदीय निर्वाचन क्षेत्र का नंबर और नाम 2004		पार्टी	संसदीय निर्वाचन क्षेत्र का नंबर और नाम 2009		पार्टी
1-7	मालदा	INC	1-7	कांथी	TMC
2-12	नवद्वीप S.C.	CPM	2-48	कोलकाता उत्तर	TMC
3-21	कलकत्ता नार्थ वेस्ट	CPM	3-93	मालदा दक्षिण	INC
4-22	कलकत्ता नार्थ ईस्ट	CPM	4-101	घातल	CPI
5-29	पंचकुरा	CPI	5-145	रानाघाट S.C.	TMC
6-31	सोनताई	CPM	6-285	बोनगांव S.C.	TMC
7-32	मिदनापुर	CPI	7-291	मालदा उत्तर	INC
8-37	दुर्गापुर S.C.	CPM	8-301	मदीनापुर	CPI
9-40	कटवा	CPM	9-392	वर्धमान पूर्बा S.C.	CPI

सामान्य से आरक्षित संसदीय क्षेत्र			आरक्षित से सामान्य संसदीय क्षेत्र		
संसदीय निर्वाचन क्षेत्र का नंबर और नाम 2004 / 2009		पार्टी	संसदीय निर्वाचन क्षेत्र का नंबर और नाम 2004 / 2009		पार्टी
CPM 41.117	बेलपुर	CPI	RSP 1.6.237	बलूरघाट	RSP
CPM 28.140	आरामबाग	CPI	CPM 2.42.388	बिरभूम	TMC
CPM 3.386	जलपाई गुड़ी	CPI			

Sources : Election Commission of India General Election 2004-2009.

2004 आरक्षित संसदीय निर्वाचन क्षेत्र–10			2009 में आरक्षित संसदीय निर्वाचन क्षेत्र–12		
संसदीय निर्वाचन क्षेत्र का नंबर और नाम 2004			संसदीय निर्वाचन क्षेत्र का नंबर और नाम 2009		
1-1	कूच बिहार	AIFB	1-387	कूच बिहार	AIFB
2-2	अली पुरदौर्स	RSP	2-507	अली पुरदौर्स	RSP
3-6	बलूरघाट	RSP	3-386	जलपाई गुड़ी	CPM
4-11	नवाद्वीप	CPM	4-240	आराम बाग	CPM
5-14	जायनगर	RSP	5-242	जायनगर	IND
6-15	मथुरापुर	CPM	6-172	मथुरापुर	TMC
7-32	झरग्राम	CPM	7-56	झरगाम	CPM
8-35	विष्णुपुर	CPM	8-57	विष्णुपुर	CPM
9-36	दुर्गापुर	CPM	9-117	बोलपुर	CPM
10-42	बिरभूम	CPM	10-145	रानाघाट	TMC
			11-285	बोनगांव	TMC
			12-392	वर्धमान पूर्बा	CPM

वर्ष 2004 के संसदीय चुनाव में आरक्षित वर्ग की 10 सीटें थी।[52] संशोधित परिसीमन में 12 सीटें हैं।[53] जबकि इसके बरअक्स मध्य प्रदेश में 9 आरक्षित सीटों के स्थान पर 10 हुई हैं।[54] मध्य प्रदेश राज्य की कुल आबादी में 16 प्रतिशत दलित और 21 प्रतिशत आदिवासी हैं यानी 33 प्रतिशत आरक्षित वर्ग हैं।[55]

गौरतलब है कि पूर्वी योरप और पूर्वी सोवियत संघ में समाजवादी सरकारों का पतन हुआ नहीं बल्कि पतन किया गया था। अब भारत गणराज्य में समाजवाद के पतन के लिए परिसीमन को हथियार बना कर यानी पश्चिम बंगाल राज्य में लोकतांत्रिक मूल्यों के आधार पर समाजवाद का पतन किया जाना सुनिश्चित किया गया है। राज्य में जिस तरह बदली हुई भौगोलिक सीमाओं के साथ जो परिसीमन किया गया है, इससे तो यही जाहिर होता है, और यह तथ्य लोकसभा के चुनाव में सही साबित भी हो चुका है।

संसदीय सीटों की तुलनात्मक तालिका

2004 / 2009

पश्चिम बंगाल

2004–42 ससंदीय निर्वाचन क्षेत्र

कांग्रेस	RSP	CPM	CPI	AIFB	BJP	TMC	निर्दलीय
6	3	26	3	3	—	1	— = 42
2009–42 संसदीय निर्वाचन क्षेत्र							
6	2	9	2	2	1	19	1 = 42
यथावत	(-) = 1	(-) =17	(+) =1	(-) =1	(+) =1	(+) =18	(+) =1
आरक्षित 2004–10							
–	3	6	-	1	-	-	=10
आरक्षित 2009–12							
.	1	-	6	1	—	3	1 = 12
	(+) =2	(-) =6	(+) =6	यथावत	—	(+) =3	(+) =1 -

परिसीमन आयोग तकनीकी रूप से मुस्लिम बहुल संसदीय निर्वाचन क्षेत्रों को अस्तित्व में ला सकता था

पुनर्समायोजन परिसीमन 2008 में भारत जनगणना 2001 के आंकड़े लिए गए हैं। महाराष्ट्र राज्य की कुल आबादी को मौजूदा संसदीय निर्वाचन क्षेत्रों से विभाजित किया और इस तरह राज्य की औसत आबादी पर हर एक सीट को परिसीमित किया गया है। इस तरह राज्य के 48 संसदीय निर्वाचन क्षेत्रों में 6 विधानसभा निर्वाचन क्षेत्र से एक संसदीय निर्वाचन क्षेत्र परिसीमित किया गया है। मुंबई के कुल 36 विधानसभा निर्वाचन क्षेत्रों में से मुस्लिम वर्ग के 6 विधायक 2009 के विधानसभा चुनाव में निर्वाचित हुए थे। मुंबई के 6 संसदीय निर्वाचन क्षेत्र में से एक भी मुस्लिम सांसद 15वीं और 16वीं लोकसभा में निर्वाचित नहीं हुआ है। बल्कि राज्य के 48 संसदीय निर्वाचन क्षेत्रों से कोई भी मुस्लिम सांसद नहीं है। एक विधानसभा निर्वाचन क्षेत्र 336384 औसत आबादी पर पुनर्समायोजन किया गया है। संसदीय निर्वाचन क्षेत्र 20 लाख 18 हजार 3 सौ 4 औसत आबादी पर परिसीमित है।

परिसीमन में मुंबई के सभी विधानसभा निर्वाचन क्षेत्रों को इस तरह परिसीमित किया गया है कि भौगोलिक रूप से हर एक विधानसभा में मुस्लिम आबादी 75 हजार से अधिक न रहे। सन् 2001 की जनगणना के मुताबिक राज्य में एक करोड़ 2 लाख 70 हजार 4 सौ 85 प्रतिशत 10.60 थी। परिसीमन आयोग के नियमों के मुताबिक 30 मुस्लिम बहुल विधानसभा निर्वाचन क्षेत्र बनते हैं जो 45 विधानसभा सीटों में तब्दील हो सकते हैं, और संसदीय निर्वाचन क्षेत्र 5 जो लोकतांत्रिक मूल्यों के आधार पर 8 लोकसभा सीटों में तब्दील किए जा सकते हैं। यानी 288 सदस्यीय विधानसभा में 45 सीटें और 8 लोकसभा सीटों पर मुस्लिम वर्ग का संवैधानिक और कानूनी हक है। इसकी तुलना में राज्य से मात्र 10 मुस्लिम विधायक निर्वाचित हुए हैं। इसमें भी नासिक जिले की 114–मालेगांव मध्य विधानसभा निर्वाचन क्षेत्र को मुस्लिम बहुल माना जाएगा। विधानसभा की कुल आबादी 332226 और मुस्लिम आबादी 250439 75.42 प्रतिशत है।

थाणे जिले में 24 विधानसभा निर्वाचन क्षेत्र हैं जिसमें 7 आरक्षित और 4 संसदीय निर्वाचन क्षेत्र परिसीमित किए गए हैं। 22–पालघर संसदीय निर्वाचन क्षेत्र आरक्षित है। 136–भिवंडी पश्चिम विधानसभा निर्वाचन क्षेत्र की कुल आबादी 332388 मुस्लिम आबादी 160307 48.23 प्रतिशत है और 137–भिवंडी उत्तर में कुल आबादी 331266 मुस्लिम आबादी 164501 49.78 प्रतिशत समायोजित की गई है। दोनों विधानसभा से मुस्लिम विधायक हैं। अबु आसिम आजमी दो स्थान से निर्वाचित हुए थे 137–भिवंडी उत्तर और 171–मानखुर्द शिवाजीनगर उनके द्वारा भिवंडी उत्तर से त्यागपत्र देने के बाद 24 जनवरी 2010 को हुए उपचुनाव में उनका पुत्र फरहान आजमी चुनाव हार गया था। इस उपचुनाव में शिवसेना

विजयी हुई थी। सांप्रदायिक ध्रुवीकरणर के चलते ये निर्वाचन क्षेत्र भी मुस्लिम बहुल की श्रेणी में आते नहीं है।

नांदेड जिले में 9 विधानसभा क्षेत्र है। 86—नांदेड़ उत्तर विधानसभा निर्वाचन क्षेत्र में कुल आबादी 318715 और मुस्लिम आबादी 80010 25.11 प्रतिशत मिलाकर विधानसभा परिसीमित की गई और 87—नांदेड़ दक्षिण में कुल आबादी 318715 और मुस्लिम आबादी 80787 25.46 प्रतिशत को समायोजित कर निर्वाचन क्षेत्र परिसीमित किया गया ताकि कोई मुस्लिम बहुल निर्वाचन क्षेत्र अस्तित्व में न आए। 2001 की जनगणना में जिले की मुस्लिम आबादी 307844 थी।

औरंगाबाद के 9 विधानसभा निर्वाचन क्षेत्र हैं। औरंगाबाद शहर की दो विधानसभा सीटें थी। परिसीममन में तीन निर्वाचन क्षेत्र बना दिए गए हैं जिसमें से एक आरक्षित है। तीनों विधानसभाओं में मुस्लिम आबादी को विभाजित किया गया है। 107—औरंगाबाद मध्य में 87751 28.93 प्रतिशत 108—औरंगाबाद पश्चिम आरक्षित में 76700 24.28 प्रतिशत और 109—औरंगाबाद पूर्व में 88055 28.93 प्रतिशत मुस्लिम आबादी को समायोजित किया गया है। इस जिले की 104—सिल्लोड से मुस्लिम विधायक कांग्रेस के सहयोगी दल एनसीपी की मदद से ज़रूर विजयी हुए हैं। जबकि सिल्लोड की मुस्लिम आबादी 76963 22.31 प्रतिशत ही है। यहां यह बताना जरूरी है कि औरंगाबाद जिले की 2001 जनगणना के मुताबिक 569516 19.07 प्रतिशत थी और संसदीय निर्वाचन क्षेत्र की मुस्लिम आबादी 387081 थी। हालिया लोकसभा चुनाव से यह बात स्पष्ट है कि राज्य विधानसभा के चुनाव भी सांप्रदायिक लाइऩ पर ही लड़े जाएंगे। लिहाजा मुस्लिम विधायकों की संख्या और प्रभावित हो सकती है।

क्षेत्रीय क्षेत्रों का विभाजन तथा इसके साथ जुडे मामलों के लिए संसद द्वारा तिरेपन वर्षीय कानून परिसीमन अधिनियम 3, जून 2002 बनाया है। वर्ष 2026 के बाद किए जाने वाली पहली जनगणना यानी वर्ष 2031 तक जनगणना 1971 के आधार पर लोकसभा और विधानसभा में आबंटित विद्यमान सीटों की संख्या अपरिवर्तित रहेगी।

लोकतंत्र में सर्वोच्च सत्ता प्राप्ति के लिए किसी भी व्यक्ति को तीन रास्तों से गुजरना होता है। प्रथम, पर्याप्त संख्या बल का होना द्वितीय, निष्पक्ष चुनाव तीसरा और अंतिम रास्ता परिसीमन का सही होना ज़रूरी है। पहले दोनों रास्तों से गुजरने के बाद भी कोई व्यक्ति सत्ता प्राप्त नहीं कर सकता। जब तक निर्वाचन क्षेत्रों के परिसीमन की विसंगतियों में सुधार नहीं हो जाए। अन्यथा पर्याप्त संख्या बल होने के बावुजूद भी चुनाव में हार का मुँह देखना ही पड़ेगा। जैसे...

विधानसभा निर्वाचन क्षेत्र का नाम और नंबर 2009

	कुल योग	मुस्लिम	आबादी और	प्रतिशत
1.	162–मलाड वेस्ट	334033	62003	18.57
2.	168–चांदीवली	344794	64001	18.57
3.	171–मानखुर्द –शिवाजीनगर	345934	64212	18.57
4.	172–अनुशक्तिनगर	328916	61054	18.61
5.	177–बांद्रा–वेस्ट	337391	62627	18.55
6.	186–मुंबादेवी	341203	75076	22.02

70 सदस्यीय दिल्ली विधानसभा क्षेत्र में पाँच मुस्लिम विधायक है और सात संसदीय निर्वाचन क्षेत्रों में से कोई मुस्लिम सांसद नहीं है। सन् 2001 की जनगणना के अनुसार दिल्ली की कुल आबादी एक करोड़ 78 लाख 2 हजार 9 सौ 76 थी। जिसमें मुस्लिम आबादी 16 लाख 12 हजार 104 रही है।

पुनर्समायोजन परिसीमन 2008 में एक विधानसभा निर्वाचन क्षेत्र 1,96,999 आबादी पर परिसीमित किया गया था। मुस्लिम आबादी के अनुपात से 8 मुस्लिम बहुल विधानसभा निर्वाचन क्षेत्र बनते हैं। लोकतांत्रिक मूल्यों के आधार पर 14 विधानसभा निर्वाचन क्षेत्र में तब्दील हो सकते थे। दिल्ली का एक संसदीय निर्वाचन क्षेत्र 1,96,8996 आबादी पर परिसीमित किया गया है। दिल्ली विधानसभा निर्वाचन क्षेत्र से पाँच मुस्लिम विधायक ज़रूर निर्वाचित हुए हैं परन्तु 70 विधानसभा में से एक भी निर्वाचन क्षेत्र मुस्लिम बहुल नहीं है।

1.	मटियामहल	184688	55183	30.01 प्रतिशत
2.	बल्लीमारान	199178	41109	22.35 प्रतिशत
3.	ओखला	189015	19227	11.12 प्रतिशत
4.	सीलमपुर	208273	86799	41.68 प्रतिशत
5.	मुस्तफाबाद	210574	78792	37.42 प्रतिशत

जबकि पाँच विधानसभाओं में मुस्लिम आबादी का प्रतिशत अधिक होने के बावुजूद भी इन क्षेत्रों से कोई मुस्लिम विधायक निर्वाचित नहीं होता है।

1.	कृष्णनगर	214632	68952	32.13 प्रतिशत
2.	शाहदरा	190583	61226	32.12 प्रतिशत
3.	रोहतासनगर	218397	76908	35.21 प्रतिशत
4.	चांदनी चौक	216423	48222	22.31 प्रतिशत
5.	घोंडा	203951	68336	33.51 प्रतिशत

मुर्शिदाबाद संसदीय निर्वाचन क्षेत्र–पश्चिम बंगाल

परिसीमन 2008 में पश्चिम बंगाल के 7 विधानसभा निर्वाचन क्षेत्रों को शामिल कर एक संसदीय निर्वाचन क्षेत्र बनाया गया है। मुर्शिदाबाद जिले में 22 विधानसभा निर्वाचन क्षेत्र तथा 3 संसदीय निर्वाचन क्षेत्र है। सन् 2011के विधानसभा चुनाव में 14 मुस्लिम उम्मीदवार विजयी हुए थे। मुर्शिदाबाद संसदीय निर्वाचन क्षेत्र से 14वीं, 15वीं और 16वीं लोकसभा से लगातार मुस्लिम सांसद निर्वाचित हो रहे हैं।

भारत जनगणना 2001 के अनुसार मुर्शिदाबाद की मुस्लिम आबादी 37, 35, 380 थी। संशोधित परिसीमन 2008 में वर्ष 2001 की जनगणना को लिया गया है। राज्य का एक संसदीय निर्वाचन क्षेत्र 19 लाख 8 हजार 9 सौ 57 आबादी पर परिसीमित किया गया है। लिहाज़ा जिले में मुस्लिम आबादी के अनुपात से तीन मुस्लिम बहुल संसदीय निर्वाचन क्षेत्र बनते हैं। परन्तु इसकी तुलना में मात्र मुर्शिदाबाद को मुस्लिम बहुल संसदीय निर्वाचन क्षेत्र की श्रेणी में रखा गया है। इसमें भी नदिया जिले की 77–करीमपुर विधानसभा निर्वाचन क्षेत्र को जोड़ा गया है। इस जिले की दो विधानसभा 55–फरक्का तथा 56–शमशेरगंज को मालदा संसदीय निर्वाचन क्षेत्र में समायोजित किया गया है। शेष विधानसभा को 9–जंगीपुर संसदीय निर्वाचन क्षेत्र और 10–बहरामपुर संसदीय निर्वाचन क्षेत्र में समायोजित कर दो संसदीय निर्वाचन क्षेत्र बनाए गए हैं। दोनों को इस तरह परिसीमित किया गया है कि यह संसदीय निर्वाचन क्षेत्र मुस्लिम बहुल न रहें। जब कि संख्या बल के अनुपात से तीन मुस्लिम बहुल संसदीय निर्वाचन क्षेत्र अस्तित्व मे आ सकते थे। जैसे...

वर्तमान

	9–जंगीपुर संसदीय निर्वाचन क्षेत्र				10–बहरामपुर संसदीय निर्वाचन क्षेत्र			
		कुल आबादी	मुस्लिम आबादी और प्रतिशत			कुल आबादी	मुस्लिम आबादी और प्रतिशत	
1.	57–सूती	282783	186339	65.94	1.67–बुरवान	242660	103676	42.73
2.	58–जंगीपुर	268571	148773	55.44	2.68–कांडी	265125	135194	50.99
3.	59–रघुनाथगंज	254429	192367	75.61	3.69–भरतपुर	260027	143337	55.12
4.	60–सागरदिग्घी	252293	156870	62.27	4.70–रेजीनगर	276017	173317	62.82
5.	61–लालगोला	249148	194978	78.26	5.71–बेलदंगा	264351	125454	47.46
6.	65–नबाग्राम	273432	140623	51.43	6.72–बहरामपुर	279583	33950	12.14
7.	66–खारग्राम	257519	129698	50.44	7.74–नवदा	264042	18778	71.12
	योग–	**1838175**	**1149648**	**62.54**		**1851805**	**902706**	**48.75**

वर्ष 2009

JANGIPUR

9–जंगीपुर संसदीय निर्वाचन क्षेत्र

वर्तमान

11–मुर्शिदाबाद संसदीय निर्वाचन क्षेत्र

कुल आबादी	मुस्लिम आबादी और प्रतिशत		
1.62–भागाबंगोला	280096	238253	85.06
2.63–रानीनगर	271993	220455	81.05
3.64–मुर्शिदाबाद	284417	118469	41.65
4.73–हरिहरपारा	269300	184106	68.44
5.75–दुमकल	282925	250625	88.63
6.76–जलांगी	283115	206665	72.99
7.77–करीमपुर(जिला नदिया)	272493	111863	41.05
योग–	**1944339**	**1330436**	**68.43**

जैसे...

जंगीपुर संसदीय निर्वाचन क्षेत्र

कुल आबादी	मुस्लिम आबादी और प्रतिशत		
1.55–फरक्का	254829	166341	65.35
2.56–शमशेरगंज	249914	198112	79.32
3.57–सूती	282783	186339	65.94
4.58–जंगीपुर	268571	148773	55.44
5.59–रघुनाथगंज	254429	192367	75.61
6.60–सागरदिग्घी	252293	156870	62.27
7.65–नबाग्रामेब SC	273432	140623	51.43
योग–	1836251	1189425	64.33

जैसे...

मुर्शीदाबाद संसदीय निर्वाचन क्षेत्र

कुल आबादी	मुस्लिम आबादी और प्रतिशत		
1.61–लालगोला	249148	194978	78.26
2.62–भागाबंगोला	280096	238253	85.06
3.63–रानीनगर	271993	220455	81.05
4.64–मुर्शिदाबाद	284417	118469	41.65
5.66–खारग्रामेब SC	257519	129698	50.44
6.67–बुरवानेब SC	242660	103676	42.73
7.68–कांडी	265125	135194	50.99
योग–	1850958	1140723	61.45

जैसे...

बहरामपुर संसदीय निर्वाचन क्षेत्र

		कुल योग	मुस्लिम आबादी और प्रतिशत	
1.	69– भरतपुर	260027	143337	55.12
2.	70– रेजीनगर	276017	173317	62.82
3.	71–बेलदंगा	264351	125454	47.46
4.	72–बहरामपुर	279583	33950	12.14
5.	73–हरिहरपारा	269300	184106	68.44
6.	74–नवदा	264042	187778	71.12
7.	75–दुमकल	282925	250625	88.63
	योग–	**1896245**	**1098567**	**57.96**

जिला नदिया में 17 विधानसभा और दो संसदीय निर्वाचन क्षेत्र हैं। 12–कृष्णनगर और 13–रानाघाट आरक्षित संसदीय निर्वाचन क्षेत्र हैं। 77–करीमपुर विधानसभा को मुर्शिदाबाद संसदीय निर्वाचन क्षेत्र में जोड़ा गया है। दो आरक्षित विधानसभा 92–कल्याणी और 93–हरिघाटा को 14–बनगांव आरक्षित संसदीय निर्वाचन क्षेत्र में परिसीमित किया गया है।

12–कृष्णनगर संसदीय निर्वाचन क्षेत्र में 78–तेहट्टा से 84–नबाद्वीप तक कुल 7 विधानसभाओं को शामिल किया गया है। कुल आबादी 1872728 और मुस्लिम आबादी 740228 39.53 प्रतिशत है। परिसीमन आयोग तकनीकी आधार पर कृष्णनगर संसदीय निर्वाचन क्षेत्र में मुस्लिम आबादी को बढ़ाकर 50.03 प्रतिशत कर सकता था और फिर यह संसदीय निर्वाचन क्षेत्र मुस्लिम बहुल की श्रेणी में आ जाता। जैसे...

वर्तमान...

12–कृष्णनगर संसदीय निर्वाचन क्षेत्र

		कुल योग	मुस्लिम आबादी और प्रतिशत	
1.	78–तेहटटा	273849	103909	37.94
2.	79–पलाशीपारा	263107	123849	47.07
3.	80–कालियागंज	265781	147713	55.66
4.	81–नक्काशीपरारा	261009	133432	51.12
5.	82–छपरा	272289	156727	57.56
6.	83–कृष्णनगर उत्तर	263653	25893	09.82
7.	84–नबाद्वीप	273040	48705	17.84
	योग–	**1872728**	**740228**	**39.53**

जैसे...

वर्ष 2009

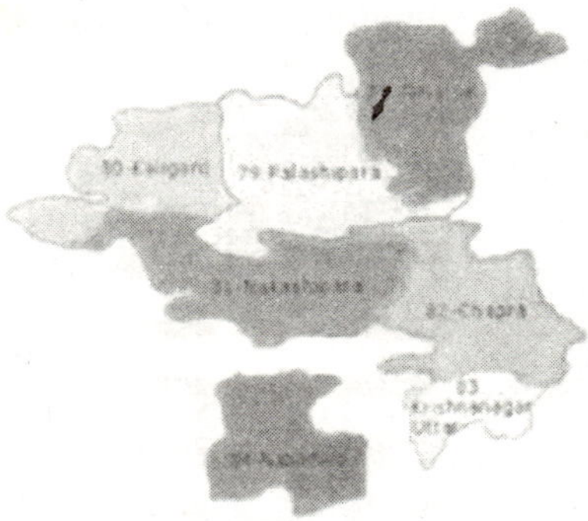

KRISHNANAGAR

12–कृष्णनगर संसदीय निर्वाचन क्षेत्र

		कुल योग	मुस्लिम आबादी और प्रतिशत	
1.	76–जलांगी	283115	206665	72.99
2.	78–तेहटटा	273849	103909	37.94
3.	79–पलाशीपारा	263107	123849	47.07
4.	80–कालियागंज	265781	147713	55.66
5.	81–नक्काशीपरा	261009	133432	51.12
6.	82–छपरा	272289	156727	57.56
7.	85–कृष्णनगर दक्षिण	243785	67978	27.88
	योग–	1862935	940273	50.03

जिला नार्थ 24 परगना और साऊथ 24 परगना–पश्चिमबंगाल

नार्थ 24 परगना जिले की 33 और साऊथ 24 परगना की 31 दोनों जिलों की कुल 64 विधानसभा निर्वाचन क्षेत्र हैं और संसदीय निर्चाचन क्षेत्र 9 जिनमें तीन आरक्षित हैं। 9 मुस्लिम बहुल विधानसभा निर्वाचन क्षेत्र जहाँ से मुस्लिम विधायक हैं। 16वीं लोकसभा में 18–बशीरहाट संसदीय निर्वाचन क्षेत्र से इदरीस अली सांसद है। साऊथ 24 परगना जिले के मुस्लिम बहुल 149–कसबा, 153–बेहला पूर्व और 154–बेहला पश्चिम को संसदीय निर्वाचन क्षेत्र 23–कोलकाता दक्षिण में समायोजित किया है। नदिया जिले के दो आरक्षित विधानसभा निर्वाचन क्षेत्र 92–कल्याणी और 93–हरिंगघाटा को नार्थ 24 परगना जिले की 14–बनगांव आरक्षित संसदीय निर्वाचन क्षेत्र में शामिल किया गया है।

2001 की जनगणना के मुताबिक नार्थ 24 परगना और साउथ 24 परगना

जिले की कुल आबादी 1, 73, 91, 118 जिसमें अनुसूचित जाति और जनजाति की आबादी 44, 79, 628 थी। राज्य का एक विधानसभा निर्वाचन 2, 72, 708 आबादी पर परिसीमित किया गया है। जनसंख्या अनुपात से 17 विधानसभा निर्वाचन क्षेत्र अनुसूचित जाति और अनुसूचित जनजातियों के लिए आरक्षित हैं। धर्मनिरपेक्ष और लोकतांत्रिक मूल्यों के आधार पर यह 17 विधानसभा निर्वाचन क्षेत्र 25 सीटों में तब्दील हो सकते थे।

दोनों जिलों में मुस्लिम आबादी 44,60025 है। जिलों की 26 प्रतिशत आबादी के अनुपात से 16 मुस्लिम बहुल विधानसभा निर्वाचन क्षेत्र बनने चाहिए थे। लिहाज़ा इसकी तुलना में 9 मुस्लिम विधायक है। यानी यही निर्वाचन क्षेत्र मुस्लिम बहुल है। संशोधित परिसीमन 2008 में राज्य की एक लोकसभा सीट 19,08957 आबादी पर परिसीमित की गई है। जनसंख्या अनुपात से तीन मुस्लिम बहुल संसदीय निर्वाचन क्षेत्र अस्तित्व में आ सकते थे जब कि 16वीं लोकसभा में सिर्फ एक मुस्लिम सांसद है।

उत्तर दिनाजपुर जिले के 9 विधानसभायें हैं यें जिसमें 4 विधायक मुस्लिम है। 28–छपरा को दार्जिलिंग संसदीय निर्वाचन क्षेत्र में परिसीमित किया और 36–इथर को 6–बलूरघाट संसदीय निर्वाचन क्षेत्र में जोड़ा गया है। हालांकि 302–रायगंज संसदीय निर्वाचन क्षेत्र से 16वीं लोकसभा से सलीम सांसद हैं। परिसीमन आयोग ने इस संसदीय निर्वाचन क्षेत्र में कुल आबादी 1920461 और मुस्लिम आबादी 857938 44.68 प्रतिशत शामिल की है। जबकि रायगंज संसदीय निर्वाचन क्षेत्र में मुस्लिम आबादी 1048309 57.29 प्रतिशत तक बढाई जा सकती थी और रायगंज संसदीय निर्वाचन क्षेत्र मुस्लिम बहुल संसदीय निर्वाचन क्षेत्र की श्रेणी में आ सकता था। जैसे...

वर्तमान...

5–रायगंज संसदीय निर्वाचन क्षेत्र

		कुल योग	मुस्लिम आबादी और प्रतिशत	
1.	29–इस्लामपुर	245919	152869	62.16
2.	30–गोलपोखर	245430	185457	75.64
3.	31–चकुलिया	258163	154932	60.01
4.	32–करांगदिग्घी	287190	141757	49.36
5.	33–हेमताबाद	287005	114729	39.98
6.	34–कालियागंज	303378	62994	20.76
7.	35–रायगंज	293376	45200	15.41
	योग–	**1920461**	**857938**	**44.68**

वर्ष 2009

5–रायगंज संसदीय निर्वाचन क्षेत्र

जैसे...

रायगंज संसदीय निर्वाचन क्षेत्र

		कुल योग	मुस्लिम आबादी और प्रतिशत	
1.	28–चोपरा	271792	173689	63.91
2.	29–इस्लामपुर	245919	152869	62.16
3.	30–गोलपोखर	245430	185457	75.64
4.	31–चकुलिया	258163	154932	60.01
5.	32–करांगदिग्घी	287190	141757	49.36
6.	33–हेमताबाद	287005	114729	39.98
7.	36–इथर	249541	124876	50.01
	योग–	**1845040**	**1048309**	**57.29**

मेरठ संसदीय निर्वाचन क्षेत्र–उत्तर प्रदेश

परिसीमन 2008 में उत्तर प्रदेश राज्य की कुल आबादी को मौजूदा संसदीय निर्वाचन क्षेत्रों से विभाजित किया गया और इस तरह राज्य की औसत आबादी पर हर एक सीट को परिसीमित किया गया है। इस तरह राज्य के 80 संसदीय निर्वाचन क्षेत्रों में 5–5 विधानसभाओं से एक संसदीय निर्वाचन क्षेत्र परिसीमित किया गया है। राजनीतिक पक्ष के आधार पर पड़ोसी जिलों की अन्य विधानसभाओं को शामिल कर संसदीय निर्वाचन क्षेत्र बनाया गया है। जबकि जिले में पहले से ही 5 विधानसभाओं से अधिक निर्वाचन क्षेत्र मौजूद थे।

परिसीमन आयोग ने इस तरह से कई संसदीय निर्वाचन क्षेत्रों को परिसीमित किया है। जिसके कारण मुस्लिम बहुल संसदीय निर्वाचन क्षेत्रों का मूल स्वरूप

खत्म हो गया है। मेरठ जिले में 7 विधानसभा निर्वाचन क्षेत्र हैं। मेरठ संसदीय निर्वाचन क्षेत्र में जिले की 4 और दूसरे हापुड़ जिले की एक 59–हापुड़ आरक्षित सीट को समायोजित कर मेरठ संसदीय निर्वाचन क्षेत्र को परिसीमित किया गया है। जिसके कारण क्षेत्रीय जातिगत समीकरण बदल गए।

परिसीमन के पूर्व 14वीं लोकसभा में मोहम्मद शाहिद सांसद थे। मेरठ की शेष 3 विधानसभाओं को अलग–अलग संसदीय निर्वाचन क्षेत्रों में समायोजित कर संसदीय निर्वाचन क्षेत्र परिसीमित किया गया है। जिले की 43–सिवलखास विधानसभा निर्वाचन क्षेत्र मुस्लिम बहुल है। गुल मोहम्मद विधायक हैं। बागपत संसदीय निर्वाचन क्षेत्र में जोड़ा है। 145–हस्तिनापुर आरक्षित विधानसभा को बिजनौर संसदीय निर्वाचन क्षेत्र में और 44–सरधाना विधानसभा को मुजफ्फरनगर संसदीय क्षेत्र में समायोजित किया गया है।

14वीं लोकसभा में राज्य से 11 मुस्लिम सांसद थे। 15वीं लोकसभा में संख्या घटकर 7 रही। परन्तु 16वीं लोकसभा के चुनाव सांप्रदायिक लाइन पर लड़े गए। लिहाज़ा राज्य के 80 संसदीय निर्वाचन क्षेत्रों से एक भी मुस्लिम नहीं है। भारत जनगणना 2001 के अनुसार राज्य में मुस्लिम आबादी 30740158 18.25 प्रतिशत थी।

2012 के राज्य विधानसभा चुनाव में 403 सदस्यीय विधानसभा से 69 विधायक मुस्लिम हैं। राज्य का एक संसदीय निर्वाचन क्षेत्र 20 लाख 77 हजार 4 सौ 74 औसत आबादी पर परिसीमित किया गया है। परिसीमन आयोग के नियमों के मुताबिक 14.79 यानी 15 संसदीय निर्वाचन क्षेत्रों की आबादी है। जो धर्मनिरपेक्ष और लोकतांत्रिक मूल्यों के आधार पर 21 संसदीय निर्वाचन क्षेत्रों में तब्दील हो सकते हैं। यानी राज्य के 80 संसदीय निर्वाचन क्षेत्रों में से 21 स्थानों पर मुस्लिम वर्ग का संवैधानिक और कानूनी हक है।

परिसीमन आयोग तकनीकी रूप से अस्तित्व में दिखाए गए संसदीय निर्वाचन क्षेत्रों के जैसे निर्वाचन क्षेत्रों को परिसीमित करता तो सांप्रदायिक ध्रुवीकरण का असर भी इन स्थानों पर कभी नहीं पड़ता, और 16वीं लोकसभा में राज्य से 20 से अधिक मुस्लिम सांसद रहते। जैसे...

जिला–मेरठ विधानसभा–7 **10–मेरठ संसदीय निर्वाचन क्षेत्र**

	कुल योग	मुस्लिम आबादी और प्रतिशत		
1. 43–सिवल खास	1.46–किथोर	447599	144436	32.26
2. 44–सरधाना	2.47–मेरठ कैंट	404726	132367	32.71
3. 45–हस्तिनापुर आरक्षित	3.48–मेरठ	395003	168786	42.73

4. 46–किथोर	4.49–मेरठ साऊथ	426826	139269	31.71
5. 47–मेरठ कैंट	5.59–हापुड़ आरक्षित	406327	104965	28.56
6. 48–मेरठ				
7. 49–मेरठ साऊथ	**योग–**	20,80,481	6,89,823	33.94

वर्ष 2009

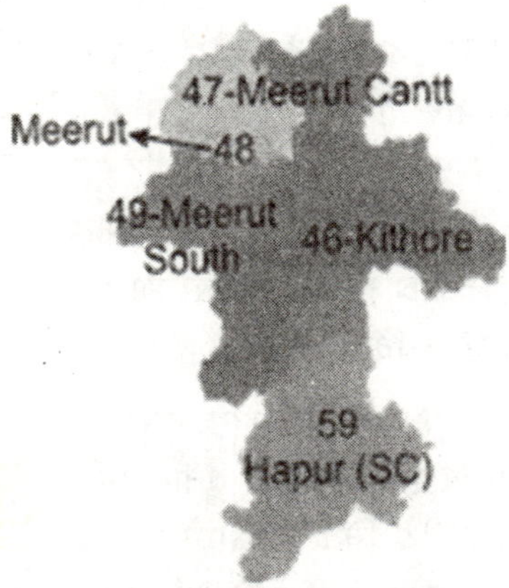

10–मेरठ संसदीय निर्वाचन क्षेत्र

मेरठ संसदीय निर्वाचन क्षेत्र

1. 40– नौगांव सादत	372969	186126	49.91
2. 41– अमरोहा	344273	178012	51.71
3. 42– हसनपुर	394522	117681	29.82
4. 43– सिवल खास	434001	151143	54.82
5. 44– सरधाना	429246	138738	32.32
योग–	19,75,011	7,71,700	43.71

मुज़फ्फरनगर संसदीय निर्वाचन क्षेत्र–उत्तर प्रदेश

उत्तर प्रदेश के जिला मुज़फरनगर में कुल 9 विधानसभा निर्वाचन क्षेत्र और दो संसदीय निर्वाचन क्षेत्र है। मुज़फ्फरनगर संसदीय निर्वाचन क्षेत्र में मेरठ की 44–सरधाना विधानसभा निर्वाचन क्षेत्र को जोड़ा गया है। दूसरा संसदीय निर्वाचन क्षेत्र कैराना के नाम से है। जिसमें सहारनपुर जिले की 2–नकुड और 7–गंगोह को समायोजित कर संसदीय निर्वाचन क्षेत्र बनाया गया है।

मुज़फ्फरनगर जिले से 3 मुस्लिम विधायक हैं। जनगणना 2001 के अनुसार जिले की मुस्लिम आबादी 13 लाख 49 हजार 6 सौ 29 है। दोनों संसदीय निर्वाचन क्षेत्र से 16वीं लोकसभा में कोई मुस्लिम सांसद निर्वाचित नहीं हुआ है।

जिला मुज़फ्फरनगर विधानसभा–9

1. 08–कैरान
2. 09–थानाभवन
3. 10–शामली
4. 11–बुढाना
5. 12–चरथावल
6. 13–पुरकाजी आरक्षित
7. 14–मुज़फ्फरनगर
8. 15–खतौली
9. 16–मीरापुर

3–मुज़फ्फरनगर संसदीय निर्वाचन क्षेत्र

		कुल योग	मुस्लिम आबादी	प्रतिशत
1.	11–बुढाना	453616	180864	39.01
2.	12–चरथावल	407471	10864	02.76
3.	14–मुज़फ्फरनगर	400288	125854	31.45
4.	15–खतौली	388207	48261	12.43
5.	44–सरधाना	429246	138738	32.32
	योग–	**2078828**	**504581**	**23.59**

वर्ष 2009

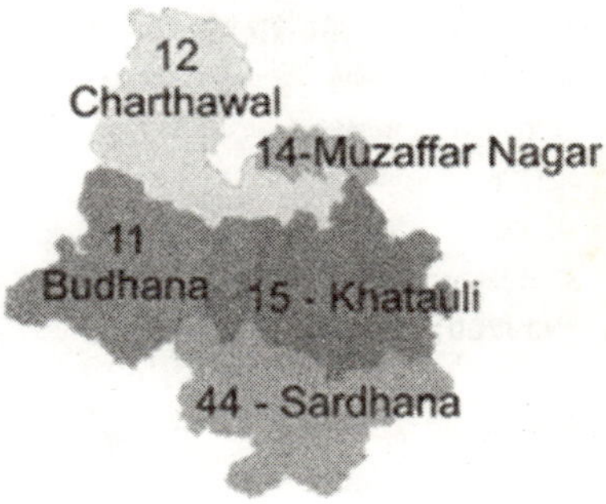

3–मुज़फ्फरनगर संसदीय निर्वाचन क्षेत्र

जैसे...

मुज़फरनगर संसदीय निर्वाचन क्षेत्र

		योग	मुस्लिम आबादी और	अप्रतिशत
1.	08–कैराना	380466	239062	62.83
2.	10–शामली	372124	120920	32.54
3.	11–बुढाना	463616	180864	39.01
4.	14–मुजफ्फरनगर	400288	125854	31.45
5.	17–नजीबाबाद	398795	297892	74.78
	योग–	**2005289**	**964592**	**48.12**

बिजनौर संसदीय निर्वाचन क्षेत्र उत्तर प्रदेश

जिला बिजनौर में 8 विधानसभा निर्वाचन क्षेत्र हैं और दो संसदीय निर्वाचन क्षेत्र परिसीमित किए गए हैं। नगीना संसदीय निर्वाचन क्षेत्र अजा. के लिए आरक्षित है। 8 में से दो विधानसभा आरक्षित हैं और तीन विधायक मुस्लिम हैं। बिजनौर

संसदीय निर्वाचन में मुजफ्फरनगर की दो और एक मेरठ की आरक्षित विधानसभा को शामिल कर संसदीय निर्वाचन क्षेत्र परिसीमित किया गया है और जिले की 19–बड़ापुर विधानसभा निर्वाचन क्षेत्र को मुरादाबाद संसदीय निर्वाचन क्षेत्र में जोड़ा गया है।

जनगणना 2001 के अनुसार जिले की मुस्लिम आबादी 13 लाख 6 हजार 3 सौ 29 41.71 प्रतिशत है। नगीना संसदीय निर्वाचन क्षेत्रमें अनुसूचित जाति की आबादी 407566 है और मुस्लिम आबादी 10,22,777 है इस के बावजूद नगीना संसदीय निर्वाचन क्षेत्र को आरक्षित किया गया है। बिजनौर संसदीय निर्वाचन क्षेत्र से कोई भी मुस्लिम सांसद नहीं है।

4–बिजनौर संसदीय निर्वाचन क्षेत्र

	कुल योग	मुस्लिम आबादी	प्रतिशत
1. 13–पुरकाजी आरक्षित	362220	22505	06.21
2. 16–मीरपुर	379620	102664	27.04
3. 22–बिजनौर	421735	146437	34.72
4. 23–चांदपुर	381163	145674	38.21
5. 45–हस्तिनापुर आरक्षित	394522	117681	29.32
योग–	**1939260**	**534961**	**27.59**

वर्ष 2009

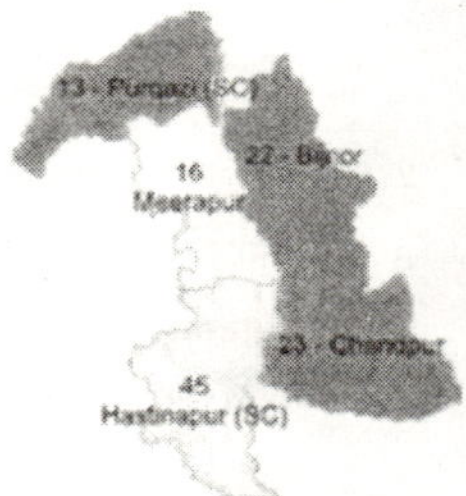

4–बिजनौर संसदीय निर्वाचन क्षेत्र

5–नगीना आरक्षित संसदीय निर्वाचन क्षेत्र

	कुल योग	मुस्लिम आबादी	प्रतिशत	अजा आबादी	प्रतिशत
1. 17–नजीबाबाद	398795	88227	22.12	297892	74.78
2. 18–नगीना आरक्षित	413343	94134	22.77	264523	63.99
3. 20–धामपुर	358782	63851	17.81	154111	42.95
4. 21–नेथोर आरक्षित	362373	89245	19.13	154034	42.01
5. 24–नूरपुर	377001	72109	4.63	152217	40.85
योग–	**1910294**	**407566**	**21.34**	**1022777**	**52.91**

वर्ष 2009

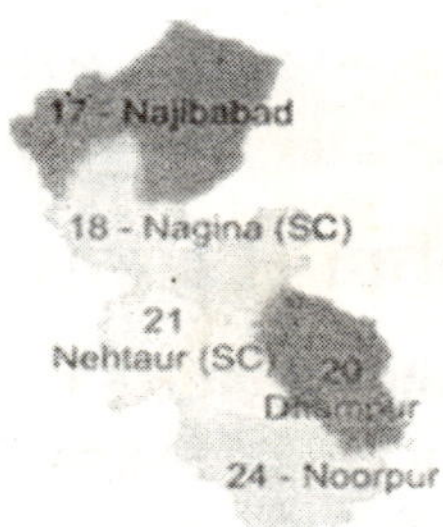

5–नगीना संसदीय निर्वान क्षेत्र आरक्षित

मुरादाबाद संसदीय निर्वाचन क्षेत्र–उत्तर प्रदेश

मुरादाबाद जिले में 9 विधानसभा और दो संसदीय निर्वाचन क्षेत्र हैं। मुरादाबाद और संभल के नाम से परिसीमित किए गए हैं। मुरादाबाद संसदीय निर्वाचन क्षेत्र में बिजनौर जिले की 19–बरहापुर विधानसभा निर्वाचन क्षेत्र को शामिल कर मुस्लिम बहुल संसदीय निर्वाचन क्षेत्र के मूल स्वरूप को परिसीमन के नाम पर ख़त्म कर दिया गया है। जिले से 6 विधायक मुस्लिम हैं। हालांकि 2004 में अजहर उद्दीन और 2009 में सलमान खुर्शीद सांसद थे।

भारत जनगणना 2001 के अनुसार जिले में मुस्लिम आबादी 17 लाख 35 हजार 3 सौ 81 45.5 प्रतिशत थी।

6–मुरादाबाद संसदीय निर्वाचन क्षेत्र

	कुल योग	मुस्लिम अबादी	प्रतिशत
1. 19 बरहापुर	418127	327078	78.16
2. 25–कंथ	435252	152040	34.9
3. 26–ठाकुरवाड़ा	433481	224693	51.83
4. 27–मुरादाबाद ग्रामीण	392213	194892	49.69
5. 28–मुरादाबाद नगर	431950	209339	48.46

8–संभल संसदीय निर्वाचन क्षेत्र

	कुल योग	मुस्लिम अबादी	प्रतिशत
1. 29–कुंदरकी	433290	220491	50.88
2. 30–बिलारी	406571	160341	39.41
3. 31–चंदौसी	427948	90552	21.15
4. 32–असमोली	437391	166643	38.11
5. 33–संभल	412887	208391	50.47
योग–	**2118087**	**846418**	**40.04**

वर्ष 2009

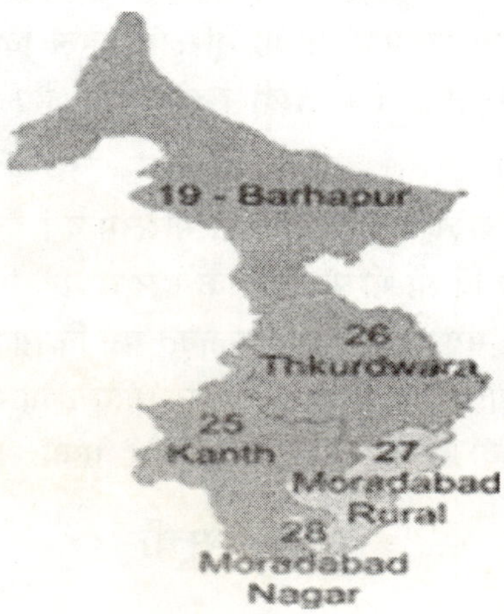

6–मुरादाबाद संसदीय निर्वाचन क्षेत्र

जैसे...

मुरादाबाद संसदीय निर्वाचन क्षेत्र

	योग	मुस्लिम आबादी	प्रतिशत
1. 19—बरहापुर	418127	327078	78.16
2. 25—कंथ	435252	152040	34.93
3. 27—मुरादाबाद ग्रामीण	392213	194892	49.69
4. 28—मुरादाबाद नगर	431950	209339	48.46
5. 29—कुंदरकी	433290	220491	50.88
योग—	**2110832**	**1103840**	**52.85**

Soureces : Census of india, 2001, Delimitation Commission of india Order of December 5,2013 and can also be seen at www.eci.nic.in

बिहार में 40 संसदीय निर्वाचन क्षेत्र और 243 विधानसभा निर्वाचन क्षेत्र हैं। 16वीं लोकसभा में 4 मुस्लिम सांसद विजय हुए हैं। सन् 2010 के राज्य विधानसभा चुनाव में 19 विधायक मुस्लिम और दूसरे स्थान पर 33 रहे थे। राज्य में एक संसदीय निर्वाचन क्षेत्र 20 लाख 74 हजार 9 सौ 62 आबादी पर परिसीमित किया गया है। मुस्लिम आबादी के अनुपात से 6.71 यानी परिसीमन आयोग के नियमों के मुताबिक 7 संसदीय निर्वाचन क्षेत्रों की आबादी राज्य में मौजूद है और यह 7 संसदीय निर्वाचन क्षेत्र 11 लोकसभा में तब्दील हो सकते हैं। 14वीं लोकसभा में 4, 15वीं में 5 और 16वीं लोकसभा में 4 मुस्लिम सांसद विजयी हुए हैं।

विधानसभा निर्वाचन क्षेत्र 341557 आबादी पर परिसीमित किया गया है। सन् 2001 की जनगणना के अनुसार राज्य में मुस्लिम आबादी 1,37,22,048 16.53 प्रतिशत थी। जनसंख्या अनुपात से 40 मुस्लिम बहुल विधानसभा निर्वाचन क्षेत्र बनते हैं जो 70 विधानसभाओं में तब्दील हो सकते हैं। जिसकी तुलना में 19 विधायक सदन में हैं।

देश के किसी भी राज्य में परिसीमन से मुस्लिम वर्ग ही सबसे ज्यादा प्रभावित हुआ है। इसका विरोध किसी भी राजनीतिक दल ने नहीं किया। अलबत्ता मुस्लिम वर्ग ने चर्चा ज़रूर की, मगर अपना कोई मजबूत पक्ष किसी राजनीतिक दल अथवा परिसीमन आयोग के पास नहीं रखा। 543 सदस्यीय लोकसभा में मुस्लिम सदस्यों की संख्या क्रमशः 14वीं में 37 15वीं में 29 और 16वीं लोकसभा में 22 है।

संदर्भ—सूची

1. भारत निर्वाचन आयोग सामान्य चुनाव 2004, 2009.
2. वही, 2009.

3. Election Commission of India No. 4/RTI/DEL/2011/EPS/785 Dated 18th May, 2011.
4. भारत निर्वाचन आयोग सामान्य चुनाव 2009.
5. वही.
6. वही, 1980.
7. वही, 2004.
8. वही, 2009.
9. वही.
10. वही.
11. Election Commission of India No. 4/RTI/DEL/2011/EPS/785 Dated 18th May, 2011.
12. वही.
13. भारत निर्वाचन आयोग सामान्य चुनाव 2009.
14. वही.
15. वही.
16. वही, 2004, 2009.
17. वही, 2009.
18. वही.
19. वही, 2004, 2009.
20. वही.
21. वही, 2004, 2009.
22. वही.
23. वही.
24. परिसीमन अधिनियम, 1972.
25. भारत निर्वाचन आयोग 2009.
26. भारत निर्वाचन आयोग 2004, 2009.
27. वही.
28. वही, 2009.
29. वही.
30. भारत जनगणना 2001.
31. भारत निर्वाचन आयोग 2004, 2009.
32. वही.
33. वही, 2009.
34. वही.

35. वही.
36. वही, 2004.
37. वही.
38. वही.
39. वही, 2009.
40. वही.
41. वही, 2004, 2009.
42. भारत परिसीमन आयोग 2009.
43. वही, 2004, 2009.
44. वही, 2004.
45. वही, 2009.
46. वही, 2004.
47. Changing Face of Electoral India : Delimitation 2008.
48. भारत परिसीमन आयोग 2004.
49. वही, 2009.
50. वही.
51. वही.
52. भारत निर्वाचन आयोग 2004, 2009.
53. वही.
54. वही.
55. भारत जनगणना 2001, और Madhya Pradesh Paper-5 Changing Face of Electoral India : Delimitation 2008.

4

जन आक्रोश के कारण परिसीमन आस्थगित

खण्ड 'स'

शांति और लोक व्यवस्था

लोकसभा तथा राज्य विधानसभाओं के निर्वाचनों के प्रयोजनों के लिए प्रत्येक राज्य और संघ राज्यक्षेत्र के प्रादेशिक निर्वाचन क्षेत्रों में विभाजन को वर्ष 2001 में की गई जनगणना के आधार पर अभिनिश्चित किए गए जनगणना के आँकड़ों के आधार पर पुनः समायोजित करने के लिए परिसीमन आयोग स्थापित किया गया था। परिसीमन आयोग ने अभी तक 25 राज्यों/संघ राज्य क्षेत्रों में परिसीमन कार्य को पूरा कर लिया है।[1]

असम के बाबत् परिसीमन कार्य को, श्री राम प्रसाद शर्मा और अन्य बनाम भारत संघ और अन्य (पीआईएल संख्या 62/2007) के मामले में गुवाहाटी उच्च न्यायालय के रोक आदेशों के अनुसरण में निलंबित किया गया था।[2]

गुवाहाटी उच्च न्यायालय (उपर्युक्त याचिका में) के आदेशों पर माननीय उच्चतम न्यायालय के रोक आदेश के परिणामस्वरूप परिसीमन आयोग ने परिसीमन का कार्य पुनः आरंभ कर दिया है जिससे असम राज्य में रहने वाले लोगों की भावनाएं भड़कने की संभावना है जिससे यह आशंका हुई है कि अनेक निर्वाचन–क्षेत्रों में चल रहे परिसीमन के परिणामस्वरूप जनता और उनके प्रतिनिधियों के बीच सहयोग में विघटन, उनकी सीमाओं में परिवर्तन से जनजातियों के विभिन्न समूहों के बीच अन्यसंक्रमण हो सकता है, और असम राज्य में ऐसे अभ्यावेदन प्राप्त हुए हैं कि परिसीमन कार्य को, राज्य में सही जनसंख्या के आधार को परिलक्षित करने के लिए राष्ट्रीय नागरिक रजिस्टर को अद्यतन बनाए जाने तक आस्थगित किया जाए।

असम में परिसीमन कार्य का राज्य के सभी संबंधित वर्गों से कड़ा विरोध हुआ है, और राज्य में राजनीतिक और गैर राजनीतिक संगठनों द्वारा अनेक विरोध, प्रदर्शन, बंद, सड़क जाम आदि हुए हैं। विभिन्न राजनीतिक दलों, ऑल इण्डिया

स्टूडेंट्स यूनियन, आल बोडो स्टूडेंट्स यूनियन, आल कोच राजवंशी स्टूडेंट्स यूनियन आल असम माइनारिटी स्टूडेंट्स यूनियन, आदिवासी स्टूडेंट्स यूनियन जैसे विद्यार्थी निकायों और विभिन्न अन्य जातीय संगठनों ने परिसीमन कार्य का विरोध करते हुए लगभग 113 विरोध प्रदर्शन किए।

असम के शिवसागर, जोरहट और डिब्रूगढ़ के ऊपरी जिलों में प्रत्येक से एक निर्वाचन–क्षेत्र कम करने वाले परिसीमन आयोग के प्रस्ताव का विरोध करने के लिए एक उजानी असम समस्ती सुरक्षा समिति का विशेष रूप से गठन किया गया है। असम राज्य में निर्वाचन–क्षेत्रों के परिसीमन से संबंधित मुद्दे बहुत गंभीर और संवेदनशील प्रकृति के हैं तथा उनका विभिन्न जिलों और विशेषकर उन क्षेत्रों में जो विक्षुब्ध क्षेत्र या अत्यंत संवेदनशील क्षेत्र है, गंभीर विधि और व्यवस्था के कारण लोक व्यवस्था में विघटन हो सकता है।[3]

केन्द्रीय सरकार, सशस्त्र बल (विशेष शक्तियां) अधिनियम, 1958 (1958 का –8) की धारा 3 द्वारा प्रदत्त शक्तियों का प्रयोग करते हुए, विद्यमान विधि और व्यवस्था की स्थिति को ध्यान में रखते हुए, समस्त असम राज्य और अरूणाचल प्रदेश तथा मेघालय के सीमावर्ती असम राज्य में बीस किलोमीटर की पट्टी को, का.आ. 1878 (अ), तारीख 4 नवम्बर, 2007 द्वारा ''विक्षुब्ध क्षेत्र'' घोषित किया गया है।

नेशनल डेमोक्रेटिक फ्रंट ऑफ बोडोलैंड (एनडीएफबी) और यूनाइटेड लिबरेशन फ्रंट ऑफ असम (उल्फा) और उनके विभिन्न खण्डों को, का.आ. 2008 (अ), तारीख 23 नवम्बर, 2006 और 2034 (अ), तारीख 27 नवम्बर, 2006 द्वारा, अन्य बातों के साथ और भारत की संप्रभुता और राज्यक्षेत्रीय अखण्डता को विक्षुब्ध करने के लिए विभिन्न अविधिमान्य और हिंसात्मक क्रियाकलापों में लगे रहने के लिए जिससे स्थानीय व्यक्तियों की भावनाओं का विदोहन होने की संभावना है, और उनके कार्यक्रमों को अग्रसर करने से, लोक व्यवस्था में बड़े पैमाने पर हिंसा और विच्छेदन की संभावना है, दो वर्ष की और अवधि के लिए विधिविरूद्ध क्रियाकलाप (निवारण) अधिनियम, 1967 (1967 का 33) की धारा 3(3) के परन्तुक के साथ पठित धारा 3(1) के अधीन 'विधिविरूद्ध संगम' घोषित कर दिया गया है।

असम राज्य की सरकार ने भी, विधायकों, सांसदों, सभी राजनीतिक दलों, पंचायतों और जनता के नेताओं द्वारा विधानसभा और संसदीय निर्वाचन क्षेत्रों के प्रस्तावित परिसीमन पर भेजी गई घोर आपत्तियों के बाबत केन्द्रीय सरकार को सूचित किया है और सरकार से यह अनुरोध किया है कि जनता के नेताओं, लोगों और स्वदेशी जनजातीय समुदायों की शिकायतों को हल किए बिना कोई

परिसीमन कार्य करने से असम राज्य में विधि और व्यवस्था की गंभीर समस्या पैदा होने की संभावना है।[4]

राज्य सरकार का यह विचार है कि परिसीमन कार्य को प्रास्थगित रखा जाए और राज्य में लोगों के शांतिपूर्ण सहअस्तित्व के हित में तथा उसकी राज्य क्षेत्रीय संप्रभुता और लोक व्यवस्था बनाए रखने में यथापूर्ण स्थिति बनाए रखने का अनुरोध किया है।

अतः अब असम राज्य में गंभीर समस्याओं को ध्यान में रखते हुए और उपरोक्त समस्याओं का निराकरण करने के लिए, राष्ट्रपति, परिसीमन अधिनियम, 2002 (2002 का 33) की धारा 10 क की उप–धारा (1) द्वारा प्रदत्त शक्तियों का प्रयोग करते हुए तथा इस बारे में यह समाधान हो जाने पर कि ऐसी स्थिति उत्पन्न हो गई है जिससे भारत की एकता और अखण्डता को खतरा होने की संभावना है तथा शांति और लोक व्यवस्था को गंभीर खतरा है, असम राज्य में परिसीमन कार्य को तत्काल प्रभाव से और आगे आदेशों तक आस्थगित करते हैं।[5]

मणिपुर के बाबत परिसीमन कार्य को पहले मणिपुर प्रदेश कांग्रेस कमेटी और अन्य राजनीतिक दल बनाम भारत संघ और अन्य में 2001 की जनगणना के जनसंख्या के आंकड़ों को चुनौती देते हुए फाइल की गई रिट याचिका (पीआईएल) सं. 16 की सुनवाई करने के पश्चात् गुवाहाटी उच्च न्यायालय के आदेशों के अनुसरण में निलंबित कर दिया गया था।[6]

मार्च, 2001 में घोषित किए गए जनगणना के अंतिम परिणामों को जो राज्य सरकार अन्य राजनीतिक दलों को स्वीकार नहीं थे, बहाल रखने के लिए नागा पीपुल्स आर्गेनाइजेशन, सेनापति और अन्य बनाम भारत संघ और अन्य (2006 की रिट याचिका (सिविल) सं. 3226) द्वारा तत्प्रतिकूल याचिका फाइल की गई।

गुवाहाटी उच्च न्यायालय के आदेशों पर माननीय उच्चतम न्यायालय के रोक आदेश के परिणामस्वरूप परिसीमन आयोग द्वारा परिसीमन कार्य पुनः प्रारंभ किए जाने से मणिपुर राज्य में रहने वाली जनता के विभिन्न समूहों की इस बारे में आशंका के कारण भावनाएं भड़कने की संभावना है कि अनेक निर्वाचन क्षेत्रों में नए परिसीमन कार्य से नाजुक सामाजिक संतुलन बिगड़ सकता है जिससे विभिन्न जातीय समूहों में अन्यसंक्रमण हो सकता है।[7]

कुछ उप–खण्डों में असामान्य रूप से जनसंख्या की वृद्धि की दर पर विचार करते हुए मणिपुर राज्य के मुख्यमंत्री ने जहाँ वृद्धि दर असामान्य है, वहाँ नए सिरे से जनगणना कराने के लिए और इस कार्य के पूरा होने तक, मणिपुर में परिसीमन

कार्य न किए जाने सितम्बर, 2003 में संबद्ध प्राधिकारियों और परिसीमन आयोग को किया था।

इस मुद्दे की संवेदनशीलता तथा विधि और व्यवस्था में बड़े पैमाने पर विघ्न पड़ने की संभावना को ध्यान में रखते हुए, मणिपुर मंत्रिमंडल ने यह संकल्प पारित किया कि मणिपुर में विधानसभा निर्वाचन क्षेत्रों के संबंध में यथास्थिति बनाई रखी जाए।

मणिपुर राज्य सरकार की दलील यह है कि विधानसभा निर्वाचन क्षेत्रों के चालू परिसीमन से उस राज्य में प्रतिकूल प्रभाव पड़ेगा क्योंकि इससे घाटी से कुछ विधानसभा खण्डों का पहाड़ी क्षेत्रों में अंतरण होगा जबकि वास्तविक जनसंख्या का वितरण कुछ भिन्न है और घाटी से पहाड़ी क्षेत्रों में विधानसभा खण्डों के ऐसे अंतरण से घाटी जिलों में रहने वाले लोगों की भावनाओं पर प्रतिकूल प्रभाव पड़ेगा जिसका मणिपुर राज्य में लोकव्यवस्था पर गंभीर प्रभाव पड़ सकता है।[8]

एक और सेनापति जिले में जनगणना के परिणामों को रद्द किए जाने को चुनौती देते हुए मणिपुर में विभिन्न समूहों द्वारा और दूसरी ओर उन तीन उपखण्डों में जिनमें सीटें घाटी से पहाड़ी क्षेत्रों में चली जाएंगी, पुनः जनगणना की माँग करने वाले अन्य समूहों द्वारा गुवाहाटी उच्च न्यायालय और उच्चतम न्यायालय में मुकदमेबाजी के माध्यम से किए जा रहे परस्पर विरोधी दावों के परिदृश्य में संपूर्ण राज्य में जातीय दंगों के भड़कने के गंभीर खतरे की स्थिति उत्पन्न होने की संभावना है जिसकी वजह से विधि व्यवस्था की समस्या खड़ी हो जाएगी और इससे कानून व्यवस्था भी बिगड़ जाएगी।

मणिपुर राज्य सरकार ने 2001 की जनगणना के आधार पर विधानसभा और संसदीय निर्वाचन क्षेत्रों के प्रस्तावित परिसीमन के संबंध में विधायकों, सांसदों और सभी राजनीतिक दलों, पंचायतों, लोकनेताओं और समुदायों द्वारा कठोर आपत्तियों के संबंध में केन्द्रीय सरकार को संसूचित कर दिया है।

घाटी आधारित विभिन्न गैर सरकारी संगठनों ने मणिपुर में राजनीतिक दलों के साथ समन्वय करके पहले ही चालू परिसीमन कार्यवाही के विरूद्ध विस्तृत प्रचार के साथ विभिन्न रूपों में आंदोलन आरंभ कर दिया है जबकि पहाड़ी जिलों में कुछ गैर सरकारी संगठनों ने 2001 की जनगणना के आधार पर विधानसभा और संसदीय निर्वाचन क्षेत्रों के परिसीमन की मांग करते हुए बंद का आयोजन किया है जिसके कारण घाटी और पहाड़ियों में रह रहे समुदायों के बीच हिंसक झड़पें होने की संभावना है जिससे विरोध और व्यवस्था की स्थिति गंभीर रूप से अस्त–व्यस्त हो जाएगी तथा समुदायों के बीच शांतिपूर्ण सौहार्द्र को भी खतरा पैदा हो जाएगा।[9]

मणिपुर के मेटी उग्रवादी संगठनों और उसके सभी गुटों, विंगों और संगठन के मोर्चों को जिन्हें (13 नवम्बर, 2007 के का.आ. 1922 (क) द्वारा) विधि विरूद्ध क्रियाकलाप (निवारण) अधिनियम, 1967 (1967 का 33) धारा 3(3) के परंतुक के साथ पठित धारा 3(1) के अधीन भारत की प्रभुता और क्षेत्रीय अखण्डता को नुकसान पहुँचाने के आशय से विभिन्न अवैध और हिंसक क्रियाकलापों में लगे रहने के कारण दो वर्ष की और अवधि के लिए ''विधि विरूद्ध संगम'' घोषित किया गया है। अपने कार्यक्रम को अग्रसर करने में बड़े पैमाने पर हिंसा में सम्मिलित करने के लिए स्थानीय जनता की भावनाओं को भड़काने का अवसर प्राप्त हो सकता है।

राज्य सरकार ने, सशस्त्र बल विशेष शक्तियां अधिनियम 1958 (1958 का 28) की धारा 3 द्वारा प्रदत्त शक्तियों का प्रयोग करते हुए तथा विधि और व्यवस्था को ध्यान में रखते हुए, संपूर्ण मणिपुर राज्य को, इंफाल नगरपालिका क्षेत्र को छोड़कर, विक्षुब्ध क्षेत्र घोषित कर दिया है। मणिपुर राज्य सरकार ने राज्य में जनजातीय और अन्य समुदायों के शांतिपूर्ण सौहार्द्र के हित में तथा उनकी प्रादेशिक अखण्डता तथा शांतिपूर्ण सौहार्द्र के हित में तथा उनकी प्रादेशिक अखण्डता तथा शांति और लोक व्यवस्था बनाए रखने के हित में यथास्थिति बनाए रखने का अनुरोध किया है।

अतः अब, मणिपुर राज्य में गंभीर, स्थिति को ध्यान में रखते हुए और उपरोक्त समस्याओं का निराकरण करने के लिए, राष्ट्रपति, परिसीमन अधिनियम, 2002 (2002 का 33) की धारा 10क की उप–धारा (1) द्वारा प्रदत्त शक्तियों का प्रयोग करते हुए और इस बारे में समाधान हो जाने पर कि ऐसी स्थिति उत्पन्न हो गई है जिससे भारत की एकता और अखंडता को खतरा पैदा होने की संभावना है तथा शांति और लोक व्यवस्था को गंभीर खतरा है, मणिपुर राज्य में परिसीमन कार्य को तत्काल प्रभाव से और आगे आदेशों तक आस्थगित करते हैं।[10] इसके प्रयोग के बारे में देखें परिशिष्ट–6, 7

मणिपुर राज्य में रहने वाली जनता के विभिन्न समूहों की इस बारे में आशंका के कारण भावनाएं भड़कने की संभावना है कि अनेक निर्वाचन क्षेत्रों में नए परिसीमन कार्य से नाजुक सामाजिक संतुलन बिगड़ सकता है। जिससे विभिन्न जातीय समूहों में अन्यसंक्रमण हो सकता है। इस बाबत राज्य के मुख्यमंत्री ने सितंबर, 2003 में संबद्ध प्राधिकारियों और परिसीमन आयोग को लिखा था और मणिपुर मंत्रिमंडल ने यह संकल्प पारित किया था कि मणिपुर में विधान सभा निर्वाचन क्षेत्रों के संबंध में यथास्थिति बनाई रखी जाए।[11]

अरूणाचल प्रदेश में परिसीमन कार्य को आस्थागित किए जाने का कारण यह

बताया गया था कि परिसीमन के परिणामस्वरूप जनता और उसके प्रतिनिधियों के बीच संबंध विच्छेद हो सकता है, और उसकी सीमाओं के परिवर्तन से जनजातियों के विभिन्न जातीय और मूलवंशी समूहों का अन्यसंक्रमण हो सकता है।[12]

संविधान (सत्तासीवां संशोधन) अधिनियम, 2003 पारित होने के शुरूआत में ही परिसीमन कार्य के गुण–दोष के आधार पर स्थानीय राजनीतिक दल और विभिन्न संगठनों ने लोकहित में मुकदमा उच्च न्यायालय में दाखिल किया और गुवाहाटी उच्च न्यायालय के रोक आदेशों के अनुसरण में परिसीमन कार्य को निलंबित कर दिया गया था। गुवाहाटी उच्च न्यायालय (उपर्युक्त याचिका में) के आदेशों पर माननीय उच्चतम न्यायालय के रोक आदेश के परिणामस्वरूप परिसीमन आयोग ने परिसीमन का कार्य पुनः आरंभ कर दिया है।[13]

अनुच्छेद 329 में यह कहा गया है कि निर्वाचन की प्रक्रिया प्रारंभ हो जाने पर न्यायालय उसमें हस्तक्षेप नहीं कर सकते हैं। उसी प्रकार न्यायालय को इस बात की अधिकारिकता नहीं होगी कि वे अनुच्छेद 243ट के अधीन निर्वाचन क्षेत्रों के परिसीमन या स्थानों के आबंटन से संबधित किसी विधि की विधिमान्यता की परीक्षा करें।[14] इस प्रकार यह स्पष्ट हो जाता है कि संपन्न किए गए परिसीमन कार्य को माननीय न्यायालय में भी चुनौती नहीं दी जा सकती और न ही कोई याचिका ही दायर की जा सकती है।

अन्ततोगत्वा ऐसी विषम स्थिति में तथ्य तो यह है कि जन आक्रोश के कारण ही परिसीमन की संपूर्ण कार्यवाहियों को आस्थगित किया गया है। यद्यपि जनआक्रोश का एक ही मुद्दा था कि परिसीमन में जिन अनियमितताओं से विसंगतियाँ हुई हैं, उन अनियमितताओं और विसंगतियों को दूर किया जाए। इसीलिए जन–साधारण ने अनेक विरोध, धरना, प्रदर्शन, बंद, सड़क जाम जैसे कृत्यों को अंजाम दिया ताकि उनके मूल अधिकारों को किसी भी परिस्थितियों में छीना न जा सके। ''इस जनआक्रोश को ही सरकार ने भारत की एकता और अखण्डता को खतरा होने की संभावना व्यक्त की तथा शांति और लोक व्यवस्था को गंभीर खतरा बताया है।''[15] इससे यह तथ्य उजागर होता है कि ऐसी विसंगतिपूर्ण परिसीमन कार्यवाही, जिसमें जनहित पर कुठाराघात हो, का विरोध शांतिपूर्ण ढंग से संवैधानिक सीमा में किया जा सकता है।

भारत निर्वाचन आयोग ने पत्र क्रमांक/4/आरटीआई/15/2013/(परिसीमन प्रकोष्ट)/807 19 अगस्त 2013 से सूचित किया है कि विधि एवं न्याय मंत्रालय द्वारा जारी 8 फरवरी 2008 के आदेश के अनुसार असम अरूणाचल प्रदेश नागालैंड एवं मणिपुर राज्य के संदर्भ में परिसीमन कार्य आस्थगित कर दिया गया

है। अतः आयोग इन राज्यों में परिसीमन कार्य के लिए कोई भी समय सीमा निर्धारित करने की स्थिति में नहीं है। इस संबंध में अपेक्षित आदेश सरकार द्वारा पारित किए जाने हैं।[16]

गौरतलब है कि सरकार ने 10 दिसम्बर 2013 को संसदीय/विधानसभा निर्वाचन क्षेत्रों की कुछ सीटों की पुनः समायोजन के लिए निर्वाचन आयोग को सीमित अधिकार के प्रावधान वाले एक विधेयक को राज्य सभा में फिर पेश किया। इस विधेयक के पारित होने के पश्चात् ही उत्तर प्रदेश राज्य में अनुसूचित जनजातियों के लिए आयोग की 13 जनवरी 2014 की अधिसूचना सं.282/उ.प्र./अजा/अजजा/2014 के अनुसार उत्तर प्रदेश राज्य में 402–ओबरा एवं 403–दुद्धी विधानसभा निर्वाचन क्षेत्रों को अनुसूचित जनजातियों के लिए आरक्षित किया गया है। इस के पूर्व राज्य में 85 सीटें अनुसूचित जातियों के लिए आरक्षित थी।[17]

आम चुनाव के दौरान 1 मई 2014 को असम हिंसा में मुस्लिमों की हत्याओं में मरने वालों की संख्या 41 हो गई है। लोगों का आरोप है कि हिंसा कांग्रेस से गठबंधन के सहयोगी बोडोलैंड पीपुल्स फ्रंट की बदले की कार्यवाही है। क्योंकि लोकसभा चुनाव में उन्होंने गैर बोडो उम्मीदवार को वोट दिया, इसलिए मुस्लिम अल्पसंख्यकों की हत्या की गई।[18]

असम में इस तरह की सांप्रदायिक हिंसा का लंबा इतिहास है, हालांकि इसकी शुरूआत बाहरी लोगों के खिलाफ आंदोलन से हुई थी। सन् 1983 में हुए भीषण नेल्ली हत्याकांड को दूसरे विश्व युद्ध के बाद दुनिया का सबसे बड़ा हत्याकांड कहा जाता है, इसमें मरने वालों की तादाद अलग–अलग सूत्रों के हवाले से दो हजार से पाँच हजार बताई जाती है। उस हत्याकांड में ज्यादातर मरने वाले भी मुस्लिम थे। सन् 2012 के जुलाई में बोडो उग्रवादियों ने बड़ी हिंसा को अंजाम दिया था। जिसमें बांग्लाभाषी मुस्लिम समुदाय के 80 लोगों की मौत हो गई थी। इसके बाद से अब तक असम में सांप्रदायिक हत्याओं का सिलसिला चल रहा है। ज्यादातर बांग्लाभाषी नागरिक मुसलमान हैं, इसलिए इस असंतोष ने सांप्रदायिक रंग ले लिया है। अपनी–अपनी राजनीतिक विचारधारा के मुताबिक, इन्हें शरणार्थी या घुसपैठिया कहा जाता है। संघ परिवार में बांग्लादेश से आए मुसलमानों को घुसपैठिया और हिंदुओं को शरणार्थी कहने का रिवाज है।[19]

1971 से पहले आने वाले बांग्लादेशी भारतीय : कोर्ट

अपने ऐतिहासिक फैसले में मेघालय हाई कोर्ट ने कहा कि 24 मार्च 1971 से पहले राज्य में बस गए बांग्लादेशी भारतीय नागरिक हैं। इसी के साथ अदालत

ने उनके नाम को मतदाता सूची में शामिल करने का आदेश दिया है। यह फैसला 40 से अधिक उन शरणार्थियों की याचिका पर आया है, जिन्हें जिला प्रशासन ने यह कहते हुए मतदाता सूची में पंजीकरण से वंचित कर दिया कि उनकी नागरिकता संदिग्ध है।[20]

उपायुक्त ने इन शरणार्थियों के नागरिकता प्रमाणपत्र भी ज़ब्त कर लिए थे, जिसके ख़िलाफ उन्होने कोर्ट में याचिका दायर की थी। सभी याचिकाकर्ता मेघालय के रि–भोई जिले स्थित आमजोंग गाँव के निवासी हैं। यह गाँव असम सीमा के नज़दीक है। न्यायमूर्ति एस.आर. सेन ने 15 मई 2014 को अपने आदेश में जिला उपायुक्त पूजा पांडे को याचिकाकर्ताओं को प्रमाणपत्र लौटाने तथा अगले चुनाव से पहले उनके नाम मतदाता सूची में शामिल करने का निर्देश दिया।[21]

न्यायमूर्ति सेन ने कहा कि दोनों देशों के बीच इस बात की स्पष्ट समझ है कि किसे रहने दिया जाए और किसे बांग्लादेश वापस भेजा जाए।[22]

साल 1988 में 14वें संविधान के जरिये श्रीलंका सरकार ने देश में बसे भारतीय मूल के लोगों को नागरिकता प्रदान की थी।[23] तब उस संविधान संशोधन की आलोचनाओं पर प्रतिक्रिया देते हुए तत्कालीन राष्ट्रपति जे.आर. जयवर्द्धने ने आलोचकों से पूछा था कि क्या वे मुझसे यह चाहते हैं कि मैं इन लोगों को हिन्द महासागर के हवाले कर दूँ?

श्रीलंका राजनीति के दिग्गज राजनेता का वह कथन आज एक बार फिर प्रासंगिक हो उठा हैं। ख़ासकर इतवार की रात 15 जून 2014 को एलूथगामा और बेरुवला में भड़की हिंसा को देखते हुए। जैसा कि राष्ट्रपति जयवर्द्धन का आशय था, कोई भी समुदाय देश के दूसरे समुदाय को ख़त्म नहीं कर सकता, इसलिए एक ही रास्ता है कि उन उपायों की तलाश की जाए, जिनकी मदद से सभी शांति व भाईचारे के साथ रह सकें।... श्रीलंका पहले ही मानवाधिकारों के हनन के मामले में संयुक्त राष्ट्र की जांच के कगार पर है। संयुक्त राष्ट्र ने इस बारे में जो प्रस्ताव मार्च 2014 में पारित किया था, उसमें यह कहा गया था कि श्रीलंका में धार्मिक असहिष्णुता बढ़ रही है। ऐसे में इतवार की सांप्रदायिक घटनाओं ने इस धारणा को और मजबूत ही किया है।[24]

संदर्भ–सूची

1. RTI पत्र 1 अगस्त 2011 विधि और न्याय मंत्रालय (विधायी विभाग) नई दिल्ली और भारत का राजपत्र अधिसूचना सं. 187 (S.O.283) (E) दिनांक 8.2.2008.

2. वही.
3. वही.
4. वही.
5. वही.
6. RTI पत्र 1 अगस्त 2011 विधि और न्याय मंत्रालय (विधायी विभाग) नई दिल्ली और भारत का राजपत्र अधिसूचना सं. 190 (S.O.286) (E) दिनांक 8.2.2008.
7. वही.
8. वही.
9. वही.
10. वही.
11. वही, RTI पत्र 1 अगस्त 2011 विधि और न्याय मंत्रालय (विधायी विभाग) नई दिल्ली.
12. वही.
13. वही.
14. भारत का संविधान एक–परिचय (पंचायतें) पृष्ठ–285.
15. भारत का राजपत्र अधिसूचना सं.187 (S.O.283) (E) दिनांक 8.2.2008.
16. भारत निर्वाचन आयोग के पत्र क्रमांक 14/RTI/15/2013/ 'परिसीमन' प्रकोष्ठ/807 19 अगस्त 2013 से सूचित किया है कि विधि एवं न्याय मंत्रालय द्वारा जारी 8 फरवरी 2008 के आदेश अनुसार परिसीमन आस्थगित।
17. भारत निर्वाचन आयोग के 13 जनवरी 2014 की अधिसूचना संख्या 282/उ. प्र/अजा/अजजा/2014 के अनुसार उत्तर प्रदेश राज्य में 402–ओबरा एवं 403 दुद्धी विधानसभा निर्वाचन क्षेत्रा को अनुसुचित जनजतियों के लिए आरिक्षत किया जाता है।
18. दैनिक हिन्दुस्तान, नई दिल्ली, 4 मई 2014.
19. दैनिक हिन्दुस्तान, नई दिल्ली, 6 मई 2014 तथा 8.
20. दैनिक हिन्दुस्तान, नई दिल्ली, 22 मई 2014.
21. दैनिक हिन्दुस्तान, नई दिल्ली, 22 मई 2014.
22. दैनिक हिन्दुस्तान, नई दिल्ली, 22 मई 2014.
23. दैनिक हिन्दुस्तान, नई दिल्ली, 18 जून 2014 (विदेशी अखबार में द डेली मिरर् श्रीलंका).
24. वहीं।

द्वितीय खण्ड

शक्तिहीन अल्पसंख्यक मंत्रालय

5
मेवात का भौगोलिक परिसीमन

मेवाती योद्धा और राज्य पुनर्गठन आयोग

मेजर पाऊलेट के अनुसार 1857 में प्राचीन मेवात प्रदेश की प्रशासनिक स्थिति भरतपुर के डींग से लेकर रेवाड़ी के कुछ ऊपरी भाग अर्थात कोट–कासिम तक वर्णित किया जाता है। यह संपूर्ण क्षेत्र अरावली पर्वत से घिरा हुआ है, जो उत्तर से दक्षिण तक लगभग 100 मील व पूर्व से पश्चिम से लगभग 75 मील क्षेत्र में फैला हुआ है। मेवात की भौगोलिक स्थिति समय–समय पर बदलती रही है। सन् 1891 की जनगणना के अनुसार उत्तर प्रदेश के 49 जिलों में मेव मुस्लिम आबाद थे।[1] उल्लेखनीय है कि, जिला गुड़गांव का कुल क्षेत्रफल लगभग 1939 वर्ग मील और जनसंख्या लगभग 6, 62, 500 थी। कुल जनसंख्या का 67 प्रतिशत हिन्दू तथा 30 प्रतिशत मुसलमान थे मगर मेव कुल जनसंख्या का छठा हिस्सा अर्थात 1, 10, 400 थे जिनके पास जिले के दक्षिणी भाग की भूमि का एक बड़ा भाग था, जो मेवात कहलाता था। सन् 1842 में मेवात क्षेत्र का राजस्व 11 लाख 14 हजार रूपए आंका गया था।[2]

1857 के स्वाधीनता–संग्राम के केन्द्र हिन्दी भाषी प्रदेश रहे थे। इसलिए ब्रिटिश कार्यकाल में ही मुस्लिम बहुल विशालतम भू–भाग ''मेवात'' क्षेत्र को अनेक प्रशासनिक भागों में बाँटकर उसकी राजनीतिक एवम् आर्थिक शक्ति को कमजोर कर दिया गया था।[3]

आजादी के बाद सबसे पहले तत्कालीन उप प्रधानमंत्री सरदार वल्लभभाई पटेल के पक्षपातपूर्ण रवैए के कारण 30 मार्च 1949 को राजस्थान के अस्तित्व के समय मेवात क्षेत्र को खंडित करने की साजिश रची गयी थी। सन् 1857 के मेवात की दो ताकतवर रियासतें भरतपुर और अलवर को दो जिलों में बांट दिया गया। फिर आगे भी मेवात को खंड–खंड में विभाजित करने का सिलसिला चलता रहा, जो थमा नहीं, और अब भी जारी है।[4] जिसके परिणामस्वरूप यह मुस्लिम बहुल क्षेत्र सदा ही राजनीतिक, आर्थिक और सामाजिक विकास की मुख्य धारा से कभी भी नहीं जुड़ सका और आज भी पिछड़ेपन का दंश झेल रहा है।

22 दिसम्बर 1953 को गठित राज्य पुनर्गठन आयोग ने अपनी रिपोर्ट 30 सितंबर 1955 को सौंपी थी। इसके तीनों सदस्यों जस्टिस फजल अली, हृदयनाथ कुंजरू और के.एम. पणिक्कर की निष्पक्षता पर किसी को संदेह नहीं था, तब विपक्ष कमजोर था और कांग्रेस का वर्चस्व था। फिर भी आयोग की रिपोर्ट आने के बाद मुंबई, अहमदाबाद और कई अन्य स्थानों पर दंगे भड़के थे।[5] आयोग की रिपोर्ट के पश्चात् जो नए राज्यों का पुनर्गठन किया गया था। उस समय राजनीतिक पक्ष को ध्यान में रखकर मेवात को कई राज्यों में बांट दिया गया और उसके वास्तविक भौगोलिक स्वरूप को मिटा दिया गया।[6]

1 नवंबर 1966 को पंजाब विभाजन के फलस्वरूप भाषाई प्रांतों के पुनर्गठन की नीति के अधीन "हरियाणा" का जन्म हुआ।[7] मेवात का एक बड़ा भू–भाग हरियाणा में जोड़ दिया गया। हरियाणा सरकार ने चार अप्रैल, 2005 में मेवात को जिले का स्वरूप देकर "मेवात" नाम से जिला गठित किया है। जिसका मुख्यालय "नूंह" है। हरियाणा सरकार ने ऐसा करके उन मेवाती योद्धाओं का मखौल उड़ाया है जिनके नाम के डर से दिल्ली के दरवाजे बंद हो जाया करते थे।[8]

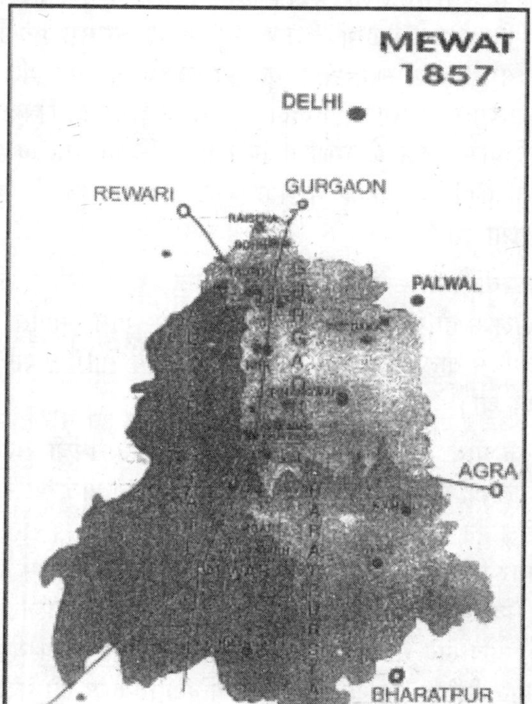

अब मेवात की सीमाएं देश के चार राज्यों से मिलती हैं। राजस्थान (जिला भरतपुर, अलवर) हरियाणा, (जिला गुड़गांव, फरीदाबाद, पलवल, मेवात) दिल्ली, (भोगल, ओखला, हौजरानी) और उत्तर प्रदेश के (जिला मथुरा के लेहचोरा, सांचोली, दोसरस, मंडोरा, हातियाका, जिला अलीगढ़ के, बिसम्बरा, करहारी, छौंकड़वास, बाबूगढ़, जंगहावली, नंगलाजहांनू, मेहंदीपुर, मेवगढ़ी, किशोरपुर, जिला बुलंदशहर के, उदला, मेवला, चिड़ावल) आदि क्षेत्र को जो भौगोलिक रूप से पूरा एक राज्य था उसे चार राज्यों में विभाजित किया गया जिसके कारण कभी भी भविष्य में 'मेवात राज्य' की कोई मांग न उठे और इसीलिए उसके भौगोलिक स्वरूप को ही मिटाकर मुसलमानों को लोकतांत्रिक तरीकों से भी वंचित कर दिया गया। जैसा कि स्वाभाविक है राज्य बनने से फायदा मुसलमानों को ही होता। किन्तु दुर्भाग्य की बात है कि उनकी करीब दो करोड़ की आबादी को चार राज्यों में परिसीमन की आड़ में बाँट दिया गया जिससे पाँच से सात संसदीय निर्वाचन क्षेत्रों का स्थायी नुकसान हो गया। इस तरह के परिसीमन की वजह से मेवाती मुसलमान राजनीतिक रूप से एकदम पिछड़ गए और इसी वजह से इन 68 वर्षों में मेवात क्षेत्र का विकास नहीं हो पाया। इस कृत्य के पीछे आशंका उपजी है कि मेवात को चार राज्यों की सीमा में विभाजित करने की एकमात्र मंशा यही हो सकती है कि कहीं उसे भौगोलिक परिस्थितियों के आधार पर राज्य का दर्जा न देना पड़े। मेवात को राज्य का दर्जा मिलने पर लोकतांत्रिक मूल्यों के आधार पर एक मुस्लिम बहुल विधानसभा अस्तित्व में आ जाती। अब भी समय है कि मेवात की सीमाओं को चार राज्यों से एक राज्य में पुनर्गठित किया जा सकना संभव है।

भारत का परिसंघ पारंपरिक परिसंघ प्रणाली से भिन्न है क्योंकि इसमें संसद को यह शक्ति दी गई है कि वह इकाइयों के राज्य क्षेत्र या उनकी अखण्डता में अर्थात् राज्यों में बिना उनकी सम्मति या सहमति के परिवर्तन कर दे। जहाँ परिसंघ प्रणाली स्वतंत्र राज्यों के बीच संविदा या करार का परिणाम है वहाँ यह स्पष्ट है कि करार को उसके पक्षकारों की सम्मति के बिना बदला नहीं जा सकता। इसी कारण अमेरिकी परिसंघ को ''अविनाशी राज्यों का अविनाशी संघ'' कहा गया है। अमेरिका की राष्ट्रीय सरकार के लिए नए राज्यों की रचना करके या विद्यमान राज्यों की सीमाओं को उनके विधानमण्डल की सम्मति के बिना परिवर्तित करके अमेरिका का मानचित्र संभव नहीं है। किन्तु भारत का परिसंघ स्वतंत्र राज्यों के बीच प्रसंविदा का परिणाम नहीं है। इसलिए राज्यों के संविधान में लेखबद्ध प्रारंभिक पुनर्गठन को बनाए रखने के लिए कोई विशेष कारण नहीं है। हमारे संविधान के निर्माताओं ने संसद को सादी प्रक्रिया से राज्यों का पुनर्गठन

करने के लिए शक्ति दी है। संक्षेप में यह है कि प्रभावित राज्य अपना मत अभिव्यक्त कर सकते हैं किन्तु वे संसद की इच्छा का विरोध नहीं कर सकते।[9]

इससे संबंधित उपबंध संविधान के अनुच्छेद 3 और 4 में है। अनुच्छेद 3 इस प्रकार है :

संसद विधि द्वारा–

(क) किसी राज्य में से उसका राज्यक्षेत्र अलग करके अथवा दो या दो से अधिक राज्यों को या राज्यों के भागों को मिलाकर अथवा किसी राज्यक्षेत्र को किसी राज्य के भाग के साथ मिलाकर नए राज्य का निर्माण कर सकेगी,

(ख) किसी राज्य का क्षेत्र बढ़ा सकेगी,

(ग) किसी राज्य का क्षेत्र घटा सकेगी,

(घ) किसी राज्य की सीमाओं में परिवर्तन कर सकेगी,

(ड.) किसी राज्य के नाम में परिवर्तन कर सकेगी।

परन्तु इस प्रयोजन के लिए कोई विधेयक राष्ट्रपति की सिफारिश के बिना और जहाँ विधेयक में अन्तर्विष्ट परिस्थापना का प्रभाव राज्यों में से किसी के क्षेत्र, सीमाओं या नाम पर पड़ता है वहाँ जब तक उस राज्य के विधानमण्डल द्वारा उस पर अपने विचार, ऐसी अवधि के भीतर जो निर्देश में विनिर्दिष्ट की जाए या ऐसी अतिरिक्त अवधि के भीतर जो राष्ट्रपति द्वारा उसे निर्देशित नहीं कर दिया गया है और इस प्रकार विनिर्दिष्ट या अनुज्ञात अवधि समाप्त नहीं हो गई है, संसद के किसी सदन में पुनःस्थापित नहीं किया जाएगा।[10]

अनुच्छेद 4 में यह उपबंध है कि ऐसे अनुपूरक, अनुषंगी और परिणामिक उपबंध भी होंगे जो उस विधि को प्रभावित करने के लिए आवश्यक है और उस विधि द्वारा संविधान की पहली और चौथी अनुसूची का संशोधन किया जा सकेगा। इसके लिए अनुच्छेद 368 द्वारा विहित संविधान के लिए विधि बनाने की विशेष प्रक्रिया नहीं अपनानी होगी। इस प्रकार यह अनुच्छेद यह दर्शाता है कि हमारा संविधान कितना लचीला है। सादे बहुमत से और सामान्य विधायी प्रक्रिया से संसद नए राज्य बना सकती है या विद्यमान राज्यों की सीमाओं में परिवर्तन आदि करके भारत के राजनैतिक मानचित्र को बदल सकती है। ऐसी विधि बनाने के लिए केवल यही शर्तें अधिकथित हैं।[11]

इसलिए मेवात के विकास के लिए अब मेवात को भी बुंदेलखंड विकास प्राधिकरण की मुहिम में शामिल किया जाना चाहिए। पिछले दिनों आर्थिक रूप से पिछड़े बुंदेलखंड के लिए 'बुंदेलखंड' विकास प्राधिकरण का गठन करने की

माँग केन्द्र से की गई थी। सरकार ने भी इसे मानने का संकेत दिया था। यह भी कहा था कि यह प्राधिकरण राज्य सरकार के अधीन नहीं होगा। लेकिन घोषणा के तुरंत बाद से ही सन्नाटा है। उत्तर प्रदेश और मध्य प्रदेश की गैर कांग्रेसी सरकारों ने इस घोषणा के ख़िलाफ आवाज़ बुलंद की और केन्द्र ख़ामोश हो गया।[12]

छत्तीसगढ़, झारखंड और उत्तराखंड जब राज्य बने थे तब एक उम्मीद जागी थी कि जल्द ही बुंदेलखंड के राज्य बनने का रास्ता भी साफ हो जाएगा। लेकिन ऐसा हो नहीं सका। कारण कि उत्तर प्रदेश और मध्य प्रदेश दोनों नहीं चाहते थे कि उनका बंटवारा हो। इसके पीछे मध्य प्रदेश के छत्तीसगढ़ या उत्तर प्रदेश के उत्तराखंड खोकर बड़े राजस्व से हाथ धो लेने जैसा मसला नहीं है। यह विशुद्ध राजनीतिक स्वार्थ है जो बुंदेलखंड को दो राज्यों में बांटकर पिछड़ा बना रहने के लिए मजबूर कर रहा है।[13]

अलग बुंदेलखंड राज्य की माँग वैसे भी नई नहीं है। उत्तर प्रदेश के झांसी, ललितपुर, महोबा, हमीरपुर और मध्य प्रदेश के दतिया, शिवपुरी, गुना, ग्वालियर और भिंड को मिलाकर यह राज्य बनाने की आवाज उठाई गई थी। माँग करने वालों का तर्क है कि बुंदेलखंड भी समृद्ध राज्य बन सकता है बशर्ते कि उसे उत्तर प्रदेश और मध्य प्रदेश के चंगुल से छुड़ाया जाए। अभी तक कांग्रेस ने भी इस मसले पर अपने पत्ते नहीं खोले थे, लेकिन राहुल गांधी की सक्रियता और बुंदेलखंड राज्य के समर्थन के बाद कांग्रेस कुछ 6 कदम आगे बढ़ी है और आशा की किरण जन्मी है।[14]

बुंदेलखंड के लिए प्राधिकरण बनाने की घोषणा का विचार न तो मुख्यमंत्री उत्तर प्रदेश मायावती को पसंद आया और न मुख्यमंत्री मध्य प्रदेश शिवराजसिंह चौहान को। मायावती ने तकनीकी और संवैधानिक, कारणों से इसका विरोध करने का फैसला किया है। उधर, शिवराजसिंह ने इसे राज्यों के मामले में केन्द्र का हस्तक्षेप बताया। जबकि, उत्तर प्रदेश के प्रभारी और तत्कालीन मुख्यमंत्री मध्य प्रदेश दिग्विजय सिंह ने कहा कि संविधान की धारा 263 के तहत यह प्राधिकरण गठित किया जा रहा है।[15] इससे देश के संघीय ढांचे पर कोई असर नहीं पड़ेगा। दिग्विजय सिंह का तो यह भी कहना है कि मध्य प्रदेश और उत्तर प्रदेश की सरकारें बगैर समझे इस प्रस्ताव का विरोध कर रही हैं।[16] दोनों राज्यों के प्रतिनिधियों को इस प्राधिकरण में शामिल कर और योजनाओं के क्रियान्वयन में उनकी सलाह ली जाएगी। उत्तर–पूर्व के सातों राज्यों में भी इसी तरह के प्राधिकरण बने हुए हैं। इस प्राधिकरण को सिर्फ बुंदेलखंड के लिए पचास हजार करोड़ रूपए हर साल दिए जाएंगे। कांग्रेस महासचिव राहुल गांधी ने इस तरह का प्राधिकरण बनाने का भी प्रस्ताव दिया था। उनका कहना था कि बुंदेलखंड के विकास के लिए अलग प्राधिकरण बनाने से इस पिछड़े इलाके का विकास हो सकता है।[17]

पहली बार बुंदेलखंड के ललितपुर से सांसद और मंत्री बने प्रदीप जैन 'आदित्य' बुंदेलखंड पर हो रही राजनीति से काफी दुःखी है। इस भू–भाग की पिछले 20 वर्षों से उत्तर प्रदेश सरकार ने अवहेलना की है। जब केन्द्र सरकार कुछ करना चाहती है तो राज्य सरकार अड़ंगा लगा रही है। ग्रामीण विकास राज्यमंत्री प्रदीप जैन ने कहा 5 वर्षों से बुंदेलखंड क्षेत्र सूखा पड़ा है, लेकिन राज्य सरकार ने कुछ नहीं किया। अब जब राहुल गांधी के प्रयास से केन्द्र द्वारा विकास प्राधिकरण बनाने की बात हुई तो मायावती सरकार ने अड़ंगा लगा दिया। प्राधिकरण की बात न उत्तर प्रदेश सरकार मानने को तैयार है और न ही मध्य प्रदेश सरकार।[18]

बुंदेलखंड को मिलेंगे 4310 करोड़

विशेष पैकेज, मद से बाहर नहीं ख़र्च की जा सकेगी राशि बुंदेलखंड के विकास के लिए केन्द्र सरकार पहली किश्त के रूप में 4310 करोड़ रूपए देने जा रही है। इस विशेष पैकेज का पूरा लाभ आम लोगों को मिल सके, इसलिए केन्द्र इस राशि के खर्च की निगरानी व समीक्षा खुद करेगी।[19]

इसमें किसानों की ऋण माफी और फसल बीमा के लिए 580 करोड़ रूपए का प्रावधान किया गया है। इसी तरह जल प्रबंध के लिए 1300 करोड़ रूपए, सिंचाई सुविधाओं के विस्तार के लिए 1,118 करोड़ रूपए, उद्यानिकी के लिए 50 करोड़ रूपए एवं वनभूमि उन्यन के लिए 242 करोड़ रूपए की व्यवस्था की गई है। केन्द्र सरकार ने मध्य प्रदेश और उत्तर प्रदेश के बुंदेलखण्ड के जिलों में इस पैकेज को अलग–अलग स्वरूप में तय किया है। बुंदेलखंड में मध्य प्रदेश के छह और उत्तर प्रदेश के सात जिले आते हैं।[20]

बुंदेलखंड को मिला विशेष दर्जा

कृषि क्षेत्र के कुल खर्च का 90 फीसदी भार उठाएगी ने बुंदेलखंड को कृषि संबंधी कार्य के लिए 'विशेष' क्षेत्र का दर्जा दे दिया है। मध्य प्रदेश और उत्तर प्रदेश दोनों राज्यों के जिले बुंदेलखंड में शामिल हैं। योजना आयोग ने इस क्षेत्र में लगातार पड़ रहे सूखे को देखते हुए विशेष दर्जे पर मोहर लगा दी है। इसके तहत केन्द्र सरकार यहाँ केन्द्रीय योजनाओं के अंतर्गत कृषि पर होने वाले ख़र्च का 90 फीसदी खुद वहन करेगी, जबकि राज्य सरकार को महज़ 10 फीसदी राशि ही ख़र्च करनी होगी।[21]

आयोग की सचिव सुधा पिल्लई के नेतृत्व में हाल ही में हुई एक उच्चस्तरीय बैठक में तय किया गया कि सिंचाई संबंधी योजना पर बुंदेलखंड में होने वाले खर्च का 90 फीसदी केन्द्र वहन करेगा। फिलहाल इस क्षेत्र के अधिकांश जिले पूरी तरह मानसून पर निर्भर हैं।

तीन साल में खर्च होंगें 1600 करोड़

प्रदेश में बुंदेलखंड जिले के छह जिलों में विकास के लिए केन्द्र सरकार से म.प्र. को 3760 करोड़ रूपए मिल रहे हैं। इसमें से 2160 करोड़ रूपए पूर्व से जारी योजनाओं के होंगे। प्रदेश को 1600 करोड़ रुपए अतिरिक्त मिलेंगे जो तीन साल में जलग्रहण क्षेत्र प्रबंधन, सिंचाई, कृषि, पशुपालन, उद्यानिकी तथा वन संबंधी योजनाओं में खर्च किए जाने हैं। यह जानकारी मुख्यमंत्री शिवराजसिंह चौहान की अध्यक्षता में 1 जनवरी 2011 को मंत्रालय में बुंदेलखंड पैकेज के संबंध में आयोजित बैठक में दी गई।

अब यहाँ ये होगा–

यहाँ सिंचाई का स जाल बिछ सकता है। साथ ही सूखे हुए भूमिगत जलाशयों को भी नया जीवन दिया जा सकता है।

विशेष दर्जे के मायने–

विकास कामों के लिए केन्द्र की ओर से न केवल भरपूर धन दिया जाता है, बल्कि कई तरह की रियायतें भी मिलती है।[22]

बुंदेलखण्ड के लिए सौगात की झड़ी

राहुल गांधी की पहल पर केन्द्र द्वारा पिछले वर्ष बुंदेलखण्ड को विशेष दर्जा देना ही एक तरह से उत्तर प्रदेश राज्य में चुनावी शंखनाद था।[23] इसके ठीक 18 माह बाद पुनः 7 मई, 2011 को विकास के नाम पर बुंदेलखण्ड के द्वार पर रैली द्वारा दस्तक देना और प्रधानमंत्री मनमोहन सिंह द्वारा बांदा की इस रैली में तोहफों और सौगात की झड़ी लगाना।[24] केवल आमजन को मुख्य मुद्दा नए ''राज्य का गठन'' से दिग्भ्रमित करना माना जा सकता है। पेयजल व्यवस्था के लिए 200 करोड़ रूपए की सौगात, झांसी में खुलेगा केन्द्रीय कृषि विश्वविद्यालय, बुंदेलखण्ड के सभी जिलों में खुलेंगे केन्द्रीय विद्यालय, झांसी मेडिकल कालेज का होगा उच्चीकरण, मिलेगी सभी सुविधाएं, योजना आयोग के तहत बुंदेलखण्ड परामर्श समिति का गठन। यह सब कवायद चुनाव का ही आगाज़ है।[25]

केंद्र सरकार जो संदेश देना चाहती है, वह साफ है कि हम उत्तर प्रदेश को आगे ले जाना चाहते हैं, लेकिन लखनऊ में बैठी सरकार इसमें बाधा बन रही है। अब हमको यानी कांग्रेस को वोट देना चाहिए। यह रैली तब हुई है, जब उत्तर प्रदेश के दो बड़े नेता मायावती और मुलायम सिंह यादव लोक लेखा समिति में कांग्रेस के साथ खड़े हैं। ऐसे में रैली का सीधा–सा अर्थ यह है कि जमीन पर उनमें कोई युद्ध–विराम नहीं हुआ है।[26]

पूरे देश में कहीं के भी मुकाबले में उत्तर प्रदेश में कांग्रेस का दाँव बहुत बड़ा है। यहाँ पार्टी 1989 से सत्ता से बाहर है पार्टी को अगर राष्ट्रीय स्तर पर अपने पुराने दौर में लौटना है, तो शुरूआत उत्तर प्रदेश से ही करनी होगी। राहुल गांधी की सबसे ज्यादा सक्रियता उत्तर प्रदेश में ही दिखायी पड़ंती है। वह पिछले कई साल से बसपा सरकार के काम–काज पर उंगली उठा रहे हैं लेकिन उप–चुनाव के नतीजों से ऐसा नहीं लगता है कि मतदाताओं पर इसका कुछ असर पड़ा है।[27]

उत्तर प्रदेश को लेकर कांग्रेस के चिंतित होने के बहुत से कारण भी हैं। 15वीं लोकसभा चुनाव में पार्टी लगभग 100 विधानसभा क्षेत्रों में आगे रही थी। पार्टी अब इसी आधार पर अपना विस्तार करके प्रदेश की दूसरी बड़ी ताकत बनना चाहती है। कांग्रेस को उम्मीद है कि अगर उसने पूरा दम लगा दिया, तो वह बहुजन समाज पार्टी का गणित बिगाड़ सकती है।[28] विकास का मुद्दा उठाकर वह जातीय और समुदाय के परंपरागत वोटों के सहारे राहुल गांधी को प्रधानमंत्री की कुर्सी तक पहुँचाना चाहती है। लोकसभा चुनाव में उसे इसी का फायदा मिला था और वह अब उसी फार्मूले को दोहराना चाहती है... 2014 मिशन के रूप में!

जनवरी 1835 में मेवात के नवाब शमशुद्दीन अहमद खां का अंग्रेजों से विवाद होने पर नवाब शमशुद्दीन अहमद खां के एक सैनिक करीम खां मेव रंगाला द्वारा उस समय के रेजिडेंट विलियम फ्रीजर का कत्ल किया गया।[29] जिसके कारण 3, अक्टूबर 1835 को मेवात की नवाबियत को समाप्त कर अंग्रेजों ने मेवात को अपनी छावनी के रूप में तब्दील कर दिया।[30] जिसका नतीजा 1857 के भयंकर विद्रोह के रूप में सामने आया। दिल्ली में 1857 की जंग समाप्त होने के उपरांत भी नवंबर 1859 तक मेवात में शांति स्थापित नहीं हो सकी।[31] जिसकी परिणति 15 अगस्त 1947 को आजादी के रूप में हुई। सन् 1935 में अनेक रेजिमेंट थी, जिनमें सिर्फ मुस्लिम मेव सैनिक ही हुआ करते थे। सन् 1945 तक मेव रेजिमेंटों को आहिस्ता–आहिस्ता ख़त्म किया गया और उन रेजिमेंटो के मुस्लिम सैनिकों का समावेश गोरखा, मराठा और सिख रेजिमेंट में किया गया... जहाँ कल कहीं मेवात नाम से अनेक रेजिमेंट थी, अब भारत गणराज्य की सेना में ढूंढने पर भी एक मेव मुस्लिम सैनिक नहीं मिलता।[32]

1947 के पूर्व मेव और मीणा जातियों को क्रिमीनल एक्ट के अंतर्गत निरूद्ध किया जाता था। इस एक्ट को आजादी के बाद 1952 में रद्द किया गया और मीणा जाति को अनुसूचित की सूची में रखा गया जबकि मेव और मीणा एक ही जनजाति के दो समूह थे।[33] काबिले ज़िक्र है कि हजरत उमर (रजि.) का कौल है...

"अपने इतिहास को दोहराते रहा करो कहीं ऐसा न हों,
तुम बाबुल के लोगों की तरह भूला दिए जाओ"

मेवात के विकास के लिए भी बुंदेलखंड की तर्ज पर ही 'मेवात विकास प्राधिकरण' का गठन संविधान के (अनुच्छेद 262 और 263) के तहत किया जाए। अनुच्छेद 262 में एक विशेष वर्ग के विवादों के न्यायिकेतर अधिकरण द्वारा न्यायनिर्णयन की व्यवस्था है।[34]

(i) संविधान के (अनुच्छेद 263) में प्रशासनिक निकाय और अन्वेषण और सिफारिश के माध्यम से अन्तरराज्यीक विवादों के निवारण की व्यवस्था है।[35] इस प्रकार–

(ii) यदि किसी समय राष्ट्रपति को यह प्रतीत होता है कि ऐसी परिषद की स्थापना से लोकहित की सिद्धि होगी तो वह अन्तर्राज्यिक विवादों की जाँच करने और सलाह देने के लिए अन्तर्राज्य परिषद् स्थापित कर सकेगा (अनुच्छेद 263 (क))।[36]

इस संबंध में यह उल्लेख करना उचित होगा कि अन्तर्राज्यिक विषयों पर सलाह देने के लिए सलाहकारी निकाय भी कानूनी प्राधिकारी के अधीन स्थापित किए गए हैं।[37]

इसके लिए कांग्रेस के युवा तुर्क राहुल गांधी को ही पहल करना चाहिए। चूंकि बुंदेलखंड से बदतर स्थिति मेवात क्षेत्र की है। मेवात के इस विशालतम भू–भाग को अभी तक रेल मार्ग से भी नहीं जोड़ा गया है। आज मेवात का जो भी पिछड़ापन है, उसके लिए सिर्फ कांग्रेस महासचिव राहुल गांधी के पूर्वज ही ज़िम्मेदार हैं। उनके पूर्वजों द्वारा अतीत में की गई भूल को वे वर्तमान में सुधार सकते हैं...मेवात को विकास प्राधिकरण का तोहफा देकर!

संदर्भ–सूची

1. मेवात एक खोज श्रृंखला भाग–3 (क्रांति की शुरूआत और मेवात) पृष्ठ–40, 41 और 87 (संग्राम 1857) लेखक–सिद्दीक अहमद मेव.
2. वही,पृष्ठ–7.
3. मेवात एक खोज श्रृंखला भाग–3 'संग्राम 1857 (लेखक–सिद्दीक अहमद मेव) भूमिका पृष्ठ–5.
4. वही, पृष्ठ–6.
5. वही, पृष्ठ–7.
6. भारत का संविधान–एक परिचय (आचार्य डॉ.दुर्गादास बसु) पृष्ठ–260.
7. 'मेवात एक खोज' श्रृंखला भाग–3 (लेखक–सिद्दीक अहमद मेव) पृष्ठ–6, 7.
8. वही.
9. भारत का संविधान–एक परिचय (संघ का राज्यक्षेत्र) पृष्ठ–70.
10. वही.
11. वही.
12. नई दुनिया इन्दौर, 12, 13 सितम्बर 2009.
13. वही.
14. वही.
15. वही.
16. पत्रिका, इन्दौर 28 अक्टूबर 2009, नई दुनिया इन्दौर 28 अक्टूबर 2009.
17. वही.
18. वही.
19. वही.
20. वही.

21. दैनिक भास्कर, इन्दौर 3 फरवरी 2010.
22. वही.
23. (बुंदेलखण्ड के लिए तोहफों की झड़ी) हिन्दुस्तान नई दिल्ली, 7 मई 2011,राष्ट्रीय सहारा उर्दू नई दिल्ली 7 मई, 2011.
24. वही.
25. वही.
26. हिन्दुस्तान नई दिल्ली, 9 मई 2011.
27. वही.
28. वही.
29. 'मेवात एक खोज' श्रृंखला भाग–3 संग्राम 1857 (लेखक–सिद्दीक अहमद मेव).
30. वही, पृष्ठ–6 '1857 में मेवात की प्रशासकीय स्थिति'.
31. वही, पृष्ठ–9.
32. वही.
33. वही, पृष्ठ–1.
34. भारत का संविधान–एक परिचय (अंतर राज्य संबंध) पृष्ठ–353.
35. वही.
36. वही.
37. वही.

6

अल्पसंख्यक बहुल 90 जिलों की राजनीतिक स्थिति

केन्द्रीय सरकार और अल्पसंख्यक मुस्लिम नीति

आजादी के बाद पहली बार ईमानदार कोशिश भारत की संविधान सभा एवम् उसके बाहर राजनीतिक गलियारे में हुईं थी। संविधान सभा में ऐसे अनेक मुस्लिम राजनीतिज्ञ थे जिनकी पृष्ठभूमि मुस्लिम लीग की थी।[1] जेडएच लारी, मोहम्मद इस्माईल खां, बी. पोरकर साहिब, तजम्मुल हुसैन, बेगम एजाज़ रसूल आदि सदस्यों ने धर्मनिरपेक्षता के प्रश्न पर बहस में बढ़चढ़कर हिस्सा लिया था। तजम्मुल हुसैन ने संविधान सभा में अल्पसंख्यकों के अधिकारों पर बोलते हुए 26 मई, 1950 को जो कहा था, वह नई शुरूआत का संकेत था।[2] उनके अनुसार ''हम राष्ट्र के साथ घुलमिलकर एक होना चाहते हैं... हम किसी तरह लघु नहीं हैं! हममें आपस में कोई फर्क नहीं है! हम अल्पसंख्यक नहीं हैं! अल्पसंख्यक शब्द अंग्रेजों का निकाला हुआ है! उन्होंने अल्पसंख्यक वर्ग की रचना की थी...अंग्रेज लोग यहाँ से चले गए, उनके साथ अल्पसंख्यक वर्ग भी चले गए! इस शब्द को आप अपने शब्दकोष से हटा दीजिए''। जब तजम्मुल हुसैन बोल रहे थे तो सभा में खूब–खूब की वाह–वाही एवं तालियों से समर्थन व शाबाशी दी जा रही थी।[3]

परन्तु यह सब अल्पकालिक सिद्ध हुआ राजनीतिक ने अल्पसंख्यक और बहुसंख्यक अवधारणाओं एवं विभाजनों को न सिर्फ बनाए रखा बल्कि उसे और भी समृद्ध एवं शक्तिशाली बनाया और आज भारत में धर्मनिरपेक्षता का प्रश्न हिन्दू–मुस्लिम विवाद में उलझकर रह गया है! हुसैन ने जो बात कही थी उसके नीतिहार्क को आज समझने की आवश्यकता है...

इसी परिपेक्ष्य में, पाठकों को पंचवर्षीय योजना (2008–2012) के अन्तर्गत देश के 640 जिलों में से चयनित 90 अल्पसंख्यक जिलों Minority Concentration Districts (MCDs) की वास्तविक और राजनीतिक स्थिति से रूबरू कराना चाहती हूँ...जिसका ब्यौरा आगे तालिका में क्रमवार दिया गया है–

असम

1. असम के 27 जिलों से 13 जिलों को Minority Concentration Districts के अन्तर्गत शामिल किया गया है और इन में सिर्फ पाँच जिलों को संसदीय निर्वाचन क्षेत्र में तब्दील किया है।[4] गौरतलब है कि इन पाँच संसदीय निर्वाचन क्षेत्रों में से भी दो को आरक्षित किया गया है।[5] असम से 14वीं, 15वीं और 16वीं लोकसभा 2014 में दो ही मुस्लिम सांसद विजयी हुए हैं।[6]
2. उल्लेखनीय है कि असम, अरूणाचल प्रदेश, नागालैंड और मणिपुर राज्यों में परिसीमन कार्य को तत्काल प्रभाव से और आगे आदेशों तक आस्थगित किया गया हैं और परिसीमन अधिनियम, 2002 की धारा 10 ख के अधीन झारखण्ड राज्य के बाबत् परिसीमन आयोग द्वारा किए गए अंतिम आदेशों को उस राज्य में होने वाले लोकसभा या विधानसभा के लिए प्रत्येक निर्वाचन के संबंध में वर्ष 2026 तक आकृत कर दिया है।[7]
3. यदि असम में परिसीमन 2008 क्रियान्वित होता तो यकीनन मुस्लिम वर्ग की सघन आबादी के लिहाज से राज्य में इस वर्ग की लोकसभा और राज्य विधानसभा की संख्या में ज़रूर बढ़ोत्तरी होती। परन्तु देश की सुरक्षा का मामला जो था।[8]

गौरतलब है कि परिसीमन आयोग के अधिनियम, 2002 के खण्ड 9 (1) (घ) के अंतर्गत अजा/अजजा के लिए सीटों का आरक्षण उन निर्वाचन क्षेत्रों में किया जाएगा जिनमें उनकी कुल आबादी सर्वाधिक है।[9] अब राज्य के विभिन्न हिस्सों में अजा/अजजा के लिए वितरित किए जाने वाले निर्वाचन क्षेत्रों का वितरण किस प्रकार किया जाएगा। जबकि इन सभी राज्यों में परिसीमन कार्य को आकृत और आस्थगित किया गया है।[10]

Sources :

1. भारत का राजपत्र असाधारण नई दिल्ली, मंगलवार, फरवरी 19, 2008
2. www.com.minorityaffairsgov.in
3. Election Commissin of India-General Election 2004-2009

List of Minority Concentration Districts

CATEGORY –'A'

List of Districts which have both socio-economic and basic amenities parameters below national average.

Minority Concentration	नाम संसदीय निर्वाचन क्षेत्र	नाम / स्थिति 2004	पार्टी	संसदीय निर्वाचन क्षेत्र	नाम / स्थिति 2009	पार्टी
कोकराझार	कोकराझार	आरक्षित	IND	5–73	आरक्षित	BPF
धुबरी	धुबरी	अनवर हुसैन	INC	4–17	मौलना अजमल बद्रुदीन	AUDF
गोलपाडा	–	लोकसभा नहीं	–	0 0	लोकसभा नहीं	–
बोंगईगांव	–	लोकसभा नहीं	–	0 0	लोकसभा नहीं	–
बारपेटा	बारपेटा	ए. एफ. गुलाम उस्मानी	INC	6–157	इस्लाम हुसैन	INC
दारांग	–	लोकसभा नहीं	–	0 0	लोकसभा नहीं	–
मेरीगांव	–	लोकसभा नहीं	–	0 0	लोकसभा नहीं	–
नैगांव	नैगांव	राजेन गोहैन	BJP	10–139	राजेन गोहैन	BJP
कछार	–	लोकसभा नहीं		0 0	लोकसभा नहीं	–
करीमगंज	करीमगंज	आरक्षित	INC	1–481	आरक्षित	INC
हैलाकंडी	–	लोकसभा नहीं	–	0 0	लोकसभा नहीं	
कामरुप	–	लोकसभा नहीं		0 0	लोकसभा नहीं	
नार्थ कछार	–	लोकसभा नहीं		0 0	लोकसभा नहीं	
13 जिले 5 संसदीय क्षेत्र 2 आरक्षित 2 मुस्लिम सांसद विजयी हुए थे।				परिसीमन नहीं हुआ। 2 मुस्लिम सांसद निर्वाचित हुए।		

Sources : 1. www.comminorityaffairs.gov.in,
2. ElectionCommission of india-GeneralElection2004-2009

बिहार

1. बिहार के 38 जिलों में से 7 जिलों को Concentration Districts के अन्तर्गत शामिल किया हुआ है।[11] 14वीं लोकसभा 2004 में इन सात जिलों के छह संसदीय क्षेत्र थे जिला पश्चिम चंपारन को संसदीय निर्वाचन क्षेत्र में परिवर्तित नहीं किया गया था और अररिया को आरक्षित वर्ग के लिए रखा गया था।[12] सात Concentration Districts के पांच सामान्य संसदीय क्षेत्र से केवल दो मुस्लिम सांसद निर्वाचित हुए थे।[13]
2. परिसीमन 2008 में पश्चिम चंपारन जिले को संसदीय निर्वाचन क्षेत्र में तब्दील किया गया है और अररिया आरक्षित क्षेत्र को अब सामान्य श्रेणी में रखा गया है।[14] इस तरह सात Concentration Districts संसदीय निर्वाचन क्षेत्र में से सिर्फ किशनगंज संसदीय निर्वाचन क्षेत्र से मुस्लिम सांसद निर्वाचित हुआ है।[15]

झारखण्ड

1. परिसीमन अधिनियम 2002 की धारा 10 ख के अधीन झारखण्ड राज्य के बाबत परिसीमन आयोग द्वारा किए गए अंतिम आदेशों को उसे राज्य में होने वाले लोकसभा या विधानसभा के लिए प्रत्येक निर्वाचन के संबंध में वर्ष 2026 तक आकृत कर दिया गया है।[16]
2. झारखण्ड के 24 जिलों में से चार जिले Minority Concentration Districts के अन्तर्गत चयनित किए गए हैं।[17] जिला रांची को संसदीय क्षेत्र में तब्दील किया है। शेष तीन जिले साहिबगंज, पकौड़, गुमला को अन्य संसदीय क्षेत्र में समायोजित किया गया है।[18] रांची संसदीय क्षेत्र से 14 वीं और 15वीं लोकसभा के लिए सुबोधकांत सहाय निर्वाचित हुए हैं।[19]

Sources :

1. www.com.minorityaffairs.gov.in
2. Election Commission of India-General Election 2004-2009

List of Minority Concentration DistrictS

CATEGORY –'A'

List of Districts which have both socio-economic and basic amenities parameters below national average.

Minority Concentration			नाम संसदीय निर्वाचन क्षेत्र	नाम / स्थिति 2004	पार्टी	संसदीय निर्वाचन क्षेत्र	नाम / स्थिति 2009	पार्टी
बिहार								
17-17	1	अररिया	अररिया	आरक्षित	BJP	22–445	प्रदीप सिंह	BJP
18-18	2	किशनगंज	किशनगंज	तस्लीमुद्दीन	RJD	23–264	मौलाना असरारुल हक	RJD
19-19	3	पूर्णिया	पूर्णिया	उदय सिंह	BJP	24 –459	उदय सिंह	BJP
20-20	4	कटिहार	कटिहार	विपिन कुमार चौधरी	BJP	25 –91	विपिन कुमार चौधरी	BJP
21-21	5	सीतामढ़ी	सीतामढ़ी	सीताराम यादव	RJD	11–385	डा0 अर्जुन राम	RJD
22-22	6	पश्चिम चंपारन	–	लोकसभा नहीं				
झारखण्ड								
24-24	1	साहिबगंज		लोकसभा नहीं	–	0 0	लोकसभा नहीं	–
25-25	2	पाकौड	–	लोकसभा नहीं	–	0 0	लोकसभा नहीं	–
77-4	3	रांची	रांची	सुबोधकांत सहाय	INC	08–393	सुबोधकांत सहाय	INC
78-5	4	गुमला	–	लोकसभा नहीं	–	0 0	लोकसभा नहीं	–
4 जिले 1 ससंदीय क्षेत्र मुस्लिम नहीं						परिसीमन नही हुआ 4 जिले 1 ससंदीय क्षेत्र मुस्लिम नही		

Sources : 1. www.comminorityaffairs.gov.in
2. Election Commission of india-General Election 2004-2009.

उत्तर प्रदेश

1. भारत सरकार ने Minority Concentration Districts के अन्तर्गत उत्तर प्रदेश के 70 जिलों में से 23 जिलों को चिहिनांकित किया है।[20] जो मुस्लिम बहुल हैं। इन 23 जिलों में से 2004 के चुनाव तक 18 जिले संसदीय निर्वाचन क्षेत्र में परिवर्तित थे शेष 5 जिले (MCD's) की श्रेणी में जरुर हैं, लेकिन वह संसदीय निर्वाचन क्षेत्र में परिवर्तित नहीं थे।[21] राजनीतिक पक्ष को ध्यान में रखकर तब उन्हें अन्य संसदीय क्षेत्रों में समायोजित किया गया था।[22]
2. 2004 के चुनाव तक इन 23 जिलों के दो संसदीय क्षेत्र बाराबंकी और बिजनौर आरक्षित थे और छह जिलों को संसदीय क्षेत्र में परिवर्तित नहीं किया गया था। इस प्रकार कुल 15 संसदीय क्षेत्रों से 6 मुस्लिम सांसद निर्वाचित हुए थे।[23]
3. 2008 के संशोधित परिसीमन में MCD's के 21 जिलों के 18 संसदीय निर्वाचन क्षेत्र गठित किए गए हैं और अब चार संसदीय क्षेत्रों को आरक्षित किया गया है बुलन्दशहर, बाराबंकी, शाहजहांपुर, बहराइच।[24] बलरामपुर संसदीय क्षेत्र की पुरानी पहचान को मिटाया गया।[25] गौरतलब हैं कि 2009 के संसदीय चुनाव में इन 18 संसदीय निर्वाचन क्षेत्रों में से केवल तीन मुस्लिम सांसद ही निर्वाचित हुए हैं।[26]
4. यह कैसी विडंबना है कि कांग्रेस ने पंचवर्षीय योजना (2008–2012) के अन्तर्गत इन सभी जिलों को एमसीडी में भी शामिल किया है, और ये जिले बुलन्दशहर, बाराबंकी, शाहजहांपुर, बहराइच संसदीय नियमों के अनुसार संसदीय निर्वाचन क्षेत्र में भी तब्दील है।[27] लिहाजा पुनर्समायोजन परिसीमन 2008 में हुआ है फिर भी परिसीमन आयोग ने इन जिलों को आरक्षित वर्ग की श्रेणी में रखा है।[28] इन चार संसदीय निर्वाचन क्षेत्रों के अलावा भी राज्य के 13 और आरक्षित संसदीय क्षेत्र हैं जहाँ मुस्लिम वर्ग खुले रुप से प्रभावित हुआ है।[29]

Sources :

1. Election Commission of India General Election 2004-2009
2. www.com.minorityaffairs.gov.in
3. Election Commissin of India- General Election 2004-2009

List of Minority Concentration Districts

CATEGORY –'A'

List of Districts which have both socio-economic and basic amenities parameters below national average.

2004 की स्थिति 2009 की स्थिति

उत्तर प्रदेश							
Minority Cpmcemtratopm Dostrocts Sl. No.		संसदीय निर्वाचन क्षेत्र 2004	नाम / स्थिति 2004	पार्टी	संसदीय निर्वाचन क्षेत्र और नम्बर2004 / 2009	नाम / स्थिति 2009	पार्टी
20-1	बुलन्दशहर	बुलन्दशहर	कल्याण सिंह	BJP	74–46	आरक्षित	SP
31-2	बदायूं	बदायूं	सलीम इकबाल शेरवानी	SP	6–534	धर्मेन्द्र यादव	SP
32-3	बाराबंकी	बाराबंकी	आरक्षित	BSP	25–341	आरक्षित	INC
37-4	खीरी	खीरी	रविप्रकाश वर्मा	SP	11–282	ज़फर अली नकबी	INC
34-5	शाहजहांपुर	शाहजहांपुर	कुंवर जितिन प्रसाद	INC	10–262	आरक्षित	SP
36-7	रामपुर	रामपुर	जयाप्रदा नहाटा	SP	4–277	जयाप्रदा नहाटा	SP
37-8	ज्योतिवा फूले नगर	–	2004 लोकसभा नहीं	–		2009 लोकसभा नहीं	–
38-9	बरेली	बरेली	संतोष गंगवार	BJP	8–29	अरूण प्रवीण सिंह	BJP
39-10	पीलीभीत	पीलीभीत	मैनका गांधी	BJP	9 –128	वरूण गांधी	BJP
40-1	बहराइच	बहराइच	रूबाब सैयदा	SP	27–209	आरक्षित	INC
41-12	श्रावस्ती	–		–		विनय पाण्डे	INC
42-13	बलरामपुर	बलरामपुर	ब्रिजभूषण सिंह	BJP	28–0	विलोपित	–
43-14	सिद्धार्थनगर	–	2004 लोकसभा नहीं	–		2009 लोकसभा नहीं	–
	Category 'B' Sub Category 'B1'						
3-1	लखनऊ	लखनऊ	अटल बिहरी बाजपेई	BJP	16–492	लालजी टण्डन	BJP
64-2	सहारनपुर	सहारनपुर	रसीद मसूद	SP	80–359	जगदीश सिंह	BJP
65-3	मेरठ	मेरठ	मो0 शाहिद	BSP	76–13	राजेन्द्र अग्रवाल	BJP
66-4	मुजफ्फरनगर	मुजफ्फरनगर	चौ0 मुनव्वर हुसैन	SP	78–360	कदीर राणा	BSP
67-5	बागपत	बागपत	अजीत सिंह	RLD	77–427	अजीत सिंह	RLD
68-6	गाजियाबाद	–	2004 लोकसभा नहीं	–		राजनाथ सिंह	BJP
21 जिले 17 संसदीय क्षेत्र 2 आरक्षित 6 मुस्लिम सांसद विजयी हुए थे।				21 जिले 18 संसदीय क्षेत्र 4 आरक्षित 3 मुस्लिम सांसद विजयी			

Sources :

1. www.comminorityaffairs.gov.in,
2. ElectionCommission of india-GeneralElection2004-2009

पश्चिम बंगाल

1. पश्चिम बंगाल के 19 में से 12 जिले Concentration Districts के अंतर्गत आते हैं।[30] 14वीं लोकसभा में इन 12 जिलों के कुल 28 संसदीय निर्वाचन क्षेत्र थे। पाँच आरक्षित और पाँच मुस्लिम सांसद विजयी हुए थे।[31] संशोधित परिसीमन 2008 के बाद हुए 15वीं लोकसभा में इन 12 जिलों के 5 संसदीय निर्वाचन क्षेत्रों को विलोपित किया और इतने ही नए संसदीय निर्वाचन क्षेत्र बने। छह मुस्लिम सांसद विजयी हुए थे।[32] दो मुस्लिम बहुल संसदीय निर्वाचन क्षेत्रों को विलोपित किया। 22–कोलकाता नार्थ और 40–कटवा।[33]
2. पश्चिम बंगाल राज्य में 2001 की जनगणना के अनुसार मुस्लिम जनसंख्या 2 करोड़ 2 लाख 24 हजार 543 25.25 प्रतिशत है।[34]

Sources :

1. www.com.minorityaffairs.gov.in
2. Election Commission of India General Election 2004-2009.
3. Census of India 2001.

List of Minority Concentration Districts
CATEGORY –'A'

List of Districts which have both socio-economic and basic amenities parameters below national average.

2004 की स्थिति | 2009 की स्थिति

पश्चिम बंगाल								
Minority Concentration Districts Sl. No.		नाम संसदीय निर्वाचन क्षेत्र 2004	नाम/स्थिति 2004	पार्टी	संसदीय निर्वाचन और नम्बर 2004/2009	नाम/स्थिति 2009	पार्टी	
45-45	उत्तर दिनाजपुर	रायगंज	प्रियरंजनदास मुंशी	INC	5-102	प्रियरंजनदास मुंशी	INC	
46-46	दक्षिण दिनाजपुर	बलूरघाट	आरक्षित	RSP	6-237	प्रशांत कुमार	RSP	
47-47	मालदा	मालदा	गनीखान चौधरी	INC	7-93 0-291	1. दक्षिण मालदा अब्दुल हासिम खान 2. उत्तर मालदा–मौसमनूर	INC INC	
48-48	मुर्शिदाबाद	मुर्शिदाबाद तीन	अब्दुल मन्नान हसन	INC	9-156	अब्दुल मन्नान	INC	
49-49	बिरभूम	बिरभूम दो	आरक्षित	CPM	42-388	शताब्दी राय	AITC	
50-50	नदिया	नवादीप दो	आरक्षित	CPM	11-00	विलोपित	–	
51-51	नार्थ 24 परगना	बशीर हाट चार	अजय	CPI	14-159	हाजी नुरुल इस्लाम	AITC	
52-52	वर्धमान	वर्धमान, कटवा चार	मेहबूब जाहिदी	CPM	40-147	प्रोफेसर शेख सैदूल हक	CPI	वर्धमान–दुर्गापुर के नाम से
53-53	कूचबीहार	कूचबीहार	आरक्षित	AIFB	1-287	आरक्षित	AIFB	
	ओडिशा							
29-29	गैंजापट्टी	–	2004 लोकसभा नहीं	–	00	2009 लोकसभा नहीं	–	
	पश्चिम बंगाल			CATEGORY 'B' Sub-Category 'B1'				
71-18	हावड़ा	हावड़ा, उलबेरिया दो	हन्नान मुल्ला	CPM	25-16	सुल्तान अहमद	AITC	
72-19	साउथ 24 परगाना	जायनगर चार	आरक्षित	RSP	15-242	आरक्षित	IND	
73-20	कोलकाता	कोलकाता तीन	मो0 सलीम	CPM	22-0	विलोपित	–	
			कोलकाता की तीन लोकसभा हैं। 2004 1. कोलकाता नार्थ वेस्ट CPM 2. कोलकाता नार्थ ईस्ट से एक मुस्लिम सांसद विजयी हुआ था। CPM 3. कोलकाता साउथ AITC				संशोधित परिसीमन 2008 में कोलकाता की दो लोकसभा सीट बनाई गई हैं। 1. कोलकाता साउथ AITC 2. कोलकाता नॉर्थ AITC	
	12 जिले 28 संसदीय निर्वाचन क्षेत्र 5 आरक्षित 5 मुस्लिम सांसद विजयी हुए थे।		12 जिले 28 संसदीय निर्वाचन क्षेत्र 6 मुस्लिम सांसद विजयी हुए।					

Sources : 1.www.comminorityaffairs.gov.in, 2. Election Commission of india-General Election2004-2009.

दिल्ली / हरियाणा

दिल्ली के 9 जिलों में से दिल्ली ईस्ट नार्थ जिले को MCD's के अंतर्गत शामिल किया हुआ है दिल्ली प्रदेश के 7 संसदीय निर्वाचन क्षेत्र में से एक भी मुस्लिम सांसद नहीं है।[35] सन् 2001 की जनगणना अनुसार दिल्ली की मुस्लिम आबादी 16 लाख 12 हजार 104 है।[36]

हरियाणा के 21 जिलों में से दो जिले गुड़गांव और सिरसा MCD's के अंतर्गत आते है। 493–सिरसा संसदीय क्षेत्र आरक्षित है। राज्य में दस संसदीय निर्वाचन क्षेत्र हैं और कोई मुस्लिम सांसद नहीं है।[37]

अंडमान / मध्य प्रदेश / कर्नाटक

अंडमान द्वीप को भी MCD's के अंतर्गत शामिल किया है। मध्य प्रदेश के 51 जिलों में से केवल भोपाल को MCD's के अंतर्गत लिया गया है। 29 संसदीय क्षेत्रों में से एक भी मुस्लिम सांसद नहीं है।[38] वर्ष 1995 के विधानसभा में राज्य की 320 सदस्यीय विधानसभा से एक भी मुस्लिम सदस्य निर्वाचित नही हुआ था और 2004 में 230 सदस्यीय राज्य विधानसभा से दो मुस्लिम विधायक निर्वाचित हुए थे बुरहानपुर / उत्तर भोपाल उल्लेखनीय है कि 2008 के परिसीमन के कारण 2009 के चुनाव में एक मुस्लिम विधायक उत्तर भोपाल से निर्वाचित हुआ है।[39]

कर्नाटक के 27 जिलों में से गुलबर्गा और बीदर जिले को MCD's के अंतर्गत लिया गया है। सन् 2004 के चुनाव में राज्य के 28 संसदीय क्षेत्र में से 2–गुलबर्गा संसदीय क्षेत्र से इकबाल अहमद सरहदगी विजयी हुए थे। सन् 2008 के परिसीमन में अब 205–गुलबर्गा को आरक्षित किया गया है। राज्य के 28 संसदीय क्षेत्रों में से एक भी मुस्लिम सांसद निर्वाचित नहीं हुआ है।[40]

Sources :

1. www.com.minorityaffairs.gov. in
2. Election Commission of India General Election 2004-2009
3. Census of India 2001

List of Minority Concentration Districts

Category 'B'

Sub-Category 'B-1'

List of Districts which have both socio-economic and basic amenities parameters below national average.

2004 की स्थिति 2009 की स्थिति

Minority Concentration Districts Sl.No.		संसदीय निर्वाचन क्षेत्र 2004	नाम / स्थिति 2004	पार्टी	संसदीय निर्वाचन क्षेत्र और नम्बर 2004 / 2009	नाम / स्थिति 2009	पार्टी	
दिल्ली								
57-4	देहली नार्थ –ईस्ट	देहली नार्थ –ईस्ट	संदीप दीक्षित	INC	4–12	जय प्रकाश	INC	
	हरियाणा							
58-5	गुडगांव	–	2004 लोकसभा नहीं	INC	0–363	इन्द्रजीत सिंह राय	INC	
59-6	सिरसा	श्सरसा	आरक्षित	INC	10–493	आरक्षित	INC	
	कर्नाटक							
60-7	गुलबर्गा	गुलबर्गा	इकबाल अहमद सरहदगी	INC	2–205	आरक्षित	INC	
61-8	बिदर	बिदर	आरक्षित	BJP	1–443	एन. धरम सिंह	INC	
	मध्य प्रदेश							
62-9	भोपाल	भोपाल	कैलाश जोशी	BJP	19–180	कैलाश जोशी	BJP	

Sources :

1. www.comminorityaffairs.gov.in,
2. Election Commission of india-GeneralElection2004-2009

List of Minority Concentration Districts

CATEGORY –'B'

Sub-Category 'B-1'

List of Districts which have both socio-economic and basic amenities parameters below national average.

2004 की स्थिति 2009 की स्थिति

महाराष्ट्र								
Minority Concentration Districts Sl.No.		नाम संसदीय निर्वाचन क्षेत्र 2004	नाम / स्थिति2004	पार्टी	नम्बर संसदीय निर्वाचन क्षेत्र	नाम / स्थिति 2009	पार्टी	
26-26	परभणी	परभणी	तुकाराम पाटील	शिवसेना	31–119	गणेशराव नागोराव	शिवसेना	
80-7	बुलढाणा	बुलढाणा	आनन्दराव अडसुल	शिवसेना	18–161	प्रतापराव गणपतराव	शिवसेना	
81-8	वाशिम	वाशिम	पुण्डलिकराव गवली	शिवसेना	20–325	भावना गवली पाटिल	शिवसेना	यवतमहल–वाशिम
82-9	हिंगोली	हिंगोली	सूर्यकान्त पाटील	NCP	29–530	सुभाष बापूराव	शिवसेना	
	जम्मू कश्मीर							
76-3	लेह (लद्दाख)	लेह (लद्दाख)	थुप्सलान चेवांग	IND	4–203	हसनखान	IND	
	केरल							
79-6	वायनाड	–	2004 लोकसभा नहीं है	–	0–409	एम.आई. शाहनवाज	INC	
	अंडमान द्वीप							
74-1	निकोबार	निकोबार	मनोरंजन भक्त	INC	1–373	विष्णुराय पाड़ा	BJP	
	उत्तराखण्ड							
69-1	उधमसिंहनगर	–	2004 लोकसभा नही	–	0 0	2004 लोकसभा नही	–	–
70-2	हरिद्वार	–	2009 लोकसभा नही	–	0 0	2009 लोकसभा नही	–	–

Sources :

1. www.comminorityaffairs.gov.in,
2. Election Commission of india-General Election2004-2009.

संदर्भ–सूची

1. नई दुनिया। इन्दौर 16 नवम्बर 2010.
2. वही, लेखक–(राकेश सिन्हा) इण्डिया पॉलीसी फाऊंडेशन के मानद निर्देशक हैं।
3. वही.
4. www.com minority affairs gov.in और भारत निर्वाचन आयोग 2009.
5. वही.
6. वही.
7. परिसीमन अधिनियम 2002 की धारा 10 ख (और संदर्भ 8 भी).
8. भारत का राजपत्र असाधारण नई दिल्ली, मंगलवार फरवरी 19, 2008.
9. परिसीमन अधिनियम, 2002 के खण्ड–9 (1) (घ).
10. भार का राजपत्र असाधारण नई दिल्ली, मंगलवार फरवरी 19, 2008.
11. www.com minority affairs.gov.in
12. भारत निर्वाचन आयोग 2004.
13. वही.
14. भारत निर्वाचन आयोग 2009.
15. वही.
16. परिसीमन अधिनियम, 2002 की धारा 10 ख.
17. www.com minority affairs.gov.in
18. भारत निर्वाचन आयोग 2004, 2009.
19. वही.
20. www.com minority affairs.gov.in
21. भारत निर्वाचन आयोग 2009.
22. वही.
23. भारत निर्वाचन आयोग 2004, 2009.
24. वही.
25. वही.
26. वही.
27. www.com minority affairs.gov.in
28. परिसीमन अधिनियम, 2002.
29. भारत निर्वाचन आयोग 2009.
30. www.com minority affairs.gov.in
31. भारत निर्वाचन आयोग 2009.
32. वही.

33. भारत निर्वाचन आयोग 2004, 2009.
34. भारत जनगणना 2001.
35. www.com minority affairs.gov.in
36. भारत जनगणना 2001.
37. भारत निर्वाचन आयोग 2009.
38. वही.
39. वही.
40. भारत निर्वाचन आयोग 2004, 2009.
41. भारत निर्वाचन आयोग 2009.
42. वही.
43. वही.
44. परिसीमन अधिनियम, 2002 (3 जून 2002).
45. भारत निर्वाचन आयोग 2009.

तृतीय खण्ड

लोकतंत्र और संवैधानिक संस्था

7

महाराष्ट्र विधानसभा

1 मई 1960 को महाराष्ट्र राज्य के अस्तित्व में आने के बाद से अब तक राज्य विधानसभा के 10 चुनाव हो चुके हैं और 11वां चुनाव 13 अक्टूबर 2009 को सम्पन्न हुआ है।[1] दो विधानसभा वाले महाराष्ट्र विधानमण्डल की विधानसभा का पहला चुनाव 1962 दूसरा 67 में, तीसरा 1972 में और चौथा चुनाव 1978 में हुआ था। पाँचवा चुनाव अपने निर्धारित समय से पहले 1980 में हुआ था।[2] महाराष्ट्र विधानसभा के लिए छठवां चुनाव 1985, सातवां 1990, आठवां 1995 में नवां 1999 में, दसवां चुनाव 2004 और मौजूदा 11वां चुनाव 2009 को सम्पन्न हुआ।[3] विधानसभा के परिणाम 22 अक्टूबर 2009 को घोषित हुए।[4] 288 सदस्यीय महाराष्ट्र विधानसभा में दो बार 1978 और 1980 के चुनाव में 15 मुस्लिम विधायक विधानसभा की जीनत बने थे।[5] 1962, 1967 और 1972 के विधानसभा चुंनाव में मुस्लिम विधायकों की संख्या संतोषजनक नहीं रही।[6] सन् 1985 में 10 और 1990 में 7 मुस्लिम विजयी हुए थे।[7] सन् 1995 के विधान सभा चुनाव में 9 और 1999 में 13 मुस्लिमों ने जीत हासिल की थी।[8] सन् 2004 में 11 थे और 2009 के मौजूद विधानसभा में भी 11 मुस्लिम विधायक निर्वाचित हुए हैं।[9] अलबत्ता अबु आसिम आजमी दो स्थान 136–भिवंडी पश्चिम और 171–मानखुर्द–शिवाजी नगर विधानसभा क्षेत्र से विजयी हुए थे।[10] भिवंड़ी पश्चिम विधानसभा क्षेत्र से आजमी ने त्यागपत्र दे दिया है और उनका पुत्र फरहान आजमी 24 जनवरी, 2010 को हुए उप चुनाव में हार गया हैं। अब सदन में मुस्लिम सदस्यों की संख्या 10 है।[11]

महाराष्ट्र विधानसभा में अब तक सिर्फ एक मुस्लिम महिला आयशा इकबाल 1972 में मालेगांव से निर्वाचित होकर सदन में पहुँची थी। इनके बाद कोई दूसरी मुस्लिम महिला अब तक विधायक नहीं बन सकी।[12] इसी तरह 78 सदस्सीय विधान परिषद् में सिर्फ दो मुस्लिम महिलाएँ लतीफा काज़ी और फौज़िया तहसीन खान ही प्रवेश पा सकी हैं।[13] फौज़िया खान फिलहाल विधान परिषद की सदस्य हैं।[14] उन्हें 2 नवम्बर 2009 को मुख्यमंत्री अशोक चौहान ने अपने मंत्रिमण्डल में राज्य मंत्री बनाया था।[15] राज्य का पहला चुनाव 1962 में हुआ और मौजूदा

ग्यारहवां चुनाव 2009 को सम्पन्न हुआ है।[16] इन 47 वर्षों में महाराष्ट्र राज्य की 288 सदस्यीय विधानसभा में अब तक कुल 76 मुस्लिम विधायक विभिन्न राजनीतिक दलों से निर्वाचित होकर सदन में पहुँचे हैं और राज्य के करोड़ों–करोड़ मुसलमानों का प्रतिनिधित्व किया है।[17]

2009 के विधानसभा चुनाव में विभिन्न राजनीतिक दलों के जो ग्यारह मुस्लिम विधायक निर्वाचित हुए हैं, वे राज्य के चार जिलों से ही निर्वाचित हुए हैं।[18] मुंबई से पाँच, थाणे से दो, नासिक, औरंगाबाद और कोल्हापुर से एक–एक विधायक है।[19] राज्य के 16 जिले ऐसे भी हैं जिनकी विधानसभाओं से मुस्लिम प्रत्याशी विजयी होते रहे हैं।[20] इस संशोधित परिसीमन में देश के किसी भी मुस्लिम बहुल निर्वाचन क्षेत्र में सरसरी नजर डालने पर निर्वाचन क्षेत्रों में परिसीमन की बर्बरता सहज देखी जा सकती है। शहरी हो या ग्रामीण क्षेत्र परिसीमन इस तरह किया गया है कि कोई भी मुस्लिम उम्मीदवार पर्याप्त मुस्लिम आबादी होने के बावुजूद भी लोकतांत्रिक मूल्यों के आधार पर चुनाव में निर्वाचित नहीं हो सके और देश के सभी निर्वाचित सदनों में मुस्लिम वर्ग का प्रतिनिधित्व शून्य जैसा बना रहे जबकि लोकतंत्र में हार और जीत का फैसला संख्या बल पर निर्भर होता है। मगर लोकतांत्रिक धर्मनिरपेक्ष देश भारत में हार और जीत का फैसला परिसीमन पर निर्भर है।[21]

मुंबई की 36 विधानसभा सीटों में से गत चुनाव में 6 मुस्लिम विधायक विभिन्न राजनीतिक दलों से निर्वाचित हुए थे।[22] इस बार संशोधित परिसीमन के कारण मुंबई से सिर्फ पाँच मुस्लिम सदस्य सदन में पहुँचे हैं।[23] गौरतलब है कि 15वीं लोकसभा में राज्य की 48 संसदीय सीट में से एक भी मुस्लिम सांसद किसी भी राजनीतिक दल से निर्वाचित नहीं हुआ है।[24] 14वीं लोकसभा में एक सांसद अब्दुल रहमान अंतुले 3–कोलाबा सीट से निर्वाचित हुए थे।[25]

2004 में महाराष्ट्र राज्य की 288 सीट में से 40 सीटें आरक्षित वर्ग की थी।[26] अनुसूचित जाति की 18 और अनुसूचित जनजाति 32 कुल = 40 संशोधित परिसीमन 2008 में अजा–29 अजजा–24 यानी 14 आरक्षित सीटें और बढ़ी कुल = 54 हैं।[27]

विधानसभा निर्वाचन क्षेत्रों का परिसीमन निर्देश तथा प्रक्रिया आबादी

1. विधानसभाओं के लिए अनुसूचित जाति तथा अनुसूचित जनजाति के लिए आरक्षित किए जाने वाली सीटों की संख्या की गणना 2001 जनगणना के आधार पर फिर से गणना की जाएगी।[28]

2. राज्य में प्रत्येक निर्वाचन क्षेत्रों से परिसीमन किया जाएगा कि जहाँ तक व्यवहारिक होगा, सभी निर्वाचन क्षेत्रों की आबादी पूरे राज्य में एक समान होगी।[29]

3. तथापि, परिसीमन आयोग ने यह आंतरिक निर्णय लिया है कि चूंकि निर्वाचन क्षेत्रों को सभी मामलों में एकदम समान आबादी के रुप में परिसीमित नहीं किया जा सकेगा, यदि भौगोलिक विशेषता, संचार साधन, लोक सुविधा, क्षेत्रों की समीपता तथा इस तरह चाही गई प्रशासकीय इकाइयों को टूटने से बचाने की आवश्यकता होगी, राज्य जिला औसत में दस प्रतिशत तक कम अथवा ज्यादा तक का अंतर आयोग को मान्य होगा।[30]

उल्लेखनीय है कि, परिसीमन आयोग ने परिसीमन के बाबत अपने निर्देशों में स्वयं विरोधाभास निर्देश दिए हैं। कंडिका (2) में स्पष्ट कहा गया है कि विधानसभा निर्वाचन क्षेत्रों की आबादी पूरे राज्य में एक समान होगी। कंडिका (3) में आतंरिक निर्णय लिया और कहा चूंकि निर्वाचन क्षेत्रों को सभी मामलों में, एक दम समान आबादी के रुप में परिसीमित नहीं किया जा सकेगा और इसी कंडिका में आगे कहा गया, है कि, राज्य/जिला औसत से 10 प्रतिशत तक कम अथवा ज्यादा तक का अंतर आयोग को मान्य होगा।[31]

गौरतलब है कि परिसीमन 2008 में राज्य के परिसीमनकर्त्ताओं ने उपर्युक्त निर्देशों का तकनीकी लाभ उठाया और राजनीतिक दलों को लाभ पहुँचाने की नियत से परिसीमन किया है। इसी तारतम्य में... 14 आरक्षित सीटों को बढ़ाने के लिए परिसीमन आयोग ने निम्नानुसार कार्यवाही की–

1. 54 सीटों में बदली हुई भौगोलिक सीमाओं के साथ परिसीमन किया
2. 11 पुरानी आरक्षित सीटों की पहचान को मिटा दिया
3. 9 आरक्षित सीटों को सामान्य सीटों में परिवर्तित किया
4. 9 नई सीटों का गठन किया
5. 25 सीटों को सामान्य वर्ग से आरक्षित वर्ग में परिवर्तित किया

जैसा कि 14 आरक्षित सीटों को बढ़ाने के लिए 54 आरक्षित और अनेक सामान्य सीटों को प्रभावित किया है और राज्य विधानसभा सीटों की कुल संख्या 288 बरकरार है।[32]

लिहाज़ा परिसीमन आयोग के आन्तरिक निर्णय और नियम 10 प्रतिशत से कम या अधिक के अनुमत्य अंतर का लाभ उठाया गया है और बदली हुई

भौगोलिक सीमाओं के साथ परिसीमन किया। जिसके कारण राज्य की मुस्लिम बहुल विधानसभा ही अधिकतर प्रभावित हुई है। जैसे 272–मीरज से गत चुनाव में धतुरे हफीज़ हुसैन विजयी हुए थे।[33] 2008 के परिसीमन में 281–मीरज के नाम से आरक्षित है। 183–पाथरी से दुर्रानी अब्दुल्ला खान विजयी हुए थे। 179–बासथ सामान्य को विलोपित किया और 98–पाथरी का पुनर्गठन किया गया।[34] 2009 में 98–पाथरी से दुर्रानी चुनाव हार गए।[35] जिला अकोला की 110–बोरगांव मन्जु विधानसभा को विलोपित किया और इसका एक भाग 29–बालापुर और 30–अकोला पश्चिम विधानसभा में समायोजित किया गया। यद्यपि 29–बालापुर से खतीब परिवार की रजिया बेगम को 1590 मतों के अंतर से हार का मुँह देखना पड़ा और 30–अकोला पश्चिम से अजहर हुसैन खान चुनाव हार गए है।[36]

महाराष्ट्र के 16 जिले ऐसे भी हैं जहाँ की विधानसभाओं से मुस्लिम वर्ग के प्रत्याशी 2004 के चुनाव तक बराबर निर्वाचित होते रहे हैं। सन् 2009 के चुनाव संशोधित परिसीमन के तहत हुए हैं। इस चुनाव में इन जिलों से एक भी मुस्लिम प्रत्याशी किसी भी राजनीतिक दल से विजयी नहीं हुआ है। कुछ विधानसभा निर्वाचन क्षेत्र तो ऐसे भी हैं जहाँ से मुस्लिम वर्ग के प्रत्याशी लगातार पाँच बार विजयी हुए हैं। देखे तालिका :

क्रमांक	जिला / विधानसभा क्षेत्र	नाम	वर्ष
1.	अकोला	खान अजहर हुसैन	1978, 1980
2.	औरंगाबाद	अब्दुल अज़ीम	1978, 1980
3.	नांदेड	एडवोकेट नूर उल्लाहखान	1978
4.	श्रीवर्धन	अब्दुल शकूर	1978, 80, 85
5.	अहमद नगर	मोहम्मद इस्माईल असीर	1980
6.	जलगांव (भुसावल)	यासीन बागवान	1980
7.	पूणे	अमीनउद्दीन पेनवाला	1980
8.	नागपुर मध्य	हाजी अनीस अहमद	1980, 85, 99, 2004
9.	परभणी (पाथरी)	दुर्रानी अब्दुल्ला खान	1980, 2004
10.	बीड	सिराज अहमद देशमुख	1985, 1990
11.	उस्मानाबाद (उमरगा)	काजी अब्दुल खालिद	1985, 90, 99
12.	रत्नागिरी (संगमेश्वर)	मूसाअली मोडक	1985
13.	थाणे अम्बरनाथ	साबिर शेख	1990, 95, 99
14.	जालना (परतूर)	अब्दुल कदीर देशमुख	1985
15.	मीरज	हफीज धतूरे	1999, 2004
16.	खेतवाड़ी	के.एन. खान	1978
17.	चिंचपोकली	शेख शमीम अहमद	1980, 95
18.	अम्बोली	हाफिज मोहम्मद युसुफ	1980

स्रोत : 1. उर्दू टाईम्स मुंबई, 18 अक्टूबर 2009.

महाराष्ट्र विधानसभा
(मुस्लिम विधायक)

विधान सभा निर्वाचन क्षेत्र का नंबर और नाम 2004		पार्टी	विधान सभा निर्वाचन क्षेत्र का नंबर और नाम 2009		पार्टी
1. 20–उमरखाडी	बशीर मूसा पटेल	NCP	1. 104–सिल्लोड़	अब्दुल सत्तार	INC
2. 26–नागपाड़ा	डॉ सैयद अहमद	INC	2. 114–मालेगांव	मुफ़्ती मोहम्मद इस्माईल	JJS
3. 36–बांद्रा	बाबा जियाउद्दीन	INC	3. 136–भिवंड़ी पश्चिम	अब्दुल रसीद	SP
4. 46–ट्राम्बे	अब्राहनी युसुफ	INC	4. 137–भिवंड़ी उत्तर	अबु आसिम आजमी	SP
5. 48–नेहरू नगर	नवाब मलिक	NCP	5. 162–मलाड़ पश्चिम	असलमशेख	INC
6. 49–कुर्ला	मोहम्मद आरिफ नसीम खान	INC	6. 168–चाँदवली	मोहम्मद आरिफ नसीमखान	INC
7. 73–मालेगांव	शेख रसीद	INC	7. 171–मानखुर्द–शिवाजी नगर	अबु आसिम आजमी	SP
8. 136–नागपुर मध्य	अनीस अहमद	INC	8. 172–अणुशक्तिनगर	नवाब मलिक	NCP
9. 183–पाथरी	अब्दुल्ला खान	NCP	9. 177–बांद्रा पश्चिम	बाबा जियाउद्दीन	INC
10. 272–मीरज	हफीज़ धतूरे	INC	10.186–मुंबादेवी	अमीन पटेल	INC
11. 286–कागल	मुशर्रफहसन	NCP	11. 273 कागल	मुशर्रफ हसन	NCP

स्रोत : 1. भारत निर्वाचन आयोग, महाराष्ट्र राज्य विधान चुनाव 2004

2. महाराष्ट्र शासन राजपत्र, असाधारण अक्टूबर 25, 2009

महाराष्ट्र विधानसभा

(आरक्षित वर्ग 2004)

आरक्षित 40 सीट

आरक्षित से सामान्य **भाग–प्रथम**

विधानसभा निर्वाचन क्षेत्र का नंबर और नाम 2004		पार्टी 2004	विधानसभा निर्वाचन क्षेत्र का नंबर और नाम 2004		पार्टी 2004	विधानसभा निर्वाचन क्षेत्र का नंबर और नाम 2004			पार्टी 2004	विधानसभा निर्वाचन क्षेत्र का नंबर और नाम 2009/2009		पार्टी 2004
1-35	धराबी	INC	21-133	नागपुर नार्थ	INC	1	59	वाड़ा	BJP	1-90-17	चालीसगांव	BJP
2-59	वाडा	BJP	22-145	तिरोला	NCP	2	64	जवाहर	CPM	2-145-64	तिरोला	NCP
3-62	पालधर	SHS	23-151	अरमोरी	INC	3	77	सुरगाणा	CPM	3-174-91	मुखेड़	SHS
4-63	डहानु	NCP	24-152	गढचिरोली	BJP	4	83	त्लोदे	INC	4-176-97	गंगाखेड़	BJP
5-64	जवाहर	CPM	25-153	सिरोची	NCP	5	84	अकरानी	INC	5-218-249	नार्थ सोलापुर	SHS
6-65	शाहपुर	NCP	26-161	रालेगांव	INC	6	153	सिरोंची	NCP	6-227-189	करजत	BJP
7-66	इगतपुरी	SHS	27-162	केलापुर	BJP	7	162	कैलापुर	BJP	7-248-212	पार्वती	INC
8-68	देवलाली	SHS	28-174	मुखेड़	SHS	8	205	हैर	BJP	8-276-288	जत	BJP
9-76	डिंडोरी	NCP	29-176	गंवाहखेड	BJP	9	207	कलंब	SHS	9-259-258	मान	NCP
10-77	सुरगाणा	CPM	30-201	कैज	NCP	10	219	मंगलवेढ़े	NCP			
11-78	कलवण	NCP	31-205	हैर	BJP	11	279	वड़गांव	JSS			
12-79	बागलान	IND	32-207	कलंब	SHS							
13-80	साकरी	INC	33-218	नार्थ शोलापुर	SHS							
14-81	नवापुर	INC	34-219	मंगलवेढ़े	NCP							
15-82	नंदुरबार	NCP	35-227	करजत	BJP							

16-83	तलोदा	INC	36-239	नगर अकोले	NCP						
17-84	अकरानी	INC	37-248	पार्वती	INC						
18-90	चालीसगांव	BJP	38-259	मान	NCP						
20-119	मेलघाट	BJP	40-279	वड़गांव	JSS						
40 (–)						11 (–)					
									9 (–)		

Sources :

1. Election Commission of India–State Election Maharashtra, 2004.
2. महाराष्ट्र शासन राजपत्र, असाधारण अक्टूबर–25, 2009.

महाराष्ट्र विधानसभा

(आरक्षित वर्ग 2009)

भाग–द्वितीय आरक्षित सीट–54

सामान्य से आरक्षित

नए विधानसभा गठित

विधान सभा निर्वाचन क्षेत्र का नम्बर और नाम 2004 / 2009		पार्टी 2004	विधान सभा निर्वाचन क्षेत्र का नम्बर और नाम 2004 / 2009		पार्टी 2004	विधान सभा निर्वाचन क्षेत्र का नम्बर और नाम 2004 / 2009		पार्टी 2009
1-35-178	धराबी	INC	1-49-174	कुर्ला	INC	1-1	अक्कलकुआं	INC
2-62-130	पालधर	SHS	2-56-140	अंबरनाथ	NCP	2-63	अर्जुनी मोरगांव	BJP
3-63-128	डहानु	NCP	3-60-134	भिवंडी ग्रामीण	SHS	3-69	अहेरी	IND
4-65-135	शाहपुर	INC	4-85-2	शाहदा	BJP	4-80	अरनी	INC
5-66-127	इगतपुरी	SHS	5-86-9	शिरपुर	INC	5-90	देगलूर	INC
6-68-126	देवलाली	SHS	6-93-10	चोपडा	SHS	6-129	विक्रमगढ़	BJP
7-76-122	डिंडोरी	NCP	7-98-12	भुसावल	NCP	7-131	बायसर	BVA
8-78-117	कलवण	NCP	8-106-25	मेहकर	SHS	8-206	पिंपरी	NCP
9-79-116	बागलान	IND	9-116-32	मुर्तिजापुर	NCP	9-278	हतकनानगे	SHS
10-80-05	साकरी	INC	10-118-40	दर्यापुर	SHS			
1-81-041	नवापुर	INC	11-126-71	चन्द्रपुर	INC		9 (+)	
12-82-03	नंदुरबार	NCP	12-131-51	डमरेद	INC			
13-114-34	वाशिम	INC	13-143-61	भण्डारा	NCP			
14-119-41	मेलघाट	BJP	14-148-66	अमगांव	BJP			
15-133-57	नागपुर नार्थ	INC	15-167-82	उमरखेड	BJP			

16-151-67	अरमोरी	INC		16-187-102	बदनापुर	NCP			
17-152-68	गढ़चिरोली	BJP		17-193-108	औरंगाबाद वेस्ट	INC			
18-161-77	रालेगांव	INC		18-204-237	डदगीर	BJP			
19-201-232	कैज	NCP		19-212-240	डमरगा	SHS			
20-239-216	अकोले	NCP		20-220-247	मेहोल	NCP			
				21-233-220	श्रीरामपुर	INC			
20 (+)				22-251-214	पूणे कैंटोंमेन्ट	INC			
				23-258-255	फलटन	NCP			
				24-272-281	मीरज	INC			
				25 (+)					

Sources :

1. Election Commission of India – State Election Maharashtra, 2004.
2. महाराष्ट्र शासन राजपत्र, असाधारण अक्टूबर–25, 2009.

गोश्वारा
आरक्षित वर्ग महाराष्ट्र

2004 स्थिति–40		
1. आरक्षित विधानसभा	40	
2. विलोपित	(–)	11
3. आरक्षित से सामान्य	(–)	09
शेष पुरानी–	**20**	20
2009 की स्थिति –54		
1. पुरानी विधानसभा	20	
2. सामान्य से आरक्षित	(+)	25
3. नए विधानसभा गठित	(+)	09
4. कुल आरक्षित विधानसभा सीट	54	

1. 2004 प्रभावित सीटें–20
2. 2009 प्रभावित सीटें–34–कुल प्रभावित सीटें = 54
3. 14 आरक्षित सीटों को बढ़ाने के लिए 54 विधानसभा निर्वाचन क्षेत्रों को प्रभावित किया गया है।

Sources :

1. Election Commission of India – State Election Maharastra, 2004.
2. महाराष्ट्र शासन राजपत्र, असाधारण अक्टूबर–25, 2009.

संदर्भ–सूची

1. मुंबई पुनर्गठन अधिनियम,1960 द्वारा मुंबई राज्य को गुजरात और महाराष्ट्र दो राज्यों में विभाजित कर दिया गया मुंबई राज्य से महाराष्ट्र बनाया गया है। भारत का संविधान एक–परिचय (आचार्य डॉ. दुर्गादास बसु) राज्य विधानमण्डल पृष्ठ–260, 261.
2. उर्दू टाइम्स मुंबई 18,23 अक्टूबर, 2009.
3. वही.
4. वही.
5. वही.
6. वही.
7. वही.

8. भारत निर्वाचन आयोग–महाराष्ट्र राज्य विधान सभा चुनाव 2004.
9. महाराष्ट्र शासन राजपत्र असाधारण अक्टूबर 25, 2009.
10. वही.
11. 24 जनवरी 2010 को हुए उपचुनाव में.
12. उर्दू टाइम्स मुंबई,18 अक्टूबर 2009.
15. 13 से 15 वही.
16. महाराश्ट्र शासन राजपत्र, असाधारण अक्टूबर 25, 2009.
17. उर्दू टाइम्स मुंबई, 18 अक्टूबर, 2009.
18. महाराष्ट्र शासन राजपत्र, असाधारण अक्टूबर 25, 2009.
19. वही.
20. उर्दू टाइम्स मुनई 18 अक्टूबर, 2009.
21. Maharashtra Paper-5 Changing Face of Electoral India : Delimitation 2008.
22. भारत निर्वाचन आयोग, महाराष्ट्र राज्य विधानसभा चुनाव 2004.
23. महाराष्ट्र शासन राजपत्र, असाधारण अक्टूबर, 25 2009.
24. भारत निर्वाचन आयोग, साधारण लोकसभा चुनाव 2009.
25. वही, 2004.
26. भारत निर्वाचन आयोग, महाराष्ट्र राज्य विधानसभा चुनाव 2004.
27. Maharashtra Paper-5 Changing Face of Electoral India : Delimitation 2008.
28. परिसीमन अधिनियम, 2002 कण्डिका–9 का (ग).
29. वही.
30. वही, (प्रशासनिक इकाइयों).
31. परिसीमन अधिनियम, 2002 कण्डिका (2) और (3).
32. Maharashtra Paper-5 Changing Face of Electoral India : Delimitation 2008.
33. भारत निर्वाचन आयोग महाराष्ट्र विधानसभा चुनाव 2004.
34. वही.
35. Maharastra Paper-5 Changing Face of Electoral India : Delimitation 2008.
36. वही, और महाराष्ट्र राजपत्र असाधारण अक्टूबर 25, 2009.

अतिरिक्त संदर्भ

1. दैनिक भास्कर नागपुर, 23 अक्टूबर 2009.
2. हिन्दुस्थान, अकोला 23 अक्टूबर 2008.

8
बिहार विधानसभा

बिहार में 13वीं राज्य विधानसभा के चुनाव फरवरी 2005 में सम्पन्न हुए थे और किसी भी राजनीतिक दल को बहुमत नहीं मिला था। खण्डित जनादेश के कारण राज्य में नई सरकार का गठन नहीं हुआ।[1] इस राजनीतिक संकट को समाप्त करने के लिए रामविलास पासवान ने राजनीतिक गलियारे में एक आवाज़ लगाई थी बिहार का मुख्यमंत्री मुस्लिम हो पासवान की मंशा थी कि कांग्रेस और राजद को साथ लेकर बिहार का राजनीतिक संकट टाला जा सकता है और मुस्लिम मुख्यमंत्री का नाम आने से कांग्रेस/राजद दोनों ही राजनीतिक दल अपने किसी भी मुस्लिम विधायक या नेता का नाम मुख्यमंत्री के लिए ज़रुर पेश कर देंगे और राज्य में दोबारा चुनाव की स्थिति भी निर्मित नहीं होगी।

गौरतलब है कि इस चुनाव में विभिन्न राजनीतिक दलों के 24 मुस्लिम विधायक भी निर्वाचित हुए थे।[2] मगर पासवान की यह आवाज़ कांग्रेस/राजद को रास नहीं आई। राज्य में फिर दोबारा नवम्बर 2005 को चुनाव हुए और इसके नतीजे चौकाने वाले ही आए। इस चुनाव में जनतादल (यूनाइटेड) और भारतीय जनता पार्टी के गठबंधन को भारी सफलता मिली, उसके 93 विधायकं के स्थान पर 146 विधायक हो गए, लेकिन मुस्लिम विधायकों की संख्या 24 के स्थान पर 16 रह गई। यानी एक मुश्त तैंतीस प्रतिशत मुस्लिम विधायक सदन में कम हो गए।[3] केवल मुस्लिम मुख्यमंत्री के नाम की चर्चा के कारण इस तरह के चुनाव नतीजों का आना देश के लिए अच्छे संकेत नहीं हैं। राजनीतिक नज़रिए से देखा जाए तो नवम्बर 2005 के बिहार चुनाव (14 वीं राज्य विधानसभा) देश और राज्य के मुसलमानों के लिए गहन आत्ममंथन का विषय है।[4] यदि भविष्य में और ऐसे चुनाव नतीजों की पुनरावृत्ति होती है तो यकीनन देश में इससे लोकतांत्रिक धर्मनिरपेक्षता का ताना–बाना ही दरक उठेगा।

2010 के राज्य विधानसभा चुनाव में सबसे ख़ास बात यह रही है कि परिसीमन 2008 के कारण बदली हुई भौगोलिक सीमाओं के साथ 42 विधानसभा सीटों की नई पहचान बनी है और 40 सीटों की पुरानी पहचान को मिटाया गया है।[5] हालांकि, राज्य विधानसभा सीटों की कुल संख्या 243 बरकरार है, और पहले से आरक्षित 38 अनुसूचित जातीय सीटों के अलावा इस बार अनुसूचित जनजाति

(आदिवासी) के लिए भी 2 सीट को सुरक्षित किया गया है। अब राज्य में आरक्षित वर्ग की 40 सीटें हैं।[6] 2 आरक्षित सीटों को बढ़ाने के लिए परिसीमन आयोग ने निम्नानुसार परिसीमन किया है।[7]

1. 36 सीटों में बदली हुई भौगोलिक सीमाओं के साथ परिसीमन किया।
2. 7 पुरानी आरक्षित सीटों की पहचान को मिटाया।
3. 10 आरक्षित सीटों को सामान्य वर्ग में परिवर्तित किया।
4. 14 सामान्य सीटों को आरक्षित वर्ग में परिवर्तित किया।
5. 5 नई आरक्षित सीटों का पुर्नगठन और नाम में बदलाव किया।

नए परिसीमन के तहत मनुहारी और कटारिया सामान्य सीट को अब आदिवासी वर्ग के लिए आरिक्षत किया गया है।[8] गौरतलब है कि 13वीं और 14वीं दोनों राज्य विधानसभाओं के चुनाव में मनुहारी सामान्य विधानसभा से मुस्लिम वर्ग के मुबारक हुसैन निर्वाचित हुए थे, और चार मुस्लिम बहुल विधानसभाओं को विलोपित किया गया है। इनमें दो विधानसभा निर्वाचन क्षेत्र ऐसे भी हैं जहाँ से फरवरी 2005 और अक्टूबर 2005 के चुनाव में मुस्लिम प्रत्याशी शाहिद अली खान विजयी हुए थे। 72–पुपरी से महबूब आलम, 144–बारसोई मुनाफ आलम, 79–पांडोल और 208–विक्रमगंज विधानसभा से फरवरी 2005 में क्रमशः नियाज अहमद और अखलाख अहमद दोनों RJD से विजयी हुए थे।[9]

2005 के चुनाव में बिहार राज्य के 9 विधानसभा क्षेत्र ऐसे थे जहाँ की विधानसभा में कुल जनसंख्या का मुस्लिम प्रतिशत अनुसूचित जाति की कुल जनसंख्या से अधिक है और उन विधानसभा क्षेत्रों को अनुसूचित जाति के लिए आरक्षित रखा गया था।[10] परिसीमन 2008 में भी उन 9 विधानसभाओं में से 5 विधानसभाओं को अभी भी आरक्षित वर्ग में ही रखा गया है और बाकी 4 विधानसभाओं को सामान्य वर्ग में परिवर्तित किया गया है।[11] इसके बरअक्स बिहार की 9 तहसीलें ऐसी भी हैं जहाँ अनुसूचित जाति की जनसंख्या तालिका में दिए गए आँकड़ों के अनुसार मुस्लिम वर्ग की कुल जनसंख्या से कहीं अधिक है लिहाजा इन तहसीलों में से केवल एक तहसील गुरुआ को ही सामान्य विधानसभा में परिवर्तित किया गया है।[12] शेष तहसीलों को परिसीमन का तकनीकी हवाला बताकर आस–पास की विधानसभाओं में समायोजित किया गया है।

13वीं राज्य विधानसभा में मुस्लिम विधायकों की कुल संख्या 24 थी जो 14वीं विधानसभा में 16 रह गई और अब 15वीं राज्य विधानसभा में 19 विधायक हैं।[13] राज्य में इस बार लालूप्रसाद यादव और रामविलास पासवान का चुनाव गठबंधन था।

बिहार विधानसभा
आरक्षित वर्ग 2005

आरक्षित विधानसभा–38		विलोपित	आरक्षित से सामान्य वर्ग में तब्दील प्रथम–भाग
विधान सभा निर्वाचन क्षेत्र का नम्बर और नाम 2005	विधान सभा निर्वाचन क्षेत्र का नम्बर और नाम 2005	विधान सभा निर्वाचन क्षेत्र का नम्बर और नाम 2005	विधान सभा निर्वाचन क्षेत्र का नम्बर और नाम 2005/2010
1. 2–बगहा	21. 140–कुरहा	1. 4 शिकारपुरा	1.2 4– बगहा
2. 4–शिकारपुरा	22. 155–धुरैया	2. 69 मजोरगंज	2.17 17– पिपरा
3. 17–पिपरा	23. 166–अलौली	3. 101 सिंघिया	3 76 33– खजौली
4. 22–भोर	24. 171–सिकन्दरा	4. 115 कुमारखण्ड	4.114 45–छत्तापुर
5. 30–मेरवा	25. 174–बरबिघा	5. 206 शहर	5.126 50– महुआ
6. 42–गरखा	26. 177–राजगीर	6. 219 देव	6. 88 82– दरभंगा ग्रामीण
7. 49–पातेपुर	27. 186–फतवा	7. 237 फतेहपुर	7. 94 132–वारिस नगर
8. 50–महुआ	28. 193–फुलवारी		8. 30 135– मेरवा
9. 58–साकरा	29. 202–राजपुर		9. 174 170–बारबीघा
10. 60–बूचहा	30. 206–शहर		10.186185–फतवा
11. 69–मजोरगंज	31. 211–मोहानिया		
12. 76–खजौली	32. 215–चेनारी	(–) 7	(–) 10
13. 88–दरभंगा ग्रामीण	33. 219–देव		
14. 94–वारिस नगर	34. 233–ईमामगंज		
15. 101–सिंघिया	35. 235–बोधगया		
16. 109–बखरी	36. 236–बाराछट्टी		
17. 114–छत्तापुर	37. 237–फतेहपुर		
18. 115–कुमारखण्ड	38. 240–राजौली		
19. 126–बनमक्खी			
20. 127–रानीगंज	**38**		

स्रोत : राज्य निर्वाचन आयोग बिहार : 2005 / 2010

2005 की स्थिति–

1. आरक्षित विधानसभा	38
2. विलोपित (–)	07
3. आरक्षित से सामान्य (–)	10
4. शेष	21

बिहार विधानसभा
आरक्षित वर्ग 2010

द्वितीय–भाग नए आरक्षित विधानसभा गठित	सामान्य से आरक्षित वर्ग में तब्दील	आरक्षित विधानसभा–40
विधानसभा निर्वाचन क्षेत्र का नम्बर और नाम 2010	**विधानसभा निर्वाचन क्षेत्र का नम्बर और नाम 2005 / 2010**	**विधानसभा निर्वाचन क्षेत्र का नम्बर और नाम 2005 / 2010**
1. 37–राजनगर	1–3–2 रामनगर	1–22–103 –भोर
2. 78–कुशेश्वर स्थान	2–19–13 हरसिध्दी	2–42–119 –गरखा
3. 127–राजा पाकड़	3–31–107 दरौली	3–49–130–पातेपुर
4. 195–आज्ञावान	4–68–24 बाथनाह	4–58–92– साकरा
5. 222–कुटुंबा	5–70–74 सोनबर्षा	5–60–91– बुचहा
(+) 5	6–93–16 कल्याणपुर	6–109–147–बखरी
	7–100–139–रोसेरा	7–126–59– बनमक्खी
	8–113–44 त्रिवेणीगंज	8–127–47–रानीगंज
	9–116–72 सिंघहेश्वर	9–140–69 –कुरहा
	10–146–67 मनिहारी	10–155–160– धुरैया
	11. 147–154–पिरपाईन्ति	11–166–148– अलौली
	12. 158–162–कटोरिया	12. 177–173–राजगीर
	13. 187–189–मसौरही	13. 193–188–फुलवारी
	14. 226–218–मखदूमपुर	14. 202–202 –राजपुर
	(+) 14	15. 211–204–मोहानियां
		16. 215–207 चेनारी
		17. 233–227 ईमामगंज
		18. 236–228 बाराछट्टी
		19. 235–229 बोधगया
		20. 240–235 रजौली
		21. 171–240 सिकंदरा

स्रोत : राज्य निर्वाचन आयोग बिहार : 2005 / 2010

2010 की स्थिति–

1. शेष विधानसभा		21
2. नए गठित	(+)	05
3. सामान्य से आरक्षित	(–)	14
4. योग		40

गोश्वारा

आरक्षित वर्ग, बिहार

2005 की स्थिति–38		
1	आरक्षित विधानसभा	38
2	विलोपित	(–) 7
3	आरक्षित से सामान्य वर्ग में तब्दील	(–) 10
4	शेष पुरानी आरक्षित विधानसभा सीट	21
5	अजा 38	
6	अजजा 00	

2010 की स्थिति–40		
1	शेष पुरानी विधानसभा	21
2	सामान्य से आरक्षित वर्ग में तब्दील	(+) 14
3	नए आरक्षित विधानसभा गठित	(+) 5
4	अजा 38	
5	अजजा 02	
6	योग	40

1. 2005 प्रभावित सीटें–17
2. 2010 प्रभावित सीटें–19 कुल प्रभावित सीटें 36
3. 02 आरक्षित सीटें बढ़ाने के लिए 36 विधानसभा निर्वाचन क्षेत्रों को प्रभावित किया गया है।

स्रोत : राज्य निर्वाचन आयोग बिहार : 2005 / 2010.

संदर्भ–सूची

1. राज्य निर्वाचन आयोग बिहार 2005.
2. वही.
3. वही.
4. वही.
5. Bihar Paper-5 Changing Face of Electoral India : Delimitation 2008.

6. वही.
7. वही.
8. वही.
9. राज्य निर्वाचन आयोग बिहार 2005/2010.
10. वही.
11. भारत जनगणना 2001.
12. वही.
13. राज्य निर्वाचन आयोग बिहार 2005/2010.

9

पश्चिम बंगाल विधानसभा

2006 के चुनाव में पश्चिम बंगाल राज्य की 294 सदस्यीय विधानसभा से 46 मुस्लिम सदस्य विभिन्न राजनीतिक दलों से निर्वाचित हुए थे और आरक्षित सीट 76 थीं। 59 अजा/अजजा 17 = कुल 76 संशोधित परिसीमन 2008 में आरक्षित वर्ग की 8 सीटें और बढ़ी हैं।[2] अजा 68 अजजा 16 कुल = 84 गौरतलब है कि परिसीमन आयोग ने इन 8 सीटों को बढ़ाने के लिए 54 आरक्षित विधानसभा निर्वाचन क्षेत्रों में फेरबदल कर निम्नानुसार बदलाव किया है।[3]

1.54 सीटों में बदली हुई भौगोलिक सीमाओं के साथ परिसीमन किया

2.10 पुरानी आरक्षित सीटों की पहचान को मिटा दिया

3.13 आरक्षित सीटों को सामान्य सीटों में परिवर्तित किया

4.11 नई आरक्षित सीटों का गठन किया

5.20 सीटों को सामान्य वर्ग से आरक्षित वर्ग में तब्दील किया हालांकि राज्य विधानसभा सीटों की कुल संख्या 294 बरकरार है।[4]

वामदल से 34 मुस्लिम विधायक सदन में पहुँचे थे।[5] संशोधित परिसीमन 2008 में परिसीमनकर्त्ताओं ने इन मुस्लिम बहुल विधानसभाओं की पहचान को मिटाया है। **6–सिताई और 93–स्वरुपनगर** को आरक्षित वर्ग में परिवर्तित किया और निम्न पाँच विधानसभाओं को विलोपित किया।[6] इस प्रकार संशोधित परिसीमन की प्रथम दृष्टियों में ही मुस्लिम वर्ग की सात विधानसभा सीटों का नुकसान किया गया है और अनेक मुस्लिम बहुल विधानसभाओं में परिसीमन आयोग के नियम दस प्रतिशत से कम या अधिक के अनुमत्य अंतर के प्रावधान अनुसार विधानसभाओं को परिसीमित किया गया है जिसके कारण मुस्लिम बहुल विधानसभाएं ही प्रभावित हुई हैं।[7]

विधानसभा निर्वाचन क्षेत्र का नम्बर और नाम 2006

1. 19–क्रान्ति
2. 51–औरंगाबाद
3. 114–गार्डन रीच
4. 144–बाड़ा बाजार
5. 225–खड़गपुर ग्रामीण

स्रोत : पश्चिम बंगाल पेपर–5 चेंजिंग फेस ऑफ इलेक्टोरल इण्डिया : डिलिमिटेशन 2008

2006 में 224–खड़गपुर टाउन और 225–खड़गपुर ग्रामीण के नाम से दो विधानसभा क्षेत्र अस्तित्व में थी और ग्रामीण विधानसभा मुस्लिम बहुल थी।[8] संशोधित परिसीमन 2008 में खड़गपुर ग्रामीण को विलोपित किया और नई पहचान के साथ 224–खड़गपुर सदर और 228–खड़गपुर का पुनर्गठन किया गया है।[9]

गौरतलब है कि 2001 की जनगणना के अनुसार राज्य के नौ तहसील मुख्यालय ऐसे हैं, जहाँ उनकी कुल आबादी में मुस्लिम आबादी का प्रतिशत सर्वाधिक है फिर भी इन्हें आरक्षित वर्ग के लिए रखा गया था। आयोग को संशोधित परिसीमन 2008 में पुनः परिसीमन का मौका मिला। इसके बावुजूद भी आयोग ने आठ विधानसभाओं में से पांच को अभी भी आरिक्षत वर्ग में ही रखा है।[10]

चूँकि, आयोग ने कुछ एक तहसीलों को विधानसभा में ज़रुर परिवर्तित किया हुआ है और कुछ एक तहसीलों में जातिगत समीकरण बिगाड़ने के लिए अतिरिक्त आबादी को जोड़ा है... इस अतिरिक्त आबादी को जोड़ने का काम सिर्फ राजनीतिक पक्ष को ध्यान में रखकर किया जाता है, यहां मुसलमानों का हित गौण होता है।

विधान सभा निर्वाचन क्षेत्र का नम्बर और नाम 2011	**कुल जनसंख्या का मुस्लिम प्रतिशत**	**कुल जनसंख्या का अजा प्रतिशत**
1–066–खारग्राम	51.3 प्रतिशत	23.6 प्रतिशत
2–128–बसंती	41.2 प्रतिशत	38.6 प्रतिशत
3–174–संकराईल	31.9 प्रतिशत	25.2 प्रतिशत
4–135–केशपुर	26.6 प्रतिशत	25.1 प्रतिशत
5–287–नानूर	32.5 प्रतिशत	31.1 प्रतिशत
स्रोत : भारत जनगणना 2001 (विस्तार पत्रक संलग्न है।)		

परिसीमन अधिनियम 2002 के खण्ड 9(1) घ के अंतर्गत, अजा/अजजा वर्ग के लिए सीटों का आरक्षण उन क्षेत्रों में किया जाएगा जिनमें उनकी कुल आबादी सर्वाधिक है।[11] अतएव, राज्य के सभी विधानसभा निर्वाचन क्षेत्रों के परिसीमन के बाद, अजा/अजजा के लिए निर्वाचन क्षेत्रों को आरक्षित किए जाने वाले निर्वाचन क्षेत्र वे होंगे जहाँ निर्वाचन क्षेत्रों की कुल आबादी में उनकी आबादी का प्रतिशत संबन्धित जिले में अजा/अजजा सीटों की संख्या के बराबर घटते क्रम में सबसे अधिक है।[12]

लिहाजा अजा/अजजा की आरक्षित सीटों के बाबत स्पष्ट नियम होने के बावुजूद भी संशोधित परिसीमन में घोर लापरवाही के लक्षण अथवा परिसीमन नियमों के विपरीत कर्मकाण्ड देखे जा सकते हैं। सन् 2001 की जनगणना के अनुसार राज्य की तीन तहसीलें ऐसी हैं जहाँ कुल जनसंख्या का अजा प्रतिशत अधिक है। मगर इन तहसीलों को विधानसभा में तब्दील ही नहीं किया गया है।[13] जबकि इन सभी तहसीलों को संशोधित परिसीमन 2008 में आरक्षित विधानसभा में परिवर्तित किया जा सकता था।

नाम तहसील	कुल जनसंख्या का अजा. प्रतिशत
1—हल्दीबारी	61.9 प्रतिशत
2—कालीबाडी	50.8 प्रतिशत
3—बमनगोला	49.9 प्रतिशत

स्रोत : भारत जनगणना 2001.

संशोधित परिसीमन 2008 में जो नए आरक्षित विधानसभा निर्वाचन क्षेत्रों का पुनर्गठन किया है, उसमें दस विधानसभा क्षेत्र ऐसे हैं जिनकी अजा./आबादी का प्रतिशत कुल आबादी के प्रतिशत से कम होने के बावुजूद भी उन विधानसभाओं को आरक्षित किया गया है। यहाँ कौन से आंतरिक निर्णयों का पालन किया गया है।[14]

विधान सभा निर्वाचन क्षेत्र का नम्बर और नाम 2011	कुल जनसंख्या	SC's जनसंख्या	ST's जनसंख्या	SC's प्रतिशत	ST's प्रतिशत
1—25—मातीग्राम नक्सलबारी	273099	81682	45438	29.91	16.64
2—33—हेमताबाद	287005	102603	17406	35.75	6.06
3—67—बुरवान	242660	54760	1399	22.57	0.58
4—98—स्वरुपनगर	259389	78132	425	30.12	0.16
5—122—मिनाखान	263342	80128	18381	30.43	6.98
6—209—हलदिया	277011	62617	1836	22.60	0.66
7—231—घातल	305253	82058	6183	26.88	2.03
8—247—सलतोरा	264385	88281	28071	33.39	10.62
9—266—वर्धमान उत्तर	282619	95394	26826	33.75	9.49
10—289—सेनथाई	272827	86813	27405	31.82	10.04

स्रोत : पश्चिम बंगाल पेपर—5 चेजिंग फेस ऑफ इलेक्टोरल इंडिया : डिलिमिटेशन : 2008

जैसा कि 2008 में हुए परिसीमन के सूक्ष्म अध्ययन से मालूम हुआ है कि, परिसीमन राजनीतिक पक्ष को ध्यान में रखकर किया गया है और एक विशेष समुदाय मुसलमानों को राजनीतिक रुप से नुकसान पहुँचे। इसी षडयंत्रा के तहत बदली हुई भौगोलिक सीमाओं के साथ परिसीमन किया गया है।[15]

2006 में 9–तूफानगंज आरक्षित विधान सभा थी और 2001 की जनगणना के अनुसार उसकी कुल जनसंख्या 1,67,455 अजा. वर्ग की जनसंख्या 84,790 50.6 प्रतिशत थी। संशोधित परिसीमन 2008 में 85,793 अतिरिक्त सामान्य आबादी को जोड़कर अजा. वर्ग का घनत्व 45.38 किया गया और अब आरक्षित तूफानगंज को सामान्य वर्ग में परिवर्तित किया गया है।[16]

गत चुनाव में 85–बोनगांव विधानसभा सामान्य वर्ग की श्रेणी में थी। कुल आबादी 3,44,044 अजा./आबादी 1,61,918, 47.1 प्रतिशत संशोधित परिसीमन 2008 में बोनगाँव विधानसभा की भी शल्य चिकित्सा की गई और अब बोनगाव की 2 आरक्षित विधानसभा गठित की गई है।[17] 95–बोनगाँव उत्तर और 96–बोनगांव दक्षिण। दोनों विधानसभा की कुल आबादी 5,31,267 में अजा की मूल आबादी 1,72,163 में और 71,552 अजा. आबादी को जोड़कर आयोग के क्रूर नियम औसत अंतर 10 प्रतिशत से कम या अधिक के अनुमत्य अंतर का तकनीकी लाभ लिया और बोनगाँव सामान्य विधानसभा को अब दो आरक्षित विधानसभा में परिवर्तित किया गया है।[18]

91–राजरहट आरक्षित विधानसभा को अब दो सामान्य विधानसभा क्षेत्रों में परिवर्तित किया है। संशोधित परिसीमन 2008 में 115–राजरहट टाउन और 117–राजरहट गोपालपुर के नाम से पुनर्गठित की गई है।[19] जबकि अजा./अजजा. की आबादी 1,10,208 होने के बावुजूद भी सामान्य वर्ग की अतिरिक्त आबादी को जोड़ा और आरक्षित से सामान्य में परिवर्तित किया।[20]

स्रोत : पश्चिम बंगाल पेपर–5 चेजिंग फेस ऑफ इलेक्टोरल इंडिया : डिलिमिटेशन : 2008

पश्चिम बंगाल विधानसभा
(आरक्षित वर्ग 2006)

आरक्षित विधानसभा–76

भाग–प्रथम

विधानसभा निर्वाचन क्षेत्र का नंबर और नाम		विधानसभा निर्वाचन क्षेत्र का नंबर और नाम			विधानसभा निर्वाचन क्षेत्र का			विलोपित विधानसभा निर्वाचन क्षेत्र का नम्बर			आरक्षित से सामान्य वर्ग में विधानसभा निर्वाचन क्षेत्र का	
1–1 मेखलीगंज	AIFB	27–84	बगदाह	AITC	52–221	गरबेता पश्चिम	CPM	1.79	हंसखली	CPM	1.9	9 तूफानगंज
2–2 सितलकुची	CPM	28–91	राजरहाट	CPM	53–226	केशिअरी	CPM	2.154	तालतोला	CPM	2.31	35 रायगंज
3–3 मथभंगा	CPM	29–97	हरोआ	CPM	54–229	नयाग्राम	CPM	3.205	सूथाता	CPM	3.53	60 सागर दिगही
4–9 तूफान गंज	CPM	30–98	संदेशखली	CPM	55–232	बिनपुर	JKP(N)	4.247	इंदपुर	CPI	4.91	115 राजरहाट न्यूटाउन
5–10 कुमारग्राम	RSP	31–98	दिंगालगंज	CPM	56–233	बदुंआन	CPM	5.249	गंगाजल घाटी	CPM		गंगाजलघाटी
6– 11 कालचीनी	RSP	32–100	गोसबा	RSP	57–235	बलरामपुर	CPM	6.263	उखरा	CPM	5.97	121 हरोआ
7–13 फलकटा	CPM	33–101	बसंती	RSP	58–240	पारा	CPM	7.266	कानकसा	CPM	6.109	147 सोनारपुर द/उ
8–14 मदारी हाट	RSP	34–102	कुल्टाली	IND	59–241	रघुनाथपुर	CPM	8.287	राजनगर	AIFB	8.124	133 कुल्पी
9–15 धूपगुडी	CPM	35–105	कंनिग पश्चिम	CPM	60–242	काशीपुर	CPM				9.193	202 खानकुल
10–16 नागरकाता	CPM	36–109	सोनारपुर	CPM	61–245	रायपुर	CPM				10.235	239 बलरामपुर
11–17 मैनागुडी	RSP	37–110	विष्णुपुर	CPM	62–246	रानीबंध	CPM				11.242	244 काशीपुर

12–28 माल	CPM	38–121	मगराहट ईस्ट	CPM	63–247	इंदपुर	CPI				12.282	271 केतुग्राम
13–21 राजगंज	CPM	39–122	मंदिर बाजार	CPM	64–249	गंगाजल घाटी	CPM		8 (–)		13.290	290 मयूरेश्वर
14–26 फंसिदेवा	CPM	40–124	कुल्पी	CPM	65–255	इंदस	CPM				14.292	292 हंसान
15–31 रायगंज	INC	41–154	तालतोला	CPM	66–256	सोनामुखी	CPM					
16–32 कालिमागंज	CPM	42–169	संकराईल	AITC	67–263	उखरा	CPM					
17–33 खुशमंदी	RSP	43–170	उलूबेरिया नार्थ	CPM	68–266	कानकसा	CPM					
18–36 तपन	RSP	44–188	बालागढ़	CPM	69–267	ओसग्राम	CPM				= 54	
19–39 हबीबपुर	CPM	45–191	धनेखली	AIFB	70–272	खंडाघोष	CPM					
20–40 गजोल	BM	46–193	खानकुल	CPM	71–274	जमालपुर	IND				2006 की स्थिति	
21–45 मालदाह	CPM	47–195	गोघाट	AIFB	72–282	केतुग्राम	CPM				1. आरक्षित विधानसभा	76
22–53 सागर दिगही	CPM	48–197	घातल	CPM	73–283	नानूर	CPM				2. विलोपित	(–) 08
23–66 खारग्राम	CPM	49–205	सूथाता	CPM	74–287	राजनगर	AIFB				3. आरक्षित से सामान्य	(–) 14
24–47 कृष्णगंज	CPM	50–209	खजूरी	WBSP	75–290	ममूरेश्वर						
25–79 हंसखली	CPM	51–219	केशपुर	CPM	76–292	हासन	INC					
26–80 रानाघाट ईस्ट	CPM											

पश्चिम बंगाल विधानसभा

(आरक्षित वर्ग 2011)

भाग–द्वितीय | **आरक्षित विधान सभा–84**

नए आरक्षित विधानसभा		सामान्य से आरक्षित								
विधानसभा निर्वाचन क्षेत्र का नम्बर और नाम 2011		विधानसभा निर्वाचन क्षेत्र का नम्बर और नाम 2006/2011		पार्टी 2006	विधानसभा निर्वाचन क्षेत्र का नम्बर और नाम 2006/2011		पार्टी 2006	विधानसभा निर्वाचन क्षेत्र का नम्बर और नाम 2006/2011		पार्टी 2006
1–25	मोतीग्रा नक्सलबारी	1–4–3	कूचबिहार उत्तर	AIFB	1–1–1	मेखलीगंज	AIFB	29–105–138	कनिग पश्चिम	CPM
2–33	हेमताबाद	2–6–6	सिताई	INC	2–2–5	सितलकुची	CPM	30–191–197	धनेखली	AIFB
3–90	रानाघाट दक्षिण	3–20–17	जलपाईगुडी	INC	3–3–2	माताभंगा	CPM	31–110–146	विष्णुपुर पूर्व	CPM
4–92	कल्याणी	4–35–41	गंगा रामपुर	CPM	4–10–10	कुमारग्राम	RSP	32–121–141	मगराहाट पूर्व	CPM
5–96	बोनगाँव दक्षिण	5–57–65	नबाग्राम	CPM	5–11–11	कालचीनी	RSP			
6–122	मिनाखान	6–67–67	बरवान	RSP	6–13–13	फलकटा	CPM	33–122–243	मंदिर बाजार	CPM
7–209	हलदिया	7–83–93	हरि घाट	CPM	7–14–14	मदारीहाट	RSP	34–169–174	संकराईल	AITC
8–247	सलतोरा	8–85–95	बोनगाँव उत्तर	AITC	8–15–15	धूपगुडी	CPM	35–170–177	उलूबेरिया उत्तर	CPM
9–266	वर्धमान उत्तर	9–86–97	गयाघाट	AITC	9–16–21	नगरकाता	CPM	36–188–191	बालागढ़	CPM
10–289	सेन्थिया	10–93–98	स्वरुप नगर	CPM	10–17–16	मैनागुडी	ESP	37–195–201	गोघाट	AIFB
		11–103–136	जायनगर	IND	11–18–20	माल	CPM	38–197–231	घातल	CPM
10 (+)		12–104–137	बरुईपुर	CPM	12–26–27	फंसिदेवा	CPM	39–209–215	खेजूरी	WBSP

		13–194–200	आरामबाग	CPM		13–28–18	राजगंज	CPM	40–219–235	केशपुर	CPM
2011 की स्थिति 1.नए गठित विधानसभा +10 2. सामान्यसे आरक्षित +20 3.शामिल +54 4 योग + 84		14–196–232	चन्द्राकुना	CPM		14–32–34	कालियागंज	CPM	41–226–223	केशिआरी	CPM
		15–234–243	मानबाजार	CPM		15–33–37	खुशमंडी	RSP	42–229–220	नयाग्राम	CPM
		16–254–256	कोतुलपुर	CPM		16–36–40	तपन	RSP	43–232–237	बिनपुर	JKP(N)
		177–273–261	रैना	CPM		17–39–43	हबीबपुर	CPM	44–233–238	बादुआन	CPM
		18–276–264	कलना	CPM		18–40–44	गाजोल	CPM	45–240–245	पारा	CPM
		19–269–274	गल्सी	AIFB		19–45–50	मालदाह	CPM	46–245–250	रायपुर	CPM
		20`286–284	दुबराजपुर	AIFB		20–66–66	खारग्राम	CPM	47–246–249	रानीबंध	CPM
						21–74–68	कृष्णागंज	CPM	48–255–257	इंदस	CPM
						22–80–89	रानाघाट पूर्व	CPM	49–256–258	सोनामुखी	CPM
			20 (+)			23–84–94	बगदा	AITC	50–267–273	ओसग्राम	CPM
						24–98–123	संदेशखली	CPM	51–272–259	खंडाघोष	CPM
						25–99–126	हिंगलाजगंज	CPM	52–274–262	जमालपुर	IND
						26–100–127	गोसाबा	RSP	53–283–287	नानूर	CPM
						27–101–128	बंसती	RSP	54–241–246	रघुनाथपुर	CPM
						28–102–129	कुल्टाली	IND			
						54	(+)				

Sources : 1. Election Commission of India, Assembly Elections West Bengal 2006.

2. Changing face of Electroal India-Delimitatio.

गोश्वारा
आरक्षित वर्ग, पश्चिम बंगाल

2006 की स्थिति–76		
1.	आरक्षित विधानसभा	76
2.	विलोपित	(–) 8
3.	आरक्षित से सामान्य	(–) 14
4.	शेष पुरानी आरक्षित विधानसभा सीट	54
5.	अजा 59	= 76
6.	अजजा 17	

2011 की स्थिति–84		
1.	शेष पुरानी विधानसभा	54
2.	सामान्य से आरक्षित	(+) 20
3.	नए विधानसभा गठित	(+) 10
4.	कुल आरक्षित विधानसभा सीट	84
5.	अजा 16	= 84
6.	अजजा 68	

1. 2006 प्रभावित सीटें–22
2. 2011 प्रभावित सीटें–30 कुल = 52

Sources : 1. Election Commission of India 2006.
2. Changing Face oral Electrol Indial : Delimitation -2008

संदर्भ–सूची

1. पश्चिम बंगाल राज्य विधानसभा चुनाव 2006 http:/www.indian-elections.com/essembly-election/west-bengal 2006.
2. West-Bengal Paper-5 Changing Face of Electoral India : Delimitation 2008.
3. वही.
4. वही.
5. पश्चिम बंगाल राज्य विधानसभा चुनाव 2006.

6. West-Bengal Paper-5 Changing Face of Electoral India : Delimitation 2008.
7. पश्चिम बंगाल राज्य विधानसभा चुनाव 2006.
8. वही.
9. West-Bengal Paper-5 Changing Changing Face of Electoral India : Delimitation 2008.
10. वही.
11. परिसीमन अधिनियम 1972 (1972 का 76) खण्ड–3 अनुच्छेद 239–क की धारा (2) परिसीमन अधिनियम 2002 खण्ड 9 (1) परिसीमन का (घ).
12. वही.
13. भारत जनगणना 2001.
14. West-Bengal Paper-5 Changing Face of Electoral India : Delimitation 2008.
15. वही.
16. वही.
17. भारत जनगणना 2001.
18. वही.
19. West-Bengal Psaper-5 Changing Face of Electoral India : Delimitation 2008.
20. वही।

10

उत्तर प्रदेश विधानसभा

2007 के चुनाव में राज्य की 403 सदस्यीय विधानसभा में से 55 मुस्लिम विधायक विभिन्न राजनीतिक दलों से निर्वाचित हुए थे और 89 सीटें आरक्षित थी।[1] संशोधित परिसीमन 2008 में विधानसभाओं के लिए आरक्षित सीटों की संख्या 2001 की जनगणना के आधार पर निर्धारित की गई है।[2] लिहाज़ा अब राज्य में आरक्षित वर्ग के लिए 85 सीटों का प्रावधान किया गया है।[3] इस प्रकार कई राज्यों में अजा/अजजा वर्ग की सीटें बढ़ी हैं और कहीं कम भी की गई हैं।[4] परिसीमन आयोग ने राज्य में चार आरक्षित सीटों को कम करने के लिए निम्नानुसार परिसीमन किया है–

1. 110 सीटों में बदली हुई भौगोलिक सीमाओं के साथ परिसीमन किया
2. 35 पुरानी आरक्षित सीटों की पहचान को मिटाया
3. 22 आरक्षित सीटों को सामान्य वर्ग में परिवर्तित किया
4. 27 सामान्य सीटों को आरक्षित वर्ग में परिवर्तित किया
5. 26 नई आरक्षित विधानसभाओं का पुनर्गठन और नाम में बदलाव किया

राज्य की आरक्षित सीटों के अलावा अन्य सामान्य सीटों में भी आमूल–चूल परिवर्तन किए गए हैं।[5] कुछ एक सामान्य सीटों को विलोपित किया गया और कुछ नई विधानसभाओं का गठन किया गया है। इस केंचुली परिसीमन के कारण मुस्लिम वर्ग को 2009 के लोकसभा चुनाव की भाँति ही राज्य विधानसभा चुनाव में भी राजनीतिक नुकसान होना निश्चित है।[6]

विगत चुनाव में राज्य से जो 55 मुस्लिम विधायक निर्वाचित हुए हैं, परिसीमन आयोग ने विशेषतौर से उन सभी मुस्लिम बहुल विधानसभाओं के जातिगत समीकरण बिगाड़ दिए हैं और आयोग के नियम राज्य/जिला औसत से 10 प्रतिशत से कम या अधिक के अनुमत्य अंतर मान्य होगा। इसी का तकनीकी लाभ लिया और बदली हुई भौगोलिक सीमाओं के साथ परिसीमन किया है कि, पाँच मुस्लिम बहुल विधानसभाओं को अब आरक्षित वर्ग में परिवर्तित किया गया है और

134–चारदा आरक्षित विधानसभा की पहचान को मिटाया।[7] राज्य की आरक्षित–89 सीटों में से केवल 134–चारदा विधानसभा से मुस्लिम वर्ग के प्रत्याशी शब्बीर अहमद विजयी हुए थे।[8]

विधानसभा निर्वाचन क्षेत्र का नंबर और नाम 2007 / 2012

1. 44–129–पूरणपुर
2. 55–140–श्रीनगर
3. 189–341–सलेमपुर
4. 257–255–सोरांव
5. 341–87–आगरा केंटोंमेन्ट

राज्य के तीन जिले ऐसे भी हैं जहाँ कि, मुस्लिम बहुल विधानसभाओं को विलोपित किया गया है।[9] (बिजनौर) 3–अफजलगढ़, (मुरादाबाद) 13–बाहजोई और बरेली की 39–करवर विधानसभा से 2007 में मुस्लिम वर्ग के प्रत्याशी विजयी हुए थे।[10] मुस्लिम बहुल 9 सीटों की पुरानी पहचान को मिटाया गया है और अन्य 45 मुस्लिम बहुल विधानसभाओं के जातिगत समीकरण बिगाड़ दिए गए हैं।[11] गौरतलब है कि जिन आरक्षित और सामान्य विधानसभाओं को विलोपित किया है उन की आबादी को मुस्लिम बहुल विधानसभा में समायोजित किया गया है।[12] परिसीमन के बाद कुल 403 सीटों में से 147 नए विधानसभा निर्वाचन क्षेत्र बने और इतने ही विलोपित किए गए[13] क्योंकि 1995 से अब तक राज्य में लगभग 20 नए जिले बन गए है। परिसीमन आयोग के दिशा–निर्देश 'आबादी' की कण्डिका–5 के अंतर्गत सहायक कण्डिका–1 के मुताबिक जिले के सभी निर्वाचन क्षेत्रों को उस एक जिले की एक क्षेत्रीय सीमा के अंदर सीमित किया जाएगा। दूसरे शब्दों में, किसी भी विधानसभा निर्वाचन क्षेत्र को सामान्यतः उस एक जिले से अधिक विस्तारित नहीं किया जाएगा।[14] गौरतलब है कि उपरोक्त कण्डिका के अनुसार जिन राज्यों में जिले कम हैं, वहाँ विधानसभा निर्वाचन क्षेत्रों को एक जिले में विस्तारित करने की पूरी संभावना रहती है। जिसके कारण आबादी का मूल स्वरूप प्रभावित होता ही है।[15]

पश्चिम बंगाल राज्य में आबादी के लिहाज़ से जिलों की संख्या कम है। नार्थ 24 परगना जिले में कुल 33 विधानसभा निर्वाचन क्षेत्र हैं और संसदीय निर्वाचन क्षेत्रों की संख्या 9 है। ऐसी स्थिति में निर्वाचन क्षेत्रों को एक जिले में पुनर्समायोजित करने यानी उनकी भौगोलिक सीमा में बदलाव करने के पूरे अवसर बने रहते हैं। इन जिलों में ऐसा ही परिसीमन किया गया है।[16]

आठ विधानसभा / तहसीलें ऐसी भी हैं जहाँ मुस्लिम वर्ग की कुल जनसंख्या का प्रतिशत 18.1 से लेकर 49.2 अनुपात होने के बावुजूद भी इन विधानसभाओं को 2007 तक आरक्षित वर्ग के लिए रखा गया था।[17]

विधानसभा निर्वाचन क्षेत्र का नंबर और नाम 2007	कुल जनसंख्या का मुस्लिम प्रतिशत
1. 004 नगीना	26.8 प्रतिशत
2. 005 नजीबाबाद	49.2 प्रतिशत
3. 034 फरीदपुर	23.0 प्रतिशत
4. 143 मनकापुर	18.1 प्रतिशत
5. 161 खलीलाबाद	32.1 प्रतिशत
6. 358 कोयल	26.8 प्रतिशत
7. 375 हापुड़	28.6 प्रतिशत
8. 390 जानसठ	23.0 प्रतिशत

गौरतलब है कि 2001 की जनगणना के अनुसार राज्य की नौ तहसील/विधानसभा ऐसी हैं जहाँ कुल जनसंख्या का अनुसूचित जाति प्रतिशत 35.2 से लेकर अधिकतम 49.3 होने के बावुजूद भी इन विधानसभा/तहसील क्षेत्रों को 2007 तक सामान्य वर्ग के लिए रखा गया था और चार तहसीलों को विधानसभा में परिवर्तित ही नहीं किया गया था।[18]

परिसीमन 2008 में भी इन आरक्षित बहुल विधानसभा/तहसील को सामान्य वर्ग में रखना और कुछ एक को विधानसभा में तब्दील ही नहीं किया गया। गोया मुसलमानों को राजनीतिक रुप से और अधिक कमजोर करने का षड्यंत्र का ही एक हिस्सा है।[19]

विधानसभा निर्वाचन क्षेत्र का नंबर और नाम 2007	कुल जनसंख्या का अनुसूचित जाति प्रतिशत
1. 065 मिश्रिक	37.9 प्रतिशत
2. 068 संडीला	37.4 प्रतिशत
3. 070 हरदोई	40.2 प्रतिशत
4. 125 हैदरगढ़	35.9 प्रतिशत
5. 201 लालगंज	42.4 प्रतिशत

क्रमांक नाम तहसील	कुल जनसंख्या का अनुसूचित जाति प्रतिशत
1. मनिहारन	49.3
2. घोरावल	44.7
3. बक्सी का तालाब	35.7
4. थरौली	35.3

इस तरह के परिसीमन से 2026 वर्ष तक जो भी राजनीतिक नुकसान होना है वह सिर्फ मुस्लिम वर्ग का होगा।[20] 2008 के परिसीमन में निम्न तीन तहसीलों को विधानसभा में तब्दील तो किया गया है। मगर परिसीमन नियमों के विपरीत उन्हें सामान्य वर्ग के लिए ही रखा गया है और तहसील थरौली को अभी भी विधानसभा में तब्दील नहीं किया है।[21] जबकि वहाँ कुल जनसंख्या का अजा. प्रतिशत 35.3 विद्यमान है।[22]

विधानसभा निर्वाचन क्षेत्र का नंबर और नाम 2012	कुल जनसंख्या का अनुसूचित जाति प्रतिशत
1. 169– बक्सी का तालाब	35.7
2. 399–मनिहारन	49.3
3. 400–घोरावल	44.7

परिसीमन अधिनियम 1972 (1972 का 76) खण्ड–3 के अंतर्गत गठित परिसीमन आयोग के संदर्भ अनुच्छेद 239 क की धारा (2) के अंतर्गत प्रत्येक विधानसभा निर्वाचन क्षेत्र को इस तरह से परिसीमित किया जाएगा कि वह पूर्ण रुप से एक ही संसदीय निर्वाचन क्षेत्र में आए जिसमें अनुसूचित जातियों के लिए आरक्षित सीटों को राज्य के विभिन्न हिस्सों में इस तरह से वितरित किया जाए कि जहाँ तक व्यवहारिक होगा, उन क्षेत्रों में उनकी आबादी कुल आबादी के अनुपात में सबसे अधिक हो तथा (घ) जिन निर्वाचन क्षेत्रों में अनुसूचित जनजातियों के लिए सीटें आरक्षित हैं। वह जहाँ तक व्यवहारिक होगा, उन क्षेत्रों में स्थित होगी जहाँ कुल आबादी के अनुपात में उनकी आबादी सबसे अधिक होगी।[23]

लिहाज़ा इसके बावुजूद भी कई निर्वाचन क्षेत्रों में परिसीमन नियम और दिशा–निर्देशों के विपरीत विशेषतौर पर मुस्लिम बहुल क्षेत्रों के मामलें में पक्षपात किया गया है। परिसीमनवादियों और राजनीतिक दलों के आपसी तालमेल के कारण आयोग ने गैर ज़रुरी आंतरिक निर्णय लेकर मुस्लिम बहुल क्षेत्रों में बदली

हुई भौगोलिक सीमाओं के साथ राजनीतिक पक्ष को आधार बनाकर परिसीमन किया है।[24]

संशोधित परिसीमन 2008 में राज्य की जो 26 नई आरक्षित विधानसभाओं का पुनर्गठन किया गया है, उनमें से 12 विधानसभा क्षेत्र ऐसे हैं, जहाँ कुल जनसंख्या का अनुसूचित जाति प्रतिशत कम होने के बावुजूद भी उन विधानसभाओं को आरक्षित वर्ग में रखा गया है।[25]

उत्तर प्रदेश

विधान सभा निर्वाचन क्षेत्र का नम्बर और नाम 2012		कुल जनसंख्या जनगणना 2001	Scs जनसंख्या	Scs प्रतिशत
1–122	फरीदपुर	383771	61607	16.05
2–129	पूरणपुर	459665	82872	18.03
3–192	कायमगंज	453459	88653	19.55
4–198	कन्नौज	468433	98660	21.06
5–282	बल्हा	382137	69081	18.08
6–294	बलरामपुर	450482	66131	14.68
7–300	मनकापुर	381669	69403	18.18
8–303	कपिलवस्तु	475097	86299	18.16
9–335	रामकोला	407608	80506	19.75
10–341	सलेमपुर	371677	73196	19.69
11–385	अजगरा	406042	85877	21.15
12–394	ओरई	427319	97496	22.82

संशोधित परिसीमन 2008 में मुसलमानों को दोहरी परिसीमन की मार पड़ी हैं।[26] मुस्लिम बहुल विधानसभा क्षेत्रों को आरक्षित किया जाना और राज्य में जो अन्य विधानसभाएं आरक्षित होती हैं, वहाँ भी मुस्लिम वर्ग प्रभावित होता ही है।[27]

Sources : 1. Census of India 2001.
2. Election Commission of India, State Election 2007 Uttar Pradesh.
3. Changing Face of Electoral India : Delimitation 2008.

उत्तर प्रदेश
(विधानसभा–आरक्षित वर्ग)

उत्तर प्रदेश–2007

आरक्षित विधानसभा–89 **भाग– प्रथम**

विधानसभा निर्वाचन क्षेत्र का नम्बर और नाम 2007		पार्टी	विधानसभा निर्वाचन क्षेत्र का नम्बर और नाम 2007		पार्टी	विधानसभा निर्वाचन क्षेत्र का नम्बर और नाम 2007		पार्टी
1–4	नगीना	BSP	41–180	हटा	BJP	82–369	शिकारपुर	BSP
2–5	नजीबाबाद	BSP	42–199	सरायमीर	SP	83–375	हापुड़	BSP
3–11	गंगेश्वरी	BJP	43–200	मेहनागढ़	BSP	84–378	हस्तिनापुर	BSP
4–14	चंदौसी	BJP	44–203	मोहम्मदाबाद गोहना	BSP	85–383	सिवलखास	BSP
5–23	शाहबाद	BJP	45–205	रसड़ा	BSP	86–390	जानसठ	BSP
6–27	बिल्सी	BSP	46–218	जखानिया	BSP	87–393	चारथवल	BSP
7–34	फरीदपुर	BSP	47–219	सादत	BSP	88–399	नागल	BSP
8–42	बरखेड़ा	BJP	48–222	चंदौली	BSP	89–401	हरोरा	BSP
9–45	पोवायन	SP	49–176	महाराजगंज	SP	89		
10–51	मोहम्मदी	BJP	50–223	चकिया	BSP			
11–53	पायला	BSP	51–233	भदोही	BSP			
12–61	सिधावली	BSP	52–236	केराकट	BSP			
13–64	हरगाँव	BSP	53–240	शाहगंज	SP			
14–66	मछरेहटा	SP	54–244	दूधी	BSP			
15–67	बेनीगंज	BSP	55–245	राबर्ट्सगंज	BSP			
16–69	अहिरोरी	BSP	56–250	छावनी	BSP			
17–71	बावन	BSP	57–251	मेजा	BSP			
18–77	शफीपुर	SP	58–262	छैल	BSP			
19–82	हसनगंज	BSP	59–263	मंझनपुर	BSP			
20–83	मलिहाबाद	SP	60–264	सिरातु	BSP			
21–90	मोहनलाल गंज	RSBP	61–266	किशनपुर	BSP			
22–91	बछरावन	INC	62–272	सिसामऊ	INC			
23–97	सलोन	INC	63–279	भोगनीपुर	BSP			

24–99	बिहार	IND		34–283	बिलहौर	BSP	
25–107	जगदीशपुर	INC		35–286	अजीतमाल	BSP	
26–112	कादीपुर	BSP		66–287	लखाना	BSP	
27–116	जहांगीरगंज	BSP		67–292	कन्नौज	SP	
28–121	सुहावल	SP		68–299	माणिकपुर	BSP	
29–124	सिद्दौर	BSP		69–308	चरखारी	BSP	
30–128	फतेहपुर	BSP		70–313	बवीना	BSP	
31–134	चारदा	SP		71–314	मऊरानी पुर	BSP	
32–137	इकावना	BSP		72–316	किशनी	SP	
33–143	मनकापुर	SP		73–321	किरनी	BSP	
34–148	दिक्सर	BSP		74–334	जलेसर	BJP	
35–151	नगर ईस्ट	BSP		75–338	टूंडला	BSP	
36–161	खलीलाबाद	BSP		76–339	एतमादपुर	BSP	
37–162	हैन्सा बाजार	SP		77–343	आगरा वेस्ट	BSP	
38–163	बांसगांव	BSP		78–346	गोवर्धन	RLD	
39–167	मान्डेरा बाजार	INC		79–353	सासनी	BSP	
40–178	नवरंगिया	BJP		80–358	कोयल	BSP	
				81–362	जेवर	BSP	

विलोपित

आरक्षित से सामान्य

विधानसभा निर्वाचन क्षेत्र का नम्बर और नाम 2007		पार्टी		विधानसभा निर्वाचन क्षेत्र का नम्बर और नाम 2007/2012		पार्टी 2007
1–11	गंगेश्वरी	BJP		1–5–17	नजीबाबाद	BSP
2–23	शाहबाद	BJP		2–27–114	बिल्सी	BSP
3–66	मछरेटा	SP		3–42–128	बरखेड़ा	BJP
4–67	बेनीगंज	BSP		4–51–144	मोहम्मदी	BJP
5–69	अहिरोरी	BSP		5–53–137	पालिया	BSP
6–71	बावन	BSP		6–161–313	खलीलाबाद	SP
7–99	बिहार	IND		7–240–365	शाहगंज	BSP
8–116	जहांगीरगंज	BSP		8–245–401	राबर्ट्सगंज	BSP
9–121	सोहाबल	SP		9–251–259	मेजा	BSP
10–124	सिद्दौर	BSP		10–264–251	सिरातु	BSP
11–134	चारदा	SP		11–272–213	सिसामाऊ	INC
12–137	इकावना	BSP		12–279–208	भोगनीपुर	BSP
13–148	दिक्सर	BSP		13–313–222	बबीना	BSP
14–151	नगर ईस्ट	BSP		14–358–75	कोयल	BSP
15–162	हैन्सा बाजार	SP		15–369–69	शिकारपुर	BSP

16–178	नवरंगिया	BJP		16–362–63	जेवर	BSP
17–180	हटा	BJP		17–308–231	चरखारी	BSP
18–199	सरायमीर	SP		18–205–358	रसड़ा	BSP
19–219	सादत	BSP		19–233–392	भदोही	BSP
20–222	चंदौली	BSP		20–262–253	छैल	BSP
21–266	किशनपुर	BSP		21–299–237	माणिकपुर	BSP
22–128	फतेहपुर	BSP		22–283–43	सिवलखास	BSP
23–286	अजीतमाल	BSP				
24–287	लखाना	BSP				
25–316	कौंच	BSP				
26–167	मन्दिरबाजार	INC			22(-)	
27–339	एतमादपुर	BSP				
28–343	आगरा वेस्ट	BSP				
29–346	गोवर्धन	RLD				
30–353	सासनी	BSP				
31–390	जानसठ	BSP				
32–393	चारथवल	BSP				
33–399	नागल	BSP				
34–401	हरोरा	BSP				
35–82	हसनगंज	BSP				
	35(-)					

उत्तर प्रदेश आरक्षित विधानसभा 2012

भाग–द्वितीय

नए विधानसभा गठित सामान्य से आरक्षित **आरक्षित सीट–85**

क्रमांक और नाम विधानसभा क्षेत्र 2012		विधानसभा निर्वाचन क्षेत्र का नंबर और नाम 2007/2012		विधानसभा निर्वाचन क्षेत्र का नंबर और नाम 2007/2012		पार्टी	विधानसभा निर्वाचन क्षेत्र का नंबर और नाम 2007/2012		पार्टी
1–6	रामपुर–मनिहारन	1–24–112	बिसौली	1–4–18	नगीना	BSP	19–218–273	जखानिया	BSP
2–13	पुरकाजी	2–44–129	पुरणपुर	2–14–31	चंदौसी	BSP	20–225–383	चकिया	BSP
3–21	नेथौर	3–55–140	श्रीनगर	3–34–122	फरीदपुर	BSP	21–236–372	केराकट	BSP
4–38	मिल्क	4–65–153	मिश्रिक	4–45–134	पोवायन	SP	22–244–403	दूधी	BSP
5–39	धनौरा	5–125–272	हैदरगढ	5–61–152	सिधावली	BSP	23–250–395	छानवी	BSP
6–85	बलदेव	6–120–273	मिलकीपुर	6–64–147	हरगांव	BSP	24–263–252	मनझनपुर	BSP

7–90	आगराग्रामीण	7–140–294	बलरामपुर	7–77–163	शफीपुर	SP	25–283–209	बिल्हौर	BSP
8–143	कस्ता	8–179–335	रामकोला	8–83–168	मलिहाबाद	SP	26–292–198	कन्नौज	SP
9–157	गोपामऊ	9–189–341	सलेमपुर	9–90–176	मोहनलाल गंज	RSBP	27–314–224	मऊरानीपुर	BSP
10–158	संडी	10–201–351	लालगंज	10–91–177	बछरावन	INC	28–321–109	किशनी	SP
11–160	बालामऊ	11–220–374	सैदपुर				29–334–106	जलेसर	BJP
12–201	भरथना	12–231–394	ओरई (Aurai) Sant Kabir Nagar	11–97–181	सलोन	INC	30–338–95	टूंडला	SP
13–205	रसूलाबाद			12–107–184	जगदीशपुर	INC	31–375–69	हापुड़	BSP
14–227	मेहरोनी	13–243–369	मछलीशहर	13–112–191	कादीपुर	BSP	32–378–45	हस्तिनापुर	BSP
15–245	बाबागंज	14–253–264	बरा	14–143–300	मानकपुर	SP			
16–265	कोरावं	15–257–255	सोरांव	15–163–327	बांसगाँव	BSP			
17–269	जैदपुर	16–265–243	खागा	16–176–318	महाराजागंज	SP			
18–279	अलापुर	17–278–218	घाटमपुर	17–200–352	मेहनागढ	BSP			
19–282	बल्हा	18–285–204	औरैया (Auraiya) Auraiya District	18–203–355	मोहम्मदाबाद गोहना	BSP			
20–303	कपिलवस्तु	19–297–192	कायमगंज						
21–311	महादेवा	20–304–234	नारायनी					32	
22–314	धनघटा	21–307–229	रथ						
23–325	खजानी	22–317–221	उरई (Orai) Jalone						
24–265	बैलथारोड़	23–341–87	आगरा कैंटोमेन्ट						
25–385	अजगरा	24–352–78	हाथरस						
		25–359–77	इगलास						
		26–361–71	खैर						
		27–363–70	खुर्जा						
		28–84–164	मेहन						
			(+)27						

गोशवारा
आरक्षित वर्ग, उत्तर प्रदेश

2007 की स्थिति–89	
1. आरक्षित विधानसभा	89
2. विलोपित	(–) 35
3. आरक्षित से सामान्य	(–) 22
शेष पुरानी आरक्षित विधानसभा सीट	32

2012 की स्थिति–85	
1. पुरानी विधानसभा	32
2. सामान्य से आरक्षित	(+) 28
3. नए विधानसभा गठित	(+) 25
4. कुल आरक्षित विधानसभा सीट	85

1. 2007 प्रभावित सीटें–57.

2. 2012 प्रभावित सीटें–53 कुल प्रभावित सीटें–110.

3. 4 आरक्षित सीटें कम करने के लिए 110 विधानसभा.

निर्वाचन क्षेत्रों को प्रभावित किया गया है।

Sources : 1. Census of India 2001.

2. Election Commission of India, State Election 2007 Uttar Pradesh.

3. Changing Face of Electoral India : Delimitation 2008.

नोट : निर्वाचन आयोग की 13 जनवरी 2014 की अधिसूचना सं. 282/2014 के अनुसार राज्य में अरक्षित सीटों की कुल संख्या 84 और 2–86 होगी।

संदर्भ–सूची

1. भारत निर्वाचन आयोग, उत्तर प्रदेश राज्य विधानसभा चुनाव 2007ण
2. परिसीमन अधिनियम, 2002 (2001 की जनगणना के आधार पर)ण
3. Uttar Pradesh Paper-5 Changing Face of Electoral India : Delimitation 2008.
4. वही.
5. वही.
6. भारत निर्वाचन आयोग सामान्य लोकसभा चुनाव 2009.
7. भारत निर्वाचन आयोग, उत्तर प्रदेश राज्य विधानसभा चुनाव 2007.
8. वही.
9. Uttar Pradesh Paper-5 Changing Face of Electoral India : Delimitation 2008.
10. वही.
11. वही.
12. वही तथा दैनिक भास्कर इन्दौर–खण्डवा 29 जनवरी 2012.
13. विधानसभा तथा संसदीय निर्वाचन क्षेत्रों का परिसीमन दिशा–निर्देश तथा प्रक्रिया कण्डिका–5.
14. भारत जनगणना 2001.
15. West-Bengal Paper-5 Changing Face of Electoral India : Delimitation 2008.
16. वही.
17. भारत निर्वाचन आयोग, उत्तर प्रदेश राज्य विधानसभा चुनाव 2007 और भारत की.
18. जनगणना 2001.
19. वही.
20. वही.
21. वही.
22. भारत जनगणना 2001.
23. परिसीमन अधिनियम 1972 (1972 का 76) खण्ड–3 अनुच्छेद 239–क की धारा (2) परिसीमन अधिनियम 2002 खण्ड 9 (1) परिसीमन का (घ).
24. वही.
25. Uttar Pradesh Paper-5 Changing Face of Electoral India : Delimitation 2008 और भारत की जनगणना 2001.
26. वही.
27. वही।

चतुर्थ खण्ड

लोकतंत्र और स्वायत्त संस्था

11
दिल्ली नगरनिगम विभाजन का रहस्य

MCD के विभाजन के पीछे क्या राज है ?

1946 में दिल्ली में म्युनिसीपल कमेटी बनी थी। कमेटी का अध्यक्ष शेख हबीबुर्रहमान को चुना गया था। 12 साल बाद संसदीय एक्ट के अनुसार 7 अप्रैल 1958 में दिल्ली नगरनिगम की स्थापना की गई थी। नगरनिगम की पहली महापौर अरुणा आसफ अली और उपमहापौर लालारामचरण अग्रवाल चुने गए थे। तब 34 वार्डों से 80 पार्षद होते थे और छह एल्डरमैन नियुक्त होते थे।

वर्ष 1967 में पार्षदों की संख्या बढ़ाकर 100 कर दी गई जबकि छह एल्डरमैन उस समय भी नियुक्त होते थे। उसके बाद 1993 में हुए चुनाव में इनकी संख्या 100 से बढ़ाकर 134 कर दी गई लेकिन उसके बाद से एल्डरमैन की नियुक्ति नहीं की गई। वर्ष 2007 में हुए निगम के चुनाव में पार्षद और वार्डों की संख्या फिर से बढ़ाकर एकदम दोगुनी यानी 272 कर दी गई।

भारतीय जनता पार्टी और कांग्रेस पार्षद जिस प्रकार एमसीडी के विभाजन पर आपस में सिरफुटव्वल कर रहे हैं यह सिर्फ दिखावा है। दिल्ली की मुख्यमंत्री शीला दीक्षित ने भारतीय जनता पार्टी के प्रस्ताव के पश्चात् ही निगम को विभाजित किए जाने संबंधित प्रक्रिया की शुरुआत की है। वरिष्ठ भाजपा नेता प्रो. विजय कुमार मल्होत्रा व वरिष्ठ कांग्रेस नेता स्व. दीपचंद बंधु कमेटी द्वारा इस बाबत् पूर्व में की गई सिफारिशों को मानते हुए निगम को पाँच हिस्सों में बांटने और प्रत्येक विधानसभा क्षेत्र में छह–छह निगम वार्ड बनाए जाने की सिफारिश की है। इन कमेटियों का मत था कि 40 से 50 हज़ार की आबादी पर एक वार्ड होना चाहिए।

इसी परिप्रेक्ष्य में शीला दीक्षित कैबिनेट ने निगम को पाँच हिस्सों में बांटने और वार्ड 408 करने के प्रस्ताव को सैद्धांतिक रुप से माना था। गौरतलब है कि एमसीडी का गठन डीएमसी एक्ट 1957 के तहत किया गया है। इस एक्ट में महानगर प्रबंधन परिषद (म्युनिसिपल मैनेजमेन्ट काऊंसिल) गठन किए जाने का प्रावधान है।

डॉ. अशोक वालिया की अध्यक्षता वाली समिति की रिपोर्ट 7 अप्रैल 2011 को मंत्रिमण्डल के समक्ष पेश की गई। उसमें एक प्रकार से नगरनिगम की चाबी मुख्यमंत्री के हाथों में थमा दी गई है। रिपोर्ट में निगम को पाँच हिस्सों में बांटने की सिफारिश तो की गई है एक मेट्रोपोलिटीन मैनेजमेन्ट काऊंसिल भी बनाने की बात कही गई है। जिसकी अध्यक्ष मुख्यमंत्री होंगी। डॉ. वालिया कमेटी ने अपनी रिपोर्ट में यह भी कहा है कि पाँच नगरनिगम में पाँच महापौर और पाँच आयुक्त होंगे। दिल्ली सरकार के शहरी विकास विभाग के तहत् स्थानीय स्वायता शासन विभाग भी होगा। इसमें एक प्रमुख आयुक्त होगा। सभी पाँच निगमों के आयुक्त इस प्रमुख आयुक्त को रिपोर्ट करेंगे।

इस बीच दिल्ली सरकार ने एसपी मारवाह को बतौर सलाहकार नियुक्त कर विभिन्न निगम क्षेत्रों के परिसीमन (Delimitation) का रास्ता साफ कर दिया है और के. धर्मराजन की अगुवाई में एक समिति बनाकर नया दिल्ली म्युनिसिपल कारपोरेशन एक्ट (एनडीएमसी एक्ट) लिखने की कवायद भी शुरु कर दी गई है।

निगम विभाजन के पीछे मुख्यमंत्री शीला दीक्षित का मुख्य तर्क यह है कि निगम के बेहतर संचालन के लिए यह आवश्यक है कि इसका विभाजन किया जाए निगम 97 प्रतिशत दिल्ली के काम कर रहा है। नई दिल्ली और दिल्ली कैंट विधान सभा क्षेत्र एमसीडी के अधिकार क्षेत्र में नहीं है। वर्तमान में एमसीडी के 12 जोन हैं। बडी संख्या में लोग प्रतिदिन विभिन्न सेवाओं के लिए निगम कार्यालय जाते हैं। इन लोंगों के संतुष्टास्तर को बेहतर बनाए जाने की आवश्यकता है।

अगर यदि मुख्यमंत्री की मंशा अवाम को राहत पहुँचाने की नियत से निगम को विभाजित किया जाना है तो ठीक ही है। लिहाज़ा सरकार निगम विभाजन विषय पर श्वेत पत्र भी जारी कर सकती है ताकि अवाम को सरकार की नियत का पता चल सके। वैसे भी शीला कैबिनेट ने 7 फरवरी 2011 को स्ट्रीट लाईट व्यवस्था के बेहतर रख–रखाव के संबंध में एक मसौदा पेश किया गया था। तब नवगठित हाईपावर कमेटी गठित करते समय यह तर्क दिया गया था कि कमेटी निगम के काम–काज को ध्यान में रखते हुए अपनी रिपोर्ट तैयार करेगी और हर पहलू पर गौर करेगी। यदि मुख्यमंत्री की कथनी और करनी में थोड़ी भी सच्चाई है तो वह निगम विभाजन पर श्वेत पत्र जारी कर सकती है। ऐसा करने से वह अवाम और राजनीतिक विरोधियों को भी अपने पक्ष में कर सकती हैं।

एमसीडी के उपर फिलहाल 2200 करोड़ रुपए का कर्ज़ है और पिछले तीन महीनों में एमसीडी के अधिकांश कर्मचारियों को वेतन नहीं मिला है। सरकार ने निगम विभाजन की जो नीति बनाई है उसके विकास में बाधा उत्पन्न होगी। अनेक एजेंसियाँ बनने से सामाजिक–आर्थिक और निगम विभाजन का ख़र्च बढ़ेगा।

अब नए प्रस्ताव को गृह मंत्रालय की मंजूरी चाहिए। स्वीकृति मिलते ही वार्डों का परिसीमन किए जाने की प्रक्रिया फिर से शुरु हो जाएगी। दिल्ली सरकार ने परिसीमन के लिए पूरी तैयारी कर रखी है। इसके लिए सेवानिवृत्त आईएएस एसपी मारवाह की देखरेख में सभी वार्डों का परिसीमन कार्य जून–जुलाई माह (2011) में पूरा किया जाएगा।

दिल्ली सरकार चाहती है कि पंचायतों की तर्ज पर एमसीडी का चुनाव हो। यानी अब तक निगम चुनाव विभिन्न राजनीतिक दलों द्वारा अपने–अपने चुनाव चिह्न पर लड़ा जाता है। निर्दलीय प्रत्याशियों को ही चुनाव कार्यालय द्वारा चुनाव चिह्न जारी किया जाता है। दिल्ली सरकार का मत है कि इस चुनाव में चुनाव कार्यालय द्वारा सभी प्रत्याशियों को अपने हिसाब से चुनाव चिह्न आबंटित किया जाए। इसलिए उसे केन्द्रीय गृह मंत्रालय से स्वीकृति लेनी होगी।

वर्ष 2003 में भी एमसीडी में भाजपा की ही सरकार थी। जिसके कारण दिल्ली सरकार यानी भारतीय राष्ट्रीय कांग्रेस अपना अपमान महसूस कर रही थी। एमसीडी से भाजपा को बेदखल करने के लिए ही वर्ष 2007 में हुए एमसीडी चुनाव में पार्षद और वार्डो की संख्या फिर से बढ़ाकर एकदम दोगुनी यानी 272 कर दी गई थी और इसके साथ ही राजनीतिक पक्ष को ध्यान में रखकर प्रत्येक वार्ड में बदली हुई भौगोलिक सीमाओं के साथ जातिगत परिसीमन किया गया था। फिर भी कांग्रेस को राजनीतिक रुप से कोई लाभ नहीं हुआ। लिहाजा एमसीडी में पुनः भाजपा की वापसी हुई थी।

वर्ष 2003 में 136 सदस्यीय परिषद थी जिस में मुस्लिम पार्षदों की संख्या आठ थी और 2007 में वार्डों की संख्या दोगूनी होने के बाद भी सिर्फ तीन पार्षद और बड़े यानी 272 वार्डों में कुल ग्यारह मुस्लिम पार्षद विजयी हुए थे। गौरतलब है कि 70 सदस्यीय दिल्ली विधानसभा में पाँच मुस्लिम विधायक हैं और दिल्ली के सात संसदीय निर्वाचन क्षेत्र में से एक भी मुस्लिम सांसद नहीं है। अलबत्ता राज्यसभा से परवेज़ हाशमी जरुर सांसद हैं।

इन पाँच विधानसभा निर्वाचन क्षेत्रों में से कुल आठ मुस्लिम पार्षद विजयी हुए हैं। 21–मटियामहल विधानसभा निर्वाचन क्षेत्र के वार्ड (क्रमांक 83 बाजार सीताराम शहरी क्षेत्र) से महमूद जिया कांग्रेस और वार्ड (क्रमांक 84 तुर्कमान गेट शहरी क्षेत्र) से उबेद इकबाल लोक जनशक्ति पार्टी से विजयी हुए हैं। 22–बल्लीमारन विधानसभा निर्वाचन क्षेत्र के वार्ड (क्रमांक 88 (कसाबपुरा) सदर पहाडगंज) से मोहम्मद इस्माईल भाजपा से विजयी हुए है।

तीन विधानसभा निर्वाचन क्षेत्र ऐसे भी हैं जहाँ से कोई मुस्लिम विधायक निर्वाचित नहीं हुए लेकिन इन विधानसभा निर्वाचन क्षेत्रों से एक–एक मुस्लिम

पार्षद जरुर विजयी हुए हैं। 10–सुल्तानपुर माजरा के वार्ड (क्रमांक 39 सुल्तानपुर माजरा) से नफीशा खातून कांग्रेस 20–चांदनी चौक के वार्ड (क्रमांक 79 जामा मस्जिद शहरी क्षेत्र) से खुर्रम इकबाल लोकजन शक्ति पार्टी और 41–जंगपुरा विधानसभा निर्वाचन क्षेत्र के वार्ड (क्रमांक 154 हज़रत निज़ामुद्दीन शहरी क्षेत्र) से फरहाद सूरी कांग्रेस से विजयी हुए है। 54–विधानसभा निर्वाचन क्षेत्र से 2 मुस्लिम पार्षद विजयी हुए हैं। वार्ड क्रमांक 205 ज़ाकिर नगर से शोएब दानिश और वार्ड क्रमांक 206 ओखला से जमालुद्दीन इंजीनियर कांग्रेस से पार्षद हैं।

वर्ष 2012 में होने वाले एमसीडी चुनाव को दृष्टिगत रखते हुए कांग्रेस पुनः एक बार और सक्रिय हो गई। इसलिए एमसीडी को प्रत्यक्ष रुप से हासिल करने की नीयत से उसका विभाजन राजनीतिक पक्ष को ध्यान में रखकर किया गया है। 19 अप्रैल 2011 को एमसीडी विभाजन के विषय पर मुस्लिम पार्षद भी लामबंद नज़र आए हैं। विभिन्न राजनीतिक दलों के सभी ग्यारह मुस्लिम पार्षदों ने दिल्ली प्रदेश कांग्रेस के कार्यालय में उपस्थित होकर अपना विरोध दर्ज कराया है। इन सभी पार्षदों का तर्क था कि मुख्यमंत्री निगम को कमजोर करना चाहती हैं, इससे भाजपा को ही फायदा होगा। गौरतलब है कि इन ग्यारह पार्षदों में से एक भाजपा दो लोक जनशक्ति पार्टी और शेष कांग्रेस के हैं। यह कैसी विडम्बना है कि मुस्लिम पार्षदगण भी एमसीडी विभाजन का विरोध राजनीतिक पक्ष को ध्यान में रखकर कर रहे हैं...जबकि विरोध इस बात का होना चाहिए था कि विभाजन से भविष्य में मुसलमानों को किस प्रकार का राजनीतिक नुकसान होगा। जैसा कि विगत 2007 का एमसीडी परिसीमन हमारे सामने विद्यमान है। 136 वार्ड के स्थान पर 272 वार्ड का सृजन किया गया था तब मुसलमानों को संख्या बल के लिहाज़ से और राजनीतिक दृष्टि से कितना लाभ मिला था? क्या परिसीमन राजनीतिक पक्ष को ध्यान में रखकर किया गया था ? जबकि दिल्ली के दो विधानसभा क्षेत्र 22–बल्लीमारान और 65–सीलमपुर ऐसे हैं जहाँ से मुस्लिम विधायक तो निर्वाचित हुए हैं। लेकिन इन दोनों विधानसभा निर्वाचन क्षेत्रों से सिर्फ एक–एक मुस्लिम पार्षद निर्वाचित हुआ है। "यह कैसा लोकतंत्र है" राजनीतिक पक्ष को ध्यान में रखकर परिसीमन की आड़ में ऐसी राजनीतिक स्थिति निर्मित की जाती है।

अब निगम विभाजन में एक विधानसभा निर्वाचन क्षेत्र से छः पार्षद होंगे और 40 हजार की आबादी पर एक वार्ड होगा। आने वाले वार्ड परिसीमन में मुस्तैदी के साथ हम सब की यह ज़िम्मेदारी होनी चाहिए कि मुस्लिम बहुल विधानसभा और मुस्लिम बहुल निर्वाचन क्षेत्रों से अधिक से अधिक मुस्लिम बहुल वार्डो का सृजन कराया जाए और हमें परिसीमन की केंचुली फांस को भी भलीभाँति समझना

होगा। पहला काम परिसीमन में मुस्लिम बहुल निर्वाचन क्षेत्रों को आरक्षित वर्ग में तब्दील होने से रोकना होगा। तब ही मुस्लिम बहुल वार्डों की संख्या बढ़ेगी।

दिल्ली एमसीडी विभाजन को लेकर कांग्रेस में विवाद बढ़ गया है। इस मामले पर कांग्रेस संगठन बंटवारे का विरोध कर रहा है, वहीं दिल्ली सरकार अपने फैसले पर अडिग है। 25 अप्रैल 2011 को हुई दिल्ली कार्यकारिणी की बैठक में एमसीडी विभाजन और वार्डों की संख्या में बढ़ोत्तरी किए जाने के फैसले पर कड़ी आपत्ति जताते हुए इस संबंध में एक प्रस्ताव सर्वसम्मति से पारित किया गया। दिल्ली प्रदेश कांग्रेस मुख्यालय पर हुई इस बैठक की अध्यक्षता कांग्रेस के दिल्ली प्रभारी वीरेन्द्रसिंह ने की और प्रदेश कांग्रेस अध्यक्ष जयप्रकाश अग्रवाल भी उपस्थित थे।

प्रदेश कांग्रेस ने इस मामले पर दिल्ली के निगम पार्षदों की भी राय ली। इन पार्षदों ने भी दिल्ली सरकार के निर्णय का विरोध किया। विरोध करने वाले पार्षदों में निगम बंटवारे के लिए बनी ग्रुप ऑफ मिनिस्टर्स के क्षेत्र के पार्षद भी शामिल हुए थे। कांग्रेस के 73 निगम पार्षदों में से 65 पार्षद शामिल हुए। निगम विभाजन के मसले पर करीब चार घंटे तक विचार–विमर्श किया गया। दिल्ली सरकार का कहना है कि निगम का बंटवारा किया जाना चाहिए लेकिन सीटों की संख्या में बढोत्तरी न की जाए।

दिल्ली में हुए 3 से 14 अक्टूबर 2010 तक कॉमनवेल्थ खेल में खेल आयोजन समिति के अध्यक्ष सुरेश कलमाडी की गिरफ्तारी के बाद दिल्ली सरकार में भी बेचैनी का आलम है। ध्यान रहे कि खेलों में भ्रष्टाचार के छीटों से दिल्ली सरकार के दामन में भी दाग लगे हुए हैं।

कॉमनवेल्थ खेल की समाप्ति के तुरंत बाद प्रधानमंत्री मनमोहन सिंह ने पिछले वर्ष अक्टूबर में पूर्व सीजी वी.के. शुंगलू की अध्यक्षता में दो सदस्यीय टीम को जांच का काम सौंपा था। शुंगलू अब तक पाँच रिपोर्ट दे चुके हैं। शुंगलू कमेटी ने दिल्ली सरकार पर सीधे–सीधे आरोप लगाए हैं कि अधिकारियों की मिलीभगत से ठेकेदारों को करोड़ों का फायदा पहुँचाया गया। खुद शीला दीक्षित के ख़िलाफ शुंगलू कमेटी ने तल्ख टिप्पणियाँ की हैं। सरकार में सूत्र मान रहे हैं कि दिल्ली सरकार के कामकाज से जुडी रिपोर्ट पर भी प्रधानमंत्री कार्यालय यदि सीबीआई जांच का फैसला करता है तो दीक्षित के लिए पद पर बने रहना मुश्किल होगा। शुंगलू रिपोर्ट ने शीला दीक्षित व दिल्ली सरकार के उपराज्यपाल तेजिन्दर खन्ना को खेलों पर हुए ज़्यादा ख़र्च का दोषी माना है। गृह मंत्रालय को इस रिपोर्ट पर चूंकि तीन माह में अपनी सिफारिश देनी है इसलिए दीक्षित के पास सफाई का पर्याप्त मौका है।

दिल्ली सरकार एमसीडी विभाजन के लिए जिस तरह उतावली दिख रही है ऐसा लगता है कि दस माह के बाद होने वाले निगम चुनाव में ज़रुर उसे फायदा होने वाला है। 70 सदस्यीय दिल्ली विधानसभा में कांग्रेस के 41 विधायक हैं। भाजपा 24 बसपा 2 और अन्य 3 विधायक हैं।

डॉ. वालिया कमेटी ने अपनी रिपोर्ट में निगम विभाजन को जिन पाँच भागों में बाँटने का निर्णय लिया है, वह शत–प्रतिशत राजनीतिक पक्ष को ध्यान में रखकर किया गया है। 68 विधानसभा निर्वाचन क्षेत्रों को जिस तरह से पाँच भागों में परिसीमित किया गया है, उससे साफ जाहिर होता है कि जातिगत समीकरण बैठाने की नियत से ही कवायद की जा रही है।

पूर्वी दिल्ली नगर निगम

प्रथम भाग—में 16 विधानसभा निर्वाचन क्षेत्र हैं। 56—त्रिलोकपुरी से लेकर लगत 70—करावल नगर विधानसभा निर्वाचन क्षेत्र तक इस भाग में कांग्रेस की 10 भाजपा 5 और बसपा की एक विधानसभा सीट को शामिल किया गया है।

मध्य दिल्ली नगर निगम

द्वितीय भाग—में 13 विधानसभा निर्वाचन क्षेत्र हैं। 2—बुराडी 3—तिमारपुर के बाद 15—शकूरबस्ती लगत 24—पटेलनगर और 39—राजेन्द्रनगर विधानसभा निर्वाचन क्षेत्र को शामिल किया गया है। इस में कांग्रेस 9 भाजपा और लोक जनशक्ति पार्टी की एक विधानसभा सीट को मिलाकर मध्य नगर निगम का गठन किया जाना प्रस्तावित है।

उत्तरी दिल्ली नगर निगम

तृतीय भाग—में भी 13 विधानसभा निर्वाचन क्षेत्र शामिल किए गए है। 1—नरेला 4—आदर्शनगर 5—बादली 6—रिठाला 26—मादीपुर और 7—बवाना से लेकर लगत 14—शालीमार विधानसभा निर्वाचन क्षेत्र तक कुल 14 विधानसभाओं को समायोजित किया गया है। जिनमें कांग्रेस 8 और भाजपा की 5 विधानसभा सीटें शामिल हैं।

पश्चिम दिल्ली नगर निगम

चतुर्थ भाग—12 विधानसभा निर्वाचन क्षेत्र की सबसे छोटी नगरनिगम होगी। 25— मोतीनगर और 97—राजौरी गार्डन विधानसभा से लगत 37—पालम विधानसभा निर्वाचन क्षेत्र शामिल है। कांग्रेस 4 भाजपा 7 और 35—नजफगढ़ निर्दलीय समर्थित विधानसभा निर्वाचन क्षेत्र को शामिल कर निगम का गठन किया जाना प्रस्तावित है।

दक्षिण दिल्ली नगर निगम

पंचम भाग–41–जंगपुरा विधानसभा निर्वाचन क्षेत्र से लेकर लगत 54–ओखला विधानसभा तक कुल 14 विधानसभाओं को शामिल किया गया है। कांग्रेस 9 भाजपा 3 और बसपा की एक 53–बदरपुर विधानसभा भी शामिल है।

एमसीडी विभाजन को यदि भौगोलिक नजरिए से देखा जाए तो साफ जाहिर होता है कि वर्ष 2012 के निगम चुनाव में कांग्रेस को पांच भाग में से चार भागों में परिसीमन का लाभ मिल सकता है। भारतीय जनता पार्टी के लिए पश्चिम दिल्ली नगर निगम को इस तरह परिसीमित किया गया है कि वह भौगोलिक रुप से भाजपा समर्थित स्वमेव बन गई है। 12 विधानसभा निर्वाचन क्षेत्रों में से भाजपा 7 कांग्रेस 4 और एक निर्दलीय विधानसभा निर्वाचन क्षेत्र को समायोजित किया गया है।

पूर्वी दिल्ली नगर निगम में दो मुस्लिम बहुल विधानसभा निर्वाचन क्षेत्र 65–सीलमपुर और 69–मुस्तफाबाद को शामिल किया गया है। दोनों विधानसभाओं से कांग्रेस के मुस्लिम प्रत्याशी विजयी हुए हैं।

मध्य दिल्ली नगर निगम मे जातिगत समीकरण के लिहाज़ से 21–मटियामहल और 22–बल्लीमारान मुस्लिम बहुल विधानसभा निर्वाचन क्षेत्र को जोड़ा गया है।

दक्षिणी दिल्ली नगर निगम में 54–ओखला मुस्लिम बहुल विधानसभा के साथ जंगपुर, तुगलकाबाद और बदरपुर मुस्लिम/अजा क्षेत्रों को शामिल कर जातिगत समीकरण बनाए गए हैं। दिल्ली की मुस्लिम आबादी को परिसीमन के नाम पर तीन भागों में बांट दिया गया है।

एमसीडी विभाजन में मुस्लिम मतदाताओं को जिस प्रकार विभाजित किया गया है अल्पसंख्यक हितों से वंचित कर परिसीमनवादियों ने अपनी उसी घृणित एवं दूषित मानसिकता को दोहराया है जिससे मुसलमानों को किसी भी निर्वाचित सदन में पर्याप्त प्रतिनिधित्व करने से वंचित किया जा सके। ऐसे अनेक उदाहरण इस शहर के मुस्लिम बहुल क्षेत्रों में निर्वाचन क्षेत्रों के परिसीमन के समय दोहराए गए हैं ऐसा सत्तारुढ़ दल ने केवल अपनी पार्टी के हितों को ध्यान में रखकर किया है यहाँ मुसलमानों का हित गौण है।

आख़िर सच सामने आ ही गया। यानी एमसीडी विभाजन के पीछे राज की पर्तें खुलनी शुरु हो ही गई। अगले निगम चुनाव में महिलाओं का प्रतिनिधित्व बढ़ाने की तैयारियाँ दिल्ली सरकार ने पूर्ण कर ली हैं। इस मसौदे के तहत पचास प्रतिशत सीटों पर महिलाओं का कब्जा होगा और उनका रुतबा बढ़ेगा। मुख्यमंत्री

शीला दीक्षित ने 24 अप्रैल 2011 को यह घोषणा प्रदेश कांग्रेस कार्यालय में महिला कार्यकारिणी सम्मेलन को संबोधित करते हुए की। मुख्यमंत्री ने कहा कि महिलाओं की भागीदारी बढ़ाने से नागरिक सेवाओं में सुधार होगा। नए प्रारुप में एमसीडी सीटों की संख्या 408 किए जाने की योजना है। पचास प्रतिशत सीटें यानी 204 सीटें महिलाओं की होंगी। वर्तमान में सीटों की संख्या 272 है।

मुख्यमंत्री शीला दीक्षित ने कहा कि राजधानी की महिला हर क्षेत्र में शिखर तक पहुँची और हमारा प्रयास रहेगा कि स्थानीय निकायों में भी महिलाएं महत्त्वपूर्ण भूमिका निभाएं क्योंकि उनमें इंसानियत सेवा और करुणा की भावना है।

लिहाज़ा इन भावनात्मक शब्दों के साथ क्या शीला दीक्षित सरकार इस पचास प्रतिशत महिला आरक्षण के भीतर पिछडे और मुस्लिम समुदाय के लिए आरक्षण का प्रावधान करेंगी ? बुनियादीतौर पर हमारा संविधान धार्मिक आधार पर आरक्षण की इजाजत नहीं देता। मगर संविधान के अनुच्छेद 16 (1) में राज्यधीन नियोजकों में सभी नागरिकों के अवसर की समता के सिद्धांत को स्वीकार करते हुए अनुच्छेद 16 (4) में समताकरण के सिद्धांत को स्वीकार किया गया है। यदि राज्य की राय में राज्याधीन सेवाओं में नागरिकों के किसी वर्ग का पर्याप्त प्रतिनिधित्व नहीं है तो वह नियुक्ति या पदों के आरक्षण के लिए उपबंध कर सकती है। सुप्रीम कोर्ट ने भी समताकरण के सिद्धांत को स्वीकार करते हुए 11 मई 2010 को एक अहम फैसला सुनाया। पाँच जजों की संविधान पीठ ने अपने फैसले में कहा कि पंचायत और स्थानीय निकाय चुनाव में राज्य सरकारें अपने स्तर पर आरक्षण तय कर सकती हैं।

25 अप्रैल 2011 को हुई दिल्ली प्रदेश कार्यकारिणी की बैठक में कार्यकारिणी के करीब 150 सदस्यों और उपस्थित 65 पार्षदों ने भी दिल्ली सरकार के एमसीडी विभाजन के निर्णय का विरोध किया था। विरोध करने वालों में निगम बंटवारे के लिए बनी ग्रुप ऑफ–मिनिस्टर्स के क्षेत्र के पार्षद भी शामिल थे और एक सप्ताह के भीतर ही प्रदेश कांग्रेस अध्यक्ष व सांसद जयप्रकाश अग्रवाल और मुख्यमंत्री शीला दीक्षित की सहमति के बाद निगम में दस लोगों को एल्डरमैन नियुक्त किया गया। उपराज्यपाल तेजेन्द्र खन्ना ने इस बाबत आदेश जारी कर दिए हैं। जिन कांग्रेसी नेताओं का चयन किया गया है। उनमें मुस्लिम वर्ग के साथ–साथ पूर्वांचल के लोगों की भावनाओं का भी पूरा ख़्याल रखा गया है। उनमें डॉ. परवेज़ मियां गोस्वामी एस.के. पुरी पूर्व मुख्यमंत्री चौ. हीरासिंह की पुत्री सांगवाल हरिकृष्ण जिंदल संजय गहलोत लालचंद चंदौलिया कोकला नायर एम.दुग्गल, योगेश कुमार चौधरी, और अब्दुल कय्यूम शामिल हैं। सन् 1997 मे भाजपा ने अपने निगम कार्यकाल में

इन सदस्यों का चुनाव किया था अब 14 साल बाद दोबारा इनका चयन किया गया है। जबकि निगम के कार्यकाल में सिर्फ दस माह बाकी हैं।

सरकार ने इन्हें नगर निगम में भेज तो दिया है लेकिन इनके पास न कोई पावर होगी और न ही इन्हें किसी प्रकार का बजट या फंड मिलेगा। दिल्ली सरकार की इस कवायद को अपने पार्टी नेताओं को उपकृत करना माना जा रहा है। हालांकि डीएमसी एक्ट 1957 के प्रावधान के मुताबिक नामांकित सदस्य किसी न किसी फील्ड में माहिर होने चाहिए ताकि उनके अनुभव का लाभ एमसीडी को मिल सके। लेकिन अब पार्टी अपने नेताओं को पुरस्कृत करने के लिए एमसीडी में उनका नामांकन करती है।

एमसीडी विभाजन के पीछे दिल्ली सरकार की मंशा अब किसी से छिपी हुई नहीं है। जिस तरह से 68 विधानसभा निर्वाचन क्षेत्रों को पांच हिस्सों में बांटना प्रस्तावित है, इससे साफ जाहिर है कि जातिगत समीकरण बैठाने की कवायद की गई है।

तकनीकी रुप से एक मुस्लिम बहुल नगरनिगम अस्तित्व में आ सकता है...

मध्य दिल्ली नगरनिगम में आने वाले विधानसभा निर्वाचन क्षेत्र क्रमांक 19–सदरबाजार 20–चांदनी चौक 21–मटियामहल 22–बल्लीमारन 23–करोलबाग 24–पटेल नगर कुल छः विधानसभा निर्वाचन क्षेत्र और दक्षिण दिल्ली नगरनिगम में आने वाले विधानसभा निर्वाचन क्षेत्र क्रमांक 41–जंगपुरा 52–तुगलकाबाद 53–बदरपुर और 54–ओखला कुल चार विधानसभाओं को मिला कर इस प्रकार मध्य और दक्षिण भाग के कुल दस विधानसभा निर्वाचन क्षेत्रों की एक मुस्लिम बहुल नगरनिगम दक्षिण–पश्चिम नगरनिगम के नाम से तकनीकी रुप से अस्तित्व में आ सकता है। गौरतलब है कि दक्षिण मध्य दिल्ली की शेष 17 विधानसभाओं को मिलाकर उत्तर पश्चिम नगर निगम के नाम से एक निगम का गठन किया जा सकता है। वैसे भी वार्डों के परिसीमन का अधिकार दिल्ली सरकार के पास नहीं है यह अधिकार केन्द्र के सरकार नुमाइंदे और एक तरह से दिल्ली सरकार के मुखिया उपराज्यपाल के पास है। अब दिल्ली के राज्यसभा सदस्य परवेज़ हाशमी दिल्ली विधानसभा के पाँचों मुस्लिम सदस्य और सभी ग्यारह मुस्लिम पार्षदों को चाहिए कि इस तरह के प्रस्ताव पर पहले स्वयं राजनीतिक पक्ष को ध्यान में रखकर चिंतन मनन करें और फिर कांग्रेस संगठन के पास मजबूत पक्ष रखें। पाँच नगरनिगम के अस्तित्व में आने से एक निगम मुस्लिम बहुल बन सकती है। जिससे मुस्लिम बहुल जनसंख्या वाले क्षेत्रों का तेज़ी से विकास होगा और भविष्य में रोजगार के अवसर भी उपब्धल हो सकते हैं। परिसीमन जैसे संवेदनशील

(Sensitive) मामले में दिल्ली की सभी मुस्लिम संस्थाओं को विशेष ध्यान देने की ज़रुरत है। गौरतलब है कि वर्ष 2026 की पहली जनगणना यानी वर्ष 2031 तक संसदीय और राज्य विधानसभाओं का परिसीमन आकृत किया गया है। लिहाजा जो स्थिति आज संसदीय और राज्य विधानसभाओं की है, वह वर्ष 2026 तक रहेगी। नगर निगम के परिसीमन में अभी किसी प्रकार की कोई तकनीकी और संवैधानिक बाधा नहीं है। इसलिए धर्मनिरपेक्ष राजनीतिक दलों को भी चाहिए कि निगम विभाजन में मुसलमानों को उनकी आबादी के अनुपात से प्रतिनिधित्व मिले। अंततोगत्वा कब तक मुस्लिम वर्ग परिसीमन के दंश का जहर पीते रहेगें?

एमसीडी परिषद के अभी हाल 272 पार्षद हैं। और इनमें से सिर्फ ग्यारह मुस्लिम वर्ग से हैं। जब कि मुस्लिम आबादी का प्रतिशत 11.69 के अनुपात से 32 वार्ड मुस्लिम बहुल बनते हैं। चूंकि विगत परिसीमन में भी मुस्लिम वर्ग को कोई ख़ास राजनीतिक लाभ नहीं हुआ था। अलबत्ता आठ पार्षद के स्थान पर ग्यारह ज़रुर हुए थे। किन्तु अपने उद्देश्यों के प्रति अटल रहे परिसीमनवादियों ने वही किया जिससे मुस्लिम वर्ग के हितों को रौंदा जा सके।

विगत परिसीमन में मामूली फेरबदल करने पर यानी चतुर सीमा उत्तर–पूर्व और पश्चिम–दक्षिण में बदलाव करने से शहर के अनेक मुस्लिम बहुल वार्ड प्रभावित हो गए हैं। इस तरह संसदीय निर्वाचन क्षेत्र और राज्य विधानसभाओं की चतुर सीमा में मामूली बदलाव फेरबदल करने से उन निर्वाचन क्षेत्रों की स्थिति भी अजब–गजब बन जाती है। देश का मुस्लिम वर्ग इस सिथति से अभी तक बेख़बर है।

एमसीडी वार्ड विभाजन की प्रक्रिया माह जून–जुलाई 2011 तक पूरी होने की संभावना है। नए प्रस्ताव के तहत पाँच महापौर (Mayor) और एक विधानसभा निर्वाचन क्षेत्र में छह पार्षद होंगे जो 40 हजार की आबादी पर अब एक वार्ड होगा। इस तरह वार्डो की संख्या 408 होगी।

2001 की जनगणना के अनुसार दिल्ली में मुसलमानों की आबादी 16, 12, 104 है। लिहाजा चालीस हजार की आबादी पर जब एक वार्ड पुनर्गठित होगा तो मुस्लिम वार्ड और बढ़ेगें। चूंकि जब माह जून–जुलाई में वार्डों के परिसीमन की प्रक्रिया होगी तब मौजूदा आबादी के ही आंकड़े शामिल किए जाएंगे। लिहाज़ा मुस्लिम वार्डो की संख्या बढ़ने की प्रबल संभावना है।

बहरहाल मुस्लिम वर्ग को वार्ड विभाजन के समय अपना मजबूत पक्ष तथ्यों पर आधारित आंकड़ों की संख्या के साथ दिल्ली के मुखिया उपराज्यपाल के समक्ष रखना होगा। इसके लिए मुस्लिम वर्ग को न्यायालय में जाने पर भी गुरेज़ नहीं करना चाहिए। बल्कि अभी से तैयारी में जुट जाना चाहिए।

एमसीडी के तीन टुकड़े और महिला आरक्षण को मंजूरी : दिल्ली नगरनिगम को अब तीन हिस्सों में बाँटा जाएगा। निगम पार्षदों की संख्या में तो कोई वृद्धि नहीं होगी, पर हर दूसरा पार्षद अब महिला होगी। निगम की पचास फीसदी सीटें अब महिलाओं के लिए आरक्षित होगी। दिल्ली सरकार ने निगम पुनर्गठित संबंधित मसौदे को मंजूरी प्रदान कर दी है।

मसौदे के मुताबिक उत्तरी दिल्ली सबसे बड़ा कार्पोरेशन होगा। इसके अतिरिक्त दक्षिणी दिल्ली व पूर्वी दिल्ली के लिए अलग–अलग दो निगमों का गठन किया जाएगा। यह मसौदा 31 मई, 2011 को मुख्यमंत्री शीला दीक्षित की अध्यक्षता में कैबिनेट की बैठक में रखा गया जिसे सर्वसम्मति से पारित कर दिया गया। अब जल्द ही इस बाबत प्रारुप तैयार कर गृह मंत्रालय की मंजूरी ली जाएगी। बाद में मसौदे को विधानसभा से पारित किया जाएगा।

विभाजन मसौदा लागू होने के पश्चात् इन तीनों नगर निगमों के को–आर्डिनेशन का कार्य दिल्ली सरकार के प्रधान सचिव, शहरी विकास विभाग संभालेंगे। नए प्रारुप में भी वार्डों की संख्या 272 ही रहेगी। मुख्यमंत्री ने कहा कि एमसीडी के विशाल आकार के कारण जनता की आकांक्षाएं पूरी नहीं हो पा रही थी। इसलिए निगम के पुनर्गठन का फैसला लिया गया है। मसौदे में एमसीडी क्षेत्र से संबंधित 68 विधानसभा निर्वाचन क्षेत्र के संबंध में प्रावधान किया गया।

दिल्ली की 68 विधानसभा सीटों के आधार पर यह मसौदा तैयार किया गया है। ये विधानसभा सीटें एमसीडी के दायरे में आती हैं। नई दिल्ली व छावनी की

सीट इसके दायरे से बाहर है। नए बनने वाले पूर्वी दिल्ली निगम में 16 विधानसभाएं होंगी जबकि उत्तर व दक्षिणी निगमों में 26–26 विधानसभा सीटों को रखा गया है। पुनर्गठन के लिए बनाई गई समिति डीएमसी एक्ट 1957 में संशोधन के अपने सुझाव देगी। तीन एमसीडी बन जाने से स्थानीय निकाय प्रशासन के कामकाज में बेहद सुधार आएगा और जल्द ही दिल्ली को विश्व स्तरीय शहर बनाया जा सकेगा। मुख्यमंत्री ने कहा कि इच्छा शक्ति का अभाव है। इस वजह से गंभीरता नहीं नज़र आती है। महिलाओं को पचास फीसदी आरक्षण एक ऐतिहासिक निर्णय है। इससे महिला शक्तिकरण को और मज़बूती मिलेगी।

कहाँ है कितनी आबादी

विधानसभा सीट–26 आबादी–92, 84, 883

उत्तरी दिल्ली क्षेत्र : नरेला, बुराडी, तिमारपुर, आदर्शनगर, बादली, रिठाला, मुंडका, किराडी, मुस्तफाबाद, बवाना, रोहिणी, मंगोलपुरी, शकूरपुर, त्रिनगर, वजीरपुर, चांदनी चौक, माडल टाऊन, मटियामहल, करोलबाग, पटेलनगर, मोतीबाग, राजेन्द्रनगर।

विधानसभा सीट–26 आबादी–49, 17, 186

दक्षिणी दिल्ली क्षेत्र : मादीपुर, राजौरी गार्डन, हरीनगर, तिलकनगर, जनकपुरी, विकासपुरी, उत्तमनगर, द्वारका, मटियाला, नजफगढ़, बिजासन, पालम, जंगपुरा, मालवीय नगर, आर.के. पुरम, महरौली, छत्तरपुर, देवली, अंबेडकर नगर, ग्रेटर कैलाश, संगमविहार, कालकाजी, तुगलकाबाद, बदरपुर, ओखला।

विधानसभा सीट–16 आबादी–32, 29, 373

पूर्वी दिल्ली क्षेत्र : त्रिलोकपुरी, कोंडली, पटपडगंज, लक्ष्मीनगर, कृष्णा नगर, विश्वासनगर, गांधीनगर, शाहदरा, सीमापुरी, रोहताशनगर, सीलमपुर, घोडा, बाबरपुर, गोकुलपुरी, मुस्तफाबाद, करावलनगर।

मुख्यमंत्री शीला दीक्षित ने 21 जून 2011 को केन्द्रीय गृह मंत्री पी. चिदंबरम् से मुलाकात की और दिल्ली नगर निगम (एमसीडी) को तीन हिस्सों में बांटने के प्रस्ताव को जल्द मंजूरी देने का आग्रह किया, ताकि विधानसभा के मानसून सत्र में प्रस्तावित विभाजन का विधेयक पेश किया जा सके।

निगम एक नज़र में

'1 फरवरी 2011 की स्थिति में'

विभागों की संख्या	:	38
जोन की संख्या	:	12
स्वास्थ्य केन्द्र	:	306
स्कूल	:	1800

कर्मचारियों का आँकड़ा

'ए' वर्ग के पद	:	2063
'बी' वर्ग के पद	:	30673
'सी' वर्ग के पद	:	11074
'डी' वर्ग के पद	:	89623
कुल पदों की संख्या	:	133433
भरे हुए पदों की संख्या	:	99509

एमसीडी के चुनाव अगले वर्ष के प्रारंभ में होने वाले हैं। शीला दीक्षित पहले ही कह चुकी हैं कि सरकार चुनाव से पूर्व विभाजन की प्रक्रिया को पूरा करना चाहती है। दिल्ली सरकार की ओर से तैयार प्रस्ताव में एक नया निकाय दिल्ली नगर निकाय प्राधिकार (डीएमए) गठित करने का उल्लेख है जो तीन नगर

निकायों के मध्य समन्वय स्थापित करेगा। मंत्रिमंडल ने पिछले महीने एमसीडी को तीन भागों में विभाजित करने के लिए दिल्ली नगर निकाय अधिनियम, 1957 में संशोधन करने के लिए चार सदस्यीय समिति गठित की थी। विधेयक के अनुसार उत्तर और दक्षिण दिल्ली के नए निकाय में 104–104 वार्ड होंगे जबकि पूर्वी दिल्ली में 64 वार्ड होंगे।

निगम विभाजन के लिए बनाई गई समिति द्वारा बनाए गए ड्राफ्ट कानून के बाद यह निर्णय लिया गया है। इसके तहत दिल्ली में पूर्वी दिल्ली, उत्तरी दिल्ली व दक्षिणी दिल्ली निगम काम करेंगे। इसके अतिरिक्त नई दिल्ली पालिका परिषद् व छावनी विधिवत् काम करते रहेंगे। इस प्रारुप में एक विधायक के अधिकार क्षेत्र में चार वार्ड आएंगे। इस प्रक्रिया में पुनः परिसीमन की आवश्यकता नहीं रहेगी। इसी व्यवस्था में 272 ही निगम वार्ड रहेंगे। मुख्यमंत्री ने कहा कि इससे स्थानीय निकाय की व्यवस्था को बेहतर बनाने में मदद हासिल होगी। इन निकायों के संचालन के लिए तीन महापौर व तीन स्थायी समितियां बनाई जाएंगी। इस के अतिरिक्त वित्तीय संबंधित मामलों का निर्णय चौथा वित्तीय आयोग करेगा। जिन निगम के जितने धन की आवश्यकता होगी, वह उपलब्ध कराया जाएगा।

मुख्यमंत्री ने कहा कि इसकी मदद से दिल्ली की निगम, स्कूल, स्वास्थ्य, साफ–सफाई समेत अन्य आम जन की व्यवस्थाओं को बेहतर बनाने में मदद हासिल होगी। नया प्राधिकरण सीधे दिल्ली सरकार के अधिकार क्षेत्र में काम करेगा।

दिल्ली नगरनिगम चुनाव में भाजपा पुनः काबिज़

दिल्ली में विभाजन के बाद तीन नगर निगमों के चुनाव में भाजपा ने कांग्रेस को करारी शिकस्त देते हुए पर्चम फहराया है। उत्तर और पूर्वी नगर निगम में भाजपा ने अपने बूते पर बहुमत हासिल किया, जबकि दक्षिण दिल्ली में सबसे बड़ी पार्टी के रूप में उभरी है। वहाँ भी निर्दलियों की मदद से वह सत्ता में काबिज़ होने की स्थिति में है।

यह चुनाव परिणाम दिल्ली में पिछले 14 वर्षो से सत्तारुढ़ कांग्रेस और मुख्यमंत्री के लिए ज़बरदस्त झटका है। श्रीमती दीक्षित ने ही दिल्ली नगरनिगम को तीन हिस्सों में बांटा था। हालाँकि भाजपा के लिए भी परिणाम पिछले चुनाव की तुलना में उत्साहवर्धक नहीं रहे हैं। भाजपा को 272 में से सिर्फ 138 सीटे मिली हैं, जो वर्ष 2007 की तुलना में 26 कम हैं। उस समय एकीकृत नगरनिगम के चुनाव में भाजपा को 164 सीटें मिली थी। जबकि कांग्रेस की स्थिति सुधरी है और उसकी सीट 64 से बढ़कर 78 तक पहुँच गयी है। भाजपा को उत्तर और

पूर्व नगर निगमों में स्पष्ट बहुमत मिला है जबकि दक्षिण दिल्ली में 104 सदस्यीय सदन में 44 सीटें मिली है, जो बहुमत से 9 कम है। यहाँ 14 वार्डो से निर्दलीय प्रत्याशी विजयी हुए हैं।

उत्तर दिल्ली में भाजपा को 104 में से 59 सीटें मिली है, जबकि कांग्रेस को 29 और अन्य को 16 सीटें मिली हैं। पूर्वी दिल्ली में भाजपा ने 64 में 35 सीटें जीती हैं, जबकि कांग्रेस को 19 और अन्य के खाते में 10 सीटें गयी हैं।

2007 में 11 मुस्लिम पार्षद थे। इस चुनाव में तीनों नगर निगमों में मुस्लिम पार्षदों की संख्या 14 है।

2001 की जनगणना के अनुसार दिल्ली की आबादी 1,37,82,976 थी और मुस्लिम आबादी 16 लाख 12 हजार 104 रही। एक वार्ड 50670 औसत आबादी पर परिसीमित है। लिहाज़ा 31.81 वार्ड मुस्लिम बहुल बनते है। धर्मनिरपेक्ष और लोकतांत्रिक मूल्यों के आधार पर ये 32 वार्ड 40 मुस्लिम बहुल वार्डो में तब्दील हो सकते है। तीनों निगम में 40 मुस्लिम पार्षद होने चाहिए जिसकी तुलना में विभिन्न राजनीतिक दलां के 14 पार्षद है।

12

सारणी और मानचित्र (MAP)

विधानसभा तथा संसदीय निर्वाचन क्षेत्रों का परिसीमन दिशा–निर्देश तथा प्रक्रिया की कण्डिका–3 के अनुसार संसदीय तथा विधानसभाओं के लिए अनुसूचित जातियों (अजा) तथा अनुसूचित जनजातियों (अजजा) के लिए आरक्षित किए जाने वाली सीटों की संख्या 2001 जनगणना के आधार पर फिर से गणना की जाएगी।

14वीं लोकसभा तक 543 सदस्यीय लोकसभा में अजा/अजजा के लिए 120 संसदीय निर्वाचन क्षेत्र आरक्षित थे। (अजा 84 अजजा 47 = 120) पुनर्समायोजन 2008 में 2001 जनगणना के आधार पर गणना करने से अजा/अजजा के लिए 11 स्थान और बढ़ाए गए। 543 सदस्यीय लोकसभा में 131 स्थान आरक्षित हैं। (अजा 84 अजजा 47 = 131) परिसीमन आयोग ने 11 सीटों को बढ़ाने के लिए 499 संसदीय निर्वाचन क्षेत्रों में फेरबदल और बदलाव किए हैं। जिससे वर्तमान निर्वाचन क्षेत्रों का भौगोलिक स्वरूप बदल गया है। आबादी के लिहाज़ से प्रत्येक राज्य विधानसभाओं में आरक्षित स्थानों की संख्या बढाई गई है और कहीं कम भी की गई है। 403 सदस्यीय उत्तर प्रदेश विधानसभा में 89 सीटें अनुसूचित जातियों के लिए आरक्षित थी। गणना में जनसंख्या अनुपात से 85 सीटें आरक्षित की गई है। 4 आरक्षित सीटों को कम करने के लिए 110 विधानसभा निर्वाचन क्षेत्रों में चार तरह के बदलाव किए गए हैं।

प्रथम, कुछ एक सीटों को विलोपित किया गया।

द्वितीय, सामान्य से आरक्षित वर्ग में तब्दील किया गया।

तृतीय, आरक्षित वर्ग से सामान्य में तब्दील किया गया।

चतुर्थ, कुछ एक नए विधानसभा निर्वाचन क्षेत्रों का पुनर्समायोजन किया गया।

इस तरह के बदलाव से सबसे ज्यादा मुस्लिम वर्ग प्रभावित हुआ है। पाठकगण को परिसीमन की विसंगतियों को सहजता से समझाने के लिए निर्वाचन क्षेत्रों के मानचित्रों का संग्रहण किया गया है।

परिसीमन के जरिए विधानसभा और संसदीय निर्वाचन क्षेत्रों के मूल भौगोलिक स्वरूप को किस तरह बदला गया है। संबंधित मानचित्रों को देख कर स्वयं मंथन

कर सकते हैं कि, पुनर्समायोजन के पूर्व और बाद के निर्वाचन क्षेत्रों के भौगोलिक स्वरूप में क्या अंतर है।

पश्चिम बंगाल

1. वर्ष 2006 के राज्य विधानसभा चुनाव में 19—क्रांति, 51—औरंगाबाद, 114—गार्डन रीच, 144—बड़ा बाजार और 225—खड़गपुर ग्रामीण विधानसभा निर्वाचन क्षेत्र से मुस्लिम विधायक थे। परिसीमन 2008 में कुल पाँच मुस्लिम बहुल विधानसभा निर्वाचन क्षेत्रों को विलोपित किया। यानी पुरानी पहचान को मिटा दिया गया है।

वर्ष 2006

19—क्रांति सामान्य

वर्ष 2006

51—औरंगाबाद सामान्य

वर्ष 2006

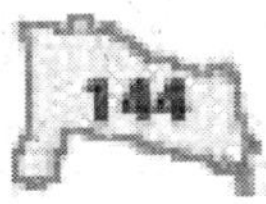

144—बड़ा बाजार सामान्य

वर्ष 2006

225—खड़गपुर ग्रामीण सामान्य

2. 6—सिताई विधानसभा आरक्षित 2006 में 6—सिताई सामान्य विधानसभा के नाम से अस्तित्व में थी। इस विधानसभा से डॉ. मोहम्मद फजल हक विधायक थे। परिसीमन 2008 में भी 6—सिताई के नाम से ही आरक्षित किया गया है।

वर्ष 2006

6—सिताई सामान्य

वर्ष 2011

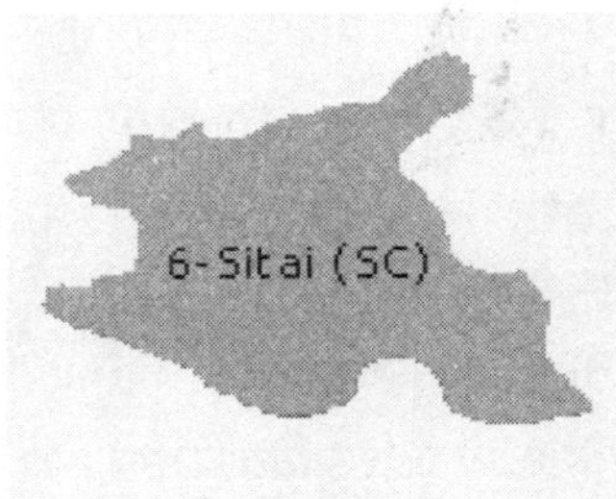

6—सिताई आरक्षित

3. 98–स्वरूपनगर विधानसभा आरक्षित वर्ष 2006 के चुनाव में 93–स्वरूपनगर सामान्य विधानसभा से मुस्तफा बिन कासिम CPM से विधायक थे। परिसीमन में इस विधानसभा निर्वाचन क्षेत्र को 98–स्वरूपनगर के नाम से आरक्षित वर्ग के लिए तब्दील किया गया है।

भारत जनगणना 2001

कुल	मुस्लिम	प्रतिशत	अजा.	प्रतिशत	अजजा.	प्रतिशत
2,59,389	1,23,814	47.43	78,132	30.12	425	0.016

वर्ष 2006

93–स्वरूपनगर सामान्य

वर्ष 2011

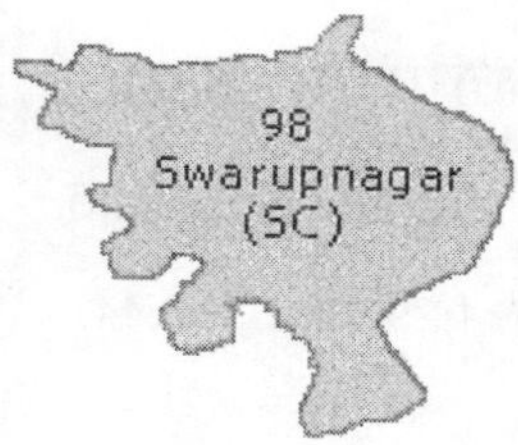

98–स्वरूपनगर आरक्षित

4. 65–नबाग्राम विधानसभा आरक्षित परिसीमन के पूर्व यह विधानसभा सामान्य 57–नबाग्राम निर्वाचन क्षेत्र के नाम से थी। परिसीमन 2008 में इस विधानसभा को अनुसूचित जाति के लिए आरक्षित किया गया है। जबकि विधानसभा में मुस्लिम आबादी का प्रतिशत 51.43 है। निर्वाचन क्षेत्रों के परिसीमन की कण्डिका–1 की सहायक कण्डिका–ख में कहा गया है कि प्रत्येक विधानसभा निर्वाचन क्षेत्र को इस तरह परिसीमित किया जाएगा कि वह पूर्णरूप से एक ही संसदीय निर्वाचन क्षेत्र में आए जिसमें अनुसूचित जातियों के लिए आरक्षित सीटों को राज्य के विभिन्न हिस्सों में इस तरह से विकसित किया जाएगा कि जहाँ तक व्यवहारिक होगा, उन क्षेत्रों में उनकी आबादी कुल आबादी के अनुपात में सबसे अधिक हो।

भारत जनगणना 2001

कुल	मुस्लिम	प्रतिशत	अजा.	प्रतिशत	अजजा.	प्रतिशत
2,73,432	1,40,623	51.43	65,708	24.03	15,365	05.65

वर्ष 2011

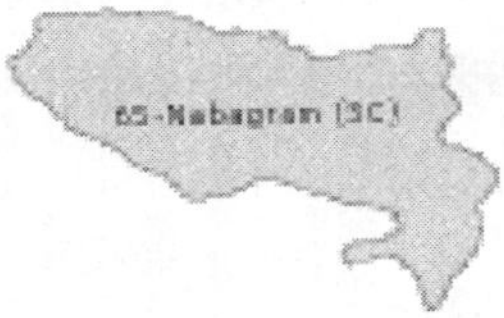

65–नबाग्राम आरक्षित

5. 66–खारग्राम विधानसभा आरक्षित परिसीमन 2008 के पूर्व भी 66–खारग्राम विधानसभा निर्वाचन क्षेत्र आरक्षित थी। जबकि इस विधानसभा निर्वाचन क्षेत्र में कुल आबादी का मुस्लिम प्रतिशत 50.44 है।

भारत जनगणना 2001

कुल	मुस्लिम	प्रतिशत	अजा.	प्रतिशत	अजजा.	प्रतिशत
2,57,519	1,29,698	50.44	60,767	23.61	2866	01.12

वर्ष 2011

66–खारग्राम आरक्षित

6. 122 मीनाखान विधानसभा आरक्षित परिसीमन 2008 में 122–मीनाखान विधानसभा निर्वाचन क्षेत्र के नाम से पुनर्समायोजन किया गया है। इस नवगठित विधानसभा में 52.38 प्रतिशत मुस्लिम आबादी को समायोजित कर आरक्षित किया है।

भारत जनगणना 2001

कुल	मुस्लिम	प्रतिशत	अजा.	प्रतिशत	अजजा.	प्रतिशत
2,63,342	1,37722	52.38	80,128	30.43	18,318	6.98

वर्ष 2011

122–मीनाखान आरक्षित

7. 141–मगराहट पूर्व विधानसभा आरक्षित परिसीमन के पहले भी 121–मगराहट पूर्व आरक्षित थी। नए परिसीमन में इसे पुनः 141–मगराहट पूर्व के नाम से पुनर्समायोजित किया गया है। इस विधानसभा में 47.47 मुस्लिम आबादी को शामिल किया गया है।

भारत जनगणना 2001

कुल	मुस्लिम	प्रतिशत	अजा.	प्रतिशत	अजजा.	प्रतिशत
2,62,092	1,24,402	47.47	94,748	36.15	59	0.02

वर्ष 2011

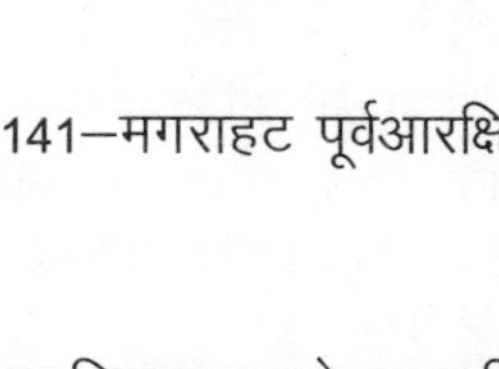

141–मगराहट पूर्वआरक्षित

महाराष्ट्र

1. 174–कुर्ला विधानसभा आरक्षित 2004 के राज्य विधानसभा चुनाव में 49–कुर्ला विधानसभा निर्वाचन क्षेत्र से मोहम्मद आरिफ नसीम खान विधायक थे। परिसीमन में इस विधानसभा को आरक्षित वर्ग में तब्दील किया गया है।

वर्ष 2009

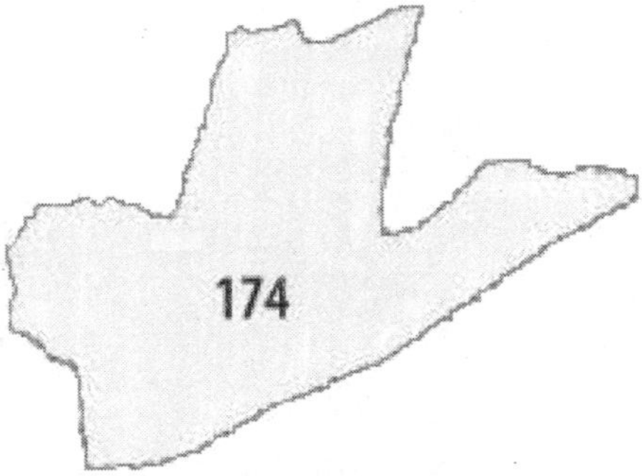

174–कुर्ला आरक्षित

2. 281–मीरज विधानसभा आरक्षित परिसीमन के पूर्व 272–मीरज विधानसभा से हफीज धतूरे विधायक थे। परिसीमन में इस विधानसभा को पुनर्समायोजन कर 281–मीरज विधानसभा निर्वाचन क्षेत्र के नाम से आरक्षित किया गया है।

वर्ष 2009

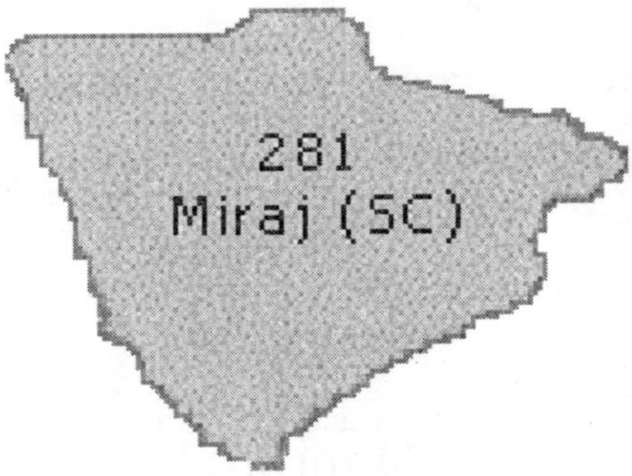

281–मीरज आरक्षित

3. 107–औरंगाबाद विधानसभा वर्ष 2004 तक औरंगाबाद शहर के दो विधानसभा क्षेत्र थे। 193–औरंगाबाद पश्चिम और 194–औरंगाबाद पूर्व परिसीमन 2008 में शहर के तीन विधानसभा क्षेत्र अस्तित्व में आए हैं। सन् 2001 की जनगणना के मुताबिक मुस्लिम आबादी 5,69,516 19.07 प्रतिशत थी। परिसीमन में तीनों विधानसभा में मुस्लिम आबादी को बराबर–बराबर विभाजित किया गया है।

107–औरंगाबाद मध्य

कुल	मुस्लिम	प्रतिशत	अजा.	अजजा.
3,03,368	87,751	28.93	46,448	3,655

108–औरंगाबाद पश्चिम आरक्षित

कुल	मुस्लिम	प्रतिशत	अजा.	अजजा.
3,15,935	76,700	24.28	59,254	4,614

109–औरंगाबाद पूर्व

कुल	मुस्लिम	प्रतिशत	अजा.	अजजा.
3,04,419	88,055	28.93	39,853	2,954

वर्ष 2009

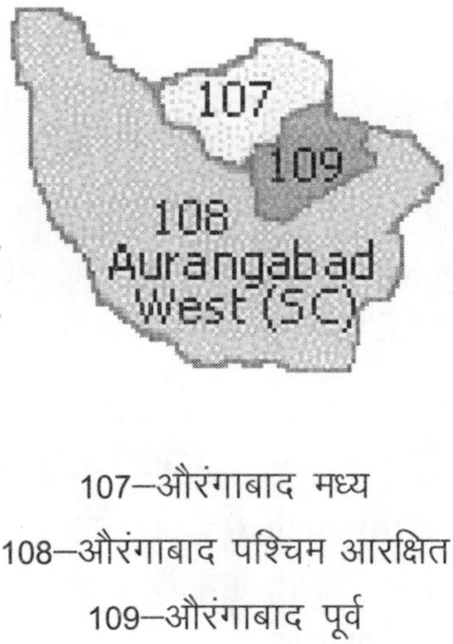

107–औरंगाबाद मध्य

108–औरंगाबाद पश्चिम आरक्षित

109–औरंगाबाद पूर्व

उत्तर प्रदेश

1. वर्ष 2007 के राज्य विधानसभा चुनाव में 44–पूरणपुर, 55–श्रीनगर, 189–सलेमपुर, 257–सोरांव 341–आगरा कैंटोंमेन्ट विधानसभा निर्वाचन क्षेत्र से मुसिल्म विधायक थे। परिसीमन 2008 में कुल पाँच मुस्लिम बहुल विधानसभा निर्वाचन क्षेत्रों को पुनर्समायोजित कर आरक्षित किया गया है। इसके अलावा 3–अफजलगढ़ 13–करवर और 134–चारदा विधानसभा निर्वाचन क्षेत्रों को परिसीमन में विलोपित किया। कुल 9 मुस्लिम बहुल विधानसभा की पुरानी पहचान को मिटाया गया है।

वर्ष 2012

129–पूरणपुर आरक्षित

वर्ष 2012

140–श्रीनगर आरक्षित

वर्ष 2012

225–सोरांव आरक्षित

वर्ष 2012

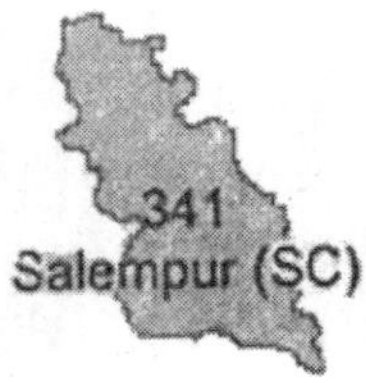

341–सलेमपुर आरक्षित

2.18–नगीना विधानसभा आरक्षित : 18–नगीना विधानसभा निर्वाचन क्षेत्र में मुस्लिम आबादी का 63.99 प्रतिशत होने के बावुजूद भी इस विधानसभा को पुनर्समायोजन में आरक्षित किया गया है।

निर्वाचन क्षेत्रों के परिसीमन की कण्डिका–1 की सहायक कण्डिका–ख में कहा गया है कि प्रत्येक विधानसभा निर्वाचन क्षेत्र को इस तरह परिसीमित किया जाएगा कि वह पूर्ण रूप से एक ही संसदीय निर्वाचन क्षेत्र में आए जिसमें अनुसूचित जातियों के लिए आरक्षित सीटों को राज्य के विभिन्न हिस्सों में इस तरह से विकसित किया जाएगा कि जहाँ तक व्यवहारिक होगा, उन क्षेत्रों में उनकी आबादी कुल आबादी के अनुपात में सबसे अधिक हो।

भारत जनगणना 2001

कुल	मुस्लिम	प्रतिशत	अजा.	प्रतिशत	अजजा.
413343	264523	63.99	94134	22.77	8

वर्ष 2012

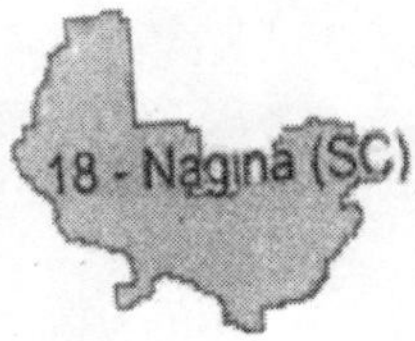

18–नगीना आरक्षित

बिहार

1.162–कटारिया विधानसभा आरक्षित : पुनर्समायोजन के पूर्व 2005 में 158–कटारिया विधानसभा सामान्य से मुस्लिम विधायक थे और 243 सदस्सीय विधानसभा में 38 सीटें आरक्षित थी। परिसीमन में आदिवासी वर्ग के लिए दो सीटें और बढ़ाई गई हैं। इन दो सीटों को बढ़ाने के लिए 36 विधानसभा निर्वाचन क्षेत्रों में पुनर्समायोजन के तहत बदलाव किया है। जिसमें चार मुस्लिम बहुत सीटों को विलोपित किया। 72–पुपरी, 79–पांडोल, 144–बारसोई और 208–बिक्रमगंज विधानसभा निर्वाचन क्षेत्र शामिल हैं।

वर्ष 2010

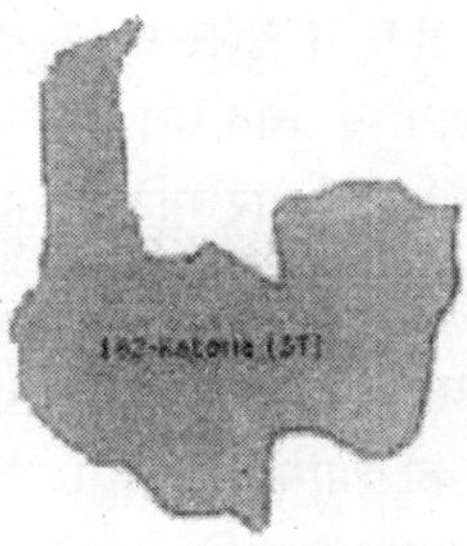

162–कटारिया आरक्षित

लोकसभा निर्वाचन क्षेत्र

पुनर्समायोजन 2008 में मुस्लिम बहुल संसदीय निर्वाचन क्षेत्रों को विलोपित किया और कुछ एक निर्वाचन क्षेत्रों को आरक्षित वर्ग में तब्दील किया गया है।

3–कोलाबा, 12–शाहबाद की पुरानी पहचान को मिटाया और 27–बहराइच, 2–गुलबर्गा को आरक्षित किया है।

वर्ष 2009

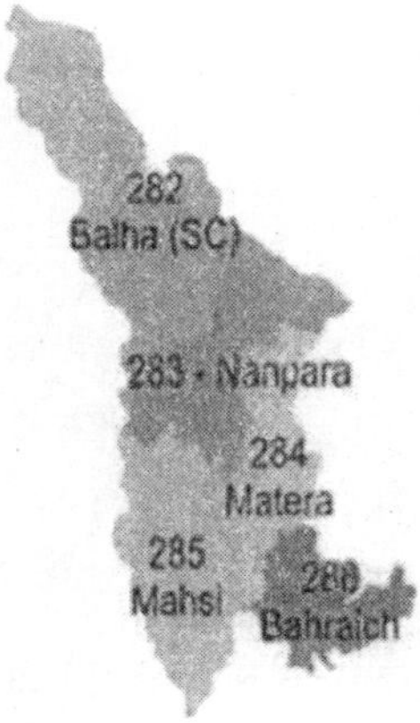

209—बहराइच आरक्षित

वर्ष 2009

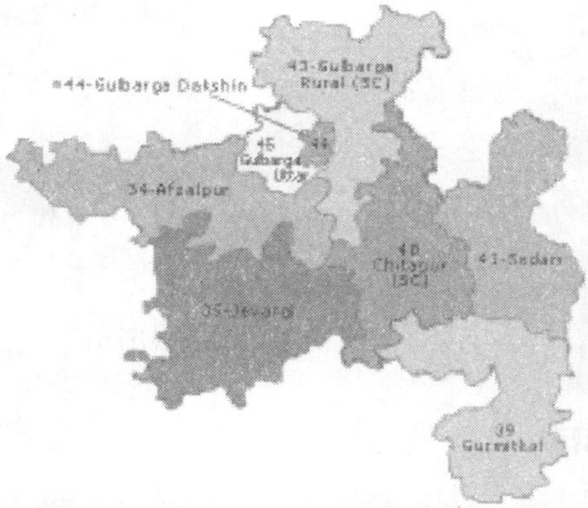

2005—गुलबर्गा आरक्षित

सारणी

संसदीय और विधानसभा निर्वाचन क्षेत्रों का पुनर्समायोजन करते समय मुख्य रूप से आबादी को ही आधार बनाया जाता है। पाठकगण को परिसीमन की बारिकियों से रूबरू कराने के लिए राज्यों की वास्तविक आबादी को विभिन्न सारणियों में दर्शाया गया है। परिसीमन 2008 में भारत जनगणना 2001 के आँकड़े शामिल किए गए हैं। देश में मुस्लिम समुदाय की वास्तविक आबादी कितनी है। संसदीय/ विधानसभा के निर्वाचन क्षेत्रों में उनकी आबादी को किस तरह परिसीमित कर विभाजित किया और मुस्लिम मतों की शक्ति को विघटित किया गया है।

दिल्ली, महाराष्ट्र, उत्तर प्रदेश और पश्चिम बंगाल के प्रत्येक विधानसभा निर्वाचन क्षेत्रों में कुल आबादी को शामिल कर निर्वाचन क्षेत्रों का पुनर्समायोजन किया गया है। संसदीय और विधानसभा निर्वाचन क्षेत्र में कुल आबादी के साथ अनुसूचित/अनुसूचित जनजातियों की कितनी आबादी को शामिल किया गया है। इसके साथ ही राजनीतिक पक्ष को ध्यान में रखकर कितनी आबादी किस समुदाय में समायोजित की गई है? राज्यवार संसदीय/विधानसभा के आँकड़े और प्रतिशत सारणी में दर्शाया गया है। जिसमें अनुसूचित/अनुसूचित जनजाति

के साथ प्रत्येक निर्वाचन क्षेत्र में मुस्लिम आबादी कितनी समायोजित की गई है यह भी दर्शाया गया है।

परिसीमन 2008 में अनुसूचित/अनुसूचित जनजातियों के लिए 543 सदस्यीय लोकसभा में 131 संसदीय निर्वाचन क्षेत्रों को पुनर्समायोजित कर आरक्षित किया गया है। इसके पूर्व 14वीं लोकसभा तक 120 संसदीय निर्वाचन क्षेत्र आरक्षित थे। देश में 1, मार्च 2001 की जनगणना के अनुसार देश की कुल आबादी 1, अरब 2 करोड 70 लाख 15 हजार 247 रही। जिसमें अनुसूचित जाति की आबादी 16,66,35,700 प्रतिशत 16.02 और अनुसूचित जनजाति 8,43,26,240 प्रतिशत 8.02 कुल 25,09,61,940 थी। परिसीमन 2008 में एक संसदीय निर्वाचन क्षेत्र 18 लाख 91 हजार 372 औसत आबादी पर परिसीमित किया गया है। लिहाज़ा लोकतांत्रिक मूल्यों के आधार पर यह 131 संसदीय निर्वाचन क्षेत्र 150 लोकसभा सीटों में तब्दील हो सकते हैं। देश में मुस्लिम वर्ग के साथ अनुसूचित/अनुसूचित जनजातियां भी परिसीमन के रडार पर है।

मध्य प्रदेश की 230 सदस्यीय विधानसभा में 82 सीटें आरक्षित हैं। साल 2013 के राज्य विधानसभा चुनाव में भाजपा ने 166 सीटों पर विजय प्राप्त की थी जिसमें 59 सीटें आरक्षित वर्ग से हैं और 57 सीटों पर भा.रा.कां. विजयी हुई जिसमें आरक्षित 19सीटें शामिल हैं। बसपा 3 और थांदला आरक्षित सीट से निर्दलीय विजयी हुआ था।

भारत जनगणना 2001 के अनुसार राज्य की आबादी 60348023 रही। जिसमें अनुसचित जनजातियों की आबादी 2,13,88,651 थी। राज्य विधानसभा की एक सीट 2,62,382 औसत आबादी पर परिसीमित की गई है। लिहाज़ा परिसीमन आयोग के नियमों के मुताबिक 'आबादी' की सहायक कण्डिका–3 के अनुसार अजा/अजजा की आबादी के आधार पर 82 विधानसभा सीटें आरक्षित की गई हैं। मगर लोकतांत्रिक मूल्यों के आधार पर ये 82 सीटें पुनर्समायोजित कर 120 विधानसभा निर्वाचन क्षेत्रों में तब्दील किए जा सकते थे। गौरतलब है कि राज्य में साधारण बहुमत से सरकार बनाने के लिए 116 सदस्यों की दरकार है। अभी तक राज्य में इस वर्ग का कोई मुख्यमंत्री नहीं बना है। इतना ही नहीं बल्कि (अनुच्छेद 330, 332, 334) की आड़ में अनुसूचित/अनुसूचित जातियों को भी राजनीतिक रूप से कमजोर ही किया जा रहा है।

राज्यों में विधानसभा निर्वाचन क्षेत्रों का गठन राज्य की कुल आबादी को मौजूदा विधानसभा की सीटों में विभाजित किया और इस तरह राज्य की औसत आबादी पर हर एक सीट को परिसीमित किया है।

क्रमांक	राज्य का नाम	भारत जनगणना 2001	मुस्लिम आबादी और प्रतिशत		विधानसभा की कुल सीटें	चुनाव वर्ष	विधानसभा में मुस्लिम सदस्य	औसत आबादी पर एक सीट परिसीमित	वास्तविक मुस्लिम सदस्य होना चाहिए
1	2	3	4		5	6	7	8	9
1	मध्य प्रदेश	60348023	3841449	6.37	230	2008	1	262382	22
2	दिल्ली	13782476	1612104	11.69	70	2009	5	196999	12
3	महाराष्ट्र	96878627	10270485	10.60	288	2009	10	336384	45
4	बिहार	82998509	13722048	16.53	243	2010	19	341557	66
5	असम	26655528	8240611	30.92	126	2011	26	211551	48
6	पश्चिम बंगाल	80176197	20240543	25.25	294	2011	59	272708	113
7	उत्तर प्रदेश	166197921	30740158	18.25	403	2012	69	412402	115

उत्तर प्रदेश राज्य में मौजूदा विधानसभा की एक सीट 412401 औसत आबादी पर पुनर्समायोजित की गई है। लिहाज़ा राज्य में मुस्लिम आबादी के अनुपात से विधानसभा की कुल 75 सीटें बनती हैं। गौरतलब है कि ये सभी 75 सीटें सिर्फ मुस्लिम आबादी पर आधारित हैं। यदि इन निर्वाचन क्षेत्रों को धर्मनिरपेक्ष और लोकतांत्रिक मूल्यों के आधार पर परिसीमित किया जाए तो यही 75 निर्वाचन क्षेत्र 115 विधानसभा सीटों में तब्दील हो सकते हैं। जहाँ से मुस्लिम उम्मीदवार किसी भी कोण से निर्वाचित होगा यानी उत्तरप्रदेश राज्य की मौजूदा 403 सदस्यीय विधानसभा में फिलहाल जनसंख्या अनुपात से 115 मुस्लिम सदस्य होने चाहिए। इस प्रकार मध्यप्रदेश में 22, दिल्ली 12, महाराष्ट्र 45, बिहार 66, असम 48, और पश्चिम बंगाल की 294 सदस्यीय विधानसभा में से 113 मुस्लिम सदस्य होने चाहिए। शेष राज्यों की स्थिति भी इसी प्रकार रहेगी।

स्रोत : 1. भारत जनगणना 2001

2. भारत निर्वाचन आयोग राज्य मध्यप्रदेश, दिल्ली, महाराष्ट्र, बिहार, असम, पश्चिम बंगाल, उत्तर प्रदेश, 2008, 2009, 2010, 2011, 2012

3. चैंजिंग फेस ऑफ इलेक्टोरल इण्डिया : डिलिमिटेशन 2008

राज्यों में संसदीय निर्वाचन क्षेत्रों का गठन राज्य की कुल आबादी को मौजूदा संसदीय निर्वाचन सीटों से विभाजित किया और इस तरह राज्य की औसत आबादी पर हर एक सीट को परिसीमित किया गया है।

क्र.	राज्य का नाम	कुल आबादी भारत जनगणना 2001	मुस्लिम आबादी	मुस्लिम आबादी का प्रतिशत	राज्य में लोकसभा की कुल सीटें	15वीं लोकसभा में मुसिल्म सदस्यों की संख्या	औसत आबादी पर एक सीट	अन्य
1	2	3	4	5	6	7	8	9
1	उत्तर प्रदेश	166197921	30740158	18.50	80	7	2077474	00
2	बिहार	82998509	13722048	16.53	40	3	2074962	00
3	पश्चिम बंगाल	80176197	20240543	25.25	42	6	1908957	00
4	महाराष्ट्र	96878627	10270485	10.60	48	00	2018304	00
5	असम	26655528	8240611	30.92	14	2	1903966	परिसीमन आगे आदेशों तक आस्थगित
6	मध्य प्रदेश	60348023	3841449	6.37	29	00	2080966	00
7	केरल	31841374	7863342	24.70	20	3	1592068	00
8	कर्नाटक	52850562	6463127	12.23	28	00	1887520	00
9	दिल्ली	13782976	1612104	11.70	7	00	1968996	00
10	जम्मू कश्मीर	10070300	6793240	67.45	6	4	1678383	परिसीमन आकृत वर्ष 2026 की पहली जनगणना यानी वर्ष 2031 तक स्थिर
11	आंध्र प्रदेश	75728400	6986656	9.22	42	1	1803036	00
12	तमिलनाडु	62111390	3470647	5.58	39	2	1600145	00
13	राजस्थान	56473300	4788227	8.47	25	00	2258932	00
14	हरियाणा	21083900	1222916	5.80	10	00	2108390	00
15	गुजरात	50597200	4592852	9.07	26	00	1946046	00
16	झारखण्ड	26946070	3731308	13.84	14	00	1924719	परिसीमन आकृत वर्ष 2026 की पहली जनगणना यानी वर्ष 2031 तक स्थिर
17	उत्तराखण्ड	8489100	1012141	11.92	5	00	1697820	00
18	ओडिशा	36707900	761985	2.07	21	00	1747995	00
19	छत्तीसगढ़	20834530	409651	1.96	11	00	1894048	00
20	मणिपुर	2294480	190936	8.32	2	00	1147240	00
21	लक्षद्वीप	61300	57903	94.45	1	1	61300	00

स्रोत : 1. भारत जनगणना 2001

2. भारत निर्वाचन आयोग 2008

3. पेपर–5 चैंजिंग फेस ऑफ इलेक्टोरल इण्डिया : डिलिमिटेशन 2008

उत्तर प्रदेश राज्य में मौजूदा लोकसभा निर्वाचन क्षेत्र की एक सीट 20 लाख 77 हजार 474 औसत आबादी पर गठित की गयी है। लिहाज़ा राज्य में मुस्लिम आबादी के अनुपात में 20 संसदीय निर्वाचन क्षेत्र मुस्लिम बहुत बनते हैं। इसकी तुलना में 15वीं लोकसभा से राज्य के 80 संसदीय निर्वाचन क्षेत्रों से महज 7 सांसद विजयी हुए। जबकि 14वीं लोकसभा में 11 मुस्लिम सांसद थे। गौरतलब है कि 14वीं लोकसभा 2004 में 543 सदस्यीय सदन में 37 मुस्लिम सांसद थे। दरअसल परिसीमन के कारण 15वीं लोकसभा 2009 में 29 सांसद ही निर्वाचित हुए हैं।

देश में 1 मार्च 2001 की जनगणना के अनुसार कुल आबादी एक अरब 2 करोड़ 70 लाख 15 हजार 247 है। मुस्लिम आबादी (151 million) 15 करोड़ 10 लाख रही। इस आबादी के अनुपात से 80 मुस्लिम बहुल संसदीय निर्वाचन क्षेत्र बनते हैं, जो शत प्रतिशत मुस्लिम आबादी पर आधारित हैं।

उल्लेखनीय है कि यदि इन 80 संसदीय निर्वाचन क्षेत्रों को धर्मनिरपेक्षता और लोकतांत्रिक मूल्यों के आधार पर परिसीमित किया जाए तो यही 80 संसदीय निर्वाचन क्षेत्र 122 लोकसभा सीटों में तब्दील हो सकते हैं, यानी मौजूदा 543 सदस्यीय लोकसभा में से हाल–फिलहाल 122 संसदीय निर्वाचन क्षेत्रों पर मुस्लिम वर्ग का... संवैधानिक और कानूनी हक है...

स्रोत : 1. भारत जनगणना 2001

2. भारत निर्वाचन आयोग 2008

3. पेज–5 चैंजिंग फेस ऑफ इलेक्टोरल इण्डिया : डिलिमिटेशन 2008

पश्चिम बंगाल विधानसभा
(मुस्लिम विधायक)
2006

विधानसभा निर्वाचन क्षेत्र का नम्बर और नाम 2006			पार्टी
1–6	सिताई	नूर मोहम्मद फजल	INC
2–8	नताबारी	तमशेर अली	CPM
3–19	क्रांति	फजलुल करीम	CPM
4–27	चोपड़ा	अनवारूल हक	CPM
5–28	इस्लामपुर	मो. फारूक	CPM
6–37	कुमारगंज	मेफूजा खातून	CPM
7–41	खरबा	महबूब हक	INC
8–42	हरिशचन्द्रपुर	तजम्मुल हुसैन	AIFB
9–47	माणिकचक	असीमा चौधरी	CPM
10–48	सुजापुर	रूबीनूर	INC
11–50	फरक्का	मैनुल हक	INC
12–51	औरंगाबाद	तुआब अली	CPM
13–52	सूती	आनेआलम मैन	CPM
14–54	जंगीपुर	अबुल हसनात	RSP
15–55	लालगोला	अबू हेना	INC
16–56	भागाबगोला	चांद मोहम्मद	WBSP
17–59	जालागी	युनुस सरकार	CPM
18–60	दुमका	अनीसुर्रहमान	CPM
19–61	नावदा	अबु तोहेर खान	INC
20–62	हरिहरपारा	इंसार अली बिस्वास	CPM
21–64	बेलदंगा	मो0 रिफत उल्लाह	RSP
22–68	भरतपुर	ईद मोहम्मद	RSP
23–71	नक्काशीपारा	कल्लोल खान	AITC
24–73	छपरा	शमशुल इस्लाम	CPM
25–89	अमदगा	अब्दुल संत्तार	CPM

26–92	देगागा	डॉ0 मुर्तजा हुसैन	AIFB
27–93	स्वरूपनगर	मुस्तफा बिन कासिम	CPM
28–94	बदुरिया	मोहम्मद सलीम गंज	CPM
29–106	कर्निंग ईस्ट	अब्दुल रज्जाक	CPM
30–107	भगर	अराबुल इस्लाम	AITC
31–114	गार्डन रीच	अब्दुल खालिफ	INC
32–115	महेश टाला	मुर्सालीन मौला	CPM
33–120	मगराहाट वेस्ट	डॉ0 अबुल हसनात	CPM
34–144	बड़ा बाजार	मो0 शोराब	RJD
35–152	बल्ली गंज	एहमद जावेदखान	AITC
36–153	इटाली	हाशिम हलीम	CPM
37–173	बगनानू	अकील अली खान	CPM
38–189	पाडुआ	शेख मजीद अली	CPM
39–203	मोएना	शे. मजीबुर्रहमान	CPM
40–206	नंदीग्राम	इलियास मोहम्मद शेख	CPI
41–219	देबरा	शेख जहांगीर करीम	CPM
42–225	खड़गपुर ग्रामीण	नजमुल हक	CPM
43–268	भातर	सैयद मोहम्मद मशी	CPM
44–269	गल्सि	महबूब मण्डल	AIFB
45–278	मंतेश्वर	चौधरी मो0 हिदायत उल्ला	CPM
46–294	मुरारई	इलाही मो0 कमर	CPM

294 संसदीय विधानसभा में

राजनीतिक दलवार मुस्लिम विधायक

1–26	CPM	2–04	RSP
3–03	AIFB	4–01	CPI
5–07	INC	6–03	AITC
7–02	अन्य	**कुल**	**46**

Source : 1. Electiom Commission of India : 2006.

उत्तर प्रदेश विधानसभा
(मुस्लिम विधायक 2007)

विधानसभा निर्वाचन क्षेत्र का नम्बर और नाम 2007			पार्टी
1–3	अफजलगढ़	मोहम्मद गाजी	BSP
2–6	बिजनौर	शाहनवाज	BSP
3–7	चांदपुर	इकबाल	BSP
4–8	कंथ	रिजवान एहमद खान	BSP
5–9	अमरोहा	महबूब अली	SP
6–10	हसनपुर	फरहत हसन	BSP
7–12	संभल	इकबाल महमूद	SP
8–13	बाहजोई	अकील उर्रहमान खान	BSP
9–15	कुंदरकी	अकबर हुसैन	BSP
10–18	मुरादाबाद ग्रामीण	उस्मान हक	SP
11–20	सुरटांडा	नवाब काजिम अली खान	SP
12–21	रामपुर	मोहम्मद आज़म खान	SP
13–29	उसेहट	मुस्लिम खान	BSP
14–38	भोजीपुरा	शाजिल इस्लाम अंसारी	BSP
15–39	कावर	सुल्तान बेग	SP
16–41	पीलीभीत	रियाज एहमद	SP
17–43	बीसलपुर	अनीस अहमद खान	BSP
18–44	पूरणपुर	अर्शद खान	BSP
19–55	श्रीनगर	आर.ए. उस्मानी	SP
20–62	लहाडपुर	मोहम्मद जमीर अंसारी	BSP
21–68	संडीला	अब्दुल मन्नान	BSP
22–72	पीहानी	दाऊद एहमद	BSP

23–73	शाहबाद	आसिफ	BSP
24–89	सरोजनीनगर	मोहम्मद इर्शाद खान	BSP
25–122	रुदौली	अब्बास अली जैदी	SP
26–126	मसौली	फरीद किदवई	BSP
27–130	कैसरगंज	गुलाम मोहम्मद खान	BSP
28–133	नानपारा	वारिस अली	BSP
29–134	चारदा	शब्बीर एहमद	SP
30–136	बहराइच	डॉ0 निशार एहमद शाह	SP
31–138	गैनसारी	अलाउद्दीन	BSP
32–142	सदुल्ला नगर	आरिफ अनवर हाशमी	SP
33–145	गोंडा	मोहम्मद जलील खान	BSP
34–154	डुमरियागंज	तौफीक एहमद	BSP
35–159	खैसरहा	मोहम्मद ताबिश खान	BSP
36–160	मेंदावल	अब्दुल कलाम	SP
37–189	सलेमपुर	चौधरी फसिह वासीर	SP
38–204	मऊ	मुख्त्यार अंसारी	IND
39–214	मोहम्मदाबाद	सिगबत उल्लाह अंसारी	SP
40–217	गाजीपुर	शादाब फातिमा	SP
41–227	वाराणसी नार्थ	हाजी अब्दुल खान अंसारी	SP
42–238	जौनपुर	जावेद अंसारी	SP
43–257	सोरांव	मोहम्मद मुजतबा सिद्दीकी	BSP
44–295	कमालगंज	ताहिर हुसैन सिद्दीकी	BSP
45–331	कासगंज	हसरत उल्लाह	BSP
46–335	फिरोजाबाद	नासिर उद्दीन	BSP
47–341	आगरा कैंटोन्मेन्ट	जुल्फिकार एहमद भुट्टो	BSP

48–357	अलीगढ़	जमीर उल्लाह	SP
49–368	बुलंदशहर	मोहम्मद अलीम खान	BSP
50–377	किथोर	शाहिद मंजूर	SP
51–381	मेरठ	हाजी याकूब	UPUDF
52–385	बागपत	कोकब एहमद खान	RLD
53–391	मोरना	कदीर राणा	RLD
54–396	थानाभवन	अब्दुल वारिस खान	RLD
55–403	मुजफ्फराबाद	इमरान मसूद	IND

403 सदस्यीय विधानसभा में
दलवार मुस्लिम विधायक

1. BSP	29
2. SP	20
3. RLD	03
4. अन्य	03
योग :	55

स्रोत : भारत निर्वाचन आयोग 2007

पश्चिम बंगाल विधानसभा
(मुस्लिम विधायक 2011)

विधानसभा निर्वाचन क्षेत्र का नम्बर और नाम 2011			पार्टी
1–2	अमदंगा	शफीकुर्रहमान	TMC
2–9	बदुरिया	अब्दुल गफ्फार काज़ी	INC
3–14	बेसनबनगर	ईशा ख़ान चौधरी	INC
4–35	बशीरहाट उत्तर	मुस्तफा बिन कासिम	CPM
5–38	बेलदंगा	शफी उज्जमान शेख	INC
6–41	भागाबंगोला	चांद मोहम्मद	SP
7–44	भरतपुर	शेख ईद मोहम्मद	RSP

8–56	कनिंग पूर्वा	अब्दुर रज्जाक गोला	CPM
9–58	चाकुलिया	अली इमरान रम्ज	AIFB
10–59	चंपदानी	मुजफ्फर खान	TMC
11–60	चंचल	आसिफ महबूब	INC
12–63	चंदीताला	स्वाती खांडेकर	TMC
13–65	छपरा	रुकबानूर रहमान	TMC
14–77	देदंगा	एम. नुरूज्जमान	TMC
15–83	दुमकल	अनीसुर्रहमान	CPM
16–94	फरक्का	मैनुल हक	INC
17–101	गोलपोंखर	मोहम्मद गुलाम रब्बानी	INC
18–109	हरिहरपारा	इंसार अली बिस्वास	CPM
19–113	हरिशचंद्रपुर	ताजमुल हुसैन	AIFB
20–114	हरोआ	जुल्फिकार मौला	TMC
21–121	इस्लामपुर	अब्दुल करीम चौधरी	TMC
22–124	जगतबबल्लावपुर	अब्दुल कासिम मौला	TMC
23–126	जलंगी	अब्दुल रज्जाक मण्डल	CPM
24–129	जमुरिया	जहांनारा खान	CPM
25–131	जंगीपुर	मोहम्मद सोहराब	INC
26–139	कालीगंज	नसरुद्दीन	TMC
27–149	कसबा	जावेद खान	TMC
28–156	केतुग्राम	शेख शाहनवाज	TMC
29–157	खानाकुल	इकबाल अहमद	TMC
30–159	खडगपुर	नजमुल हक	CPM
31–164	कोलकता पोर्ट	बॉबी हाकिम	TMC
32–171	कुमारगंज	महमूदा बेगम	TMC

33–175	लाबपुर	मुनिरुल इस्लाम	TMC
34–176	लालगोला	अबु हिना	INC
35–179	मगराहाट पश्चिम	ग्यासुद्दीन मौला	TMC
36–184	मलातीपुर	अब्दुर रहीम बक्षी	RSP
37–188	मंगलकोट	शाहजहान चौधरी	CPM
38–197	मेमारी	अब्दुल हासेम मण्डल	TMC
39–198	मेतिया बुर्ज	मुमताज बेगम	TMC
40–200	मोनतेश्वर	चौधरी मोहम्मद हिदायतुल्ला	CPM
41–201	मोथाबारी	सबीना यास्मीन	INC
42–203	मुरारई	नूरे आलम चौधरी	TMC
43–209	नक्काशीपारा	कल्लोल खान	TMC
44–212	नंदीग्राम	फिरोजा बीबी	TMC
45–214	नावदा	अबु ताहेर खान	INC
46–220	पालासीपारा	एम.एस. सादी	CPM
47–221	पंचला	गुलशन मलिक	TMC
48–223	पांडूआ	शेख अमजद हुसैन	CPM
49–225	पंसकुरा पश्चिम	शेख डॉ0 उमर अली	TMC
50–234	पुरसुराह	शेख परवेज़ रहमान	TMC
51–236	रघुनाथ गंज	अखरुज्जमान	INC
52–251	रानीगंज	मोहम्मद सोहराब अली	TMC
53–252	रानीनगर	फिरोजा बेगम	INC
54–255	रेजीनगर	हुमायूं कबीर	INC
55–262	शमशेरगंज	तुआब अली	CPM
56–277	सोनारपुर	फिरदौसी बेगम	TMC
57–279	सुजापुर	अबु नासर खान	INC

58–281	सूती	ईमानी बिस्वास	INC
59–292	उलूबेरिया पूर्वा	हैदर अजीज सफवी	TMC

294 सदस्यीय विधानसभा में
दलवार मुस्लिम विधायक

1. CPM	12
2. RSP	02
3. AIFB	02
4. INC	15
5. TMC	27
6. SP	01
योग :	59

स्रोत : भारत निर्वाचन आयोग 2011.

उत्तर प्रदेश विधानसभा
(मुस्लिम विधायक 2012)

क्र.	जिला	कुल सीटें	भारत जनगणना 2001		विधान सभा निर्वाचन क्षेत्र का नम्बर और नाम 2012		पार्टी
			मुस्लिम आबादी	प्रतिशत			
1	2	3	4	5	6	7	8
1.	सहारनपुर	7	11,32,919	49.11	00	00	00
2.	मुज़फ़्फ़रनगर	9	13,49,629	38.09	1.11–बुढ़ाना	नवाजिश आलम खान	SP
					2.12–चिरथावल	नूर सलीम राणा	BSP
					3.16–मीरापुर	जमील एहमद कास्मी	BSP
3.	बिजनौर	8	13,06,329	41.71	4.17–नजीबाबाद	तस्लीम	BSP
					5.19–बढापुर	मोहम्मद गाजी	BSP
					6.23–चांदपुर	इकबाल	BSP
4.	मुरादाबाद	9	17,35,381	45.54	7.25–कांथ	अनीसुर्रहमान	P-P
					8.27–मुरादाबाद देहात	शमी उल हक	SP
					9.28–मुरादाबाद नगर	मो. युसुफ अंसारी	SP
					10.28–कुंदरकी	मोहम्मद रिजवान	SP
					11.30–बिलारी	मोहम्मद इरफान	SP
					12.33–संभल	इकबाल महमूद	SP
5.	रामपुर	5	9,45,277	49.14	13.35–चमरवा	अली युसुफ अली	BSP

					14.37–रामपुर	आज़म खान	SP
6.	ज्योति बा फूलेनगर	4	5,90,308	39.38	15.40–नावगांव सादत	अशरफ अली खान	SP
					16.41–अमरोहा	महबूब अली	SP
					17.42–हसनपुर	कमाल अख्तर	SP
7.	मेरठ	7	9,75,715	32.18	18.43–सिवल खास	गुल मोहम्मद	SP
					19.46'किथोर	शाहिद मंजूर	SP
8.	बागपत	3	2,87,871	24.73	00	00	00
9.	गाजियाबाद	8	7,82,915	23.62	20.53–लोनी	जाकिर अली	BSP
					21.54–मुरादनगर	वाहब चौधरी	BSP
10.	गौतमबुद्धनगर	3	1,56,415	14.15	00	00	00
11.	बुलंदशहर	7	6,13,660	20.39	22.65–बुलंदशहर	मोहम्मद अलीम खान	BSP
					23.66–सियाना	दिलनवाज खान	INC
12.	अलीगढ़	7	5,31,956	17.78	24.75–कोयल	जमीर उल्लाह खान	SP
					25.76–अलीगढ़	जफर आलम	SP
13.	महामायानगर	3	1,34,851	10.09	00	00	00
14.	मथुरा	5	1,67,628	08.08	00	00	00
15.	आगरा	9	3,23,634	08.94	00	00	00

1	2	3	4	5	6	7	8
16.	फिरोज़ाबाद	5	2,60,414	12.51	00	00	00
17.	एटा	7	3,19,386	11.57	26.102–पटियाली	नजीबा खान जीनत	SP
18.	मैनपुरी	4	84,577	05.30	00	00	00
19.	बदायूँ	6	6,54,797	21.33	27.114–बिल्सी	मर्सरत अली	BSP
					28.115–बदायूँ	आबिद रजा खान	SP
20.	बरेली	9	12,26,386	33.89	29.118–बेहडी	अताउर्रहमान	BSP
					30.119–मीरगंज	सुल्तान बेग	BSP
					31.120–भोजीपुरा	शाहजल इस्लाम	IMC
21.	पीलीभीत	4	3,90,773	22.61	32.127–पीलीभीत	हाजी रियाज अहमद	SP
22.	शाजहांपुर	6	4,55,049	18.46	00	00	00
23.	खीरी	8	6,12,638	19.10	00	00	00
24.	सीतापुर	9	6,96,126	19.23	33.148–लहाडपुर	जासमीर अंसारी	BSP
25.	हरदोई	8	4,45,419	13.11	34.155–शाहबाद	बाबू खान	SP
26.	उन्नाव	6	2,96,780	10.99	35.162–बांगरमऊ	बदलू खान	SP
27.	लखनऊ	9	7,48,687	20.52	36.171–लखनऊ वेस्ट	मोहम्मद रिहान	SP
28.	रायबरेली	7	3,40,129	11.84	37.178–तिलोई	डॉ. गोहम्मद मुस्लिम	INC

29.	सुल्तानपुर	8	5,24,642	16.32	38.187—इसौली	अबरार अहमद	SP
30.	फर्रुखाबाद	4	2,32,599	14.81	39.195—भोजपुर	जमाल उद्दीन सिद्दीकी	SP
31.	कन्नौज	3	2,19,104	15.78	00	00	00
32.	इटावा	3	95,926	07.16	00	00	00
33.	औरैया	3	83,919	07.09	00	00	00
34.	कानपुर देहात	4	1,45,525	09.31	00	00	00
35.	कानपुर नगर	10	6,53,881	15.69	40.213—सीषामऊ	हाजी इरफान सोलंकी	SP
36.	जालौन	3	1,46,317	10.06	00	00	00
37.	झांसी	4	1,29,785	08.40	00	00	00
38.	ललितपुर	2	28,796	02.95	00	00	00
39.	हमीरपुर	2	83,064	08.36	00	00	00
40.	महोबा	2	47,335	06.24	00	00	00
41.	बांदा	4	1,26,203	08.40	00	00	00
42.	चित्रकूट	2	27,168	03.39	00	00	00
43.	फतेहपुर	6	3,07,047	13.30	41.240—फतेहपुर	सैयद कासम हसन	SP
					42.242—हुसैनगंज	मोहम्मद आसिफ	BSP
44.	प्रतापगढ़	7	5,89,197	19.25	43.244—रामपुरख़ास	काज़िम अली खान	INC

1	2	3	4	5	6	7	8
45.	कौशाम्बी	3	1,74,698	13.70	44.253—चाईल	मो. आसिफ जाफरी	BSP
46.	इलाहाबाद	12	6,27,735	12.72	45.254—फाफामऊ	मुख्तियार अंसारी	SP
					46.256—फूलपुर	सईद अहमद	SP
					47.263—इलाहाबाद द.	काजी परवेज अहमद	SP
47.	बाराबंकी	7	5,89,197	19.25	48.266—कुर्सी	फरीद महफूज किदवई	SP
48.	फैजाबाद	4	3,04,434	17.89	00	00	00
49.	अंबेडकर	5	3,32,212	16.39	49.278—टांडा	अजीम उल हक	SP
50.	बहराइच	7	8,29,361	30.70	50.284—मटेरा	यासर शाह	SP
					51.286—बहराइच	डॉ. वकार अहमद	SP
51.	श्रावस्ती	2	3,01,117	35.18	52.290—श्रावस्ती	मोहम्मद रमजान	SP
52.	बलरामपुर	4	6,17,675	12.72	53.291—तुलसीपुर	अब्दुल मशहूद खान	SP
					54.293—उतरौला	आरिफ अनवर हाशमी	SP
53.	गोंडा	7	5,32,585	19.26	00	00	00
54.	सिद्धार्थनगर	5	6,00,336	29.43	55.306—डुमरियागंज	कमाल युसुफ मलिक	PP
55.	बस्ती	5	3,06,540	14.70	00	00	00
56.	संतकबीरनगर	3	3,41,154	24.02	56.313—खलीलाबाद	डॉ. मोहम्मद अय्यूब	PP

57.	महाराजगंज	5	3,57,822	16.46	00	00	00
58.	गोरखपुर	9	3,44,960	09.15	00	00	00
59.	कुशीनगर	7	4,87,674	16.86	00	00	00
60.	देवरिया	7	3,08,731	11.38	57.338–पत्थरदेवा	शाकिर अली	SP
					58.339–रामपुर कारखाना	फसिहा बशीर	SP
61.	आजमगढ़	4	5,93,907	15.07	59.344–गोपालपुर	वसीम अहमद	SP
					60.346–मुबारकपुर	शाह आलम उर्फ गुड्डू	BSP
					61.348–निजामाबाद	आलम बदी आज़मी	SP
					62.350–दीदारगंज	आरिफ शेख	SP
62.	मऊ	4	3,53,003	19.04	63.356–मऊ	मुख्तियार अंसारी	KAD
63.	बलिया	7	1,81,553	06.57	64.359–सिकंदरपुर	जियाउद्दीन रिजवी	SP
64.	जौनपुर	9	3,99,186	10.20	65.366–जौनपुर	नदीम जावेद	INC
65.	गाजीपुर	7	3,00,327	09.89	66.377–जहूराबाद	सैयदा शादाब फातिमा	SP
					67.378–मोहम्मदाबाद	सिगबत उल्लाह अंसारी	KAD
66.	चंदौली	4	1,68,281	10.25	00	00	00
67.	वाराणसी	8	4,97,516	15.85	00	00	00
68.	संतरविदास नगर	3	1,9,621	11.96	68.392–भदोही	जाहिद बेग	SP

1	2	3	4	5	6	7	8
69.	मिर्जापुर	5	1,58,204	07.63	00	00	00
70.	सोनभद्र	4	79,102	05.26	00	00	00

403 सदस्यीय विधानसभा में दलवार मुस्लिम विधायक

1. SP	43
2. BSP	15
3. INC	04
4. PP	03
5. KAD	02
6. IMC	01
योग :	**68**

स्रोत : 1. भारत जनगणना 2001

2. चैंजिंग फेस ऑफ इलेक्टोरल इण्डिया : डीलिमिटेशन 2008

3. राज्य निर्वाचन आयोग, उत्तर प्रदेश 2012

बिहार विधानसभा 2010
(मुस्लिम प्रत्याशी जीते)–19 और 33 दूसरे स्थान पर)

विधान सभा निर्वाचन क्षेत्र का नम्बर और नाम 2010			पार्टी
1-81	अलीनगर	अब्दुल बारी सिद्धीकी	RJD
2-56	अमूर	सबा जफर	BJP
3-49	अररिया	जाकीर हुसैन खान	LJSP
4-52	बहादुरगंज	मो. तोसीफ आलम	RJD
5-161	बांका	जावेद इकबाल	RJD
6-35	बिसफी	डॉ. फैयाज अहमद	RJD
7-201	दुमराव	डॉ. दाउद अली	JDU
8-79	गोराबउराम	डॉ. इजहार अहमद	JDU
9-58	जोखीहाट	सरफराज आलम	JDU
10-16	कल्याणपुर	रजिया खातून	JDU
11-58	कसबा	मो. फारूक आलम	INC
12-54	किशनगंज	डॉ. मो. जावेद	INC
13-55	कूचाधमन	अख्तरुल ईमन	RJD
14-77	महिषी	डॉ. अब्दुल गफूर	RJD
15-145	साहेबपुर कमाल	परवीन अमान उल्लाह	JDU
16-22	शेवहर	शर्फुद्दीन	JDU
17-53	ठाकुरगंज	नौशाद आलम	LJSP
18-26	सुरसंद	शाहिद अली खान	JDU
19-133	समस्तीपुर	अख्तरुल इस्लाम शाहीन	RJD
243 दरम्यीय विधानसभा में			
2010 के बिहार विधानसभा चुनाव में 19 मुस्लिम विधायक विभिन्न राजनीतिक दलों से निर्वाचित हुए हैं।			

विधान सभा निर्वाचन क्षेत्र का नम्बर और नाम 2010			पार्टी
1-56	अमूर	अब्दुल जलील	INC
2-52	बहादुरगंज	मो. मसवर आलम	JDU
3-57	बाईसी	नासर अहमद	INC
4-27	बाजपट्टी	मो. अनवारुल हक	RJD
5-65	बलरामपुर	मेहबूब आलम	CPI
6-68	बरारी	मो. शकूर	NCP
7-100	बरौली	मो. नेमत उल्लाह	RJD
8-110	बरहाडिया	मो. मुबीन	RJD
9-232	बेलागंज	मो. अमजद	JDU
10-72	बिहार शरीफ	आफरीन सुल्ताना	RJD
11-7	चंपाटिया	एजाज हुसैन	BSP
12-45	छत्तापुर	अकील एहमद	RJD
13-61	दमदाह	इर्शाद अहमद	INC
14-230	गया टाउन	जलल उद्दीन	CPI
15-101	गोपालगंज	रियाजुल हक	RJD
16-84	हयागहाट	डॉ. शाहनवाज एहमद	LJSP

विधान सभा निर्वाचन क्षेत्र का नम्बर और नाम 2010			पार्टी
17-95	कांटी	मोहम्मद इसराईल	RJD
18-86	केवटी	फराज फातिमा	RJD
19-183	कुमराह	मो. कमाल परवेज	LJSP
20-36	मधुबनी	नैयर आजम	RJD
21-165	मुंगेर	शबनम परवीन	RJD
22-94	मुजफ्फरपुर	मोहम्मद जमाल	LJSP
23-12	नरकटिया	यास्मीन साबिर अली	LJSP
24-158	नाथनगर	अबु कैसर	RJD
25-184	पटनासाहिब	परवेज एहमद	INC
26-66	परनपुर	इशरत परवीन	NCP
27-224	रफीगंज	मोहम्मद निहाल उद्दीन	RJD
28-9	सिकता	खुर्शीद फिरोज एहमद	JDU
29-196	तरारी	आबिद रिजवी	RJD
30-21	ढाका	फैसल रहमान	JDU
31-83	दरभंगा	सुल्तान एहमद	RJD
32-82	दरभंगा ग्रामीण	अशरफ हुसैन	JDU
33-76	सिमरी बख्तियारपुर	चौधरी मेहबूब अली	INC

2010 के विधानसभा चुनाव में कुल 33 प्रत्याशी दूसरे नंबर पर रहे। दो विधानसभा क्षेत्र 50–बहादुरगंज और 56–अमूर से प्रतिद्वंद्वी मुस्लिम ही थे लिहाज़ा 31 मुस्लिम प्रत्याशी दूसरे नंबर पर रहे हैं। इनमें से 17 प्रत्याशी तो बहुत ही कम अंतर से चुनाव हारे हैं।

Source : State Election Commission of Bihar 2005/2010

राष्ट्रीय राजधानी क्षेत्र दिल्ली

विधानसभा निर्वाचन क्षेत्र मुस्लिम आबादी और अनुसूचित जाति का प्रतिशत

विधानसभा निर्वाचन क्षेत्र का नाम और नंबर क्रमांक	भारत जनगणना 2001				
	कुल	मुस्लिम	प्रतिशत	अनुसूचित जाति	प्रतिशत
1. नरेला	201265	9563	4.75	43070	21.40
2. बुराड़ी	187210	12701	6.78	30659	16.38
3. तिमारपुर	208917	16915	8.09	38583	18.47
4. आदर्शनगर	178265	7412	4.16	28166	15.80
5. बादली	208694	33601	16.11	38603	18.50
6. रिठाला	200084	12128	6.06	20135	10.06
7. बवाना (अजा)	208392	7754	3.72	50591	24.28
8. मुंडका	206873	15276	7.38	40154	19.41
9. किराडी	200954	14377	7.16	32930	16.39
10. सुल्तानपुर माजरा (अजा)	194771	13610	6.99	85990	44.15
11. नागलोई जाट	201457	13992	6.91	41717	20.71
12. मंगोलपुरी (अजा)	212923	13394	6.31	72739	34.16
13. रोहिणी	197159	10435	5.29	11534	5.85
14. शालीमारबाग	187219	11583	5.32	17132	9.15
15. शकूर बस्ती	217494	10205	5.45	23568	10.84
16. त्रिनगर	195941	11677	6.11	30145	15.38
17. वजीरपुर	217594	17345	7.97	48774	22.42
18. मॉडलटाऊन	196821	17259	8.86	36694	18.83
19. सदरबाजार	217202	31480	15.31	35238	16.22
20. चांदनी चौक	216623	48222	22.31	31568	14.59
21. मटियामहल	184488	55183	30.01	27353	14.81
22. बल्लीमारान	190178	41109	22.35	41065	21.39
23. करोलबाग (अजा)	224778	5891	2.62	84439	37.57
24. पटेलनगर (अजा)	208589	6232	3.01	47875	22.95
25. मोतीनगर	208173	8947	4.31	22844	10.97
26. मादीपुर (अजा)	202997	8762	4.32	59132	29.13

विधानसभा निर्वाचन क्षेत्र का नाम और नंबर	भारत जनगणना 2001				
	कुल	मुस्लिम	प्रतिशत	अनुसूचित जाति	प्रतिशत
27. राजौरी गार्डन	202239	7843	3.87	23743	11.74
28. हरिनगर	183808	8938	4.86	13036	7.09
29. तिलकनगर	177374	8921	5.02	14750	8.32
30. जनकपुरी	204737	9526	4.65	18451	9.01
31. विकासपुरी	212708	12722	5.99	28009	13.17
32. उत्तमनगर	177128	8311	4.69	13170	7.44
33. द्वारका	176196	8854	5.02	23405	13.28
34. मटियाला	201167	8986	4.47	28584	14.21
35. नजफगढ़	202195	8604	4.26	30664	15.17
36. बिजवासन	187799	8611	4.95	31477	16.76
37. पालम	190826	8411	4.41	19448	10.19
38. दिल्ली कैंट	195122	8189	4.19	31439	16.11
39. राजेन्द्रनगर	204459	18233	8.92	43984	21.51
40. नई दिल्ली	232158	9522	4.1	42668	18.38
41. जंगपुरा	199988	29336	14.67	31852	15.93
42. कस्तूरबा नगर	185271	25663	14.11	20376	11.00
43. मालवीय नगर	175153	24261	14.11	17330	9.89
44. आर के पुरम	185996	8100	4.35	26970	14.50
45. महरौली	178139	24675	13.82	26834	15.06
46. छतरपुर	162573	22519	13.87	25396	15.62
47. देवली (अजा)	211125	30429	14.41	56106	26.57
48. अंबेडकर नगर (अजा)	183588	25429	13.85	57713	31.44
49. संगम विहार	184513	3267	1.78	25147	13.63
50. ग्रेटर कैलाश	189100	18676	9.87	18270	9.66
51. कालकाजी	186520	18421	9.88	23476	12.59
52. तुगलकाबाद	169361	31634	18.68	37843	22.34
53. बदरपुर	197544	15580	7.89	24877	12.59
54. ओखला	189015	19227	11.12	13463	7.12

विधानसभा निर्वाचन क्षेत्र का नाम और नंबर	भारत जनगणना 2001				
	कुल	मुस्लिम	प्रतिशत	अनुसूचित जाति	प्रतिशत
55. त्रिलोकपुरी (अजा)	210903	23423	10.15	66594	31.58
56. कोंडली (अजा)	181943	18035	9.91	50496	27.75
57. पटपडगंज	200960	22458	11.81	26035	12.96
58. लक्ष्मीनगर	191043	37438	19.6	16449	8.61
59. विश्वासनगर	184106	37733	20.51	23823	12.94
60. कृष्णा नगर	214632	68952	32.13	17355	8.09
61. गांधीनगर	205167	24394	11.92	22091	10.77
62. शाहदरा	190583	61226	32.12	31704	16.64
63. सीमापुरी (अजा)	210314	36545	17.38	60934	28.97
64. रोहताश नगर	218397	76908	35.21	43431	19.89
65. सीलमपुर	208273	86799	41.68	18470	8.87
66. घोंडा	203951	68336	33.51	26381	12.93
67. बाबरपुर	203725	50715	25.01	13136	6.45
68. गोकलपुर (अजा)	196825	56429	28.67	73996	37.59
69. मुस्तफाबाद	210574	78792	37.42	26522	12.60
70. करावलनगर	200248	59777	29.85	16659	8.32

MAHARASHTRA

PARLIAMENTARY CONSTITUENCIES IN THE STATE OF MAHARASHT						
AVERAGE PER P.C.						
RANGE		2220136-1816475				
No. & Name of Parliamentary Constituency	ASSEMBLY THEIR NUMBERS CONSTITUENCIES & THEIR NUMBERS	2001 CENSUS POPULATION				As % of the total
		Total	Muslims	SCs	STs	Muslims
1. Nandurbar (ST)						
	1. Akkalkuwa (ST)	314241	13857	3885	280275	4.41
	2. Shahada (ST)	349869	22992	12839	211105	6.62
	3. Nandurbar (ST)	332962	23186	21067	100696	6.96
	4. Nawapur (ST)	314637	11180	3621	267498	3.55
	5. Sakri (ST)	327028	10085	12034	168437	3.14
	9. Shirpur (ST)	337553	17838	18312	136886	5.34
	P.C. TOTAL	**1976290**	**99138**	**71758**	**1164897**	**5.02**
2. Dhule						
	6. Dhule Rural	378030	10793	29058	67479	2.86
	7. Dhule City	341755	92939	26740	13672	27.24
	8. Sindkheda	323581	17811	22958	57090	5.51
	114. Malegaon Central	332226	250439	5173	1352	75.42
	115. Malegaon Outer	351420	81337	28466	49119	23.15
	116. Baglan (ST)	311395	7674	17178	107288	2.54
	P.C. TOTAL	**2038407**	**460993**	**129573**	**296000**	**22.62**
3. Jalgaon						
	13. Jalgaon City	368618	62351	22128	16448	16.91
	14. Jalgaon Rural	340379	32612	24566	56320	9.61
	15. Amalner	314454	21982	23291	37720	6.99
	16. Erandol	302944	31568	19513	32428	10.42
	17. Chalisgaon	356808	25986	34423	29274	7.32
	18. Pachora	325676	33622	26933	27959	10.32
	P.C. TOTAL	**2008879**	**208121**	**150854**	**200149**	**10.36**
4. Raver						
	10. Chopda (ST)	351739	41368	23612	96653	11.76
	11. Raver	352179	75118	30076	57823	21.33
	12. Bhusawal (SC)	325527	48935	32461	16035	15.03
	19. Jamner	325710	41470	21251	29406	12.73
	20. Muktainagar	318656	40296	28523	35885	12.65
	21. Malkapur	314234	49581	19859	17000	15.78
	P.C. TOTAL	**1988045**	**296768**	**155782**	**252802**	**14.93**

5. Buldhana					
22. Buldhana	295427	42260	37585	19466	14.31
23. Chikhli	305866	41026	42258	10846	13.41
24. Sindkhed Raja	322911	26304	42663	2229	8.15
25. Mehkar (SC)	326025	34131	58426	15362	10.46
26. Khamgaon	329337	46982	20007	12481	14.35
27. Jalgaon (Jamod)	338680	45145	20825	37772	13.33
P.C. TOTAL	**1918246**	**235848**	**221764**	**98156**	**12.35**
6. Akola					
28. Akot	331671	60878	34797	24484	18.44
29. Balapur	321818	63773	24420	21319	19.82
30. Akola West	319455	87239	27218	7069	27.31
31. Akola East	333531	41418	37632	28586	12.42
32. Murtijapur (SC)	323779	42964	44372	19072	13.39
33. Risod	334045	26026	56467	29186	7.81
P.C. TOTAL	**1964299**	**322298**	**224906**	**129716**	**16.41**
7. Amravati (SC)					
37. Badnera	308285	58773	64677	15380	19.06
38. Amravati	318203	66153	41556	10211	20.89
39. Teosa	312569	32576	64501	20913	10.42
40. Daryapur (SC)	342936	48593	80183	21168	14.17
41. Melghat (ST)	334972	16805	28619	199882	5.02
42. Achalpur	319424	71328	53858	22163	22.33
P.C. TOTAL	**1936389**	**294228**	**333394**	**289717**	**15.25**
8. Wardha					
36. Dhamamgaon Railway	342317	20774	66339	20659	6.07
43. Morshi	327833	32242	46882	45715	9.83
44. Arvi	305812	14329	35401	45310	4.75
45. Deoli	301255	10602	46340	37461	3.52
46. Hinganghat	319916	11042	39073	40339	3.51
47. Wardha	309753	13302	37816	31305	4.34
P.C. TOTAL	**1906886**	**102291**	**271851**	**220789**	**5.441**
9. Ramtek (SC)					
48. Katol	315258	11434	49396	48172	3.63
49. Savner	336318	12612	58634	37769	3.75
50. Hingna	319663	6854	56431	38915	2.14
51.Umred (SC)	356323	5618	70868	44072	1.66
58. Kamthi	352114	39600	65830	23135	11.25
59. Ramtek	335895	7368	52271	70403	2.23
P.C. TOTAL	**2015571**	**83486**	**353430**	**262466**	**4.14**

10. Nagpur					
52. Nagpur South West	350182	36386	62169	17848	10.41
53. Nagpur South	337378	35056	51544	17792	10.42
54. Nagpur East	332646	34564	49589	27645	10.39
55. Nagpur Central	343957	35740	25917	64660	10.42
56. Nagpur West	339982	35326	55714	25086	10.41
57. Nagpur North (SC)	347921	36152	98098	28944	10.39
P.C. TOTAL	**2052066**	**213224**	**343031**	**181975**	**10.41**
11. Bhandara - Gondiya					
60. Tumsar	358464	6886	41932	36755	1.92
61. Bhandara (SC)	413132	12763	88313	30380	3.09
62. Sakoli	364550	3675	71704	30583	1.01
63. Arjuni-Morgaon (SC)	288346	2931	49892	59761	1.02
64. Tirora	277169	3773	34489	29437	1.41.
65. Gondiya	329801	11580	51825	25073	3.51
P.C. TOTAL	**2031462**	**41608**	**338155**	**211989**	**2.05**
12. Gadchiroli-Chimur (ST)					
66. Amgaon (ST)	305391	3679	31493	82184	1.21
67. Armori (ST)	308241	6941	35922	119313	225
68. Gadchiroli (ST)	346604	4686	33817	91879	1.35
69. Aheri (ST)	315449	5714	39085	160504	1.81
73. Brahmapuri	319995	3305	40411	58470	1.03
74. Chimur	329908	5895	47970	76792	1.96
P.C. TOTAL	**1925588**	**30220**	**228698**	**589142**	**1.69**
13. Chandrapur					
70. Rajura	369985	12705	54854	84946	3.44
71. Chandrapur (SC)	369401	27598	61645	31428	7.51
72. Ballarpur	364444	19261	53153	63309	5.29
75. Warora	317368	8958	38894	60311	2.82
76. Wani	340831	12611	24935	81727	3.71
80. Arni (ST)	359595	21185	29623	96430	5.91
P.C. TOTAL	**2121624**	**102318**	**263104**	**418151**	**4.83**
14. Yavatmal-Washim					
34. Washim (SC)	363105	40400	65125	14168	11.13
35. Karanja	323672	45437	41087	27633	14.04
77. Ralegaon (ST)	336202	12864	31476	98546	3.83
78. Yavatmal	378994	31535	44569	68876	9.04
79. Digras	376143	51484	46890	35276	13.77
81. Pusad	327352	36059	30966	46776	11.02
P.C. TOTAL	**2105468**	**217779**	**260113**	**291275**	**10.34**

15. Hingoli					
82. Umarkhed (SC)	339154	31171	44343	45739	9.21
83. Kinwat	297412	27813	28473	71982	9.41
84. Hadgaon	313278	24049	41693	38805	7.76
92. Basmath	338955	35646	36463	16714	10.52
93. Kalamnuri	322871	31403	28656	52981	9.73
94. Hingoli	325334	36150	35578	17203	11.12
P.C. TOTAL	**1937004**	**186232**	**215206**	**243424**	**9.62**
16. Nanded					
85. Bhokar	315270	34015	43479	29785	10.89
86. Nanded North	318715	80010	46935	6173	25.11
87. Nanded South	317337	80787	43063	5299	25.46
89. Naigaon	333702	35777	76465	34706	10.72
90. Deglur (SC)	355945	50290	87853	37217	14.13
91. Mukhed	318405	26965	73083	22135	8.47
P.C. TOTAL	**1959374**	**307844**	**370878**	**135315**	**15.71**
17. Parbhani					
95. Jintur	373757	50890	30123	13635	13.62
96. Parbhani	357687	107012	32012	4874	29.92
97. Gangakhed	419190	39869	52725	11104	9.51
98. Pathri	377081	46164	37603	5597	12.25
99. Partur	309798	32595	33608	5551	10.52
100. Ghansawangi	316918	31938	36730	5593	10.08
P.C. TOTAL	**2154431**	**308468**	**222801**	**46354**	**14.32**
18. Jalna					
101. Jalna	341944	67344	35731	5249	19.74
102. Badnapur (SC)	323099	38200	37941	4097	11.84
103. Bhokardan	321221	41454	37007	11613	12.91
104. Sillod	344928	76963	29715	30136	22.31
106. Phulambri	325947	52058	49376	5588	15.98
110. Paithan	334581	53414	41635	6372	15.97
P.C. TOTAL	**1991720**	**329433**	**231405**	**63055**	**16.54**
19. Aurangabad					
105. Kannad	327537	48665	27512	21301	14.86
107. Aurangabad Central	303368	87751	46448	3655	28.93
108. Aurangabad West (SC)	315935	76700	59254	4614	24.28
109. Aurangabad East	304419	88055	39853	2954	28.93
111. Gangapur	322905	53125	41584	12585	16.52
112. Vaijapur	317393	32785	40804	13211	10.33
P.C. TOTAL	**1891557**	**387081**	**255455**	**58320**	**20.53**

20. Dindori (ST)					
113. Nandgaon	341903	22913	40451	42295	6.71
117. Kalwan (ST)	310744	2619	6712	246557	0.84
118. Chandvad	335177	6819	30797	58299	2.03
119. Yevla	351350	24784	33578	38837	7.05
121. Niphad	324013	14493	32999	62292	4.52
122. Dindori (ST)	361501	3451	16983	228959	0.95
P.C. TOTAL	**2024688**	**75079**	**161520**	**677239**	**3.71**
21. Nashik					
120. Sinnar	337605	6703	22647	62177	1.99
123. Nashik East	339249	27632	43519	31291	8.15
124. Nashik Central	317828	25887	32718	18697	8.14
125. Nashik West	329406	26830	37760	16667	8.21
126. Devlali (SC)	330884	15663	51402	64477	4.73
127. Igatpuri(ST)	319095	8736	26133	165964	2.74
P.C. TOTAL	**1974067**	**111451**	**214179**	**359273**	**5.65**
22. Palghar(ST)					
128. Dahanu (ST)	348482	10116	5223	256150	2.91
129. Vikramgad (ST)	331531	5565	2958	285180	1.78
130. Palghar (ST)	349546	19006	9420	108214	5.44
131. Boisar (ST)	337089	11798	6736	141172	3.59
132. Nalasopara	333193	25751	7890	8944	7.73
133. Vasai	335234	26635	5323	30065	7.95
P.C. TOTAL	**2035075**	**98871**	**37550**	**829725**	**4.86**
23. Bhiwandi					
134 Bhiwandi Rural (ST)	346291	15283	7271	93492	4.41
135. Shahapur(ST)	312775	8252	11639	116620	2.64
136. Bhiwandi West	332388	160307	5816	3420	48.23
137. Bhiwandi East	331266	164501	4560	4008	49.78
138. Kalyan West	346641	18423	20964	9850	5.31
139. Murbad	358303	12152	16885	61506	3.41
P.C. TOTAL	**2027664**	**378918**	**67135**	**288896**	**18.77**
24. Kalyan					
140. Ambernath (SC)	331252	24808	38651	8974	7.49
141. Ulhas Nagar	319455	13620	34160	4418	4.33
142. Kalyan East	322814	16635	30016	12067	523
143. Dombivali	322479	17154	13243	1776	532
144. Kalyan Rural	327782	20572	12607	6365	6.36
149. Mumbra-Kalwa	335054	51144	11784	6950	15.33
P.C. TOTAL	**1958836**	**143933**	**140461**	**40550**	**7.35**

25. Thane					
145. Mira Bhayandar	367477	47420	2979	3304	12.91
146. Ovala - Majiwada	346696	49313	16373	13155	14.22
147 Kopri-Pachpakhadi	369080	56340	18479	7033	15.35
148. Thane	335749	51250	13117	6523	15.26
150. Airoli	345746	27400	26150	5598	7.92
151. Belapur	345526	27382	17476	4506	7.93
P.C. TOTAL	**2110274**	**259105**	**94574**	**40119**	**12.38**
26. Mumbai North					
152. Borivali	327175	60731	10548	2867	18.56
153. Dahisar	323194	59992	8042	3269	18.61
154. Magathane	324129	60166	11744	3686	18.63
160. Kandivali East	324421	60220	10861	2323	18.59
161. Charkop	317041	58868	8401	2522	18.69
162. Malad West	334033	62003	8211	3280	18.57
P.C. TOTAL	**1949993**	**361980**	**57807**	**17947**	**18.56**
27. Mumbai North West					
158. Jogeshwari East	343938	63847	10908	4142	18.57
159. Dindoshi	323979	60138	11677	2099	18.56
163. Goregaon	351340	65216	12181	2592	18.62
164. Versova	312417	57991	7216	2374	18.55
165. Andheri West	321097	59602	8543	1529	18.61
166. Andheri East	350379	65037	11397	4198	18.63
P.C. TOTAL	**2003150**	**371831**	**61922**	**16934**	**18.56**
28. Mumbai North East					
155. Mulund	330195	61292	18018	6817	18.55
156. Vikhroli	329512	61165	22048	3015	18.62
157. Bhandup West	314588	58395	11671	2576	18.56
169. Ghatkopar West	353132	65549	20541	3446	18.56
170. GhatkoparEast	312472	58001	24938	2168	18.61
171 Mankhurd Shivaji Nagar	345934	64212	29760	4038	18.57
P.O. TOTAL	**1985833**	**368614**	**126976**	**22060**	**18.56**
29. Mumbai North Central					
167. Vile Parle	324013	60143	9784	2388	18.61
168. Chandivali	344794	64001	17250	2091	18.57
174. Kurla (SC)	345450	64123	37859	1016	18.56
176. Vandre East	350475	65055	19453	1231	18.61
177. Vandre West	337391	62627	7621	2440	18.55
175. Kalina	348916	64766	15724	1410	18.63
P.C. TOTAL	**2051039**	**380715**	**107691**	**10576**	**18.56**

30. Mumbai South Central					
172. Anushakti Nagar	328916	61054	15934	934	18.61
173. Chembur	321488	59675	31239	2003	18.62
178. Dharavi (SC)	321258	70688	41168	1065	22.01
179. Sion Koliwada	331999	73051	15344	2949	22.02
180. Wadala	325338	71586	21384	2940	22.03
181. Mahim	304905	67090	7331	1284	22.04
P.C. TOTAL	**1933904**	**403144**	**132400**	**11175**	**20.85**
31. Mumbai South					
182. Worli	343862	75662	31699	4454	22.01
183. Shivadi	333091	73292	13177	1521	22.04
184. Byculla	353686	77823	17421	1140	22.03
185. Malabar Hill	326707	71887	13961	782	22.01
186. Mumba Devi	341203	75076	11336	1363	22.02
187. Colaba	355982	78328	10648	3168	22.05
P.C. TOTAL	**2054531**	**452068**	**198242**	**12428**	**22.01**
32. Raigad					
191. Pen	320189	5637	6261	58535	1.81
192. Alibag	320707	21245	5170	53895	6.63
193. Shrivardhan	304337	47976	8613	28536	15.77
194. Mahad	331799	33942	9738	16483	10.23
263. Dapoli	366056	49106	6594	15090	13.42
264. Guhagar	326517	24150	4576	1315	7.45
P.C. TOTAL	**1969605**	**182056**	**40952**	**173854**	**9.24**
33. Maval					
188. Panvel	308195	20657	9457	19544	6.71
189. Karjat	302486	19775	6625	55130	6.54
190. Uran	320216	20771	7803	37001	6.49
204. Maval	363719	6563	24935	23468	1.88
205. Chinchwad	336485	20074	43392	7658	5.97
206. Pimpri (SC)	345054	20585	53862	6006	5.97
P.C. TOTAL	**1976155**	**108425**	**146074**	**148807**	**5.56**
34. Pune					
208. Vadgaol Sheri	362372	33428	54468	4289	9.23
209. Shivajinagar	352606	34576	46039	4869	9.81
210. Kothrud	331653	30925	21397	3879	9.33
212. Parvati	336326	31370	52028	2660	9.33
214. Pune Cantonment (SC)	343207	46785	53905	2240	13.63
215. Kasba Peth	330655	30841	25344	1631	9.33
P.C. TOTAL	**2056819**	**207925**	**253181**	**19568**	**10.1**

35. Baramati					
199. Oaund	341388	16685	48404	6773	4.89
200. Indapur	348413	15730	51372	3500	451
201. Baramati	372852	16844	52495	2475	4.52
202. Purandar	310652	8334	23119	5553	272
203. Bhor	367160	6563	22296	10714	1.88
211. Khadakwasala	325792	37841	25666	4579	14.71
P.C. TOTAL	**2066257**	**101997**	**223352**	**33594**	**4.94**
36. Shirur					
195. Junnar	369806	21052	15707	70966	5.73
196. Ambegaon	318838	8308	11844	45018	2.61
197. Khed Aland!	343214	7058	13317	38272	2.06
198. Shirur	374429	13555	37794	8847	3.62
207. Bhosari	330933	19743	43313	5737	5.97
213. Hadapsar	327001	30500	41160	2588	9.32
P.C. TOTAL	**2064221**	**100216**	**163135**	**171428**	**4.95**
37. Ahmadnagar					
222. Shevgaon	359353	23891	42222	4747	6.65
223. Rahuri	339750	19358	47581	23996	5.77
224. Parner	352213	11552	30907	15523	3.39
225. Ahmednagar City	347549	47385	40975	3157	13.64
226. Shrigonda	356809	14673	44184	9514	4.12
227. Karjat Jamkhed	339890	17745	43891	4189	5.22
P.C. TOTAL	**2095564**	**134604**	**249760**	**61126**	**6.42**
38. Shirdi (SC)					
216. Akole (ST)	315745	7668	13553	134559	2.43
217. Sangamner	318342	25272	25275	22319	7.94
218. Shirdi	321124	20866	48222	18857	6.49
219. Kopargaon	318315	22122	41321	30010	6.95
220. Shrirampur (SC)	344854	35954	60797	20664	10.43
221. Nevasa	326698	17659	45757	15720	5.41
P.C. TOTAL	**1945078**	**129541**	**234925**	**242129**	**6.66**
39. Beed					
228. Georai	362288	37518	43674	3857	10.36
229. Majalgaon	343469	39781	48790	4796	11.58
230. Beed	360559	69806	40754	3062	19.41
231.Ashti	364939	20819	33509	4954	5.71
232. Kaij (SC)	394635	44499	66087	4351	11.28
233. Parli	335360	44159	48426	3173	13.27
P.O. TOTAL	**2161250**	**256582**	**281240**	**24193**	**11.92**

40. Osmanabad					
239. Ausa	332400	45092	55709	6997	13.57
240. Umarga (SC)	351502	39220	63685	6262	11.16
241. Tuljapur	400864	39239	69741	5778	9.88
242. Osmanabad	396756	48279	67425	11069	12.17
243. Paranda	337464	24446	44939	4748	7.24
246. Barshi	340831	29298	45654	3921	8.66
P.C. TOTAL	**2159817**	**225574**	**347153**	**38775**	**10.45**
41. Latur (SC)					
234. Latur Rural	347489	30693	65321	5957	8.83
235. Latur City	363050	73359	59832	6640	20.21
236. Ahmadpur	356188	49617	72021	8737	13.93
237. Udgir (SC)	330719	52322	79147	7804	1582
238. Nilanga	350439	42038	72221	11701	11.99
88. Loha	306195	25375	57152	7494	8.37
P.C. TOTAL	**2054080**	**273404**	**405694**	**48333**	**13.31**
42. Solapur (SC)					
247. Mohol (SC)	361364	21123	59608	6203	5.85
248. Solapur City North	327079	62554	43755	5361	19.13
249. Solapur City Central	366995	70887	51908	8414	19.32
250. Akkalkot	375818	56720	61212	12836	15.12
251. Solapur South	331513	54071	46038	11703	16.31
252. Pandharpur	347619	19143	51545	7964	5.51
P.C. TOTAL	**2110388**	**284498**	**314066**	**52481**	**13.51**
43. Madha					
244. Karmala	330488	18032	48189	3711	5.56
245. Madha	381367	15517	60850	4087	4.07
253. Sangole	318278	12270	47231	2342	3.86
254. Malshiras (SC)	368191	19188	62133	2447	5.21
255. Phaltan (SC)	357284	12059	45753	2826	3.45
258. Man	350495	9311	36497	910	2.76
P.C. TOTAL	**2106103**	**86377**	**300653**	**16323**	**4.11**
44. Sangli					
281. Miraj (SC)	349619	43467	50648	1950	12.43
282. Sangli	353353	60074	45309	3235	17.01
285. Palus-Kadegaon	290690	15429	31927	1862	5.31
286. Khanapur	337185	14883	40615	830	4.41
287. Tasgaon-Kavathe Mal	329976	14389	38628	1311	4.36
288. Jat	283950	18092	37745	5244	6.42
P.C. TOTAL	**1944773**	**166334**	**244872**	**14432**	**8.65**
% of SC/ST			12.59	0.74	

45. Satara					
256. Wai	379890	19924	23781	7290	5.25
257. Koregaon	342681	11116	28957	2481	3.24
259. Karad North	335264	16230	30307	2290	4.84
260. Karad South	338752	28932	33850	1185	8.54
261. Patan	329546	7049	20815	1723	2.14
262. Satara	375082	21056	26150	3191	5.62
P.C. TOTAL	**2101215**	**104307**	**163860**	**18160**	**4.96**
46. Ratnagiri - Sindhudurg					
265. Chiplun	345103	30337	6041	2014	8.79
266. Ratnagiri	330509	47749	3335	1127	14.45
267. Rajapur	328592	24330	3969	556	7.41
268. Kankavli	311805	11834	11015	1800	385
269. Kudal	269621	4881	13170	1617	1.81
270. Sawantwadi	287399	6953	14351	1535	242
P.C. TOTAL 18	**73029**	**1260847**	**51881**	**8649**	**6.73**
47. Kolhapur					
271. Chandgad	365766	14258	37897	3273	3.98
272. Radhanagari	376418	10025	38160	1057	2.73
273. Kagal	357538	16465	41370	586	4.61
274. Kolhapur South	347489	20929	49215	2006	6.03
275. Karvir	351606	9002	51420	413	256
276. Kolhapur North	320181	32917	37629	979	10.28
P.C. TOTAL	**2118998**	**103596**	**255691**	**8314**	**4.98**
48. Hatkanangle					
277. Shahuwadi	335357	8253	39799	543	2.46
278. Hatkanangle (SC)	379727	36301	66646	2362	9.56
279. Ichalkaranji	329901	46106	33400	1835	13.98
280. Shirol	359179	42619	54105	8333	11.87
283. Islampur	310069	24117	34797	2771	7.88
284. Shirala	328682	13073	33805	652	3.98
P.C. TOTAL	**2042915**	**170469**	**262552**	**16496**	**8.34**

Sources : 1. Census of India 2001 (See C-1 Tables on Religion)

2. Delimitation Commission Order of 2008 (See papers 5 to 6)

Parliamenary Costituencies of UP in 2001

Constituencies	Population			As % of the total		
	Total	SC	Muslims	ST	SC	Muslims
1. Behat	425986	83001	208677	121	19.48	48.99
3. Saharanpur Nagar	455754	39491	212289	13	8.66	46.57
4. Saharanpur (SC)	371854	112850	140972	0	30.35	37.91
5. Deoband	411028	95794	119577	16	23.31	29.12
6. Rampur Maniharan	372438	120237	140972	0	32.28	37.85
1. Saharanpur	**2037060**	**451373**	**822487**	**150**	**22.16**	**40.38**
2. Nakur	418776	97899	97922	299	23.38	23.43
7. Gangoh	441027	80078	131841	49	18.16	29.89
8. Kairana	380466	32396	239062	0	8.51	62.83
9. Thana Bhavan	389350	60447	39566	7	15.33	10.16
10. Shamli	372124	40047	120920	2	10.75	32.54
2. Kairana	**2001743**	**310832**	**629311**	**357**	**15.53**	**31.44**
11. Budhana	463616	44535	180864	35	9.61	39.31
12. Charthawal	407471	61481	10864	2	15.09	2.76
14. Muzaffarnagar	400288	36680	125854	41	9.16	31.45
15. Khatauli	388207	64591	48261	0	16.64	12.43
44. Sardhana	429246	87841	138738	0	2.46	32.32
3. Muzaffarnagar	**2078828**	**207287**	**504581**	**78**	**9.97**	**23.59**
13. Purqazi (SC)	362220	76957	22505	0	21.25	6.21
16. Meerapur	379620	61225	102664	0	16.13	27.04
22. Bijnor	421735	90266	146437	0	21.4	34.72
23. Chandpur	381163	66301	145674	0	17.39	38.21
45. Hastinapur (SC)	437474	91334	117681	0	20.88	29.82
4. Bijnor	**1939260**	**365124**	**534961**	**0**	**18.83**	**27.59**
17. Najibabad	398795	88227	297892	418	22.12	74.78
18. Nagina (SC)	413343	94134	264523	8	22.77	63.99
20. Dhampur	358782	63851	154111	4	17.81	42.95
21. Nehtaur (SC)	362373	89245	152217	0	24.63	42.01
24. Noorpur	377001	72109	154034	1	19.13	40.85
5. Nagina (SC)	**1910294**	**407566**	**1022777**	**431**	**21.34**	**52.91**
19. Barhapur	418427	91573	3270778	1996	21.91	78.16
25. Kanth	435252	72646	152040	0	18.69	34.93
26. Thakurwada	433481	59813	224693	0	13.8	51.83
27. Moradabad Rural	392213	37542	194892	130	9.57	49.69
28. Moradabad Nagar	431950	49811	209339	159	11.53	48.46
6. Moradabad	**2111323**	**311385**	**1108042**	**2285**	**14.75**	**52.48**
34. Suar	365314	43419	218008	62	11.89	59.68
35. Chamraua	344664	33173	208021	26	9.62	60.35
36. Bilaspur	396385	61371	118801	11	15.48	29.97

37. Rampur	402327	23664	243817	120	5.88	60.61
38. Milak (SC)	415049	95738	132719	39	23.07	31.97
7. Rampur	**1923740**	**257365**	**921395**	**258**	**13.38**	**48.51**
29. Kundarrki	433290	57878	220491	0	13.36	48.51
30. Bilari	406571	92262	160341	6	22.69	39.41
31. Chandausi (SC)	427948	99359	90552	9	23.22	21.15
32. Asmoli	437391	80733	166643	0	18.46	38.11
33. Sambhal	412887	54209	208391	0	12.13	50.47
8. Sambhal	**2118087**	**384441**	**846418**	**15**	**18.15**	**39.96**
39. Dhanaura (SC)	387304	81857	118489	16	21.14	30.59
40. Naugawan Sadat	372969	63440	186126	0	17.01	49.91
41. Amroha	344273	43185	178012	0	12.54	51.71
42. Hasanpur	394522	70375	117681	0	17.84	29.82
60. Garhumukteshwar	412896	84135	131959	2	20.38	31.96
9. Amroha	**1911964**	**342992**	**732267**	**18**	**17.94**	**38.39**
46. Kithore	447599	88752	144436	0	19.83	32.26
47. Meerut Cantt.	404726	82242	132367	208	20.81	32.71
48. Meerut	395003	28739	168786	5	7.28	42.73
49. Meerut South	425828	88619	139269	10	20.81	32.71
59. Hapur (SC)	406327	107138	104965	6	26.37	28.56
10. Meerut	**2080481**	**395490**	**689823**	**229**	**19.01**	**40.42**
43. Siwalkhas	434001	79406	151143	13	18.3	54.82
50. Chhaprauli	412156	44485	102534	20	10.79	24.88
51. Baraut	360812	36872	360812	0	10.22	23.91
52. Baghpat	391023	46456	95051	28	11.88	24.38
57. Modi Nagar	382448	75031	87778	0	9.62	22.95
11. Baghpat	**1980440**	**282250**	**797318**	**61**	**14.25**	**30.18**
53. Loni	421247	62695	84185	14	14.88	19.98
54. Moradnagar	442364	61749	93537	73	13.96	21.14
55. Sahibabad	396807	51030	194813	73	12.86	49.09
56. Ghaziabad	428255	82978	85585	32	19.38	19.98
58. Dholana	423726	74783	109252	7	17.65	25.78
12. Ghaziabad	**2112399**	**333235**	**567372**	**199**	**15.78**	**27.07**
61. Noida	356548	32695	40930	100	9.17	11.48
62. Dadri	375008	61399	46111	38	16.37	12.29
63. Jewar	373736	78990	57479	241	21.14	15.37
64. Sikandrabad	439835	79974	63173	19	18.18	14.36
70. Khurja (SC)	431281	117488	87130	0	27.24	20.21
13. Gautan Buddha Nagar	**1976408**	**370546**	**294823**	**398**	**18.75**	**14.92**
65. Bulandshahar	441170	73651	118521	38	16.69	26.87
66. Syana	461872	80986	78462	52	17.53	16.98
67. Anupshahar	426845	83361	112890	0	19.53	26.45
68. Debai	417123	74301	41531	98	17.81	9.96

69. Shikarpur	391734	101860	73011	0	26.01	18.64
14. Bulanshahar (SC)	**2138744**	**414139**	**424415**	**188**	**19.36**	**19.84**
71. Khair (SC)	449334	107393	37040	20	23.91	8.24
72. Baroli	420698	99670	84920	0	23.69	20.19
73. Atrauli	459588	84815	57552	6	18.45	12.52
75. Koel	382461	59114	107508	32	15.46	28.11
76. Aligarh	409686	87039	109804	20	21.25	26.81
15. Aligarh	**2121768**	**438031**	**396824**	**78**	**20.64**	**19.17**
74. Chharrah	430727	89399	91383	0	20.75	21.21
77. Iglas (SC)	439792	106840	38465	63	24.29	8.74
78. Hathras (SC)	459853	130231	45449	22	28.32	9.88
79. Sadabad	435018	97040	39115	0	22.31	8.99
80. Sikandra Rao	441160	109468	50287	47	24.81	11.48
16. Hathras (SC)	**2206550**	**532978**	**264699**	**132**	**24.15**	**12.06**
81. Chhata	415495	68612	46584	0	16.51	11.21
82. Mant	397951	82619	24509	0	20.75	6.16
83. Goverdhan	374263	83884	29664	63	22.41	7.93
84. Mathura	456979	68566	26782	109	15	5.86
85. Baldev (SC)	429828	102928	38176	38	23.95	8.89
17. Mathura	**2074517**	**406509**	**165715**	**210**	**19.65**	**8.01**
86. Etmadpur	431649	98577	35881	122	22.84	8.31
87. Agra Cantt. (SC)	423338	109484	52173	167	25.86	12.31
88. Agra South	405617	78300	49947	19	19.3	12.31
89. Agra North	386008	76620	47616	65	19.85	12.33
106. Jalesar (SC)	366047	73731	37935	0	20.14	10.36
18. Agra (SC)	**2012659**	**436712**	**223552**	**0**	**21.78**	**11.11**
90. Agra Rural (SC)	422479	118228	52066	180	27.98	12.32
91. Fatehpur Sikri	416362	83563	38653	121	20.07	9.33
92. Khairagarh	390297	78195	19394	86	20.3	4.97
93. Fatehabd	379184	68578	17192	106	18.09	4.53
94. Bah	366768	76929	10713	0	20.97	2.92
19. Fatehpur Sikri	**1975108**	**425493**	**138018**	**492**	**21.14**	**6.99**
95. Tundla (SC)	438058	107039	54575	75	24.43	12.56
96. Jasrana	431975	74170	17798	0	17.17	4.12
97. Firozabad	432866	71650	100021	118	16.55	23.11
98. Shikkohabad	396613	71223	52801	0	17.96	13.31
99. Sirsaganj	382240	70589	25219	0	18.47	6.67
20. Firozabad	**2081752**	**394671**	**250414**	**193**	**18.96**	**11.95**
107. Mainpuri	381144	70489	21411	287	18.49	5.62
108. Bhongaon	411246	78661	19135	3	19.13	4.65
109. Kishani (SC)	362386	76181	17718	420	21.02	4.99
110. Karthal	441942	83059	26313	0	18.79	5.96
199. Jaswantnagar	439665	95196	25221	0	21.65	5.89

21. Mainpuri	**2036383**	**403586**	**109798**	**710**	**19.82**	**5.41**
100. Kasganj	442012	77306	55578	8	17.49	12.61
101. Amanpur	372128	70137	51538	0	18.85	13.85
102. Patiyali	414565	69158	83008	0	16.68	20.09
104. Etah	383182	57049	27724	0	14.89	7.23
105. Marhra	367692	63313	26604	0	17.22	7.23
22. Etah	**1979579**	**336963**	**244452**	**0**	**17.02**	**12.35**
111. Gunnaur	438716	53400	52089	5	12.17	11.93
112. Bisauli (SC)	461577	99447	107067	0	21.55	23.25
113. Sahaswan	462672	77042	62562	0	16.65	13.52
114. Bilsi	386929	80430	118208	0	20.79	30.55
115. Budaun	420033	64062	40061	22	15.25	9.54
23. Badaun	**2169927**	**374381**	**379987**	**27**	**17.25**	**17.52**
116. Shekhupur	447009	76728	108905	64	17.16	24.43
117. Dataganj	452490	73575	91507	15	16.26	22.23
122. Faridpur (SC)	383771	61607	88280	0	16.05	23.01
123. Bithari Chainpur	447457	59124	140369	19	13.21	30.37
126. Aonla	374382	58435	82518	0	15.61	22.84
24. Aonla	**2105109**	**329469**	**511579**	**98**	**17.25**	**24.31**
119. Meerganj	403428	51628	132211	3	12.8	31.75
120. Bhojipura	426781	49774	173395	6	11.66	40.73
121. Nawabganj	394098	54626	128945	10	13.86	32.72
124. Bareilly	377263	28547	144253	233	7.57	38.24
125. Bareilly Cantt.	371090	31664	147558	49	8.53	39.83
25. Bareilly	**1972660**	**216239**	**726362**	**301**	**10.96**	**36.82**
118. Baheri	440319	62366	188857	0	14.16	42.91
127. Pilibhit	456176	52958	133594	268	11.61	29.26
128. Barkhera	390686	64476	107504	78	16.5	27.51
129. Puranpur (SC)	459665	82872	98392	1366	18.03	21.06
130. Bisalpur	421581	70566	51578	81	16.74	12.23
26. Pilibhit	**2168427**	**333238**	**579925**	**1712**	**15.37**	**26.74**
131. Katra	388325	68774	66161	0	17.71	17.04
132. Jalalabad	405276	51362	43960	0	12.67	10.85
133. Tilhar	396854	70442	142374	10	17.75	35.88
134. Powayan (SC)	437660	110415	58054	38,	25.23	13.26
135. Shahjahanpur	425410	47140	106200	49	11.08	24.97
136. Dadraull	411405	82982	102703	0	20.17	24.97
27. Shahjahanpur (SC)	**2464930**	**431115**	**519452**	**97**	**17.49**	**21.07**
137. Palia	403799	107378	80227	30776	26.59	19.87
138. Nighasan	400870	78193	70588	5338	19.51	17.61
139. Gola Gorakhnath	434005	118588	80668	1055	27.32	18.67
140. Sri Nagar (SC)	387444	112441	81906	38	29.02	21.14
142. Lakhimpur	439083	86779	92821	323	19.76	21.14

28. Kheri	**2065201**	**503379**	**406210**	**37530**	**24.37**	**19.67**
141. Dhaurahra	389157	95442	75464	26	24.53	19.41
143. Kasta (SC)	359654	112732	67933	261	31.34	18.89
144. Mohammadi	393220	108806	71170	132	27.67	18.18
145. Maholi	434187	140314	48254	25	32.32	11.11
147. Hargaon (SC)	390348	142482	91176	11	36.51	23.36
29. Dhaurahra	**1966566**	**599776**	**353997**	**455**	**30.5**	**18.01**
146. Sitapur	437450	112961	86111	59	25.82	19.75
148. Laharpur	401317	116724	107558	49	29.09	26.81
149. Biswan	391583	126211	93240	120	32.23	23.81
150. Sevata	364824	76337	92267	61	20.92	25.31
151. Mahmoodabad	363447	96027	88772	35	26.42	24.43
30. Sitapur	**1958621**	**528260**	**467948**	**324**	**26.97**	**24.02**
154. Sawayazpur	456547	74965	28693	20	16.42	6.34
155. Shahabad	416618	118373	90884	0	28.41	21.82
156. Hardoi	433718	147333	38267	98	33.97	8.84
157. Gopamau (SC)	412808	150554	68422	9	36.47	16.57
158. Sandi (SC)	398983	165854	41730	0	41.57	10.46
31. Hardoi (SC)	**2118674**	**657079**	**267996**	**127**	**31.01**	**12.65**
153. Misrikh (SC)	424484	179685	37072	0	42.33	8.73
159. Bilgram-Mallanwan	451585	99374	69060	1	22.01	15.33
160. Balamau (SC)	425797	202270	61984	3	47.5	14.56
161. Sandila	402250	107125	58557	72	26.63	14.56
209. Bilhaur (SC)	463577	120689	44310	0	26.03	9.68
32. Misrikh (SC)	**2167693**	**709143**	**270983**	**76**	**32.71**	**12.51**
162. Bangermau	417523	110893	71680	12	26.56	17.28
163. Safipur (SC)	419710	153767	56319	161	36.64	13.42
164. Mohan (SC)	409758	158790	41664	172	38.75	10.27
165. Unnao	487328	107003	51242	248	21.96	10.52
166. Bhagwantnagar	477776	141734	13982	216	29.67	6.43
167. Purwa	488229	155068	44108	148	31.76	9.05
33. Unnao	**2700324**	**827255**	**278995**	**957**	**30.64**	**11.16**
152. Sidhauli (SC)	412021	162885	52675	7	39.53	12.78
168. Malihabad (SC)	417106	167163	75069	81	40.08	17.99
169. Bakshi Kaa Talab	384646	120580	5857	207	31.35	15.23
170. Sarojini Nagar	420945	120845	98963	313	28.71	23.51
176. Mohanlalganj (SC)	406696	176852	27620	206	43.49	7.56
34. Mohanlalganj (SC)	**2041414**	**748325**	**260184**	**814**	**36.66**	**15.41**
171. Lucknow West	388226	30698	91271	25	7.91	23.52
172. Lucknow North	395087	31030	92884	144	7.85	23.54
173. Lucknow East	402533	35823	94634	331	8.9	24.01
174. Lucknow Central	431531	42439	94289	103	9.83	23.49
175. Lucknow Cantt.	401064	51072	94289	1456	12.73	23.09

35. Lucknow	**2018441**	**191062**	**467367**	**2059**	**9.47**	**23.15**
177. Bachhrawan (SC)	403906	151950	3162	64	37.62	7.83
179. Harchandpur	389214	119240	34273	545	8.81	30.64
180. Rai Bareli	433759	101069	44542	176	23.3	10.27
182. Sareni	424899	121270	26454	312	28.54	6.23
183. Unchahar	401950	120193	27924	522	29.9	6.95
36. Rai Bareli	**2053728**	**613722**	**136355**	**1619**	**29.88**	**12.38**
178. Tiloi	404188	115305	106561	24	28.53	26.44
181. Salon (SC)	414419	127722	68749	159	30.82	16.61
184. Jagdishpur (SC)	434736	115431	90546	101	26.55	20.83
185. Gauriganj	400906	101811	81637	1	25.4	20.36
186. Amethi	389476	75809	27118	3	19.46	6.96
37. Amethi	**2043725**	**536078**	**374611**	**288**	**26.23**	**18.33**
187. Isauli	403973	68200	91062	76	16.88	22.54
188. Sultanpur	409906	67400	88026	0	16.44	21.55
189. Sadar	372656	87614	60076	70	23.51	16.12
190. Lambhua	405040	93879	54941	96	23.18	13.64
191. Kadipur (SC)	398139	105153	31236	119	26.41	7.85
38. Sultanpur	**1989714**	**422246**	**325341**	**361**	**21.22**	**16.35**
244. Rampur Khas	342623	83678	42257	19	24.42	12.34
247. Biswanathganj	434698	85233	108331	0	19.61	24.94
248. Pratapgarh	397610	66214	77663	70	16.65	19.53
249. Patti	409635	88463	60258	33	21.6	14.71
250. Raniganj	363739	68208	46553	0	18.75	12.88
39. Pratapgarh	**1948305**	**391796**	**335062**	**122**	**20.11**	**16.88**
103. Aliganj	414724	60267	34823	22	14.53	8.46
192. Kaimganj (SC)	453459	88653	69097	96	19.55	15.24
193. Amritpur	350546	45304	31961	0	12.92	9.12
194. Farrukhabad	389734	59695	69957	815	15.32	17.95
195. Bhojpur	376669	64428	61584	0	17.1	16.35
40. Farrukhabad	**1985132**	**318347**	**267422**	**933**	**16.04**	**13.51**
200. Etawah	436391	82446	54281	16	18.89	12.44
201. Bhathana (SC)	462815	135828	16399	0	29.35	3.54
203. Dibiapur	371315	107035	27187	17	28.83	7.32
204. Auraiya (SC)	374087	110934	30912	50	29.65	8.33
207. Sikandra	389379	91351	31930	177	23.46	8.21
41. Etawah (SC)	**2033987**	**527594**	**160709**	**260**	**25.94**	**7.91**
196. Chhibramau	502361	82197	83981	7	16.36	16.72
197. Tirwa	418129	75181	47479	0	17.98	11.36
198. Kannauj (SC)	468433	98660	87644	40	21.06	18.71
202. Bidhuna	434591	108819	25620	1	25.04	5.95
205. Rasulabad (SC)	376029	95960	32293	4	25.52	8.67
42. Kannauj	**2199543**	**460817**	**277017**	**52**	**20.95**	**12.64**

212. Govidnagar	416465	54657	77898	832	13.12	18.71
213. Sishamau	376329	45302	69087	66	12.04	18.36
214. Arya Nagar	388803	24930	71377	78	6.41	18.36
215. Kidwai Nagar	422621	42581	89999	331	10.08	21.28
216. Kanpur Cantt.	409372	37084	66428	142	9.06	16.23
43. Kanpur	**2013590**	**204554**	**374789**	**1449**	**10.16**	**18.61**
206. Akbarpur-Rania	381665	96415	30098	92	25.26	7.95
210. Bithoor	442417	114204	67345	74	25.81	15.22
211. Kalyanpur	384781	63314	63496	79	16.45	18.11
217. Maharajpur	457246	75028	83695	214	16.41	18.31
218. Ghatampur (SC)	406388	108020	26467	235	26.58	6.51
44. Akbarpur	**2072497**	**456981**	**271101**	**694**	**22.05**	**13.08**
208. Bhognipur	416263	104693	54348	109	25.15	13.06
219. Madhugarh	511138	139744	39607	0	27.34	7.75
220. Kalpi	460460	120260	52677	0	26.12	11.44
221. Orai (SC)	482854	133303	52033	140	27.61	10.78
225. Garautha	402637	122654	19601	5	30.46	4.87
45. Jalaun (SC)	**2273352**	**620654**	**218266**	**254**	**27.3**	**9.61**
222. Babina	401246	95861	39393	728	23.89	9.82
223. Jhansi Nagar	470212	107074	78288	213	22.77	16.65
224. Mauranipur (SC)	470836	164174	20063	124	34.86	4.26
226. Lalitpur	500752	117081	22390	2	23.38	4.47
227. Mehroni (SC)	476982	126707	13278	0	26.56	2.78
46. Jhansi	**2320028**	**610897**	**173412**	**1067**	**26.33**	**7.54**
228. Hamirpur	503984	104960	39051	25	20.83	7.75
229. Rath (SC)	489808	119518	44535	141	24.4	9.11
230. Mahoba	366203	89475	24080	28	24.43	6.65
231. Charkhari	392176	106563	20276	37	27.17	5.21
232. Tindwari	366248	66265	41291	0	18.09	11.34
47. Hamirpur	**2118419**	**486781**	**169233**	**231**	**22.98**	**8.01**
233. Baberu	392598	85266	26726	0	21.72	6.81
234. Naraini (SC)	398075	90093	26247	10	22.63	6.63
235. Banda	344681	70039	32039	24	20.32	9.38
236. Chitrakoot	411558	91873	15073	21	22.32	3.72
237. Manikpur	390399	118529	12095	0	30.36	3.18
48. Banda	**1937311**	**455800**	**112180**	**55**	**23.53**	**5.81**
238. Jahanabad	391197	78869	45441	102	20.16	11.62
239. Bindki	390242	107193	47114	274	27.47	12.07
240. Fatehpur	405298	90978	54225	85	22.45	13.51
241. Ayah Shah	340420	84042	45545	0	24.69	13.49
242. Husainganj	367640	96354	53194	0	26.21	14.59
243. Khaga (SC)	413587	120634	61528	6	29.17	14.88

49. Fatehpur	**2308384**	**578070**	**307047**	**467**	**25.04**	**13.31**
245. Babaganj (SC)	364472	99784	40192	37	27.38	11.03
246. Kunda	418397	109463	45555	0	26.16	10.97
251. Sirathu	421324	141707	63225	73	33.63	15.01
252. Manjhapur (SC)	449365	169010	51707	0	37.61	11.51
253. Chail	422465	156136	51707	13	36.96	14.15
50. Kaushambi (SC)	**2076023**	**676100**	**252386**	**123**	**32.57**	**12.16**
254. Phaphamau	424359	102214	61401	108	24.09	14.59
255. Soraon (SC)	441151	109421	60605	22	24.8	13.74
256. Phulpur	447751	98819	56664	29	22.07	12.66
261. Allahabad West	415428	92081	83687	276	22.17	20.14
262. Allahabad North	400062	63037	80591	329	15.76	20.14
51. Phulpur	**2128751**	**465572**	**342948**	**766**	**21.87**	**16.11**
259. Meja	365619	76581	29875	292	20.95	8.21
260. Karchhana	409385	88692	32231	601	21.66	7.87
263. Allahabad South	381499	31085	76852	80	8.15	20.16
264. Bara (SC)	377865	100922	19335	1011	26.71	5.12
265. Koraon (SC)	405357	111474	25233	1507	27.5	6.23
52. Allahabad	**1939725**	**408754**	**183526**	**3081**	**21.07**	**9.51**
266. Kursi	460333	121613	118470	13	26.42	25.74
267. Ram Nagar	408670	74556	88289	282	18.24	21.61
268. Barabanki	433754	94292	114392	43	21.74	26.43
269. Zaidpur (SC)	474552	142578	112802	40	30.04	23.78
272. Haidergarh (SC)	406585	141474	57699	21	34.8	14.21
53. Barabanki (SC)	**2183894**	**574513**	**491652**	**399**	**26.31**	**22.51**
270. Dariyabad	467240	137190	93439	57	29.36	20.08
271. Rudauli	409862	98892	112854	13	24.13	27.54
273. Milkipur (SC)	401131	107002	40193	0	26.68	10.02
274. Bikapur	441393	106308	63553	70	24.08	14.48
275. Ayodhya	421899	71776	52649	58	17.01	12.48
54. Faizabad	**2141525**	**521168**	**362688**	**198**	**24.34**	**16.94**
276. Gosainganj	437090	95055	29290	49	21.75	6.71
277. Katehari	433752	106357	71444	40	24.52	16.47
278. Tanda	385927	88596	110893	46	22.96	28.74
280. Jalalpur	460245	121629	64556	38	26.43	14.03
281. Akbarpur	368722	77055	41987	18	20.9	11.39
55. Ambedkar Nagar	**2085736**	**488692**	**318170**	**191**	**23.43**	**15.26**
282. Balha (SC)	382137	69081	131802	8398	18.08	34.51
283. Nanpara	363113	57975	125241	21	15.97	34.49
284. Matera	362495	59256	131432	8	16.35	36.26
285. Mahasi	364368	55181	90116	118	15.14	23.93
286. Bahraich	403266	59313	140463	12	14.71	34.83
56. Bahraich (SC)	**1875379**	**300806**	**619054**	**8557**	**16.04**	**33.01**
287. Payagpur	415029	62718	98038	1	15.11	23.63

288. Qaisarganj	411070	41000	178896	0	9.97	44.36
297. Katra Bazar	424779	65180	91820	0	15.34	21.62
298. Colonelganj	370828	50172	75172	36	13.53	20.31
299. Tarabganj	397763	70373	42416	18	17.69	10.74
57. Kaisarganj	**2019469**	**289443**	**486342**	**55**	**14.33**	**24.08**
289. Bhinga	413494	61695	147632	4756	14.92	35.71
290. Shrawasti	442491	92880	102451	0	20.99	23.16
291. Tulsipur	417881	57260	136834	29	13.7	32.75
292. Gainsari	386560	47927	149218	19234	12.4	38.61
294. Balrampur (SC)	450482	66131	142023	65	14.68	31.53
58. Shrawasti	**2110908**	**325893**	**678158**	**24084**	**15.44**	**32.13**
293. Utraula	427427	55435	189600	19	12.97	44.37
295. Mehnaun	427941	63834	106030	54	14.92	24.86
296. Gonda	396269	56465	98183	65	14.25	24.87
300. Mankapur (SC)	381669	69403	52840	5	18.18	13.85
301. Gaura	366337	58064	66124	4	15.85	18.05
59. Gonda	**1999643**	**303201**	**512777**	**147**	**15.16**	**25.64**
302. Shohratagarh	393776	66828	112159	121	17.01	28.53
303. Kapil Vastu (SC)	475097	86299	123625	32	18.12	26.02
304. Bansi	391172	70174	83108	0	17.77	21.25
305. Itwa	356663	49261	134505	11	13.77	37.71
306. Domariyaganj	423377	64749	146939	64	15.25	34.71
60. Domariyganj	**2040085**	**337311**	**600336**	**228**	**16.53**	**29.43**
307. Harraiya	422425	82046	42411	102	19.44	11.35
308. Kaptanganj	396435	82218	46302	51	20.64	11.79
309. Rudhauli	457473	83971	83971	17	18.26	18.16
310. Basti Sadar	404960	89136	65001	50	21.81	16.05
311. Mahadeva (SC)	403521	97711	64568	15	24.1	16.01
61. Basti	**2084814**	**435082**	**301355**	**235**	**20.87**	**14.45**
279. Alapur	378230	101738	43332	1	26.91	11.46
312. Menhedawal	506889	85482	137039	137	16.86	27.04
313. Khalilabad	488236	103333	156791	163	21.16	32.12
314. Dhanghata (SC)	425101	112087	47324	7	26.37	11.13
325. Khajni (SC)	394350	116846	24690	102	29.45	6.26
62. Sant Kabir Nagar	**2192806**	**519486**	**409176**	**410**	**23.69**	**18.66**
315. Pharenda	395159	74001	64470	40	18.62	16.32
316. Nautanwa	397201	69316	81448	2364	17.28	20.51
317. Siswa	443806	87335	69026	145	19.01	15.63
318. Maharajganj (SC)	442631	98205	67443	8	21.65	15.24
319. Paniara	495081	95333	75435	7	19.26	15.24
63. Maharaj Ganj	**2173878**	**424190**	**357822**	**2564**	**19.51**	**16.46**
320. Caimpiyarganj	430353	75158	34336	86	17.31	7.98
321. Pipraich	459430	91553	63340	206	19.62	13.75

322. Gorakhpur Urban	433430	59094	59571	206	13.14	13.74
323. Gorakhpur Rural	413599	60895	56648	70	14.35	13.76
324. Sahajanwa	417332	100076	27041	126	23.88	6.59
64. Gorakhpur	**2154144**	**386776**	**240936**	**694**	**17.95**	**11.25**
329. Khadda	379339	74116	75079	138	19.54	19.82
330. Padrauna	430278	74876	85161	4	17.4	19.79
333. Kushi Nagar	406628	63266	78231	29	15.56	19.24
334. Hata	403154	78490	42273	80	19.47	10.49
335. Romkola (SC)	407608	80506	42741	0	19.75	10.55
65. Kushi Nagar	**2027007**	**371254**	**323485**	**251**	**18.32**	**15.96**
331. Tamkhui Raj	433024	73200	81927	102	16.9	18.91
332. Fazil Nagar	433165	79695	82260	68	18.4	19.01
337. Deoria	383863	62381	54012	5	16.25	14.07
338. Pathardeva	399234	69509	56174	26	17.41	14.07
339. Rampur Karkhana	416439	79042	57368	21	18.98	13.78
66. Deoria	**2065725**	**363827**	**331741**	**222**	**17.61**	**16.06**
326. Chauri-Chaura	384335	95448	18868	13	24.66	4.91
327. Bansgaon (SC)	379967	107558	24755	61	28.12	6.52
328. Chillupar	456660	124442	35711	28	27.13	7.82
336. Rudrapur	377893	65107	24828	73	17.23	6.57
342. Barhaj	380035	74123	26391	40	19.50	6.95
67. Bansgaon (SC)	**1978890**	**466678**	**130553**	**215**	**23.58**	**6.67**
343. Atraulia	401872	91013	26230	28	22.64	6.53
348. Nizamabad	356856	88596	78921	101	24.62	22.12
349. Phoolpur Pawai	353893	82514	61205	1	23.28	17.35
350. Didarganj	387365	90318	74420	162	23.19	19.21
351. Lalganj (SC)	427686	144200	40444	181	33.5	9.46
68. Lalganj (SC)	**1927672**	**496641**	**281220**	**473**	**23.58**	**14.68**
344. Gopalpur	391495	99525	53386	56	25.15	13.64
345. Sagri	381115	94469	51970	1	24.65	13.64
346. Mubarakpur	397926	99330	82103	13	24.72	20.64
347. Azamgarh	413983	91586	85416	36	21.57	20.64
352. Mehnagar (SC)	427725	132250	39811	121	30.58	9.38
69. Azamgarh	**2012244**	**517157**	**312686**	**227**	**25.7**	**15.54**
353. Madhuban	443429	110378	47177	74	23.62	10.64
354. Ghosi	491017	97330	96286	30	19.16	19.61
355. Muhammadabad Gohna (SC)	421639	118952	7617	180	27.78	18.07
356. Mau	497912	95017	133369	145	19.08	26.86
358. Rasara	406189	87887	27067	103	20.38	6.67
70. Ghosi	**2260186**	**509564**	**311516**	**279**	**22.55**	**13.82**
340. Bhatpar Rani	383509	69986	40279	208	18.25	10.51
341. Salempur (SC)	371677	73196	49679	160	19.69	13.46

357. Belthara Road (SC)	401357	95825	34115	0	23.88	8.51
359. Sikanderpur	341044	65101	34498	43	19.09	10.12
362. Bansdih	453811	50095	17585	0	9.22	3.87
71. Salempur	**1951398**	**354203**	**176156**	**411**	**18.15**	**9.03**
360. Phephana	363675	59172	26198	1	15.61	7.21
361. Ballia Nagar	399737	48379	28796	53	12.10	7.21
363. Baria	395807	48188	13743	73	11.8	3.52
377. Zahoorabad	451657	98724	46083	100	21.86	9.81
378. Mohammadabad	464276	92229	54739	1	18.7	11.81
72. Ballia	**2075152**	**346692**	**169559**	**228**	**16.71**	**8.17**
364. Badalpur	400683	89010	24641	99	22.13	6.15
365. Shahganj	428213	90537	75253	58	21.12	17.64
366. Jaunpur	469485	81810	68753	30	17.35	14.65
367. Malhani	422189	87676	52124	1	20.79	12.34
368. Mungra-Badshahpur	423496	93629	35807	0	22.03	8.46
73. Jaunpur	**2144066**	**442662**	**256578**	**188**	**20.65**	**11.97**
369. Machhlishahr (SC)	446483	103911	36722	21	23.3	8.21
370. Marihau	406827	87009	32318	55	21.17	7.98
371. Zafrabad	432555	89791	43473	11	20.59	9.98
372. Kerakat (SC)	481748	134510	30095	101	27.8	6.31
384. Pindra	398439	73112	24441	15	18.16	6.14
74. Machhlishahr (SC)	**2166052**	**488333**	**167049**	**203**	**22.54**	**7.72**
373. Jakhania (SC)	464309	111884	26091	30	24.10	5.62
374. Saidpur (SC)	425834	103063	26612	95	24.20	6.25
375. Gazipur	398575	73082	31180	3	17.39	7.83
376. Jangipur	396930	93964	40077	4	23.01	10.16
379. Zamania	436001	76564	73826	49	16.76	16.93
75. Ghazipur	**2121649**	**458557**	**197786**	**181**	**21.61**	**9.32**
380. Mughalsarai	451860	88125	60956	104	19.5	13.51
381. Sakaldiha	375841	90592	25606	10	24.1	6.81
382. Saiyadraja	379540	86886	37148	23	22.89	9.78
385. Ajagara (SC)	406042	85877	24907	95	20.84	6.15
386. Shivpur	389844	70738	74851	56	17.51	19.21
76. Chandauli	**2003127**	**422218**	**223468**	**288**	**21.08**	**11.16**
387. Rohaniya	377624	52449	72504	95	13.55	19.22
388. Varanasi North	387243	39142	74351	81	10.11	19.23
389. Varanasi South	365731	14540	68361	269	3.73	18.71
390. Varanasi Cantt.	417831	37872	81179	133	8.54	19.43
391. Sevapuri	395917	61815	76922	25	15.23	19.41
77. Varanasi	**1944346**	**205818**	**373317**	**603**	**10.59**	**19.21**
257. Paatappur	442651	106274	52154	18	24.01	11.78
258. Handia	424978	84497	49107	0	19.88	11.56
392. Bhadohi	488208	107248	71893	87	21.97	14.73

393. Gyanpur	438178	88003	43815	134	20.08	10.01
394. Aurai (SC)	427319	97496	46256	4	22.82	10.83
78. Bhadohi	**2221334**	**483518**	**263225**	**243**	**21.77**	**11.85**
395. Chhanbey (SC)	411294	145017	27235	202	34.76	6.63
396. Mirzapur	406999	75223	33369	42	17.91	8.29
397. Majhawan	449320	121199	26839	45	26.97	8.28
398. Chunar	389528	67916	22714	391	16.78	5.93
399. Marihan	417568	144747	25039	622	33.01	5.99
79. Mirzapur	**2074709**	**554102**	**135196**	**1302**	**26.71**	**6.52**
383. Chakia (SC)	436010	133571	44571	116	30.63	10.22
400. Ghorawal (SC)	402526	154590	20453	20	38.40	5.08
401. Robertsganj	365901	153275	39841	7	41.89	5.81
402. Obra (ST)	356207	123316	19184	382	34.62	4.95
403. Duddhi (SC)	380218	194374	20048	84	51.12	5.33
80. Robertsganj (SC)	**1940862**	**759126**	**144097**	**609**	**39.11**	**7.42**

Source : Census of India, 2001, Delimitation Commission of India Order of December 5, 2013 and can also be seen at www.eci.nic.in

WEST BENGAL

ASSRMBLY & PARLIAMENTARY CONSTITUENCIES

AVERAGE PER P.C. 1908957

RANGE 1718061-2099853

NAME OF THE PARLIAMENTARY CONSTITUENCYEXTENT IN TERMS OF NEW ASSEMBLY CONSTITUENCY2001 CENSUS POPULATIONIAs Percent of thiMuslims SCs STs

	TOTAL	Muslims	SCs	STs			
1. COOCHBEHAR (SC)							
02. Mathabhanga (SC)	268460	37947	159858	2385	14 14	59.55	0.89
03. Coochbehar Uttar (SC)	297984	50901	136856	2762	17,08	45.93	0.93
04. Coochbehar Dakshin	256199	63924	94658	524	24.95	36.95	0.21
05. Sitalkuchi (SC)	299359	81288	190567	112	27.15	63.66	0.04
06. Sitai (SC)	294782	97291	150850	694	33.01	51.23	0.24
07. Dinhata	296066	90525	123714	1037	30.65	41.79	0.35
08. Natabari	261895	100728	107859	1235	38.51	41 18	0.51
Grand Total	**1974745**	**522604**	**964362**	**8749**	**26.54**	**48.43**	**0.44**
2. ALIPURDUARS (ST)							
09. Tufanganj	253248	42057	114929	3243	16.61	45.38	1.28
10. Kumargram (ST)	301376	15216	107653	82726	5.05	35.72	26.65
11. Kalchini (ST)	280420	21447	36279	106025	7.65	12.94	37.81
12. Alipurduars	295337	13103	119993	32229	4.44	40.63	10.91
13. Falakata (SC)	274972	40156	113436	43379	1461	41.25	15.85
14. Madarihat (ST)	266166	19736	41887	90463	7.41	1574	33.99
21. Nagrakata (ST)	295806	29632	38561	137525	10.02	13.04	46.49
Grand Total	**1967325**	**181347**	**572738**	**495590**	**9.22**	**29.11**	**25.19**
3. JALPAIGURI (SC)							
01. Mekliganj (SC)	251162	59239	163083	2254	23.65	64.93	097
15. Dhupguri (SC)	263772	35483	150333	20668	13.52	56.99	784
16. Maynaguri (SC)	281700	26281	199529	3545	9.33	70.82	7.84
17. Jalpaiguri (SC)	287786	29689	142537	5143	10.32	49.53	1 79
18. Rajganj (SC)	268965	88880	141077	23582	18.23	5245	877
19. Dabgram-phulbari	296263	30162	82114	3791	10.21	27.72	1 28
20. Mal (ST)	288610	49890	75178	92612	17.36	26.05	3209
Grand Total	**1938258**	**279624**	**953851**	**151595**	**14.43**	**49.21**	**7.82**
4. DARJEELING							
22. Kalimpong	225220	3063	14793	38014	1.36	6.57	1688
23. Darjeeling	295274	5164	16299	26751	1.75	5.52	906
24. Kurseong	271239	3780	18165	20331	1.39	6.71	751
25. Matigara-naxalbari (SC)	273099	14168	81682	45438	5.19	29.91	16.64
26. Siliguri	284602	16650	29707	2880	58.5	10.44	1.01
27. Phansidewa (ST)	259738	42571	98235	70753	16.39	37.82	2724

28. Chopra	271792	173689	43893	16204	63.91	16.15	5.96
Grand Total	**1880964**	**259085**	**302774**	**220371**	**13.77**	**16.11**	**11.72**
5. RAIGANJ							
29. Islampur	245919	152869	49329	6067	62.16	20.06	247
30. Goalpokhar	245430	185457	35137	9273	75.64	14.32	3.78
31. Chakulia	258163	154932	59951	18769	60.01	23.22	7.27
32. Karandighi	287190	141757	90300	18715	49.36	31.44	6.52
33. Hemtabad (SC)	287005	114729	102603	17406	39.98	35.75	6.06
34. Kaliaganj (SC)	303378	62994	157983	12412	20.76	52.07	4.09
35. Raiganj	293376	45200	70727	6426	15.41	24.11	2.19
Grand Total	**1920461**	**857938**	**566030**	**89068**	**44.68**	**29.47**	**4.64**
6. BALURGHAT							
36.Tahar	249541	124876	66659	19593	5001	26.71	7.85
37. Kuhmundi (SC)	243410	91349	107558	23605	37.53	44.19	9.71
38. Kumarganj	231131	76875	51657	38596	33.26	22.35	16.71
39. Balurghat	280955	11682	63149	33367	4.16	2248	11.88
40. Tapan (ST)	249363	32523	65302	66551	13.04	26.19	26.69
41. Gangarampur (SC)	251301	59129	85956	35255	23.53	34.21	14.03
42. Harirampur	247018	13070	59038	44943	4.81	23.91	18.19
Grand Total	**1752719**	**409504**	**499319**	**261910**	**23.43**	**28.49**	**14.94**
7. Maldaha-uttar							
43. Habibpur (ST)	272381	13070	131457	75174	4.81	48.26	27.61
44. Gazole (SC)	294715	65650	98649	58076	22.75	33.47	19.71
45. Chanchal	266191	175232	47645	1543	65.83	17.91	0.58
46. Harischandrapur	268458	196980	39023	8008	73.44	1454	2.98
47. Malatipur	245169	176089	19960	12561	71 82	814	5.12
48. Ratua	298283	203930	25016	16982	68.47	8.39	5.69
50. Maldaha (SC)	267235	58184	69225	26518	21.82	25.91	9.92
Grand Total	**1912432**	**889135**	**430975**	**198862**	**46.52**	**22.54**	**10.40**
8. MALOAHA-DAKSHIN							
49. Manikchak	276403	122222	30329	22502	44.22	10.97	8.14
51. English Bazar	294916	84032	44824	4831	28.53	15.21	1.64
52. Mothabari	253053	179582	18712	58	70.97	7.39	0.02
53. Sujapur	269288	238015	6974	62	88.46	2.59	0.02
54. Baisnab Nagar	284376	135654	22351	732	47.71	7.86	0.26
55. Farakka	254829	166341	24702	3825	65.35	9.69	1.51
56. Samserganj	249914	198112	17994	14	79.32	7.21	0.01
Grand Total	**1882779**	**1123958**	**165886**	**32024**	**59.76**	**8.81**	**1.70**
9. JANGIPUR							
57. Suti	282783	186339	26330	151	65.94	9.31	0.05
58. Jangipur	268571	148773	52819	3096	55.44	19.67	1.15
59. Raghunathganj	254429	192367	18260	548	75.61	7.18	0.22
60. Sagardighi	252293	156870	44992	16882	62.27	17.83	6.69

61. Uvlgola	249148	194978	26104	169	78.26	1048	0,07
65. Nabagram (SC)	273432	140623	65708	15365	51.43	24.03	5.62
66. Khargram (SC)	257519	129698	60767	2886	50.44	23.61	1.12
Grand Total	**1838175**	**1149648**	**294980**	**39097**	**62.54**	**16.05**	**2.13**
10. BARHAMPUR							
67. Burwan (SC)	242660	103676	54760	1399	42.73	22.57	0.58
68. Kandi	265125	135194	44802	2692	50.99	169	1 02
69. Bharatpur	260027	143337	43060	228	55.12	1656	0.09
70. Rejinagar	276017	173317	20077	626	62.82	7.23	0.23
71. Beldanga	264351	125454	29382	3401	47.46	11.11	1.29
72. Baharampur	279583	33950	40434	6113	12.14	1446	2.19
74. Naoda	264042	187778	18207	1438	71.12	6.91	0.54
Grand Total	**1851805**	**902706**	**250722**	**15897**	**48.75**	**13.54**	**0.86**
11. MURSHIDABAD							
62. Bhagabangola	280096	238253	10341	214	85.06	3.69	0.08
63. Raninagar	271993	220455	9520	658	81.05	351	0.24
64. Murshidabad	284417	118469	43621	11985	41.65	1534	4.21
73. Hariharpara	269300	184106	18112	2283	6844	673	0.85
75. Domkal	282925	250625	8496	373	88.63	3.01	0.13
76. Jalangi	283115	206665	25298	1607	72.99	8.94	057
77. Karimpur	272493	111863	45000	5139	41.05	16.51	1 89
Grand Total	**1944339**	**1330436**	**160388**	**22259**	**68.43**	**8.25**	**1.14**
12. KRISHNANAGAR							
78. Tehatta	273849	103909	91079	3846	37.94	33.26	1.41
79. Palashipara	263107	123849	42782	1906	47.07	16.26	0.72
80. Kaliganj	265781	147713	42680	1141	55.66	16.06	0.43
81. Nakashipara	261009	1 33432	68678	7813	51 12	2631	2.99
82. Chapra	272289	156727	46769	767	57.56	17 18	0.28
83. Krishna Nagar Uttar	263653	25893	73658	7253	9.82	2794	2.76
84. Nabadwip	273040	48705	41205	6683	17.84	15.09	2.99
Grand Total	**1872728**	**740228**	**406851**	**29409**	**39.53**	**21.73**	**1.57**
13. RANAGHAT (SC)							
85. Krishnanagar Dakshin	243785	67978	57382	4263	27.88	23.57	1.75
86. Santipur	278557	41774	88267	5755	15.06	31.69	2.07
87. Ranaghat Uttar Paschim	288625	14375	85349	5744	4.98	29.57	1.99
88. Krishnaganj (SC)	289725	25059	121548	11255	8.65	41.95	3.88
89. Ranaghat Uttar Purba (SC)	266211	31410	156033	7296	11.89	58.61	2.74
90. Ranaghat Dakshin (SC)	297562	27023	111499	10450	9.08	37.47	3.51

91. Chakdaha	259847	25342	78878	16011	9.75	30.36	6.16
Grand Total	**1924312**	**232961**	**698956**	**60774**	**12.11**	**36.32**	**3.16**
14. BANGAON (SC)							
92. Kalyani (SC)	274101	21743	114316	6198	7.93	41.71	2.26
93. Haringhata (SC)	261193	63478	100862	12371	24.31	38.62	4.74
94. Bagda (SC)	279653	43909	148461	11997	15.71	53.09	4.29
95. Bangaon Uttar (SC)	265439	20066	102694	3539	7.56	38.69	1.33
96. Bangaon Dakshin (SC)	265828	21677	131338	6144	8.15	49.41	2.31
97. Gaighata (SC)	266144	28464	111746	5651	10.75	41.99	2.12
98. Swarupnagar (SC)	259389	123814	78132	425	47.73	30.12	0.16
Grand Total	**1871747**	**323151**	**787549**	**46325**	**17.35**	**42.08**	**2.47**
15. BARRACKPUR							
102. Amdanga	247351	128620	44922	3156	51.99	18.16	1.28
103. Bijpur	250701	13350	45373	1189	5.33	18.11	0.47
104. Naihati	289406	23066	43314	4398	7.97	14.94	1.52
105. Bhatpara	248964	35796	24533	704	14.47	9.85	0.28
106. Jagatdal	276365	39013	57030	4545	14.12	20.64	1.64
107. Noapara	295569	31234	48033	2806	10.61	16.25	0.95
108. Barrackpur	268604	48060	22351	1593	17.92	8.32	0.59
Grand Total	**1876960**	**319139**	**285556**	**18391**	**17.01**	**15.21**	**0.98**
16. DUMDUM							
109. Khardaha	274423	30410	35795	3134	11.08	13.04	1.14
110. Dumdum Uttar	303234	13007	54278	1284	4.29	17.91	0.42
111. Panihati	289764	10499	13148	1648	3.62	4.54	0.57
112. Kamarhati	284347	65558	8300	577	23.06	2.92	0.21
113. Baranagar	280928	14188	9425	588	5.05	3.35	0.21
114. Dumdum	282727	9826	30678	1175	3.55	10.85	0.42
117. Rajarhat Gopalpur	243469	25790	35597	868	10.62	14.62	0.36
Grand Total	**1958892**	**169278**	**187221**	**9274**	**8.64**	**9.56**	**0.47**
17. BARASAT							
100. Habra	246943	31969	63827	4068	12.95	25.85	1.65
101. Ashok Nagar	261444	74642	53348	3909	28.43	20.41	1.51
115. Rajarhat New Town	253797	75029	72162	1581	29.96	28.43	0.62
116. Bidhan Nagar	295160	6707	24924	2497	2.32	8.44	0.85
118. Madhyamgram	260880	76928	30144	5369	29.57	11.55	2.06
119. Barasat	269367	62479	37211	1763	23.24	13.81	0.65
120. Deganga	257594	162728	29078	1636	63.22	11.29	0.64
Grand Total	**1845185**	**490482**	**310694**	**20823**	**26.61**	**16.84**	**1.13**
18. BASIRHAT							
99. Baduria	262274	158497	41912	1741	60.43	15.98	0.66
121. Haora	288240	194258	44402	12586	67.44	15.4	4.37
122. Minakhan (SC)	263342	137722	80128	18381	52.38	30.43	6.98

	123. Sandeshkhali (ST)	260598	63231	95024	63965	24.33	36.46	24.55
	124. Basirhat-dakshin	298205	127760	49082	2325	42.84	16.46	0.78
	125. Basirhat-uttar	292541	187199	34570	8010	63.99	11.82	2.74
	126. Hingalganj (SC)	251596	63609	139437	15684	25.32	55.42	6.40
	Grand Total	**1916796**	**932276**	**484555**	**122692**	**48.64**	**25.28**	**6.40**
19.	**JAYNAGAR (SC)**							
	127. Gosaba (SC)	257923	33362	158833	25683	12.94	61.58	9.96
	128. Basanti (SC)	268536	116100	97163	12889	43.23	36.18	4.81
	129. Kultali (SC)	281619	94920	116119	5586	33.71	41.23	1.98
	136. Jaynagar (SC)	252133	108423	93105	360	43.02	36.93	0.14
	138. Canning Paschim (SC)	269934	99987	129348	3075	37.41	47.92	1.14
	139. Canning Purba	270922	173718	69928	14040	64.12	25.81	5.18
	141. Magrahat Purba (SC)	262092	124402	94748	59	47.47	36.15	0.02
	Grand Total	**1863159**	**750912**	**759244**	**61692**	**40.31**	**40.75**	**3.31**
20.	**MATHURAPUR (SC)**							
	130. Patharpratima	288394	26853	68311	2834	9.31	23.69	0.98
	131. Kakdwip	284694	43103	98113	2094	15.14	34.46	0.74
	132. Sagar	300930	34902	81314	1248	11.69	27.08	0.41
	133. Kulpi	242752	88230	77380	141	36.5	31.88	0.06
	134. Raidighi	296673	63833	89235	3714	21.52	30.08	1.28
	135. Mandirbazar (SC)	249389	86500	109901	457	34.74	44.07	0.18
	142. Magrahat Paschim	249821	136497	54687	103	54.64	21.89	0.17
	Grand Total	1912626	453065	578941	10591	3.78	30.27	0.55
21.	**DIAMOND HARBOUR**							
	143. Diamond Harbour	276942	105708	57802	602	38.29	20.87	0.22
	144. Falta	259100	84378	68045	80	32.57	26.26	0.03
	145. Satgachhia	2898080	96874	48104	460	33.43	16.61	0.16
	146. Bishnupur (SC)	296812	85881	136503	80	28.93	45.99	0.03
	155. Maheshtala	289190	114685	51321	1897	39.77	17.75	0.65
	156. Budge Budge	283608	99721	50967	629	35.22	17.97	0.22
	157. Matiaburz	278471	75087	12575	286	26.94	4.52	0.11
	Grand Total	**1973931**	**662334**	**425317**	**4031**	**33.55**	**21.55**	**0.20**
22.	**JADAVPUR**							
	137. Baruipur Purba (SC)	264640	102250	131005	705	38.64	49.51	0.27
	140. Baruipur Paschim	237499	71669	80871	393	30.18	34.05	0.17
	147. Sonarpur Dakshin	252184	27911	84462	1643	11.07	33.49	0.65
	148. Bhangar	286653	184841	60024	2296	64.52	20.94	0.81
	150. Jadavpur	273967	55524	43070	557	20.37	15.72	0.21

151 Sonarpur Uttar	251931	29061	90092	3398	11.54	35.76	1.36
152. Tollyganj	275648	55865	14176	795	20.37	5.14	0.29
Grand Total	**1842522**	**527121**	**503700**	**9787**	**28.61**	**27.34**	**0.53**
23. KOLKATA DAKSHIN							
149. Kasba	274996	55732	33813	789	20.36	12.3	0.21
153. Behalapurba	282517	61062	31491	842	21.61	11.15	0.31
154. Behala Paschim	307081	62270	19177	880	20.38	6.24	029
158. Kolkata Port	280697	56920	12242	1264	2028	436	045
159. Bhabanipur	270536	54859	9464	472	2037	3.5	017
160. Rashbehari	265516	53841	9246	326	20.27	348	0 12
161. Ballygunge	282472	57280	8846	382	2028	313	0 14
Grand Total	**1963815**	**401964**	**'124279**	**4955**	**20.58**	**6.33**	**0.25**
24. KOLKATA UTTAR							
162. Chowrangee	270575	54867	9180	380	3.39	3.34	0,14
163. Entally	272735	55305	28019	878	2036	10.27	0.32
164. Beleghata	288355	58473	20504	308	2029	7.11	0.11
165. Jorasanko	290529	58914	10942	532	2038	3.77	0.18
166. Shyampukur	265511	53840	6872	116	2039	2.59	0.04
167. Maniktala	271829	55122	13903	427	20.28	5.11	0.16
168. Kashipur-belgachhia	263978	53529	12310	879	2038	4.66	033
Grand Total	**1923512**	**390050**	**101730**	**3520**	**20.38**	**5.29**	**0.18**
25. HOWRAH							
169. Bally	260906	35847	9110	1406	13.74	349	0.54
170. Howrah Uttar	249755	35331	9576	383	14.15	3.83	015
171. Howrah Madhya	274065	38770	8930	262	1421	3.26	0.11
172. Shibpur	261182	36947	15766	1663	14.11	6.04	064
173. Howrah Dakshin	289436	52855	23283	1997	18.26	8.04	0.69
174. Sankrail (SC)	280411	91552	71465	1336	32.65	24.49	0.48
175. Panchla	275412	111221	53958	596	40.38	19.59	048
Grand Total	**1891167**	**402523**	**192088**	**7643**	**21.34**	**10.16**	**0.40**
26. ULUBERIA							
176. Uluberia Purba	244061	99044	34006	760	40.61	13.93	0.31
177. Uluberia Uttar (SC)	238397	63616	77140	176	2675	32.36	0.07
178. Uluberia Dakshin	254921	85806	63386	454	3379	24.86	0.18
179. Shyampur	280837	58961	33158	1562	2099	11.81	0.56
180. Bagnan	249273	71293	25779	1807	28.61	10.34	0.72
181. Amta	277509	73157	59470	548	26.42	21.43	0.21
182. Udaynarayanpur	253719	74016	58718	719	29.22	2314	0.28
Grand Total	**1798717**	**525893**	**351657**	**6026**	**29.24**	**19.55**	**0.34**
27. SREERAMPUR							
183. Jagatballavpur	292838	92370	71039	2824	31.54	2426	0.96

184. Domjur	290377	52523	43923	2675	18.09	15.13	0.96
185. Uttarpara	282428	11957	26654	2179	4.23	944	0.77
186. Sreerampur	309944	35909	18917	1072	11 65	6.11	0.35
187. Champdani	279185	54194	28961	960 .	19.41	10.37	0.34
227. Pingla	281714	35789	39446	56349	12.71	14.01	20.01
229. Debra	255220	24318	31000	49902	9.53	1215	19.55
230. Daspur	304480	19193	46754	1888	6.31	1536	0.62
231. Ghatal (SC)	305253	22690	82058	6183	7.43	2688	2.03
235. Keshpur (SC)	288489	76866	72536	17012	26.65	25.14	5.91
Grand Total	**2023161**	**262806**	**335319**	**159277**	**12.99**	**16.57**	**7.87**
33. JHARGRAM (ST)							
220. Nayagram (ST)	250791	2234	54860	88411	0.89	21.87	35.25
221. Gopiballavpur	252293	4879	46461	61163	1.93	1842	24.24
222. Jhargram	257251	8321	47072	61260	323	1831	23.81
233. Garbeta	255219	42282	57717	24322	16.66	2261	9.53
234. Salboni	303086	40990	53825	54432	1352	17.76	1796
237. Binpur (ST)	247695	7282	37091	91754	2.94	1497	3704
238. Bandwan (ST)	315874	8229	19794	111486	2.61	6.27	3529
Grand Total	**1882209**	**114217**	**316820**	**492828**	**6.07**	**16.83**	**26.18**
34. MEDINIPUR							
218. Egra	304565	29516	44152	2998	9.69	145	0.98
219. Dantan	249818	31026	24677	15795	12.42	9.88	6.32
223. Keshiary (ST)	264302	8299	49659	66530	3.14	1879	25.17
224. Kharagpur Sadar	272865	30735	28696	9066	11.33	10.52	3.32
225. Narayangarh	266675	13031	48443	57527	4.89	18.17	21.57
228. Kharagpur	248227	33792	42678	54432	13.61	17.19	21.93
236. Medinipur	296913	38074	40140	28858	12.82	13.52	972
Grand Total	**1903365**	**184473**	**278445**	**235206**	**9.72**	**14.63**	**12.36**
35. PURULIA							
239. Balarampur	264717	16277	33872	54431	6.15	12.81	20.56
240. Baghmundi	280486	15906	33623	49772	5.67	11.99	17.74
241. Joypur	284490	18432	30346	33534	6.58	10.67	11.79
242. Purulia	280938	35795	62828	12487	12.74	22.36	4.44
243. Manbazar (ST)	273594	9841	43622	67595	3.66	1594	24.71
244. Kashipur	276617	14863	66944	66083	5.43	24.21	2389
245. Para (SC)	273846	37970	88799	14279	1385	3243	5.21
Grand Total	**1934688**	**149084**	**360034**	**298181**	**7.71**	**18.61**	**15.41**
36. BANKURA							
246. Raghunathpur (SC)	285954	23383	84128	53785	8.27	29.42	18.81
247. Saltora (SC)	264385	5422	88281	28071	2.05	33.39	10.62
248. Chhatna	267799	9089	86805	47041	3.43	32.41	17.57
249. Ranibandh (ST)	279397	5656	54911	92824	2.03	19.65	33.22

250. Raipur (ST)	246421	2272	57811	61960	0.92	23.46	25.14
251. Taldangra	256203	18390	69959	33809	7.28	2731	13.21
252. Bankura	284861	21299	81033	9931	7.56	28.45	3.49
Grand Total	**1885020**	**85511**	**522928**	**327421**	**4.54**	**27.74**	**17.37**
37. BISHNUPUR (SC)							
253. Barjora	274304	11766	90236	6521	4.39	32.90	2.38
254. Onda	283747	25702	90885	11504	9.06	32.03	4.05
255. Bishnupur	239945	28821	63373	17293	12.01	26.41	7.21
256. Katulpur (SC)	269310	40678	92409	7321	15.11	34.31	2.72
257. Indus (SC)	267203	42338	115513	6374	15.85	43.23	2.39
258. Sonamukhi (SC)	259120	28289	106192	8134	10.92	40.99	3.14
259. Khandaghosh (SC)	270319	79269	104201	11400	29.32	38.55	4.22
Grand Total	**1863948**	**256863**	**662809**	**68547**	**13.78**	**35.56**	**3.68**
38. BARDHAMAN PURBA (SC)							
261. Raina (SC)	283256	62871	100680	14292	22.26	35.54	5.05
262. Jamalpur (SC)	260401	44874	89003	38380	17.23	34.18	14.74
264. Kalna (SC)	270362	43278	93875	31801	16.01	34.72	11.76
265. Memari	271332	53772	84784	40860	19.82	31.25	15.06
268. Purbasthali Dakshin	268540	68186	65481	21420	25.41	24.38	7.98
269. Purbasthali Uttar	270167	81464	66946	8311	30.23	24.78	3.08
270. Katwa	286480	61447	77889	2157	32.86	27.19	0.75
Grand Total	**1910538**	**415892**	**578658**	**157221**	**21.77**	**30.29**	**8.23**
39. BARDHAMAN DURGAPUR							
260. Bardhaman Dakshin	285602	41968	37046	4956	14.74	12.97	1.74
263. Monteswar	270983	90507	62065	22929	33.49	22.91	8.46
266. Bardhaman Uttar (SC)	282619	54337	95394	26826	19.24	33.75	9.49
267. Bhatar	272584	68922	86505	23622	25.35	31.74	8.67
274. Galsi (SC)	287378	60546	95825	17792	21.07	33.34	6.19
276. Durgapur Purba	275972	16646	55511	11437	6.03	20.11	4.14
277. Durgapur Paschim	289443	16630	47032	8001	5.75	16.25	2.76
Grand Total	**1964581**	**349556**	**479378**	**115563**	**17.83**	**24.40**	**5.88**
40. ASANSOL							
275. Pandabeswar	252073	31651	72974	15935	12.66	28.95	6.32
278. Raniganj	279969	35911	61401	8828	12.83	21.93	3.15
279. Jamuria	256959	39791	74569	21486	15.55	29.02	8.36
280. Asansol Dakshin	287639	44930	59135	19585	15.62	20.56	6.81
281. Asansol Uttar	274844	53758	30007	6697	19.55	10.92	2.44
282. Kulti	289903	54598	63106	12145	18.84	21.77	4.19
283. Barabani	266713	16914	64997	30337	6.34	24.37	11.37
Grand Total	**1908100**		**426189**	**115013**			
%age of SC/ST			**22.34**	**6.03**			

41. BOLPUR (SC)							
271. Ketugram	286174	94015	86605	1897	32.85	30.26	0.66
272. Mangalkote	280822	90751	89129	6137	32.32	31.74	2.19
273. Ausgram (SC)	274980	56567	96594	34601	20.61	35.13	12.58
286. Bolpur	280197	89461	68632	25811	31.93	24.49	9.21
287. Nanoor (SC)	302564	91449	96175	23727	30.23	31.79	7.84
288. Labpur	268306	68997	83588	21300	25.72	31.15	7.94
290. Mayureswar	252764	65736	80178	16618	26.01	31.72	6.57
Grand Total	**1945807**	**556976**	**600901**	**130091**	**28.62**	**30.88**	**6.69**
42. BIRBHUM							
284. Dubrajpur (SC)	268483	76488	91011	7576	28.58	33.91	2.82
285. Suri	286355	66892	89921	23377	23.36	31.41	8.16
289. Sainthia (SC)	272827	56667	86813	27405	20.77	31.82	10.04
291. Rampurhat	276794	84579	77120	38965	30.56	27.86	14.08
292. Hansan	266400	147901	76636	1006	55.52	28.77	0.38
293. Nalhati	263714	137961	80488	9450	52.32	30.52	3.58
294. Murarai	277018	177130	59332	7892	63.94	21.42	2.85
Grand Total	**1911591**	**747618**	**561321**	**115671**	**39.11**	**29.36**	**6.05**

परिशिष्ट–1

(अध्याय–1)

परिसीमन अधिनियम, 2002 **(32 2002 की 3 जून 2002)**

The delimitation Act, 2002

लोकसभा में सीटों के आबंटन के पुनर्समायोजन के लिए एक अधिनियम प्रदान करने के एक अधिनियम जिसमें प्रत्येक राज्य की विधानसभा में सीटों की कुल संख्या, प्रत्येक राज्य तथा सघ शासित जिसमें विधानसभा है, उसे राज्यों तथा संघ शासित क्षेत्रों की विधानसभा के चुनावों के लिए क्षेत्रीय क्षेत्रों का विभाजन तथा इसके साथ जुड़े मामलों के लिए संसद द्वारा भारतीय जनतंत्र के लिए तिरेपन वर्षीय कानून बनाया है जो कि निम्नानुसार है :

1. लघु शीर्षक (Short title)

इस अधिनियम को परिसीमन अधिनियम 2002 कहा जाएगा।

2. परिभाषाएं (Definitions)

इस अधिनियम में, जब तक कि संदर्भ की आवश्यकता न हो,

(क) "अनुच्छेद" का अर्थ संविधान का अनुच्छेद है।

(ख) "सहयोगी सदस्य" का अर्थ खण्ड 5 के अंतर्गत नामित सदस्य हैं।

(ग) "आयोग" का अर्थ खण्ड 3 के अंतर्गत गठित परिसीमन आयोग है।

(घ) "चुनाव आयोग" के अनुच्छेद 324 में संदर्भित चुनाव आयोग है।

(ङ) "सदस्य" का अर्थ आयोग के सदस्य है तथा इसमें अध्यक्ष भी शामिल है।

(च) "राज्यों" में संघ शासित क्षेत्र जिसमें विधानसभा है लेकिन इसमें जम्मू तथा कश्मीर राज्य शामिल नहीं है।

3. परिसीमन आयोग का गठन

इस अधिनियम के लागू होने के बाद जितनी भी जल्द होगा, केन्द्र सरकार आयोग का गठन करेगी, जिसे परिसीमन आयोग कहा जाएगा जिसमें निम्नानुसार सदस्य होंगे :

(अ) एक सदस्य वह होगा जो कि सर्वोच्च न्यायालय का न्यायाधीश होगा जिसे कि केन्द्र सरकार द्वारा नियुक्त किया जाएगा, वह आयोग का अध्यक्ष होगा।

(ब) मुख्य निर्वाचन आयुक्त अथवा मुख्य चुनाव निर्वाचन आयुक्त द्वारा नामित एक... चुनाव आयुक्त पदेन बशर्ते कि इस शर्त के अनुसार, एक सदस्य के रूप में एक चुनाव आयुक्त के नामांकन के बाद इसके अंतर्गत आगे किसी का नामांकन नहीं किया जाएगा जब तक कि इस खण्ड के अंतर्गत इस तरह की आकस्मिक रिक्ति को न भरना हो, संबंधित राज्य के राज्य चुनाव आयुक्त पदेन शर्त 'ग' के प्रयोजन।

(स) स्पष्टीकरण–संबंधित राज्य के राज्य चुनाव आयुक्त आयोग से संबंधित कर्तव्य का अर्थ अनुच्छेद ? अंतर्गत राज्य के राज्यपाल द्वारा नियुक्त राज्य निर्वाचन आयुक्त हैं।

4. आयोग के कर्तव्य

(1) पुनः समायोजन की जनगणना के आधार पर बनाया है, में आयोजित की जनगणना में अभि–निश्चित रूप आकड़ें परिसीमन आयोग द्वारा वर्ष 1971 परिसीमन अधिनियम, 1972 (1972 का 76) के खण्ड–3 के अंतर्गत गठित परिसीमन आयोग द्वारा आयोजित जनगणना द्वारा तय किए गए आंकड़ों के आधार पर प्रत्येक राज्य में विधानसभा की कुल सीटों को पुनर्समायोजित करना। इसे इस अधिनियम के प्रयोजन से आयोग द्वारा किया जायेगा।

(2) खण्ड (1) के प्रावधानों तथा कुछ समय के लिए लागू अन्य कानून की शर्तानुसार आयोग प्रत्येक राज्य की विधानसभा तथा संसदीय चुनाव के प्रयोजन हेतु क्षेत्रीय निर्वाचन क्षेत्र के प्रभागों का पुनर्समायोजन करेंगे। यह 1991 में आयोजित जनगणना के आकड़ों के आधार पर किया जाएगा।

बशर्ते कि जहाँ किसी राज्य में लोकसभा की एक ही सीट आबंटित की गई हो, उस पूरे राज्य के निर्वाचन के प्रयोजन से एक क्षेत्रीय निर्वाचन के रूप में पुनर्समायोजन किया जाएगा।

5. सहयोगी सदस्य

(1) आयोग को प्रत्येक राज्य में उसके कर्तव्यों के निष्पादन के प्रयोजन से

सहयोग किया जाएगा जिसके लिए दस व्यक्ति सहयोग प्रदान करेंगे जिनमें से पाँच उस राज्य के विधानसभा के सदस्य होंगे तथा पाँच राज्य के सांसद होंगे।

(2) बशर्ते कि जहां किसी राज्य में सांसदों की संख्या पांच या उससे कम होगी तो इस तरह के सदस्य वे सहयोगी सदस्य होंगे तथा बाद वाले प्रकरण में सहयोगी सदस्यों की कुल संख्या कम से कम दस होगी, उस राज्य से सांसदों की संख्या पाँच से कम होगी। सहयोगी सदस्यों की नियुक्ति राज्य के विधान सभा अध्यक्ष द्वारा की जाएगी।

(3) पहला नामांकन उपखण्ड (2)

(अ) उपखण्ड (2) के अंतर्गत एक माह के अंदर विधानसभा अध्यक्ष द्वारा किया जाएगा तथा शेष इस अधिनियम के लागू होने से दो माह के अंदर अध्यक्ष द्वारा किया जाएगा।

(ब) इसकी सूचना मुख्य आयुक्त को दी जाएगी तथा जहाँ नामांकन विधानसभा अध्यक्ष द्वारा किया जाएगा, वहाँ अध्यक्ष को भी किया जाएगा।

(स) किसी भी सहयोगी सदस्य को मताधिकार या आयोग के किसी भी निर्णय पर हस्ताक्षर करने का अधिकार होगा।

(4) आयोग को बुलाने का अधिकारी होगा–जणगनणना के महापंजीयक तथा भारत के जनगणना आयुक्त अथवा उनके नामित अथवा सर्वेयर जनरल ऑफ इंडिया या उनके नामित या केन्द्र सरकार अथवा राज्य सरकार के किसी भी अधिकारी अथवा भौगोलिक सूचना प्रणाली के किसी विशेषज्ञ अथवा अन्य कोई भी व्यक्ति जिसकी सूविज्ञता तथा

(5) आयोग द्वारा उपखण्ड (1) में संदर्भित सहायता प्रदान करने वाले व्यक्तियों के अलावा भी आवश्यक माना जाने वाला व्यक्तियों को बुलावा, आयोग को कर्तव्यों में सहायता प्रदान करने हेतु बाध्यकारी होगा।

(6) निर्वाचन आयोग के सचिव आयोग के पदेन सचिव होंगे तथा आयोग के अध्यक्ष के पर्यवेक्षण में आयोग के कर्मचारियों की सहायता से अपना कार्य निष्पादित करेंगे।

6. आकस्मिक रिक्तियां

यदि अध्यक्ष का कार्यालय या सदस्य या एक सहयोगी सदस्य की मृत्यु अथवा त्याग पत्र से कोई पद रिक्त होता है तो जितनी जल्दी व्यवहारिक होगा, केन्द्र सरकार द्वारा अथवा संबंधित अध्यक्ष द्वारा खण्ड 5 अथवा जैसा भी प्रकरण हो खण्ड 5 के अनुसरण में भरा जाएगा।

7. आयोग की प्रक्रियाँ तथा अधिकार

(1) आयोग अपनी प्रकिया का निर्धारण स्वयं करेगा तथा अपने कार्य स्वयं करेगा तथा उसे सिविल संहिता 1908 (1908 का 5) के अंतर्गत निम्नलिखित मामलों में सिविल न्यायालय के अधिकार होंगे, गवाहों को उपस्थित रहने, किसी दस्तावेज को प्रस्तुत करने तथा किसी भी न्यायालय अथवा सार्वजनिक अभिलेख मांगने के लिए समन जारी करना।

(2) आयोग सत्ता के लिए किसी भी व्यक्ति में इस तरह के रूप से अंक या मामले पर किसी भी जानकारी को प्रस्तुत करने की आवश्यकता होती है, करेगा आयोग की राय के लिए उपयोगी है या तो आयोग के विचाराधीन कोई बात प्रासंगिक हो सकती है।

(3) आयोग अपने किसी भी सदस्य को उपखण्ड (1) की धाराओं (क) से (ग) द्वारा प्रत्यायोजित व्यक्तियों अथवा आदेश जारी करने के लिए अथवा आयोग द्वारा प्रदत्त अधिकारों का उपयोग करने के लिए अपनी ओर से अधिकृत कर सकता है। यदि सदस्यों के बीच किसी तरह के विचारों में मतभेद हो तो बहुमत वाला बीच का रास्ता होगा तथा आयोग के आदेश को बहुमत के दृष्टिकोण के रूप में अभिव्यक्त किया जाएगा।

(4) आयोग तथा साथ–साथ सहयोगी सदस्यों का कोई समूह के पास जबकि कोई सदस्य अस्थाई रूप से अनुपस्थित न हो कार्य करने का अधिकारी होगा।

(5) या आयोग में कोई रिक्ति होगी या आयोग की कोई कार्यवाही न होगी, आयोग के सहयोगी सदस्य की कार्यवाही अवैध मानी जाएगी ।

(6) आयोग को अपराध प्रकिया 1973 (1974 का 2) की धारा 345 तथा 346 के प्रयोजन से सिविल न्यायालय के रूप में माना जाएगा।

स्पष्टीकरण–गवाह को उपस्थित रहने के प्रयोजन के लिए आयोग के न्याय क्षेत्र की स्थानीय सीमाएं भारतीय क्षेत्र की सीमाएं होंगी।

8. सीटों की संख्या का पुनर्समायोजन

आयोग के पास राष्ट्रीय राजधानी क्षेत्र दिल्ली को छोड़ कर संघ शासित क्षेत्र के संबंध में अनुच्छेद 81, 170, 330, तथा 332 के प्रावधानों के संबंध में तथा संघ शासित क्षेत्र सरकार अधिनियम 1963 (1963 का 120) के खण्ड–3 तथा 39 तथा राष्ट्रीय राजधानी क्षेत्र के संबंध में अनुच्छेद 239 **क** की धारा (2) के अंतर्गत निम्नानुसार आदेश जारी कर निर्धारण का अधिकार होगा :

(क) 1971 में की गई जनगणना से प्राप्त आँकड़ों के आधार पर तथा खण्ड–4 के प्रावधानों के अनुसार प्रत्येक राज्य में लोकसभा की सीटों की संख्य को आबंटित किया जाएगा तथा 1991 में की गई जनगणना से प्राप्त आँकड़ों के आधार पर सीटों का निर्धारण यदि वह राज्य की अनुसूचित जाति तथा अनुसूचित जनजातियों के लिए आरक्षित है तो उसका निर्धारण किया जाएगा। (ख) तथा किसी राज्य की विधानसभा के लिए आबंटित कुल सीटों की संख्या उपधारा (ख) के अंतर्गत उस राज्य को धारा (क) के अंतर्गत लोकसभा में आबंटित सीटें की संख्या का अखण्ड बहुगुणक होगी।

9. निर्वाचन क्षेत्रों का परिसीमन

(1) आयोग यहाँ प्रदान किए गए तरीकों से तब प्रत्येक राज्य में 1971 की जनगणना के आधार पर लोकसभा की सीटों के आधार पर विधानसभा के लिए आबंटित सीटों का पुनर्समायोजन करेगा तथा 1991 की जनगणना के आधार पर एक सदस्यीय क्षेत्रीय निर्वाचन क्षेत्रों को परिसीमित करेगा जिसमें संविधान के अनुच्छेद 8 के निम्नलिखित प्रावधानों को ध्यान में रखा जाएगा।

(क) जहाँ तक व्यवहारिक होगा, सभी निर्वाचन क्षेत्र भौगोलिक रूप से सघन क्षेत्र होंगे तथा उन्हें उनकी भौतिक विशेषताओं, प्रशासकीय इकाइयों की वर्तनान सीमाओं, संचार तथा लोक सुविधाओं के आधार पर परिसीमन किया जाएगा।

(ख) प्रत्येक विधानसभा निर्वाचन क्षेत्र को इस तरह से परिसीमित किया जाएगा कि वह पूर्णरूप से एक ही संसदीय निर्वाचन क्षेत्र में आए जिसमें अनुसूचित जातियों के लिए आरक्षित सीटों को राज्य के विभिन्न हिस्सों में इस तरह से विकसित किया जाएगा कि जहाँ तक व्यवहारिक होगा, उन क्षेत्रों में उनकी आबादी कुल आबादी के अनुपात में सबसे अधिक हो तथा,

(ग) जिन निर्वाचन क्षेत्रों में अनुसूचित जनजातियों के लिए सीटें आरक्षित हैं। वह जहाँ तक व्यवहारिक होगा, उन क्षेत्रों में स्थित होगी जहाँ कुल आबादी के अनुपात में उनकी आबादी सबसे अधिक होगी।

(2) आयोग यह कार्य करेगा :

(क) निर्वाचन क्षेत्रों के परिसीमन के प्रस्तावों को किसी सदस्य की असहमति यदि वह उसे प्रकाशित कराने का इच्छुक हो तो उसके साथ भारत के राजपत्र तथा राज्यों में जैसा कि वह उपयुक्त हो, प्रकाशित कराएगा।

(ख) वह उस तिथि को निश्चित करेगा कि जिस तिथि को अथवा उसके बाद उसके द्वारा प्राप्त सुझावों तथा आपत्तियों पर विचार करेगा। इस उद्देश्य के लिए वह ऐसे स्थानों पर जनसुनवाई करेगा जिसे वह उपयुक्त समझेगा तथा,

(i) इसके बाद एक या अधिक आदेशों द्वारा वह यह निर्धारित करेगा।

(ii) संसदीय निर्वाचन क्षेत्रों का परिसीमन तथा

(iii) प्रत्येक राज्य के विधानसभा निर्वाचन क्षेत्रों का परिसीमन

10. आदेशों का प्रकाशन तथा उनके प्रचलन की तिथि

(1) आयोग भारत के राजपत्र तथा संबंधित राज्य के राज पत्र के खण्ड–8 अथवा 9 के अंतर्गत प्रकाशित होने वाले आदेशों तथा इसके साथ–साथ ऐसे आदेशों को तैयार करेगा जिन्हें कम से कम उस क्षेत्र की स्थानीय भाषा के 2 समाचार पत्रों में प्रकाशित करना हो तथा रेडियो, टेलीविजन तथा जनता के लिए उपलब्ध अन्य संभावित मीडिया में प्रसारित करने को तैयार करेगा तथा संबंधित राज्य के सरकारी राजपत्रों में इस तरह के प्रकाशन के बाद प्रत्येक जिला निर्वाचन अधिकारी अपने क्षेत्राधिकार से संबंधित क्षेत्रों में गजट की प्रतियाँ अपने कार्यालय में सार्वजनिक सूचना हेतु चस्पाएंगे।

(2) भारत के राजपत्र में प्रकाशन होने पर इस तरह के प्रत्येक आदेश लागू हो जाएंगे तथा उन्हें किसी भी न्यायालय में चुनौती नहीं दी जा सकेगी।

(3) इस तरह के प्रकाशन के बाद जितनी जल्दी संभव होगा, इस तरह के प्रत्येक आदेश को संसद तथा संबंधित विधानसभा के संमुख रखा जाएगा।

(4) उपखण्ड (5) के प्रावधानों की शर्तानुसार लोकसभा अथवा राज्य की विधानसभा के कई क्षेत्रीय निर्वाचन क्षेत्रों में प्रतिनिधित्व का पुनर्समायोजन किया जाएगा तथा संसद अथवा विधानसभा के प्रत्येक निर्वाचन में जैसा भी मामला हो लागू किया जाएगा। भारत के राजपत्र में प्रकाशित होने के बाद वह आदेश इस तरह के परिसीमन से संबंधित प्रावधानों को प्रतिस्थापित कर लागू किया जाएगा जो इस अधिनियम के प्रावधानों से मेल खाते हों।

(5) इस खण्ड में ऐसा कुछ नहीं है जो भारत के राजपत्र में प्रकाशन की वर्तमान तिथि को संसद अथवा विधानसभा के भंग होने तक संसद अथवा विधानसभा के प्रतिनिधित्व को प्रभावित करता हो। संसदीय निर्वाचन क्षेत्रों से संबंधित आयोग के आदेशों अथवा जैसा कि मामला हो, उस राज्य की विधानसभा के निर्वाचन क्षेत्रों तथा किसी भी उपचुनाव से इस तरह की संसदीय अथवा किसी भी विधानसभा के निर्वाचन को उपखण्ड (4) के द्वारा अधिक्रमित कानून तथा आदेशों के प्रावधान के आधार पर आयोजित किए जाएंगे बशर्ते कि कथित प्रावधानों को अधिक्रमित न किया गया हो।

(6) आयोग उपखण्ड (1) में संदर्भित अपने प्रत्येक आदेशों के इस उपखण्ड

में प्रदान किए गए हों। खण्ड 3 के अंतर्गत आयोग के गठन से दो साल के अंदर पूरा करने तथा प्रकाशित करने का उद्यम करेगा।

11. परिसीमन आदेशों को अद्यतन बनाए रखने के अधिकार

(1) निर्वाचन आयोग समय समय पर भारत के राजपत्र तथा संबंधित राज्य के सरकारी राजपत्र में अधिसूचना द्वारा :

(क) आयोग द्वारा खण्ड–9 के अंतर्गत प्रकाशित किसी आदेश में हुई मुद्रण संबंधि त्रुटि को ठीक करेगा या उसमें हुई किसी तरह की गलती या छूटे हुए हिस्से को सुधारेगा तथा

(ख) जहाँ किसी जिले का नाम अथवा सीमाएं या किसी क्षेत्रीय प्रभाग का नाम इसमें से किसी भी आदेश में वर्णित हैं बदल गया है, तो इस तरह का संशोधन करो जो कि आदेश को अद्यतन बनाए रखने के लिए आवश्यक होगा फिर भी किसी निर्वाचन क्षेत्र की सीमाएं अथवा क्षेत्र इस तरह के किसी भी अधिसूचना द्वारा परिवर्तित नहीं होगा।

(2) इस खण्ड के अंतर्गत प्रत्येक अधिसूचना इसके जारी करने के बाद जितनी जल्द होगा संसद तथा संबंधित राज्य की विधानसभा के समक्ष रखेगा।

12. हटाना परिसीमन 1972 (1972 का 76) एतद द्वारा परिसीमन (संशोधित) अधिनियम 2002–2003 द्वारा हटाया जाता है।

वर्ष 1962 अधिनियम–परिसीमन (संशोधन) अधिनियम 2003 (2004 का संख्या 3) (1 जनवरी 2004) संशोधन के लिए अधिनियम परिसीमन अधिनियम 2002 चाहे वह संसद द्वारा भारतीय जनतंत्र के चौवनवे वर्ष में कानून बनाकर लागू किए गए हो निम्नानुसार होंगे।

लघु शीर्षक तथा लागू होने की तिथि :

(1) इस अधिनियम को परिसीमन अधिनियम (संशोधन) 2003 कहा जाएगा।

(2) यह 31 अक्टूबर 2003 में लागू माना जाएगा।

2 खण्ड–3 का संशोधन परिसीमन अधिनियम, 2003 (2002 के 33) के खण्ड–3 में (इसे बाद में मुख्य अधिनियम कहा जाएगा) में निम्नलिखित स्पष्टीकरण प्रस्थापित किए जाएंगे।

स्पष्टीकरण–धारा (ग) के प्रयोजन हेतु, संबंधित राज्य के रूप में मामला हो, एक के लिए उस राज्य के निर्वाचन आयुक्त (झ) आयोग के कर्तव्यों को किसी

राज्य से संबंधित, के संबंध में (मेघालय मिजोरम और नागालैंड के राज्यों के अलावा अन्य), साधन राज्य निर्वाचन उस राज्य के राज्यपाल द्वारा नियुक्त आयुक्त 243 के लेख के तहत खंड (1), और (II) आयोग के कर्तव्यों को राज्य से संबंधित, के संबंध में मेघालय या मिजोरम या नागालैंड राज्य के राज्यपाल द्वारा मनोनीत व्यक्ति का अर्थ है ऐसे प्रयोजनों–

धारा 4 का संशोधन

3. अनुभाग मूल अधिनियम की 4 फीट 4 उपधारा में, अनुभाग का संशोधन (2) हो ''1991'' आंकड़े ''2001'' के आंकड़े के लिए करेगा।

एवजी

धारा 8 का संशोधन

4. अनुभाग मूल अधिनियम की 8 फीट 8 अनुभाग का संशोधन–

(1) खंड (क) ''1991'' आंकड़े ''2001'' के आंकड़े के लिए किया जाएगा।

एवजी

(ख) खंड (ख), हो ''1991'' आंकड़े ''2001'' के आंकड़े के लिए करेगा।

एवजी

धारा 9 का संशोधन

5. अनुभाग मूल अधिनियम की 9 में 9 उपधारा में, अनुभाग का संशोधन (1) हो ''1991'' आंकड़े ''2001'' के आंकड़े के लिए करेगा।

एवजी

निरसन और बचत

6. निरसन और बचत (1) (संशोधन) अध्यादेश परिसीमन 2003 (2003 का 6 Ord.) एतद् द्वारा निरसित किया जाता है।

(2) ऐसे निरसन के होते हुए भी, कुछ भी किया है या किसी भी कार्रवाई प्रधानाचार्य के रूप में कहा अध्यादेश द्वारा संशोधन अधिनियम के तहत होगा, करने के लिए किया गया है या मूल अधिनियम के तहत लिया समझा, के रूप में संशोधन इस अधिनियम के द्वारा।

परिशिष्ट–2
(अध्याय–1)

परिसीमन आयोग के नामित सहयोगी सदस्यों की सूची
LIST OF ASSOCIATE MEMBERS OF DELIMITATION COMMISSION

कर्नाटक

क्रमांक	नामित सहयोगी सदस्य का नाम	सांसद / विधायक	पार्टी
1	एच.डी. देवगौड़ा	सांसद	जेडी (एस)
2	रमेश चन्दअप्पा जिगजीनागी	सांसद	भाजपा
3	अनन्त कुमार	सांसद	भाजपा
4	ए. वेंकटेश नाईक	सांसद	कांग्रेस
5	बासानगौड़ा आर. पाटील	सांसद	भाजपा
6	कृष्णा	विधायक	जेडी (एस)
7	एम. मल्लिकार्जुन खडगे	विधायक	कांग्रेस
8	पी.जी.आर. सिंधिया	विधायक	जेडी (एस)
9	जगदीश शेट्टर	विधायक	भाजपा
10	वीर बासवंथ रेड्डी मुदनल	विधायक	निर्दलीय

राष्ट्रीय राजधानी क्षेत्र दिल्ली

क्रमांक	नामित सहयोगी सदस्य का नाम	सांसद / विधायक	पार्टी
1	संदीप दीक्षित	सांसद	कांग्रेस
2	सज्जन कुमार	सांसद	कांग्रेस
3	अजय माकन	सांसद	कांग्रेस
4	प्रो. विजय कुमार मल्होत्रा	सांसद	कांग्रेस
5	कृष्णा तीरथ	सांसद	कांग्रेस
6	अरविन्दर सिंह लवली	विधायक	कांग्रेस
7	रमाकान्त गोस्वामी	विधायक	कांग्रेस
8	जिलेसिंह चौहान	विधायक	कांग्रेस

9	ओ.पी. बाबर	विधायक	भाजपा
10	रामवीरसिंह बिधूड़ी	विधायक	राकांपा

हरियाणा

क्रमांक	नामित सहयोगी सदस्य का नाम	सांसद/विधायक	पार्टी
1	अवतारसिंह भड़ाना	सांसद	कांग्रेस
2	नवीन जिन्दल	सांसद	कांग्रेस
3	जयप्रकाश	सांसद	कांग्रेस
4	किशनसिंह संगवान	सांसद	भाजपा
5	अरविन्द कुमार शर्मा	सांसद	कांग्रेस
6	करण सिंह दलाल	विधायक	कांग्रेस
7	रघुवीरसिंह कादिआन	विधायक	कांग्रेस
8	रणबीरसिंह महेन्द्र	विधायक	कांग्रेस
9	शाहदीलाल बत्रा	विधायक	कांग्रेस
10	हरमोहिन्दरसिंह छत्ता	विधायक	कांग्रेस

आन्ध्र प्रदेश

क्रमांक	नामित सहयोगी सदस्य का नाम	सांसद/विधायक	पार्टी
1	बी. विनोद कुमार	सांसद	टीआरएस
2	एन. जनार्दन रेड्डी	सांसद	कांग्रेस
3	वाय.एस. विवेकानन्द रेड्डी	सांसद	कांग्रेस
4	जी वेंकटस्वामी	सांसद	कांग्रेस
5	के. येरान नायडू	सांसद	टीडीपी
6	एन. किरण कुमार रेड्डी	विधायक	कांग्रेस
7	गाडे वेंकट रेड्डी	विधायक	कांग्रेस
8	मण्डल बुद्धप्रसाद	विधायक	कांग्रेस
9	दामोदर राजा नरसिंहा	विधायक	कांग्रेस
10	एन जनार्दन रेड्डी	विधायक	टीडीपी

केरल

क्रमांक	नामित सहयोगी सदस्य का नाम	सांसद/विधायक	पार्टी
1	सी के चन्द्रप्पन	सांसद	सीपीआई
2	पी करूणाकरन	सांसद	सीपीआई (एम)

3	एन.एन. कृष्णदास	सांसद	सीपीआई (एम)
4	पी. राजेन्द्रन	सांसद	सीपीआई (एम)
5	पी.सी. थामस	सांसद	आईएफडीपी
6	एम.पी. गंगाधरन	विधायक	कांग्रेस
7	के.एन.ए. खादर	विधायक	मुस्लिम लीग
8	कोडीयेरी बालकृष्णन	विधायक	सीपीआई (एम)
9	बीनॉय विस्वम	विधायक	सीपीआई
10	पी.पी. जार्ज	विधायक	कांग्रेस

महाराष्ट्र

क्रमांक	नामित सहयोगी सदस्य का नाम	सांसद/विधायक	पार्टी
1	रामदास अठावले	सांसद	आरपीआइ (ए)
2	श्रीनिवास डी पाटील	सांसद	राकांपा
3	बालासाहेब विखे पाटील	सांसद	कांग्रेस
4	प्रकाश परांजपे	सांसद	शिवसेना
5	महादेवराव सुखाजी शिवांकर	सांसद	भाजपा
6	दिलीप वालसे पाटील	विधायक	राकांपा
7	विजय बाबासाहेब थोरात	विधायक	राकांपा
8	सुभाष राजाराम देसाई	विधायक	शिवसेना
9	गोपीनाथ मुंडे	विधायक	भाजपा
10	हर्षवर्धन प्रतापसिंह देशमुख	विधायक	जेएसएस

उत्तर प्रदेश

क्रमांक	नामित सहयोगी सदस्य का नाम	सांसद/विधायक	पार्टी
1	श्रीप्रकाश जैसवाल	सांसद	कांग्रेस
2	ब्रजेश पाठक	सांसद	बीएसपी
3	कल्याणसिंह	सांसद	भाजपा
4	रविप्रकाश वर्मा	सांसद	एसपी
5	प्रो. रामगोपाल वर्मा	सांसद	एसपी
6	शिवपाल सिंह यादव	विधायक	एसपी
7	सुखदेव राजभर	विधायक	बीएसपी

8	नरेन्दकुमार सिंह गौर	विधायक	भाजपा
9	रामनरेश यादव	विधायक	कांग्रेस
10	समरपाल सिंह	विधायक	आरएलडी

गुजरात

क्रमांक	नामित सहयोगी सदस्य का नाम	सांसद/विधायक	पार्टी
1	वल्लभभाई रामजीभाई कथरिया	सांसद	भाजपा
2	मधुसुदन मिस्त्री	सांसद	आइएनसी
3	हरिन पाठक	सांसद	भाजपा
4	भरतसिंह माधवसिंह सोलंकी	सांसद	कांग्रेस
5	रतिलाल कालीदास वर्मा	सांसद	भाजपा
6	अशोकभाई भट्ट	विधायक	भाजपा
7	नरोत्तमभाई पटेल	विधायक	भाजपा
8	सुनीलभाई बालकिशनभाई ओझा	विधायक	भाजपा
9	अमितभाई अनिलचन्द्र शाह	विधायक	भाजपा
10	अर्जुनभाई देवाभाई मोधवाडिया	विधायक	आरएलडी

पश्चिम बंगाल

क्रमांक	नामित सहयोगी सदस्य का नाम	सांसद/विधायक	पार्टी
1	वासुदेव आचार्य	सांसद	सीपीआईएन
2	स्वदेश चक्रवर्ती	सांसद	सीपीआईएन
3	प्रियरंजनदास मुंशी	सांसद	कांग्रेस
4	सनतकुमार मण्डल	सांसद	आरएसपी
5	प्रो. रूपचंद पाल	सांसद	सीपीआईएन
6	रॉबिन देब	विधायक	सीपीआईएन
7	गोविन्द रॉय	विधायक	एफबीएल
8	सुभाष गोस्वामी	विधायक	आरएसपी
9	दीपक घोष	विधायक	एआयटीसी
10	अब्दुल मन्नान	विधायक	कांग्रेस

बिहार

क्रमांक	नामित सहयोगी सदस्य का नाम	सांसद/विधायक	पार्टी
1	निखिल कुमार चौधरी	सांसद	भाजपा
2	राजनाथ झा	सांसद	आरजेडी
3	रामचन्द्र पासवान	सांसद	एलजेएसपी

4	राजीवरंजन सिंह	सांसद	जेडी (यू)
5	रामकृपाल यादव	सांसद	आरजेडी
6	जगदानंद सिंह	विधायक	आरजेडी
7	श्रवन कुमार	विधायक	जेडी (यू)
8	दिनेश प्रसाद	विधायक	जेडी (यू)
9	नित्यानंद रॉय	विधायक	भाजपा
10	डॉ. अशोक कुमार	विधायक	कांग्रेस

राजस्थान

क्रमांक	नामित सहयोगी सदस्य का नाम	सांसद/विधायक	पार्टी
1	रामसिंह कासवान	सांसद	भाजपा
2	श्रीचंद कृपलानी	सांसद	भाजपा
3	कैलाश मेघवाल	सांसद	भाजपा
4	सीसराम ओला	सांसद	भाजपा
5	मानवेन्द्र सिंह	सांसद	भाजपा
6	घनश्याम तिवारी	विधायक	भाजपा
7	शिवचरण माथुर	विधायक	कांग्रेस
8	विष्णु मोदी	विधायक	भाजपा
9	महादेव सिंह	विधायक	कांग्रेस
10	नंदलाल बंशीवाल	विधायक	भाजपा

परिशिष्ट–3

(अध्याय–1)

उत्तर प्रदेश

PAPPER-5

ASSEMBLY CONSTITUENCIES AND PERCENTAGE OF SC AND ST POPULATION DISTRICT WISE

No. & Name of Assembly Constituency	2001 CENSUS POPULATION				
	TOTAL	SCs	STs	% of SCs	% of STs
BIJNOR	**3131619**	**855806**	**2422**	**20.96**	**0.08**
17. NAJIBABAD	398795	38227	418	22.12	0.10
18. NAGINA (SC)	413343	94134	8	22.77	0.00
19. BARHAPUR	418427	91673	1996	21.91	0.48
20. DHAMPUR	358782	63851	4	17.80	0.00
21. NEHTAUR (SC)	362373	89245	0	24.63	0.00
22. BIJNOR	421735	90266	0	21.40	0.00
23. CHANDPUR	381163	66301	0	17.39	0.00
24. NOORPUR	377001	72109	1	19.13	0.00
MEERUT	**2973877**	**546933**	**236**	**18.39**	**0.01**
43. SIWALKHAS	434001	79406	13	18.30	0.00
44. SARDHANA	429246	87841	0	20.46	0.00
45. HASTINAPUR (SC)	437474	91334	0	20.88	0.00
46. KITHORE	447599	88752	0	19.83	0.00
47. MEERUT CANTT.	404726	82242	208	20.32	0.05
48. MEERUT	395003	28739	5	7.28	0.00
49. MEERUT SOUTH	425828	88619	10	20.81	0.00
GAUTAM BUDH NAGAR	**1105292**	**173084**	**379**	**15.66**	**0.03**
61. NOIDA	356548	32695	100	9.17	0.03
62. DADRI	375008	61399	38	16.37	0.01
63. JEWAR	373736	78990	241	21.14	0.06

No. & Name of Assembly Constituency	2001 CENSUS POPULATION				
	TOTAL	SCs	STs	% of SCs	% of STs
BULANDSHAHAR	**3009860**	**611621**	**207**	**20.32**	**0.01**
64. SIKANDRABAD	439835	79974	19	18.18	0.00
65. BULANDH SHAHAR	441170	73651	38	16.69	0.01
66. SYANA	461872	80986	52	17.53	0.01
67. ANUPSHAHAR	426845	83361	0	19.53	0.00
68. DEBAI	417123	74301	98	17.81	0.02
69. SHIKARPUR	391734	101860	0	26.00	0.00
70. KHURJA (SC)	431281	117488	0	27.24	0.00
ALIGARH	**2992286**	**634270**	**230**	**21.20**	**0.01**
71. KHAIR (SC)	449334	107393	20	23.90	0.00
72. BAROLI	420698	99670	0	23.69	0.00
73. ATRAULI	459588	84815	6	18.45	0.00
74. CHHARRA	430727	89399	0	20.76	0.00
75. KOIL	382461	59114	32	15.46	0.01
76. ALIGARH	409686	87039	109	21.25	0.03
77. IGLAS (SC)	439792	106840	63	24.29	0.01
MAHAMAYA NAGAR	**1336031**	**336739**	**69**	**25.20**	**0.01**
78. HATHRAS (SC)	459853	130231	22	28.32	0.00
79. SADABAD	435018	97040	0	22.31	0.00
80. SIKANDRA RAO	441160	109468	47	24.81	0.01
MATHURA	**2074516**	**406609**	**231**	**19.60**	**0.01**
81. CHHATA	415495	68612	21	16.51	0.01
82. MANT	397951	82619	0	20.76	0.00
83. GOVERDHAN	374263	83884	63	22.41	0.02
84. MATHURA	456979	68566	109	15.00	0.02
85. BALDEV (SC)	429828	102928	38	23.95	0.01
AGRA	**3621702**	**788474**	**866**	**21.77**	**0.02**
86. ETMADPUR	431649	98577	122	22.84	0.03
87. AGRA CANTT. (SC)	423338	109484	167	25.86	0.04
88. AGRA SOUTH	405617	78300	19	19.30	0.00
89. AGRA NORTH	38008	76620	65	1985	0.02
90. AGRA RURAL (SC)	422479	118228	180	27.98	0.04
91. FATEHPUR SIKRI	416362	83563	121	20.07	0.03
92. KHERAGARH	390297	78195	86	20.03	0.02
93. FATEHABAD	379184	68578	106	18.09	0.03
94. BAH	366768	76929	0	20.97	0.00

No. & Name of Assembly Constituency	2001 CENSUS POPULATION				
	TOTAL	SCs	STs	% of SCs	% of STs
KHERI	**3207232**	**820359**	**37949**	**25.58**	**1.18**
137. PALIA	403799	107378	30776	26.59	7.62
138. NIGHASAN	400870	78193	5338	19.51	1.33
139. GOLA GOKARANNATH	434005	118588	1055	27.32	0.24
140. SRI NAGAR (SC)	387444	112441	38	29.02	0.01
141. DHAURAHRA	389157	95442	26	24.53	0.01
142. LAKHIMPUR	439083	86779	323	19.76	0.07
143. KASTA (SC)	359654	112732	261	31.34	0.07
144. MOHAMMDI	393220	108806	132	27.67	0.03
SITAPUR	**3619661**	**1153626**	**367**	**31.87**	**0.01**
145. MOHALI	434187	140314	25	32.32	0.01
146. SITAPUR	437450	112961	59	25.82	0.01
147. HARGAON (SC)	390348	142482	11	36.50	0.00
148. LAHARPUR	401317	116724	49	29.09	0.01
149. BISWAN	391583	126211	120	32.23	0.03
150. SEVATA	364824	76337	61	20.92	0.02
151. MAHMOODABAD	363447	96027	35	26.42	0.01
152. SIDHAULI (SC)	412021	162885	7	39.53	0.00
153. MISRIKH (SC)	424484	179685	0	42.33	0.00
HARDOI	**3398306**	**1065848**	**203**	**31.36**	**0.01**
154. SAWAJIPUR	456547	74965	20	16.42	0.00
155. SHAHABAD	416618	118373	0	28.41	0.00
156. HARDOI	433718	147333	98	33.97	0.02
157. GOPAMAU (SC)	412808	150554	9	36.47	0.00
158. SANDI (SC)	398983	165854	0	41.57	0.00
159. BILGRAM MALLANWAN	451585	99374	1	22.01	0.00
160. BALAMAU (SC)	425797	202270	3	47.50	0.00
161. SANDILA	402250	107125	72	26.63	0.02
UNNAO	**2700324**	**827255**	**957**	**30.64**	**0.04**
162. BANGERMAU	417523	110893	12	26.56	0.00
163. SAFIPUR (SC)	419710	153767	161	36.64	0.04
164. MOHAN (SC)	409758	158790	172	38.75	0.04
165. UNNAO	487328	107003	248	21.96	0.05
166. BHAGWAN NAGAR	477776	141734	216	29.67	0.05
167. PURWA	488229	155068	148	31.76	0.03

No. & Name of Assembly Constituency	2001 CENSUS POPULATION				
	TOTAL	SCs	STs	% of SCs	% of STs
RAE BARELI	**2872335**	**856749**	**1802**	**29.83**	**0.06**
177. BACHHRAWAN (SC)	403906	151950	64	37.62	0.02
178. TILOI	404188	115305	24	28.53	0.01
179. HARCHANDPUR	389214	119240	545	30.64	0.14
180. RAE BARELI	433759	101069	176	23.30	0.04
181. SALON (SC)	414419	127722	159	30.82	0.04
182. SARENI	424899	121270	312	28.54	0.07
183. UNCHAHAR	461950	120193	522	29.90	0.13
SULTANPUR	**3214832**	**715297**	**466**	**22.25**	**0.01**
184. JAGDISHPUR (SC)	434736	115431	101	26.55	0.02
185. GAURIGANJ	400906	101811	1	25.40	0.00
186. AMETHI	389476	75809	3	19.46	0.00
187. ISAULI	403973	68200	76	16.88	0.02
188. SULTANPUR	409906	67400	0	16.44	0.00
189. SADAR	372656	87614	70	23.51	0.02
190. LAMBHUA	405040	93879	96	23.18	0.02
191. KADIPUR (SC)	398139	105153	119	26.41	0.03
JALAUN	**1454452**	**393307**	**140**	**27.04**	**0.01**
219. MADHAUGARH	511138	139744	0	27.34	0.00
220. KALPI	460460	120260	0	26.12	0.00
221. ORAI (SC)	482854	133303	140	27.61	0.03
JHANSI	**1744931**	**489763**	**1070**	**28.07**	**0.06**
222. BABINA	401246	95861	728	23.89	0.18
223. JHANSI NAGAR	470212	107074	213	22.77	0.05
224. MAURANIPUR (SC)	470836	164174	124	34.87	0.03
225. GARAUTHA	402637	122654	5	30.46	0.00
MOHABA	**758379**	**196038**	**65**	**25.85**	**0.01**
230. MAHOBA	366203	89475	28	24.43	0.01
231. CHARKHARI	392176	106563	37	27.17	0.01
BANDA	**1501602**	**311663**	**34**	**20.76**	**0.00**
232. TINDWARI	366248	66265	0	18.09	0.00
233. BABERU	392598	85266	0	21.72	0.00
234. NARAINA (SC)	398075	90093	10	22.63	0.00
235. BANDA	344681	70039	24	20.32	0.01

No. & Name of Assembly Constituency	2001 CENSUS POPULATION				
	TOTAL	SCs	STs	% of SCs	% of STs
FATEHPUR	**2308384**	**578070**	**467**	**25.04**	**0.02**
238. JAHANABAD	391197	78869	102	20.16	0.03
239. BINDKI	390242	107193	274	27.47	0.07
240. FATEHPUR	405298	90978	85	22.45	0.02
241. AYAH SHAH	340420	84042	0	24.69	0.00
242. HUSAINGANJ	367640	96354	0	26.21	0.00
243. KHAGA (SC)	413587	120634	6	29.17	0.00
PRATAPGARH	**2731174**	**601043**	**159**	**22.01**	**0.01**
244. RAMPUR KHAS	342623	83678	19	24.42	0.01
245. BABAGANJ (SC)	364472	99784	37	27.38	0.01
246. KUNDA	418397	109463	0	26.16	0.00
247. BISHWAV NATHGANJ	434698	85233	0	19.61	0.00
248. PRATAPGARH	397610	66214	70	16.65	0.02
249. PATTI	409635	88863	33	21.60	0.01
250. RANIGANJ	363739	68208	0	18.75	0.00
ALLAHABAD	**4936105**	**1065097**	**4273**	**21.58**	**0.09**
254. PHAHAPHAMAU	424359	102214	108	24.09	0.03
255. SORAON (SC)	441151	109421	22	24.80	0.00
256. PHULPUR	447751	98819	29	22.07	0.01
257. PRATAPPUR	442651	106274	18	24.01	0.00
258. HANDAI	424978	84497	0	19.88	0.00
259. MEJA	365619	76581	292	20.95	0.08
260. KARACHHANA	409385	88692	601	21.66	0.15
261. ALLAHABAD WEST	415428	92081	276	22.17	0.07
262. ALLAHABAD NORTH	400062	63037	329	15.76	0.08
263. ALLAHABAD SOUTH	381499	31085	80	8.15	0.02
264. BARA (SC)	377865	100922	1011	26.71	0.27
265. KORAON (SC)	405357	111474	1507	27.50	0.37
BARABANKI	**3060996**	**810595**	**469**	**26.48**	**0.02**
266. KURSI	460333	121613	13	26.42	0.00
267. RAM NAGAR	408670	74556	282	18.24	0.07
268. BARABANKI	433754	94292	43	21.74	0.01
269. ZAIDPUR (SC)	474552	142578	40	30.04	0.01
270. DARIYABAD	467240	137190	57	29.36	0.01
271. RUDAULI	409862	98892	13	24.13	0.00
272. HAIDERGARH (SC)	406585	141474	21	34.80	0.01

No. & Name of Assembly Constituency	2001 CENSUS POPULATION				
	TOTAL	SCs	STs	% of SCs	% of STs
AMBEDKAR NAGAR	**2026876**	**495375**	**143**	**24.44**	**0.01**
277. KATEHARI	433752	106357	40	24.52	0.01
278. TANDA	385927	88596	46	22.96	0.01
279. ALAPUR (SC)	378230	101738	1	26.90	0.00
280. JALALPUR	460245	121629	38	26.43	0.01
281. AKBARPUR	368722	77055	18	20.90	0.00
SIDDHARTH NAGAR	**2040085**	**337311**	**228**	**16.53**	**0.01**
302. SHOHRAT GARH	393776	66828	121	16.97	0.03
303. KAPILVASTU (SC)	475097	86299	32	18.16	0.01
304. BASNI	391172	70174	0	17.94	0.00
305. ITWA	356663	49261	11	13.81	0.00
306. DOMMARIYAGANJ	423377	64749	64	15.29	0.02
SANT KABIR NAGAR	**1420226**	**300902**	**307**	**21.19**	**0.02**
312. MENHDAWAL	506889	85482	137	16.86	0.03
313. KHALILABAD	488236	103333	163	21.16	0.03
314. DHANGHHATA (SC)	425101	112087	7	26.37	0.00
GORAKHPUR	**3769456**	**831070**	**898**	**22.05**	**0.02**
320. CAIMPIYARGANJ	430353	75158	86	17.46	0.02
321. PIPRAICH	459430	91553	206	19.93	0.04
322. GORAKHPUR URBAN	433430	59094	206	13.63	0.05
323. GORAKHPUR RURAL	413599	60895	70	14.72	0.02
324. SAHAJANWA	417332	100076	126	23.98	0.03
325. KHAJANI (SC)	394350	116846	102	29.63	0.03
326. CHAURH CHAURA	384335	95448	13	24.83	0.00
327. BANSGAON (SC)	379967	107558	61	28.31	0.02
328. CHILLUPUR	466660	124442	28	27.25	0.01
AZAMGARH	**3939916**	**1013801**	**700**	**25.73**	**0.02**
343. ATRAULIYA	401872	91013	28	22.65	0.01
344. GOPALPUR	391495	99525	56	25.42	0.01
345. SAGRI	381115	94469	1	24.79	0.00
346. MUBARKPUR	397926	99330	13	24.96	0.00
347. AZAMGARH	413983	91586	36	22.12	0.01
348. NIZAMABAD	356856	88596	101	24.83	0.03
349. PHOOLPUR PAWAI	353893	82514	1	23.32	0.00
350. DIDAR GANJ	387365	90318	162	23.32	0.04
351. LAL GANJ (SC)	427686	144200	181	33.72	0.04
352. MEHNAGAR (SC)	427725	132250	121	30.92	0.03

बिहार

PAPPER-5

ASSEMBLY CONSTITUENCIES AND PERCENTAGE OF SC AND ST POPULATION, DISTRICT WISE

No. & Name of Assembly Constituency	2001 CENSUS POPULATION				
	TOTAL	SCs	STs	% of SCs	% of STs
SUPAUL	**1732578**	**256444**	**5219**	**14.80**	**0.30**
41. NIRMALI	339583	47099	74	13.87	0.02
42. PIPRA	348467	48860	377	14.18	0.11
43. SUPAUL	349906	44101	517	12.40	0.15
44. TRIVENGANJ (SC)	328976	56515	1817	17.18	0.55
45. CHHATAPUR	365646	59869	2434	16.37	0.67
MADHEPURA	**1526646**	**260461**	**9295**	**17.06**	**0.61**
70. ALAMNAGAR	398693	56170	643	14.09	0.16
71. BIHARGANJ	372287	62540	6613	16.80	1.78
72. SINGHESHWAR (SC)	372248	74136	1510	19.92	0.33
73. MADHEPURA	383418	67615	729	17.63	0.19
SAHARSA	**1508182**	**242612**	**4642**	**16.09**	**0.51**
74. SONBARSHA (SC)	344411	65592	2390	19.04	0.69
75. SAHARSA	391877	43927	712	11.21	0.18
76. SIMRI BAKHTIARPUR	390838	71241	34	18.23	0.01
77. MAHISHI	381056	61852	1506	16.23	0.40
VAISHALI	**2718421**	**562123**	**3068**	**20.68**	**0.11**
123. HAJIPUR	349694	73433	112	21.00	0.03
124. LALGANJ	365942	76355	495	20.87	0.14
125. VAISHALI	356327	71586	505	20.09	0.14
126. MAHUA	319172	68584	166	21.49	0.05
127. RAJA PAKAR (SC)	297421	64522	173	21.69	0.06
128. RAGHOPUR	395143	69797	1405	17.66	0.36
129. MAHNAR	315732	67120	58	21.26	0.02
130. PATEPUR (SC)	318990	70726	154	22.17	0.05
SAMASTIPUR	**3394793**	**628838**	**3362**	**18.52**	**0.10**
131. KALYANPUR (SC)	369888	75720	8	20.47	0.00
132. WARIS NAGAR	366399	70058	176	19.12	0.05
133. SAMASTIPUR	327886	58330	575	17.79	0.18
134. UJLARPUR	361695	69187	1151	19.13	0.32

No. & Name of Assembly Constituency	2001 CENSUS POPULATION				
	TOTAL	SCs	STs	% of SCs	% of STs
135. MORWA	308104	55876	25	18.14	0.01
136. SARAIRANJAN	326690	60351	81	18.47	0.01
137. MOHIUDDINNAGAR	302059	51597	104	17.08	0.03
138. BIBBUTPUR	315408	57533	1208	18.24	0.38
139. ROSERA (SC)	374515	72255	20	19.29	0.01
140. HASANPUR	342149	57931	14	16.93	0.00
BANKA	**1608773**	**200059**	**75070**	**12.44**	**4.67**
159. AMARPUR	324892	42632	614	13.12	0.19
160. DHURALIYA (SC)	348823	48878	1499	14.01	0.43
161. BANKA	291569	31919	5728	10.95	1.96
162. KATORIA (ST)	294135	27900	38695	9.49	13.16
163. BELHAR	349354	48730	28534	13.95	8.17
MUNGER	**1137797**	**150947**	**18060**	**13.27**	**1.59**
164. TARAPUR	366439	53636	7948	14.64	2.17
165. MUNGER	390147	37782	1036	9.68	0.27
166. JAMALPUR	381211	59529	9076	15.62	2.38
SHEIKHPURA	**525502**	**103732**	**211**	**19.74**	**0.04**
169. SHEIKHPURA	271181	50681	45	18.69	0.02
170. BARBIGHA	254321	53051	166	20.86	0.07
PATNA	**4718592**	**729988**	**9236**	**15.47**	**0.20**
178. MOKAMA	318547	54618	233	17.15	0.07
179. BARH	310220	58245	113	18.78	0.04
180. BAKHTIARPUR	312570	65628	199	21.00	0.06
181. DIGHA	367570	37644	2233	10.24	0.61
182. BANKIPUR	342892	26439	1330	7.71	0.39
183. KUMHRAR	354373	24504	1034	6.91	0.29
184. PATNA SAHIB	375183	35025	654	9.34	0.17
185. FARWAH	288224	53016	193	18.39	0.07
186. DANAPUR	325457	39280	1407	12.07	0.43
187. MANER	365722	48855	1212	13.36	0.33
188. PHULWARI (SC)	307399	74510	212	24.24	0.07
189. MASAURHI (SC)	377966	82558	164	21.84	0.04
190. PALIGANJ	316430	58218	42	18.40	0.01
191. BIKRAM	356039	71448	210	20.07	0.06
ROHTAS	**2450748**	**444333**	**25663**	**18.13**	**1.05**
207. CHENURI (SC)	360083	78135	16585	21.70	4.61
208. SASARAM	386439	65745	5059	17.01	1.31
209. KARGAHAR	344987	70970	1192	20.57	0.35

No. & Name of Assembly Constituency	2001 CENSUS POPULATION				
	TOTAL	SCs	STs	% of SCs	% of STs
210. DINARA	333500	58195	1329	17.45	0.40
211. NOKHA	325928	53902	285	16.54	0.09
212. DEHRI	332448	53687	821	16.15	0.25
213. KARAKAT	367363	63699	392	17.34	0.11
ARWAL	**589476**	**111479**	**294**	**18.91**	**0.05**
214. ARWAL	300084	59562	110	19.85	0.04
215. KURTHA	289392	51917	184	17.94	0.06
AURANGABAD	**2013055**	**472766**	**1640**	**23.49**	**0.08**
219. GOH	353226	70766	72	20.03	0.02
220. OBRA	346599	74495	153	21.49	0.04
221. NABINAGAR	314382	72783	417	23.15	0.13
222. KUTUMBA (SC)	307777	87973	316	28.58	0.10
223. AURANGABAD	326664	69160	301	21.17	0.09
224. RAFIGANJ	364407	97589	381	26.78	0.10
GAYA	**3473428**	**1029675**	**2945**	**29.64**	**0.08**
225. GURUA	339172	108460	116	31.98	0.03
226. SHERGHATI	320516	1101174	393	34.37	0.12
227. IMAMGANJ (SC)	352951	134301	439	38.05	0.12
228. BARACHATTI (SC)	363957	128409	618	35.28	0.17
229. BODH GAYA (SC)	374793	128345	193	34.24	0.05
230. GAYA TOWN	323259	31427	594	9.72	0.18
231. TIKARI	365162	87757	156	24.03	0.04
232. BELAGANJ	310352	87054	251	28.05	0.08
233. ARRI	364708	107964	117	29.60	0.03
234. WAZIRAGANJ	358558	105784	68	29.50	0.02
NAWADA	**1809696**	**435975**	**2158**	**24.09**	**0.12**
235. RAJAULI (SC)	366179	108384	520	29.60	0.14
236. HISUA	384771	100370	40	26.09	0.01
237. NAWADA	354196	70826	178	20.00	0.05
238. GOVINDPUR	334578	79192	1023	23.67	0.31
239. WARISALIGANJ	369972	77203	397	20.87	0.11
JAMUI	**1398796**	**242710**	**67357**	**17.35**	**4.82**
240. SIKANDRA (SC)	332721	63977	6176	19.23	1.86
241. JAMUI	335666	63841	3789	19.02	1.13
242. JHAJHA	375086	58438	18594	15.58	4.96
243. CHAKAI	355323	56454	38798	15.89	10.92

राष्ट्रीय राजधानी क्षेत्र दिल्ली
पेपर–5
ASSMEBLY CONSTITUNCIES PERCENTAGE OF SC AND ST POPULATION

विधानसभा निर्वाचन क्षेत्र का नाम और क्रमांक	भारत जनगणना 2011				
	TOTAL	SCs	STs	% of SCs	% of STs
1. नरेला	201265	43070	0	21.40	0.00
2. बुराड़ी	187210	30659	0	16.38	0.00
3. तिमारपुर	208917	38583	0	18.47	0.00
4. आदर्शनगर	178265	28166	0	15.80	0.00
5. बादली	208694	38603	0	18.50	0.00
6. रिठाला	200084	20135	0	10.06	0.00
7. बवाना (अजा)	208392	50591	0	24.28	0.00
8. मुंडका	206873	40154	0	19.41	0.00
9. किराडी	200954	32930	0	16.39	0.00
10. सुल्तानपुर माजरा (अजा)	194771	85990	0	44.15	0.00
11. नागलोई जाट	201457	41717	0	20.71	0.00
12. मंगोलपुरी (अजा)	212923	72739	0	34.16	0.00
13. रोहिणी	197159	11534	0	5.85	0.00
14. शालीमारबाग	187219	17132	0	9.15	0.00
15. शकूर बस्ती	217494	23568	0	10.84	0.00
16. त्रिनगर	195941	30145	0	15.38	0.00
17. वजीरपुर	217594	48774	0	22.42	0.00
18. मॉडल टाऊन	196821	36694	0	18.83	0.00
19. सदर बाजार	217202	35238	0	16.22	0.00
20. चांदनी चौक	216623	31568	0	14.59	0.00
21. मटिया महल	184488	27353	0	14.81	0.00
22. बल्ली मारन	190178	41065	0	21.39	0.00
23. करोल बाग (अजा)	224778	84439	0	37.57	0.00

विधानसभा निर्वाचन क्षेत्र का नाम और क्रमांक	भारत जनगणना 2011				
	TOTAL	SCs	STs	% of SCs	% of STs
24. पटेलनगर (अजा)	208589	47875	0	22.95	0.00
25. मोतीनगर	208173	22844	0	10.97	0.00
26. मादीपुर (अजा)	202997	59132	0	29.13	0.00
27. राजोरीगार्डन	202239	23743	0	11.74	0.00
28. हरिनगर	183808	13036	0	7.09	0.00
29. तिलकनगर	177374	14750	0	8.32	0.00
30. जनकपुरी	204737	18451	0	9.01	0.00
31. विकासपुरी	212708	28009	0	13.17	0.00
32. उत्तमनगर	177128	13170	0	7.44	0.00
33. द्वारका	176196	23405	0	13.28	0.00
34. मटियाला	201167	28584	0	14.21	0.00
35. नजफगढ़	202195	30664	0	15.17	0.00
36. बिजवासन	187799	31477	0	16.76	0.00
37. पालम	190826	19448	0	10.19	0.00
38. दिल्लीकैंट	195122	31439	0	16.11	0.00
39. राजेंद्रनगर	204459	43984	0	21.51	0.00
40. नई दिल्ली	232158	42668	0	18.38	0.00
41. जंगपुरा	199988	31852	0	15.93	0.00
42. कस्तुरबानगर	185271	20376	0	11.00	0.00
43. मालवीयनगर	175153	17330	0	9.89	0.00
44. आर.के. पुरम	185996	26970	0	14.50	0.00
45. महरौली	178139	26834	0	15.06	0.00
46. छतरपुर	162573	25396	0	15.62	0.00
47. देवली (अजा)	211125	56106	0	26.57	0.00
48. अम्बेडकर नगर (अजा)	183588	57713	0	31.44	0.00
49. संगम विहार	184513	25147	0	13.63	0.00
50. ग्रेटरकैलाश	189100	18270	0	9.66	0.00

विधान सभा निर्वाचन क्षेत्र का नाम और क्रमांक	भारत जनगणना 2011				
	TOTAL	SCs	STs	% of SCs	% of STs
51. कालकाजी	186520	23476	0	12.59	0.00
52. तुगलकाबाद	169361	37843	0	22.34	0.00
53. बदरपुर	197544	24877	0	12.59	0.00
54. ओखला	189015	13463	0	7.12	0.00
55. त्रिलोकपुरी (अजा)	210903	66594	0	31.58	0.00
56. कोंडली (अजा)	181943	50496	0	27.75	0.00
57. पटपड़गंज	200960	26035	0	12.96	0.00
58. लक्ष्मीनगर	191043	16449	0	8.61	0.00
59. विश्वासनगर	184106	23823	0	12.94	0.00
60. कृष्णानगर	214632	17355	0	8.09	0.00
61. गांधीनगर	205167	22091	0	10.77	0.00
62. शाहदरा	190583	31704	0	16.64	0.00
63. सीमापुरी (अजा)	210314	60934	0	28.97	0.00
64. रोहताशनगर	218394	43431	0	19.89	0.00
65. सीलमपुर	208273	18470	0	8.87	0.00
66. घोंडा	203951	26381	0	12.93	0.00
67. बाबरपुर	203725	13136	0	6.45	0.00
68. गोकलपुर (अजा)	196825	73996	0	37.59	0.00
69. मुस्तफाबाद	210574	26522	0	12.60	0.00
70. करावलनगर	200248	16659	0	8.32	0.00

पश्चिम बंगाल

PAPER-5

ASSEMBLY CONSTITUENCIES AND PERCENTAGE OF SC AND ST POPULATION DISTRICT WISE

No. & Name of Assembly Constituency	2001 CENSUS POPULATION				
	TOTAL	SCs	STs	% of SCs	% of STs
COOCHBEHAR	**2479155**	**1242374**	**14246**	**50.11**	**0.57**
1. MEKLIGANJ (SC)	251162	163083	2254	64.93	0.90
2. MATHABHANGA (SC)	268460	159858	2385	59.55	0.89
3. COOCHBEHAR UTTAR (SC)	297984	136856	2762	45.93	0.93
4. COOCHBEHAR DAKSHIN	256199	94658	524	36.95	0.20
5. SITALKUCHI (SC)	299359	190567	112	63.66	0.04
6. SITAI (SC)	294782	150850	694	51.17	0.24
7. DINHATA	296066	123714	1Q37	41.79	0.35
8. TSATABARI	261895	107859	1235	41.18	0.47
9. TUFANGANJ	253248	114929	3243	45.38	1.28
JALPAIGURI	**3401173**	**1248577**	**641688**	**36.71**	**18.87**
10. KUMARGRAM (ST)	301376	107653	82726	35.72	27.45
11. KALCHINI (ST)	280420	36279	106025	12.94	37.81
12. ALIPURDUARS	295337	119993	32229	40.63	10.91
13. FALAKATA (SC)	274972	113436	43379	41.25	15.78
14. MADARIHAT (ST)	266166	41887	90463	15.74	33.99
15. DHUPGURI (SQ)	263772	150333	20668	56.99	7.84
16. MAYNAGURI (SC)	281700	199529	3545	70.83	1.26
17. JALPAIGURI (SC)	287786	142537	5143	49.53	1.79
18. RAJGANJ (SC)	268965	141077	23582	52.45	8.77
19. DABGRAM-PHULBARI	296263	82114	3791	27.72	1.28
20. MAL (ST)	288610	75178	92612	26.05	32.09
21. NAGRAKATA (ST)	295806	38561	137525	13.04	46.49
UTTAR DINAJPUR	**2441794**	**676582**	**124865**	**27.71**	**5.11**
28. CHOPRA	271792	43893	16204	16.15	5.96
29. 1SLAMPUR	245919	49329	6067	20.06	2.47
30. GOALPOKHAR	245430	35137	9273	14.32	3.78
31. CHAKULIA	258163	59951	18769	23.22	7.27
32. KARANDIGHI	287190	90300	18715	31.44	6.52
33. HEMTABAD (SC)	287005	102603	17406	35.75	6.06

No. & Name of Assembly Constituency	2001 CENSUS POPULATION				
	TOTAL	SCs	STs	% of SCs	% of STs
34. KALIAGANJ (SC)	303378	157983	12412	52.07	4.09
35. RATGANJ	293376	70727	6426	24.11	2.19
36. ITAHAR	249541	66659	19593	26.71	7.85
DAKSHIN DINAJPUR	**1503178**	**432660**	**242317**	**28.78**	**16.12**
37. KUSHMUND1 (SC)	243410	107558	23605	44.19	9.70
38. KUMARGANJ	231131	51657	38596	22.35	16.70
39. BALURGHAT	280955	63149	33367	22.48	11.88
40. TAP AN (ST)	249363	65302	66551	26.19	26.69
41. GAN.GARAMPUR (SC)	251301	85956	35255	34.20	14.03
42. HARIRAMPUR	247018	59038	44943	23.90	18.19
HOWRAH	**4273099**	**658707**	**19168**	**15.42**	**0.45**
169. BALLY	260906	9110	1406	3.49	0.54
170. HOWRAH UTTAR	..249755	9576	383	3.83	0.15
171. HOWRAH MADHYA	274065	8930	262	3.26	0.10
172. SHIBPUR	261182	15766	1663	6.04	0.64
173. HOWRAH DAKSHIN	289436	23283	1997	8.04	0.69
174. OANKRAIL (SC)	280411	71465	1336	25.49	0.48
175. PANCHLA	275412	53958	596	19.59	0.22
176. ULUBERIA PURBA	244061	34006	760	13.93	0.31
177. ULUBERIA UTTAR (SC)	238397	77140	176	32.36	0.07
178. ULUBERIA DAKSHIN	254921	63386	454	24.86	0.18
179. SHYAMPUR	280837	33158	1562	11.81	0.56
180. BAGNAN	249273	25779	1807	10.34	0.72
181. AMTA	277509	59470	548	21.43	0.20
182. UDAYNARAYANPUR	253719	58718	719	23.14	0.28
183. JAGATBALLAVPUR	292838	71039	2824	24.26	0.96
184. DOMJUR	290377	43923	2675	15.13	0.92
HOOGHLY	**5041976**	**1188881**	**212062**	**23.58**	**4.21**
185. UTTARPARA	282428	26654	2179	9.44	0.77
186. SREHRAMPUR	309944	18917	1072	6.10	0.35
187. CHAMPDANI	279185	28961	960	10.37	0.34
188. SINGUR	262259	39037	5976	14.88	2.28
189. CHANDANNAGAR	268258	37608	1269	14.02	0.47
190. CHUNCHURA	313760	69417	12719	22.12	4.05
191. BALAGARH (SC)	283046	109035	23948	38.52	8.46

No. & Name of Assembly Constituency	2001 CENSUS POPULATION				
	TOTAL	SCs	STs	% of SCs	% of STs
192. PANDUA	284231	89017	46526	31.32	16.37
193. SAPTAGRAM	270943	74558	12248	27.52	4.52
194. CHANDITALA	260721	38819	989	14.89	0.38
195. JANGIPARA	271331	79192	9726	29.19	3.58
196. HARIPAL	282333	71245	16041	25.23	5.68
197. DHANEKHALI (SC)	291249	91928	44878	31.56	15.41
198. TARAKESWAR	264849	67004	13600	25.30	5.14
199. PURSURAH	284273	80930	1481	28.47	0.52
200. ARAMBAG (SC)	273412	93125	4170	34.06	1.53
201. GOGHAT (SC)	268639	98090	13833	36.51	5.15
202. KHANAKUL	291115	75344	447	25.88	0.15
BANKURA	**3192695**	**997408**	**330783**	**31.24**	**10.36**
247. SALTORA (SC)	264385	88281	28071	3339	10.62
248. CHHATNA	267799	86805	47041	32.41	17.57
249. RANIBANDH (ST)	279397	54911	92824	19.65	33.22
250. RAIPUR.(ST)	246421	57811	61960	23.46	25.14
251. TALDANGRA	256203	69959	33809	27.31	13.20
252. BANKURA	284861	81033	9931	28.45	3.49
253. BARJORA	274304	90236	6521	32.90	2.38
254. ONDA	283747	90885	11504	32.03	4.05
255. BISHNUPUR	239945	63373	17293	26.41	7.21
256. KATULPUR (SC)	269310	92409	7321	34.31	2.72
257. INDUS (SC)	267203	115513	6374	43.23	2.39
258. SONAMUKHI (SC)	259120	106192	8134	40.98	3.14
BIRBHUM	**3015422**	**889894**	**203127**	**29.51**	**6.74**
284. DUBRAJPUR (SC)	268483	91011	7576	33.90	2.82
285. SURI	286355	89921	23377	31.40	8.16
286. BOLPUR	280197	68632	25811	24.49	9.21
287. NANOOR (SC)	302564	96175	23727	31.79	7.84
288. LABPUR	268306	83588	21300	31.15	7.94
289. SAINTHIA (SC)	272827	86813	27405	31.82	10.04
290. MAYURESHWAR	252764	80178	16618	31.72	6.57
291. RAMPURHAT	276794	77120	38965	27.86	14.08
292. HANSAN	266400	76636	1006	28.77	0.38
293. WALHATI	263714	80488	9450	30.52	3.58
294. MURARAI	277018	59332	7892	21.42	2.85

परिशिष्ट–4

(अध्याय–2)

विधानसभा तथा संसदीय निर्वाचन क्षेत्रों का परिसीमन दिशा–निर्देश तथा प्रक्रिया

DELIMITATION OF ASSEMBLY AND PARLIAMENTARY

Guidelines and Methodology

1. संवैधानिक तथा विधिक प्रावधान (Constitutional and Legal Provisions) **:** अन्य बातों के साथ–साथ भारतीय संविधान की धारा 81, 82, 170, 330 तथा 332 को संविधान अधिनियम, (चौरासी वां संशोधन) 2001 तथा संविधान (सत्तासी वां संशोधन) अधिनियम, 2003 द्वारा संशोधित किया गया है। संविधान के इन संशोधनों का संचयी (Cumulative) प्रभाव यह हुआ है कि–

(i) 2026 वर्ष के बाद किए जाने वाली प्रथम जनगणना तथा जनगणना 1971 के आधार पर लोक सदन में आबंटित विद्यमान सीटों की कुल संख्या अपरिवर्तित रहेगी,

(ii) 2026 वर्ष के बाद किए जाने वाली प्रथम जनगणना तक जनगणना 1971 के आधार पर विधानसभा में आबंटित विद्यमान सीटो की कुल संख्या अपरिवर्तित रहेगी,

(iii) संसदीय तथा विधानसभाओं के लिए अनुसूचित जातियों (अजा) तथा अनुसूचित जनजातियों (अजजा) के लिए आरक्षित किए जाने वाली सीटों की संख्या की 2001 जनगणना के आधार पर फिर से गणना की जाएगी,

(iv) प्रत्येक राज्य को 2001 जनगणना के आधार पर क्षेत्रीय संसदीय तथा विधानसभा निर्वाचन क्षेत्रों का पुनः परिसीमन किया जाएगा तथा इस तरह के निर्वाचन क्षेत्रों की सीमा जैसा कि अब परिसीमन किया गया है, 2026 वर्ष के बाद किए जाने वाली पहली जनगणना तक स्थिर बनी रहेगी तथा यहाँ दर्शाए गए राज्यों में जम्मू तथा कश्मीर को नहीं

शामिल किया गया है, लेकिन राष्ट्रीय राजधानी क्षेत्र दिल्ली तथा केन्द्र शासित क्षेत्र पाण्डिचेरी को शामिल किया गया है।

(v) निर्वाचन क्षेत्रों को जहाँ तक व्यवहारिक होगा, इस तरह से परिसीमित किया जाएगा कि एक राज्य में प्रत्येक संसदीय तथा विधानसभा निर्वाचन क्षेत्र की आबादी (2001 जनगणना के आधार पर) पूरे राज्य में एक समान होगी।

2. राज्यों का संसदीय तथा विधानसभा निर्वाचन क्षेत्रों में विभाजन : इस तरह प्रत्येक राज्य की विधानसभा तथा संसदीय निर्वाचन क्षेत्र में विभाजन प्रत्येक राज्य विधानसभा में विद्यमान सीटों की कुल संख्या तथा वर्तमान में संसद के दोनों सदनों में आबंटित कुल सीटों की संख्या के संबंध में किया जाएगा। दूसरे शब्दों में, प्रत्येक राज्य को उतने ही विधानसभा निर्वाचन क्षेत्रों में विभाजित किया जाएगा, जितनी संख्या में राज्य विधानसभा में उनकी सीटें विद्यमान है तथा संसदीय निर्वाचन क्षेत्रों की संख्या उस राज्य के लिए आबंटित संसद के दोनों सदनों की विद्यमान सीटों के बराबर (लोक प्रतिनिधित्व अधिनियम 1950 की प्रथम तथा द्वितीय अनुसूची देखें) होगी।

इसके अतिरिक्त जहाँ तक व्यवहारिक होगा सभी निर्वाचन क्षेत्र भौगोलिक रूप से घने होंगे तथा उनके परिसीमन में भौतिक विशेषताओं, प्रशासकीय इकाइयों की विद्यमान सीमाओं, संचार सुविधाओं तथा लोक सुविधाओं का ध्यान दिया जाएगा।

3. आबादी (Population) : (i) सभी विधानसभा तथा संसदीय निर्वाचन क्षेत्रों का परिसीमन जनगणना 2001 के आधार पर किया जाएगा। इस प्रयोजन के लिए केवल जनगणना आयोग द्वारा प्रकाशित जनगणना 2001 के आँकड़ों को लिया जाएगा।

(ii) राज्य में प्रत्येक निर्वाचन क्षेत्र को इस तरह से परिसीमित किया जाएगा कि जहाँ तक व्यवहारिक होगा, सभी निर्वाचन क्षेत्रों की आबादी पूरे राज्य में एक समान होगी।

(iii) इस प्रयोजन के लिए, राज्य की कुल आबादी (जनगणना 2001) को राज्य के विधानसभा निर्वाचन क्षेत्रों की कुल संख्या से विभाजित किया जाएगा तथा इस तरह प्रति विधानसभा क्षेत्र के लिए राज्य का औसत प्राप्त किया जाएगा। राज्य का यह औसत निर्वाचन क्षेत्र को इस तरह से परिसीमित करने के लिए दिशा–निर्देशक घटक होंगे कि जहाँ तक व्यवहारिक होगा प्रत्येक निर्वाचन क्षेत्र नें समान आबादी होगी।

(iv) तथापित, परिसीमन आयोग ने यह आंतरिक निर्णय लिया है कि चूंकि निर्वाचन क्षेत्रों को सभी मामलों में एकदम समान आबादी के रूप में परिसीमित नहीं किया जा सकेगा, यदि भौगोलिक विशेषता, संचार साधन, लोक सुविधा, क्षेत्रों की समीपता तथा इस तरह चाही गई प्रशासकीय इकाइयों को टूटने से बचाने की आवश्यकता होगी, राज्य/जिला औसत से दस प्रतिशत तक कम अथवा ज्यादा तक का अंतर आयोग को मान्य होगा।

4. प्रशासकीय इकाइयां (Admistrative Units) **:** यद्यपि, 2001 की जनगणना की आबादी को आधार बनाया गया है, आयोग ने यह निर्णय लिया है कि, परिसीमित निर्वाचन क्षेत्रों की प्रशासकीय इकाइयों तथा जिला/उप प्रभाग/तहसील/पटवारी सर्कल, पंचायत, समितियों/पंचायतों आदि जो कि, 15 फरवरी 2004 को अस्तित्व में थी (आयोग ने पहले सभी राज्य सरकारों को लिखा था कि वे 01 अगस्त 2002 को विद्यमान प्रशासकीय इकाइयों में राज्य में सभी तरह से परिसीमन कार्य पूर्ण हो जाने तक छेड़छाड़ न करें, लेकिन मामलों में आयोग ने पर्याप्त औपचारिकता तथा इसके प्रति प्रदर्शित तत्कालिकता पर कुछ प्रशासकीय इकाइयों को पुनर्गठित करने की अनुमति प्रदान की थी)

5. जिलों के विधानसभा निर्वाचन क्षेत्रों के आबंटन तथा निर्वाचन क्षेत्रों के परिसीमन की प्रक्रिया : (i) परिसीमन आयोग ने यह निर्णय लिया है कि जहाँ तक व्यवहारिक होगा, एक जिले के सभी निर्वाचन क्षेत्रों को उस जिले की एक क्षेत्रीय सीमा के अंदर सीमित किया जाएगा। दूसरे शब्दों में किसी भी विधानसभा निर्वाचन क्षेत्र को सामान्यतः उस एक जिले से अधिक विस्तारित नहीं किया जाएगा।

(ii) परिसीमन आयोग के उपर्युक्त आंतरिक निर्णय को ध्यान में रखते हुए, पहला कदम पूर्ववर्ती पैराग्राफ के उप–पैराग्राफ (3) के अंतर्गत की गई गणना के रूप में प्रति निर्वाचन क्षेत्र की औसत आबादी से उस जिले की कुल आबादी को विभाजित करने के आधार पर प्रत्येक जिले के विधानसभा निर्वाचन क्षेत्रों की संख्या आबंटित की जाएगी, जिसमें इस तरह के राज्य औसत से एक अंश को एक के रूप में गिना जाएगा तथा आधे से कम अंश को छोड़ दिया जाएगा।

(iii) अगले कदम के रूप में, जिले में प्रत्येक निर्वाचन क्षेत्र की औसत आबादी को जिले की कुल आबादी और उस जिले में आबंटित सीटों की संख्या से विभाजित कर पता लगाया जाएगा।

(iv) फिर जिले के औसत से 10 प्रतिशत कम या अधिक के अनुमत्य अंतर के साथ जिले के प्रति निर्वाचन क्षेत्र की औसत आबादी को ध्यान में रखते हुए जिले के क्षेत्रों को विधानसभाओं की आवश्यक संख्या में विभाजित किया जाएगा।

(v) विधानसभा निर्वाचन क्षेत्रों को परिसीमित करने में, जहाँ तक व्यवहारिक होगा, यह सुनिश्चित करने के प्रयास किए जाएंगे कि उप–प्रभागों/तहसीलों को अखण्ड रखा जाए तथा अनावश्यक रूप से उन्हें तोड़ा न जाए। इसके आगे, प्रत्येक राज्य में, एक प्रशासकीय इकाई भी पहचान करने की आवश्यकता होगी, जिसमें उस राज्य के प्रशासकीय ढांचे को निम्नतम प्रशासकीय इकाई जिसे किसी भी प्रकरण में तोड़ा नहीं जाना चाहिए, के रूप में अपनाई जाएगी। उदाहरण के लिए मध्य प्रदेश राज्य में जिला, तहसील, राजस्व निरीक्षक वृत्त (RICS) तथा पटवारी वृत्त (PC) प्रशासकीय इकाइयां है। यदि एक PC (जिसमें कुछ गाँव होते है,। को परिसीमन के प्रयोजन से निम्नतम प्रशासकीय इकाई के रूप में अपनाया जाता है, उस PC को संपूर्ण रूप से अखण्ड रखा जाएगा तथा एक विधानसभा निर्वाचन क्षेत्र में शामिल किया जाएगा तथा उस PC के सारे गाँवों को अलग–अलग विधानसभा क्षेत्रों में विभाजित नहीं किया जाएगा।

(vi) उपर्युक्त दर्शाए गए अनुसार प्रशासकीय इकाइयों के आधार पर विधानसभा निर्वाचन क्षेत्रों का परिसीमन करते समय, इस तरह की प्रशासकीय इकाइयों की समीपता बुनियादी किसी भी निर्वाचन क्षेत्र में उसके अंदर दूसरे निर्वाचन क्षेत्र से संबंधित कुछ क्षेत्रों की परिवृत्ति/टापू हो तथा उसके बाद वाले निर्वाचन क्षेत्र के अन्य क्षेत्रों से कोई समीपता हो।

(vii) समीपता के अतिरिक्त, भौगोलिक विशेषताओं, बेहतर संपर्क, संचार के साधनों, लोक सुविधाओं को भी दृष्टिगत रखा जाएगा तथा नदियों अथवा पहाड़ी श्रृंखलाओं या वनों अथवा घाटियों तथा इस तरह के अन्य प्राकृतिक सीमाओं को एक ही निर्वाचन क्षेत्र में नहीं रखा जाएगा।

(viii) जहाँ तक संभव होगा, जिले के निर्वाचन क्षेत्रों का परिसीमन उत्तर से आरंभ करते हुए उत्तर–पश्चिम तक किया जाएगा, तथा बाद में मोडदार तरीकों से आगे बढ़ते हुए इसे दक्षिण की ओर समाप्त किया जाएगा।

6. संसदीय निर्वाचन क्षेत्रों का परिसीमन (Delimitation of Parliamentary Constituencies) : एक राज्य में प्रत्येक संसदीय निर्वाचन क्षेत्र उसमें निहित विधानसभा क्षेत्रों की एक अखण्ड बहुसंख्या होगी। किसी भी विधानसभा निर्वाचन क्षेत्र को एक से अधिक संसदीय क्षेत्र में विस्तारित नहीं किया जाएगा।

7. अजा/अजजा के लिये सीटों का आरक्षण (Reservation of seats for SCs and STs) : (i) राज्य की कुल आबादी में उनकी आबादी के अनुपात में अनुसूचित जातियों तथा अनुसूचित जनजातियों के लिए सीटों का आरक्षण किया जाएगा।

(ii) प्रत्येक राज्य में जनगणना 2001 के आधार पर अजा तथा अजजा के लिए विधानसभा तथा संसदीय निर्वाचन क्षेत्रों के लिए सीटों का आबंटन अलग–अलग किया जाएगा।

(iii) परिसीमन अधिनियम 2002 के खण्ड 9 (1) (घ) के अंतर्गत, में अजजा के लिए सीटों का आरक्षण उन निर्वाचन क्षेत्रों में किया जाएगा जिनमें उनकी कुल आबादी सर्वाधिक है। अतएवं राज्य के सभी विधानसभा निर्वाचन क्षेत्रों के परिसीमन के बाद, अजजा के लिए आरक्षित किए जाने वाले निर्वाचन क्षेत्र वे होंगे, जहाँ निर्वाचन क्षेत्र की कुल आबादी में उनकी आबादी का प्रतिशत संबंधित जिले में अजजा सीटों की संख्या के बराबर घटते क्रम में सबसे अधिक है।

(iv) कथित अधिनियम के खण्ड 9 (1) (ग) के अंतर्गत राज्य के विभिन्न हिस्सों में अजा के लिए वितरित किए जाने वाले निर्वाचन क्षेत्रों तथा उन निर्वाचन क्षेत्रों में जहाँ कुल आबादी में उनकी आबादी का प्रतिशत तुलनात्मक रूप से अधिक है, सीटों का आरक्षण किया जाएगा। अतएव जैसा कि उपर्युक्त वर्णित है, प्रत्येक जिले में सीटों की कुल संख्या के आबंटन की गणना करते समय, उन जिलों में अजा सीटों की गणना अलग की जाएगी। इसके बाद, जहाँ तक व्यवहारिक होगा, जिले के उन निर्वाचन क्षेत्रों में अजा सीटों का आरक्षण किया जाएगा, जहां कुल आबादी में उनकी आबादी का प्रतिशत संबंधित जिले में अजा सीटों की संख्या के बराबर घटते क्रम में सबसे अधिक है।

8. कार्य पत्रों को तैयार करना (Preparation of Working Paper)

9. आयोग द्वारा अनुमोदित कार्य पत्र (Working paper-Approval by the Commission)

10–11. मसौदा प्रस्ताव अधिसूचना (Meeting with Associate Members)

12. जनसुनवाई (Public Sittings) **:** सुझाव तथा आपत्तियों को प्रस्तुत करने की अंतिम दिनाँक निकल जाने के बाद आयोग राज्य में एक या अधिक स्थानों पर जन सुनवाई कर लोगों से व्यक्तिगत सुनवाई करेगा। इन सभाओं को व्यापक प्रचारित–प्रसारित किया जाएगा।

13. अंतिम आदेश (Final Orders) **:** जनसुनवाई के बाद, उनमें प्राप्त लिखित के साथ–साथ मौखिक सुझावों पर विचार करने तथा मसौदा प्रस्ताव में किए जाने वाले आवश्यक सुधार के बारे में निर्णय लेने तथा अंतिम आदेश पारित करने के लिए आयोग सहयोगी सदस्यों (हालांकि उन्हें मताधिकार नहीं होगा) के साथ अंतिम बैठक आयोजित करेगा। इस तरह तैयार किए गए अंतिम आदेश पर

पूर्ण आयोग हस्ताक्षर करेगा तथा परिसीमन आयोग के सचिव भारत के राजपत्र तथा राज्य के राजपत्र में अंतिम आदेश का प्रकाशन करायेंगे। इस अंतिम आदेश को संबंधित राज्य के दो स्थानीय भाषा के समाचार पत्रों में भी प्रकाशित करवाने की आवश्यकता होगी। अंतिम आदेश प्रकाशित होने के बाद, भारत के राष्ट्रपति से आदेश लागू होने की तिथि के बारे में उल्लिखित कर अधिसूचना जारी करने के लिए अनुरोध किया जाएगा। इन आदेशों की प्रतियाँ संसद तथा संबंधित विधानसभा के समक्ष भी रखी जाएंगी, इसमें उनके द्वारा किसी भी तरह का परिवर्तन अनुमत्य नहीं होगा।

(शंगारा राम)
सचिव

परिशिष्ट–5

(अध्याय–2)

प्रदेश कांग्रेस ने जिला इकाइयों से परिसीमन पर रिपोर्ट मांगी

प्रदेश कांग्रेस ने परिसीमन आयोग के समक्ष अपना पक्ष रखने के लिए सभी जिला इकाइयों से विधानसभा सीटवार रिपोर्ट माँगी है। प्रदेश कांग्रेस परिसीमन समिति की 12 मार्च 2006 को प्रदेश कार्यालय में हुई। बैठक में सांसद ज्योतिरादित्य सिंधिया, पूर्व मंत्री अजयसिंह राहुल भैया, हरवंशसिंह मौजूद नहीं थे।

प्रदेश कांग्रेस उपाध्यक्ष राधाकृष्णन गर्ग की अध्यक्षता में हुई परिसीमन की बैठक में निर्णय लिया गया कि परिसीमन से प्रदेश के करीब तीन दर्जन जिले प्रभावित होने के कारण जिला इकाइयों से व्यवहारिक स्थिति से रूबरू होने के लिए रिपोर्ट बुलाई जाए। इसके लिए 23 तारीख तय की गई है। जिला इकाइयों से कहा गया है कि वे अपनी रिपोर्ट विधानसभा वार सीटों के आधार पर बनाकर भेजें। रिपोर्ट में विधानसभा क्षेत्र की भौगोलिक स्थिति, मतदाता संख्या का संतुलन बिगड़ने, और राजनीतिक पक्ष को अवश्य केन्द्रित करने की नसीहत दी गई है। इसके साथ ही नक्शे में पटवारी हल्का नंबर, खसरा और प्रस्तावित विधानसभा सीट कितने किलोमीटर व्यास क्षेत्र में होगी, इस पर भी राय भेजने को कहा गया है।

भारत परिसीमन आयोग

निर्वाचन सदन, अशोक रोड, नई दिल्ली–110001

शंगारा राम — फोन नं. 011–23052005
सचिव — फैक्स नं. 011–23052006
सं. 282/म.प्र./2007 — दिनांक–19 जनवरी, 2007

आदेश संख्या (38)

परिसीमन अधिनियम, 2002 (2002 का 33) की धारा 4 के साथ पठित धारा के अनुसरण में तथा इस संबंध में सक्षम बनाने वाले अन्य सभी संवैधानिक और कानूनी उपबंधों को ध्यान में रखते हुए परिसीमन आयोग एतद् द्वारा यह नियत करता है :

(क) लोकसभा में मध्य प्रदेश राज्य को आवंटित किए जाने वाले स्थानों की कुल संख्या उनतीस (29) होगी।

(ख) लोकसभाा में मध्य प्रदेश राज्य को इस प्रकार आबंटित कुल उनतीस (29) संख्या में अनुसूचित जातियों और अनुसूचित जनजातियों के लिए आरक्षित स्थानों की संख्या क्रमशः चार (4) और छः (6) होगी।

(ग) मध्य प्रदेश राज्य की विधानसभा को नियत किए जाने वाले स्थानों की कुल संख्या दो सौ तीस (230) होगी, और (घ) मध्य प्रदेश राज्य की विधानसभा को इस प्रकार नियत दो सौ तीस (230) स्थानों को कुल संख्या में से अनुसूचित जातियों और अनुसूचित जनजातियों के लिए आरक्षित स्थानों की संख्या क्रमशः पैंतीस (35) और सैंतालीस (47) होगी।

आदेश से
(शंगारा राम)
(सचिव)

भारत परिसीमन आयोग

निर्वाचन सदन, अशोक रोड, नई दिल्ली–110001

शंगारा राम — फोन नं. 011–23052005
सचिव — फैक्स नं. 011–23052006
सं. 282/म.प्र./2007 — दिनांक–19 जनवरी, 2007

अधिसूचना

परिसीमन अधिनियम, 2002 (2002 का 33) की धारा 4 के साथ पठित धारा के अनुसरण में परिसीमन आयोग मध्य प्रदेश राज्य में संसदीय और विधानसभा निर्वाचन क्षेत्रों के परिसीमन के लिए सह सदस्यों के विसम्मत प्रस्तावों के साथ एतद् द्वारा अपने प्रस्ताव प्रकाशित करता हैं तथा 1 फरवरी 2007 (गुरूवार) को उस तारीख के रूप में विनिर्दिष्ट करता है जिसको अथवा जिसके पश्चात् वह उक्त प्रस्तावों पर आगे विचार करेगा। 2. इन प्रस्तावों के संबंध में कोई आक्षेप या सुझाव सचिव, परिसीमन आयोग, निर्वाचन सदन, अशोक रोड नई दिल्ली–110001 के पास उक्त तारीख तक या उसके पूर्व पहुँच जाने चाहिए।

प्रस्ताव (1) ने प्रादेशिक निर्वाचन क्षेत्र जिनमें मध्य प्रदेश राज्य को (क) राज्य की विधानसभा तथा (ख) लोकसभा निर्वाचनों के प्रयोजनार्थ विभक्त किया जाएगा तथा अनुसूचित जातियों और अनुसूचित जनजातियों के लिए आरक्षित ऐसे प्रत्येक निर्वाचन क्षेत्र और निर्वाचन क्षेत्र का विस्तार क्रमशः सारणी (क) और (ख)

में दर्शाए अनुसार होगा, (पप) जहाँ सारणी (क) और (ख) में यथादर्शित किसी निर्वाचन क्षेत्र का नाम कोष्ठकों और शब्दों (अ.जा.) द्वारा सुभिन्न किया गया है। वहाँ उस निर्वाचन क्षेत्र का स्थान अनुसूचित जनजातियों के लिए आरक्षित है, और (पपप) जहाँ सारणी (क) और (ख) में यथादर्शित निर्वाचन क्षेत्र के नाम कोष्ठकों और शब्दों (अ.ज.जा.) द्वारा भेद दिखाया गया हैं। वहाँ उस निर्वाचन क्षेत्र का स्थान अनुसूचित जनजातियों के लिए आरक्षित है।

आदेश से
(शंगारा राम)
सचिव

सारणी–क

विधानसभा निर्वाचन क्षेत्र और उनका प्रस्तावित विस्तार विधानसभा निर्वाचन क्षेत्र की क्रम संख्या और नाम, निर्वाचन क्षेत्र का प्रस्तावित विस्तार 31. रायसेन जिला–140 उदयपुरा–1. उदयपुरा

तहसील तथा 2. बरेली तहसील में 1. बरेली रा.नि.मं., 2. खरगोन रा.नि.मं., 3. मशेवर रा.नि.मं., 4. भरकाच रा.नि.मं., 5. बरेली (नगर पंचायत बाह्य वृद्धि) 141. भोजपुर–1. गोहरगंज तहसील तथा 2. बरेली तहसील में 1. इंटखेड़ी रा.नि. मं., 2. बाड़ी रा.नि.मं. तथा 4. बाड़ी (नगर पंचायत) 142. सांची (अ.जा.)–1. रायसेन तहसील तथा 2. गोहरगंज तहसील। 143. सिलवानी–1. बेगमगंज तहसील तथा 2. सिलवानी तहसील।

विसम्मत प्रस्ताव–1

सेवा में,

माननीय न्यायाधीश श्री कुलदीपसिंह
अध्यक्ष,
परिसीमन आयोग
नई दिल्ली

विषय : जिला रायसेन मध्य प्रदेश के विधानसभा निर्वाचन क्षेत्र के परिसीमन के लिए विसम्मत प्रस्ताव।

महोदय,

हमने आपके दिनांक 05.01.2007 के पत्र संख्या 282/म.प्र./2006 खण्ड–4 द्वारा हमें परिचालित किए गए तथा आयोग द्वारा अंतिम रूप दिये गए मध्य प्रदेश के रायसेन जिले के विधानसभा निर्वाचन क्षेत्रों के लिए प्रारूप प्रस्ताव अच्छी तरह पढ़े हैं।

हमें यह प्रतीत हुआ है कि आयोग द्वारा अंतिम रूप दिए गए प्रारूप प्रस्ताव विशेष रूप से जिले के विधानसभा, निर्वाचन क्षेत्रों के वर्तमान गठन को परिवर्तित करते हैं। यहाँ तक कि बाड़ी रा.नि.मं. को भी तोड़ा गया है। इतने अधिक परिवर्तन क्षेत्र में सामाजिक तथा सांस्कृतिक जुड़ाव को बुरी तरह प्रभावित करेंगे तथा क्षेत्र के लोगों के बीच अत्यधिक असंतोष और कुंठा का कारण बनेंगे।

हम, तदनुसार रायसेन जिले के विधानसभा निर्वाचन क्षेत्र के संबंध में परिसीमीन आयोग का प्रारूप प्रस्ताव स्वीकार करने में असमर्थ हैं तथा इसी संबंध में संशोधित प्रस्ताव प्रस्तुत करते हैं। यह प्रस्ताव नक्शे सहित इसके साथ संलग्न है।

हमारे, प्रस्तावों में हमने विधानसभा निर्वाचन क्षेत्रों के गठन को उसी तरह बनाए रखा है जैसा कि यह अब विद्यमान है। यह ध्यान दिया जाए कि जनसंख्या को बनाए रखने के लिए हम उदयपुर, सांची तथा भोजपुर के वर्तमान गठन को पूर्णता बनाए रख रहे हैं, हमने केवल सिलवानी में भोजपुर के इंटखेडी अर्थात एक रा.नि.मं. को तोड़ा है। हमारे प्रस्ताव में कोई रा.नि.मं. सर्किल तोड़ा नहीं गया है और बेहतर संबद्धता प्रदान की गई है। ये प्रस्ताव परिसीमन अधिनियम तथा दिशा निर्देशों के उपबंधों की पूर्णतः पुष्टि करते हैं। तदनुसार यह निवेदन हैं कि आयोग उपर्युक्त प्रस्तावों को अपनाने पर विचार करें। इसके अलावा ये प्रस्ताव लोगों के सुझाव आमंत्रित करने के लिए प्रकाशित भी किए जाए।

आपका

ह./–

1. (ज्योतिरादित्य सिंधिया)

सांसद

2. (हरबंश सिंह)

संलग्नक उपर्युक्त अनुसार :

31 रायसेन जिला

2001 की जनसंख्या		विधानसभा तथा प्रस्तावित विधानसभा स्थान		
कुल	1125154	कुल	अ.जा.	अ.ज.जा.
	184234 विद्यमान	4	1	00
	177139 प्रस्तावित	4	1	00
जिला औसत	281289			
स्वीकृत रेंज	10 प्रतिशत (–या) 253160–309417			

विधानसभा की क्र.सं. तथा नाम	निर्वाचन क्षेत्र का विस्तार	2001 जनसंख्या				
	तहसील / रा.नि.मं. / पंचायत / प.सं.	कुल	अ.जा.	अ.ज.जा.	अ.जा का प्रतिशत	अ.ज.जा. का प्रतिशत
140. उदयपुरा	1. उदयपुरा तह. (भाग)					
	उदयपुरा रा.नि.मं.	27211	6476	2297	23.8	8.44
	देवरी रा.नि.मं.	33536	5812	2928	17.33	8.73
	कोडा जमुनिया रा.नि.मं.	26585	4390	5589	16.51	21
	उदयपुर नगर पंचायत	13787	1760	401	12.77	2.91
	1. बेगमगंज तहसील	126624	21823	11713	17.23	9.25
	2. सिलवानी तह. (भाग)					
	3. प्रतापगढ़ रा.नि.मं.	21027	1341	16963	6.378	80.7
	4. जैधारी रा.नि.मं.	17438	1685	6193	9.663	35.5
	नि. क्षेत्र का कुल योग	**266204**	**43287**	**46084**	**16.26**	**17.31**
141. भोजपुर	1. गोहरगंज तहसील	213419	25480	52588	11.94	24.6
	1. बरेली तहसील (भाग)					
	2. बाड़ी रा.नि.मं.	27331	8166	2077	29.88	7.6
	3. भारगच्छा रा.नि.मं.	41537	6186	1613	4.89	3.88
	4. बाड़ी नगर पंचायत	16094	2071	1535	12.87	9.54
	नि.क्षे. का कुल योग	**298381**	**41903**	**57813**	**14.04**	**19.40**
142. सांची (अ.जा.)	1. रायसेन तहसील	193259	35929	21311	18.59	11
	2. गैरतगंज तहसील	104944	21191	12583	20.19	12
	नि.क्षे. का कुल योग	**298203**	**57120**	**33894**	**19.15**	**11.40**
143. सिलवानी	1. सिलवानी तह. (भाग)					
	सिलवानी रा.नि.मं.	50658	5987	13497	11.82	2.67
	बामहोरी रा.नि.मं.	40910	14530	46564	35.52	11.42
	1. उदयपुर तहसील (भाग) चटेरा रा.नि.मं.	35986	5430	2841	15.09	79.2
	2. बरेली तहसील (भाग)					
	1. ईंटखेड़ी रा.नि.मं.	18059	2623	7957	14.52	44.2
	2. खरगोन रा.नि.मं.	24248	4661	2353	19.22	57.3
	3. मषेवर रा.नि.मं.	35386	6627	1121	18.73	31.8
	4. बरेली नगर पंचायत (न.प. पा. तु.)	25204	3134	793	12.43	31.6
	नि. क्षे. का कुल योग	**230451**	**42992**	**75126**	**18.66**	**32.70**

जिला रायसेन

विसम्मत प्रस्ताव–II

सेवा में, दिनांक 19 दिसंबर, 2006

श्रीमान अध्यक्ष

राष्ट्रीय परिसीमन आयोग

नई दिल्ली

विषय : मध्य प्रदेश के लोकसभा क्षेत्रों के परिसीमन के संबंध में सहयोगी सदस्यों का प्रस्ताव।

महोदय,

परिसीमन आयोग द्वारा मध्य प्रदेश के लोकसभा क्षेत्रों के लिए प्रस्तावित प्रस्ताव में काफी विसंगतियाँ हैं। आयोग द्वारा दिए गए मार्गदर्शिका सिद्धांत के अनुरूप भी नहीं है। आयोग द्वारा प्रस्तावित 2 लोकसभा क्षेत्र क्रमशः ग्वालियर एवम् उज्जैन में सम्मिलित विधानसभा क्षेत्र भौगोलिक रूप से आपस में जुड़े हुए नहीं हैं। आयोग के प्रस्ताव में 5 लोकसभा क्षेत्र ऐसे हैं जो एक जिले की विधानसभाओं से बने हैं। 11 लोकसभा क्षेत्र ऐसे हैं जिनमें 2 जिलों की कुछ विधानसभायें जोड़कर बनाई गई है। एक लोकसभा क्षेत्र 3 संपूर्ण जिले को जोड़कर बनाया गया है। 10 लोकसभा क्षेत्र ऐसे हैं जो तीन जिलों की कुछ–कुछ विधानसभाओं को मिलाकर बनाये गये हैं। 2 लोकसभा क्षेत्र ऐसे हैं जिनमें 4 जिलों की कुछ एक विधानसभाओं को सम्मिलित किया गया है।

हम निम्न हस्ताक्षरित सहयोगी सदस्य इससे बेहतर सुझाव आपके समक्ष रख रहे हैं जिसमें आयोग द्वारा बताए गये मार्गदर्शी नियमों का बेहतर अनुपालन किया गया है कम जिलों को तोड़ा गया है। जनसंख्या का अनुपातिक अंतर और कम किया गया है एवं दिशादर्शी नियमों का भी अनुपालन समुचित रूप से किया गया है।

हमारे प्रस्ताव में किसी भी लोकसभा क्षेत्र को 3 से ज्यादा जिलों में प्रस्तावित नहीं किया गया है। अनुरोध है कि आयोग द्वारा प्रस्तावित लोकसभा क्षेत्र खजुराहो का नाम बदल ओरछा रखा जाए क्योंकि खजुराहो प्रस्तावित लोकसभा क्षेत्र से बाहर है। खजुराहो अब दमोह लोकसभा क्षेत्र की महाराजापुर विधानसभा का हिस्सा है। अतएव अनुरोध है दमोह लोकसभा का नाम बदलकर खजुराहो रखा जाए।

मान्यवर हमारा प्रस्ताव आयोग के मार्गदर्शी सिद्धांतों एवं नियमों के ज्यादा अनुकुल है। अतएव इस प्रस्ताव को स्वीकार करने का कष्ट करें।

थावरचंद गहलोत सांसद	अजय विश्नोई विधायक
सुमित्रा महाजन सांसद	लक्ष्मणसिंह गौड़ विधायक
कैलाश जोशी सांसद	उमाशंकर गुप्त विधायक
फग्गनसिंह कुलस्ते सांसद	लालसिंह आर्य विधायक

परिशिष्ट–6

(अध्याय–4)

विधि और न्याय मंत्रालय
(विधायी विभाग)

आदेश

नई दिल्ली, 8 फरवरी, 2008

का, आ, 284(अ)–संविधान (चौरासीवां संशोधन) अधिनियम, 2001 द्वारा यथासंशोधित संविधान के अनुच्छेद 82 और अनुच्छेद 170 (3) के उपबंधों के अधीन संसद ने परिसीमन अधिनियम, 2002 अधिनियमित किया था और लोक सभा तथा राज्य विधानसभाओं के निर्वाचनों के प्रयोजन के लिए प्रत्येक राज्य और संघ राज्यक्षेत्र के प्रादेशिक निर्वाचन क्षेत्रों में विभाजन को वर्ष 2001 में की गई जनगणना के आधार पर अभिनिश्चित किए गए जनगणना के आँकड़ों के आधार पर पुनःसमायोजित करने के लिए परिसीमन आयोग स्थापित किया गया था। (जैसा कि संविधान (सत्तासीवां संशोधन) अधिनियम, 2003 के अधीन परिकल्पित है;

और, परिसीमन आयोग ने अभी तक 25 राज्यों/संघ राज्यक्षेत्रों में परिसीमन कार्य को पूरा कर लिया है;

और अरूणाचल प्रदेश के बाबत परिसीमन कार्य को पहले, 2001 की जनगणना के जनसंख्या आंकड़ों के आधार पर परिसीमन को प्रश्नगत करते हुए लोकहित मुकदमों की श्रृंखला (श्री रिकराम तारेहाके बनाम भारत संघ (लोकहित मुकदमा 54/07), श्री ताकम सोरंग बनाम भारत संघ (लोकहित मुकदमा 55/07), श्री देखबन एस (लोकहित मुकदमा 78/07) और श्री चांगकोम होंडिक (लोकहित मुकदमा 98/07) के मामलों में गुवाहाटी उच्च न्यायालय के रोक आदेशों के अनुसरण में निलंबित कर दिया गया था;

और गुवाहाटी उच्च न्यायालय के आदेशों पर माननीय उच्चतम न्यायालय के रोक लगाने के परिणामस्वरूप परिसीमन आयोग द्वारा परिसीमन प्रक्रिया पुनः

आरंभ किए जाने से अरूणाचल प्रदेश राज्य में रहने वाले पहाड़ी और जनजातीय व्यक्तियों की भावनाएं इस आशंका के कारण भड़कने की संभावना है कि अनेक निर्वाचन क्षेत्रों में नए परिसीमन के परिणामस्वरूप जनता और उसके प्रतिनिधियों के बीच संबंध विच्छेद हो सकता है और उसकी सीमाओं के परिवर्तन से जनजातियों के विभिन्न जातीय और मूलवंशीय समूहों का अन्यसंक्रमण हो सकता है;

और अरूणाचल प्रद्रेश राज्य 26 प्रमुख जनजातियों और 100 से अधिक उप–जनजातियों वाला अत्यंत संवेद्नशील सीमावर्ती राज्य है, जिसमें से प्रत्येक के अपने भिन्न–भिन्न, पारंपरिक क्षेत्र और सीमाएं है, जिसके आधार पर विद्यमान जिले और विधानसभा निर्वाचन क्षेत्र की सीमाओं का व्यापक रूप से सीमांकन किया गया था, जिसके कारण नए सिरे से ऐसा परिसीमन एक जटिल और संवेदनशील कार्य होगा जिसमें एक जनजातीय जिले से दूसरे जनजातीय जिले में विधानसभा स्थानों का अंतरण अंतर्वलित है;

और विद्यमान विधानसभा निर्वाचन क्षेत्रों के अनुसार प्रत्येक प्रमुख जनजातियों/उप–जनजातियों का विधानसभा में साम्यापूर्ण प्रतिनिधित्व किया जाता है;

और अरूणाचल प्रदेश में निर्वाचन क्षेत्रों के परिसीमन से संबंधित मुद्दे गंभीर और अत्यंत संवेदनशील प्रकृति के हैं और उसका इस संवेदनशील सीमावर्ती राज्य में विधि और व्यवस्था की स्थिति पर भी गंभीर प्रभाव पड़ सकता है;

और केन्द्रीय सरकार ने सुरक्षा स्थिति को ध्यान में रखते हुए, सशस्त्र बल (विशेष शक्तियां) अधिनियम, 1958 (1958 का 28) की धारा 3 द्वारा प्रदत्त शक्तियों का प्रयोग करते हुए, अरूणाचल प्रदेश और मेघालय राज्य में असम से लगी हुई सीमा पर बीस किलोमीटर की विस्तृत पट्टी को. का. अ, 1878(अ), तारीख 4 नवम्बर, 2007 द्वारा "विक्षुब्ध क्षेत्र" घोषित किया है;

और अरूणाचल प्रदेश राज्य में तिराप और चांगलांग जिलों को भी, का, आ, 1685 (अ),तारीख 30 सितंबर, 2007 द्वारा "विक्षुब्ध क्षेत्र" घोषित किया है;

और, अरूणाचल प्रदेश राज्य सरकार ने केन्द्रीय सरकार को विधानसभा और संसदीय निर्वाचन क्षेत्रों के प्रस्तावित परिसीमन के संबंध में विधायकों, सांसदों, राजनैतिक दलों, पंचायतों और जन नेताओं द्वारा किए गए कड़े आक्षेपों के बारे में सूचित कर दिया है और सरकार से अनुरोध किया है कि वह इस मुद्दे की संवेदनशीलता और इन आशंकाओं पर विचार करे कि जन नेताओं और देशी जनजातीय समुदायों की शिकायतों पर विचार किए बिना किसी परिसीमन की कार्यवाही के परिणामस्वरूप विभिन्न जिलों में विधि और व्यवस्था संबंधी प्रमुख

समस्याएं उत्पन्न होने की संभावना है, जिससे आगे चल कर अरूणाचल प्रदेश राज्य की लोक व्यवस्था को गंभीर खतरा हो सकता है;

और, यदि 2001 की जनगणना के आधार पर परिसीमन कार्यवाही की जाती है तो अनेक विधानसभा निर्वाचन क्षेत्रों का लोप हो जाएगा, जबकि कुछ निर्वाचन क्षेत्रों को अतिरिक्त स्थान देने होंगे, जिससे राज्य विधानसभा में विभिन्न जातीय जनजातियों का प्रतिनिधित्व असंतुलित हो जाएगा और उन क्षेत्रों के कारण जिनका प्रतिनिधित्व नहीं है, शांति और लोक व्यवस्था को गंभीर खतरा हो सकता है;

और अरूणाचल प्रदेश की राज्य सरकार ने राज्य के जनजातीय समुदायों में शांतिपूर्ण सौहार्द्र के हित में यथास्थिति बनाए रखने का अनुरोध किया है क्योंकि यदि इस मुद्दे पर जनता की शिकायतों को दूर किए बिना प्रस्तावित परिसीमन किया जाता है तो विघटनकारी शक्तियां अस्थिर स्थिति का लाभ उठा सकती हैं;

अतः अब, अरूणाचल राज्य में गंभीर स्थिति को ध्यान में रखते हुए और उपरोक्त समस्याओं का निराकरण करने के लिए, राष्ट्रपति परिसीमन अधिनियम, 2002 (2002का 33) की धारा 10क की उप–धारा (1) द्वारा प्रदत्त शक्तियों का प्रयोग करते हुए और इस बारे में समाधान हो जाने पर कि ऐसी स्थिति उत्पन्न हो गई है जिससे भारत की एकता और अखण्डता को खतरा पैदा होने की संभावना है और शांति और लोक व्यवस्था को गंभीर खतरा है, अरूणाचल प्रदेश राज्य में परिसीमन कार्य को तत्काल प्रभाव से और आगे आदेशों तक आस्थगित करते हैं।

विधि और न्याय मंत्रालय
(विधायी विभाग)

आदेश

नई दिल्ली, 8 फरवरी, 2008

का. आ, 285(अ)–संविधान (चौरासीवां संशोधन) अधिनियम, 2001 द्वारा यथा–संशोधन संविधान के अनुच्छेद 82 और अनुच्छेद 170(3) में उपबंधों के अधीन संसद ने परिसीमन अधिनियम, 2002 अधिनियमित किया और लोकसभा और राज्य विधानसभाओं के निर्वाचनों के लिए प्रत्येक राज्य और संघ राज्यक्षेत्र के प्रादेशिक निर्वाचन–क्षेत्रों में विभाजन को, वर्ष 2001 में की गई जनगणना के आधार पर अभिनिश्चित किए गए जनगणना के आँकड़ों के आधार पर पुनः समायोजित करने के लिए परिसीमन आयोग स्थापित किया गया था। (जैसा कि संविधान (सत्तासीवां संशोधन) अधिनियम, 2003 के अधीन परिकल्पित है);

और परिसीमन.आयोग ने अभी तक 25 राज्यों / संघ राज्य क्षेत्रों में परिसीमन कार्य को पूरा कर लिया है,

और नागालैंड राज्य के बाबत परिसीमन कार्य को, चेकेसेंग पब्लिक ऑर्गेनाइजेशंस और अन्य बनाम भारत संघ और अन्य (2006 की रिट याचिका सं. 67) में गुवाहाटी उच्च न्यायालय के रोक आदेश के अनुसरण में यह अभिकथित करते हुए निलंबित कर दिया गया था कि कुछ क्षेत्रों में विधानसभा में अधिक स्थान पाने के लिए, जनगणना में जनसंख्या में असामान्य वृद्धि रजिस्टर की गई थी;

और परिसीमन आयोग ने गुवाहाटी उच्च न्यायालय के आदेश पर माननीय उच्चतम न्यायालय की रोक के परिणामस्वरूप परिसीमन आयोग द्वारा परिसीमन कार्य पुनः प्रारंभ कर दिए जाने से नागालैंड राज्य के विभिन्न भागों में रहने वाले पहाड़ी और जनजातीय लोगों की भावनाएं उनकी इस आशंका के कारण भड़कने की संभावना है कि बहुत से निर्वाचन क्षेत्रों में नया परिसीमन, नाजुक विद्यमान जनजातीय संतुलन को बिगाड़ सकता है और सीमाओं का परिवर्तन उनके बीच अन्य संक्रमण कारित कर सकता है;

और नागालैंड राज्य में विभिन्न जनजातियाँ निवास करती हैं, जिनमें से प्रत्येक की अपनी पृथक परंरागत सीमाएं हैं जिनके आधार पर विद्यमान जिला और विधानसभा निर्वाचन क्षेत्रों की सीमाएं व्यापक रूप से सीमांकित की गई थी जिसके कारण एक नया परिसीमन कार्य करने से विधानसभा के स्थानों का एक जनजातीय/भाषाई जोन से अन्य जनजातीय/भाषाई जोन को अंतरण हो सकता है;

और नागालैंड सरकार द्वारा यह आशंका व्यक्त की गई है कि राज्य में विशिष्ट जनजातीय संरूप और नाजुक विधि और व्यवस्था की स्थिति तथा चालू संघर्ष विराम और शांति वार्ता को दृष्टि में रखते हुए 2001 की जनगणना के आधार पर किये गये परिसीमन कार्य से जनजातीय संतुलन और शांति तथा लोक व्यवस्था के भंग होने की संभावना है;

और सशस्त्र बल (असम और मणिपुर) विशेष शक्तियाँ (संशोधन) अधिनियम, 1972 (1972 का 7) की धारा 4 के अधीन, संपूर्ण नागालैंड राज्य को, राज्य में विधि व्यवस्था की स्थिति को दृष्टि में रखते हुए, का.आ. 1177(अ), तारीख 19 जुलाई, 2007 के द्वारा "विक्षुब्ध क्षेत्र" घोषित किया गया है;

अतः अब, नागालैंड राज्य में गंभीर समस्या को ध्यान में रखते हुए और उपरोक्त समस्याओं का निराकरण करने के लिए राष्ट्रपति, परिसीमन अधिनियम, 2002 (2002का 33) की धारा 10क की उप–धारा (1) द्वारा प्रदत्त शक्तियों का

प्रयोग करते हुए और इस बारे में समाधान हो जाने पर कि ऐसी स्थिति उत्पन्न हो गई है शांति और लोक व्यवस्था को गंभीर खतरा है जिससे भारत की एकता और अखंडता को खतरा पैदा हो सकता है, नागालैंड राज्य में परिसीमन कार्य को तत्काल प्रभाव से और आगे आदेशों तक आस्थगित करते है;

भारत की राष्ट्रपति

(फा.सं.एच–11019(10)वि. II / 3)

के.डी. सिंह, सचिव

परिशिष्ट–7

(अध्याय–4)

विधि एवं न्याय मंत्रालय
(विधायी विभाग)

अधिसूचना

नई दिल्ली, 19 फरवरी, 2008

का, आ 382 (अ)–राष्ट्रपति द्वारा किया गया निम्नलिखित आदेश सर्वसाधारण की जानकारी के लिए प्रकाशित किया जाता है :

आदेश

संविधान (चौरासीवां संशोधन) अधिनियम, 2001 द्वारा यथासंशोधित संविधान के अनुच्छेद 82 अनुच्छेद 170(3) के उपबंधों के अधीन, संसद् ने परिसीमन अधिनियम, 2002 अधिनियम किया तथा लोकसभा और राज्य विधानसभाओं के निर्वाचनों के लिए प्रत्येक राज्य और संघ राज्यक्षेत्र के प्रादेशिक निर्वाचन क्षेत्रों में विभाजन को वर्ष, 2001 में की गई जनगणना में अभिनिश्चित किए गए जनगणना के आँकड़ों के आधार पर पुनः समायोजित करने के लिए परिसीमन आयोग स्थापित किया गया था। (जैसा कि संविधान (सत्तासीवां) संशोधन अधिनियम, 2003 के अधीन परिकल्पित है।);

और, परिसीमन अधिनियम, 2002 (2002 का 33) की धारा 8 और धारा 9 के अधीन परिसीमन आयोग द्वारा 25 राज्यों और संघ राज्यक्षेत्रों के बाबत संसदीय और विधानसभा निर्वाचन–क्षेत्रों के परिसीमन से संबंधित अंतिम आदेश कर दिए गए हैं और वे राजपत्र में प्रकाशित कर दिए गए थे;

और, यह समाधान हो जाने पर कि ऐसी स्थिति उत्पन्न हो गई है, जिसमें भारत की एकता और अखंडता को खतरा होने की संभावना है और शांति तथा लोक व्यवस्था को गंभीर खतरा है, परिसीमन अधिनियम, 2002 (2002 का 33) की धारा 10क की उप–धारा (1) के अधीन भारत के राजपत्र में प्रकाशित क्रमशः

आदेश संख्या का. आ.285(अ) तथा आदेश सं.का.आ. 286 (अ), तारीख 8 फरवरी, 2008 के द्वारा असम, अरूणाचल प्रदेश, नागालैंड और मणिपुर राज्यों में परिसीमन कार्रवाई को आस्थगित कर दिया है;

और, परिसीमन अधिनियम, 2002 की धारा 10ख के अधीन झारखण्ड राज्य के बाबत परिसीमन आयोग द्वारा किए गए अंतिम आदेशों को, उस राज्य में होने वाले लोकसभा या विधानसभा के लिए प्रत्येक निर्वाचन के संबंध में वर्ष 2026 तक आकृत कर दिया गया है।

और, मेघालय तथा त्रिपुरा राज्यों की विधानसभाओं की अवधि क्रमशः 10 मार्च, 2008 और 19 मार्च, 2008 को समाप्त होने वाली है तथा इन राज्यों में नई विधानसभाओं का गठन करने के लिए, संसदीय और विधानसभा निर्वाचन–क्षेत्र परिसीमन आदेश, 1976 के अनुसार उक्त नियत तारीखों के भीतर किसी भी समय साधारण निर्वाचन कराना आवश्यक है;

और, मेघालय तथा त्रिपुरा की विधानसभाओं के लिए साधारण निर्वाचनों के लिए निर्वाचन कार्यक्रम लोक प्रतिनिधित्व अधिनियम, 1951 के अधीन निर्वाचन आयोग द्वारा नियत समय के भीतर पूर्वोत्तर राज्यों में नई विधानसभाओं के गठन के लिए संसदीय और विधानसभा निर्वाचन–क्षेत्र परिसीमन आदेश, 1976 के अनुसार अधिसूचित कर दिया गया है;

अतः अब, मैं प्रतिभा देवीसिंह पाटील, भारत की राष्ट्रपति, संविधान के अनुच्छेद 82 के दूसरे परंतुक और अनुच्छेद 170 के खंड (3) के दूसरे परंतुक द्वारा प्रदत्त शक्तियों का प्रयोग करते हुए–

(1) इस आदेश की तारीख को, उस तारीख के रूप में विनिर्दिष्ट करती हूँ, जिसको नीचे सारणी के भाग क में राज्य संघ राज्यक्षेत्र के नाम के सामने विनिर्दिष्ट संबंधित आदेश सं. द्वारा परिसीमन आयोग द्वारा अधिसूचित परिसीमन आदेशों में दिए गए 22 राज्यों/संघ राज्य क्षेत्रों के बाबत परिसीमन अधिनियम, 2002 की धारा 8 और धारा 9 के निबंधनों के अनुसार परिसीमन आयोग द्वारा अधिसूचित पुनः समायोजन प्रभावी होंगे; और

(2) 20 मार्च, 2008 को, उस तारीख के रूप में विनिर्दिष्ट करती हूँ, जिसको नीचे सारणी के भाग ख में राज्यों के नाम के सामने विनिर्दिष्ट संबंधित आदेश सं. द्वारा परिसीमन आयोग द्वारा अधिसूचित परिसीमन आदेशों में दिए गए शेष त्रिपुरा और मेघालय दो राज्यों के बाबत उक्त अधिनियम की धारा 8 और धारा 9 के निबंधनों के अनुसार परिसीमन आयोग द्वारा अधिसूचित पुनः समायोजन प्रभावी होंगे।

सारणी

भारत के परिसीमन आयोग द्वारा जारी किए गए और भारत के राजपत्र, असाधारण, भाग II, खंड (3), उपखंड (III) में प्रकाशित परिसीमन आदेशों के ब्यौरे

क्रम सं.	राज्य का नाम और तारीख	आदेश सं. (परिसीमन अधिनियम, 2002 की धारा 8 के अधीन जारी)	आदेश सं. (परिसीमन अधिनियम, 2002 की धारा 9 के अधीन जारी)	तारीख शुद्धिपत्र/ पूरक आदेश, यदि कोई हों, और उनकी तारीख
(1)	(2)	(3)	(4)	(5)
		भाग क		
1.	गोवा	आदेश सं. 2 आ, सं. 193 (अ) तारीख 8–11–2004	आदेश सं. 5 आ. सं. 9 (अ) तारीख 31–3–2005	–
2.	पांडिचेरी	आदेश सं. 1 आ. सं. 190 (अ) तारीख 8–10–2004	आदेश सं. 6 आ. सं. 10 (अ) तारीख 31–3–2005	
3.	मिजोरम	आदेश सं. 7 आ. सं. 13 (अ) तारीख 13–4–2005	आदेश सं. 10 आ. सं. 27 (अ) तारीख 27–5–2005	शुद्धि–पत्र तारीख 11–7–2005 आ. सं. 34(अ)
4.	केरल	आदेश सं. 4 आ. सं. 6 (अ) तारीख 23–3–2005	आदेश सं. 9 आ. सं. 29 (अ) तारीख 31–5–2005	आदेश संख्या 55 आ. सं. 2(अ) तारीख 16–1–2008
5.	राजस्थान	आदेश सं. 12 आ. सं. 35(अ) तारीख 8–8–2005	आदेश सं. 16 आ. सं. 4(अ) तारीख 25–1–2006	–
6.	पश्चिम बंगाल	आदेश सं. 11 आ. सं. 37(अ) तारीख 8–8–2005	आदेश सं. 18 आ. सं. 9(अ) तारीख 15–2–2006	–
7.	छत्तीसगढ़	आदेश सं. 14 आ. सं. 61(अ) तारीख 12–12–2005	आदेश सं. 24 आ. सं. 52(अ) तारीख 2–6–2006	शुद्धि–पत्र तारीख 25–8–2006 आ. सं. 71(अ)
8.	पंजाब	आदेश सं. 15 आ, सं. 63(अ) तारीख 12–12–2005	आदेश सं. 22 आ. सं. 58(अ) तारीख 19–6–2006	–
9.	महाराष्ट्र	आदेश सं. 21 आ, सं. 24(अ) तारीख 28–3–2006	आदेश सं. 26 आ. सं. 64(अ) तारीख 31–7–2006	–
10.	सिक्किम	आदेश सं. 13 आ. सं. 42(अ) तारीख 29–8–2005	आदेश सं. 28 आ. सं. 80(अ) तारीख 4–9–2006	–
11.	दिल्ली	आदेश सं. 17 आ. सं. 5(अ) तारीख 27–1–2006	आदेश सं. 30 आ. सं. 85(अ) तारीख 20–9–2006	–
12.	गुजरात	आदेश सं. 23 आ. सं. 38(अ) तारीख 19–5–2006	आदेश सं. 33 आ. सं. 121(अ) तारीख 12–12–2006	–

13. उड़ीसा	आदेश सं. 19 आ. सं. 19(अ) तारीख 17–3–2006	आदेश सं. 34 आ. सं. 123(अ) तारीख 15–12–2006	–
14. उत्तर प्रदेश	आदेश सं. 27 आ. सं. 62(अ) तारीख 28–7–2006	आदेश सं. 32 आ. सं. 122(अ) तारीख 18–12–2006	आदेश सं. 41 आ. सं. 50(अ) तारीख 30–3–2007
15. उत्तरांचल	आदेश सं. 29 आ. सं. 78(अ) तारीख 4–9–2006	आदेश सं. 35 आ. सं. 124(अ) तारीख 28–12–2006	–
16. हिमाचल प्रदेश	आदेश सं. 20 आ. सं. 22(अ) तारीख 27–3–2006	आदेश सं. 36 आ. सं. 2(अ) तारीख 10–1–2007	–
17. हरियाणा	आदेश सं. 31 आ. सं. 105(अ) तारीख 30–10–2006	आदेश सं. 39 आ. सं. 18(अ) तारीख 15–2–2007	–
18. आन्ध्र प्रदेश	आदेश सं. 37 आ. सं. 7(अ) तारीख 22–1–2007	आदेश सं. 46 आ. सं. 78(अ) तारीख 31–5–2007	–
19. मध्य प्रदेश	आदेश सं. 38 आ. सं. 4(अ) तारीख 19–1–2007	आदेश सं. 45 आ. सं. 70(अ) तारीख 14–5–2007	–
20. कर्नाटक	आदेश सं. 42 आ. सं. 46(अ) तारीख 23–3–2007	आदेश सं. 49 आ. सं. 90(अ) तारीख 2–7–2007	–
21. तमिलनाडु	आदेश सं. 43 आ. सं. 52(अ) तारीख 5–4–2007	आदेश सं. 52 आ. सं. 108(अ) तारीख 13–8–2007	–
22. बिहार	आदेश सं. 48 आ. सं. 70(अ) तारीख 11–6–2007	आदेश सं. 54 आ. सं. 111(अ) तारीख 17–8–2007	–
	भाग ख		
23. त्रिपुरा	आदेश सं. 3 आ. सं. 3(अ) तारीख 28–2–2005	आदेश सं. 8 आ. सं. 18(अ) तारीख 12–5–2005	–
24. मेघालय	आदेश सं. 40 आ. सं. 28(अ) तारीख 12–3–2007	आदेश सं. 50 आ. सं. 91(अ) तारीख 2–7–2007	शुद्धि–पत्र तारीख 2–7–2007 आ. सं. 89(अ) शुद्धि–पत्र तारीख 30–7–2007 आ. सं. 104(अ)

19 फरवरी, 2008

भारत की राष्ट्रपति

(फा.सं.एच.–11019 (10)/2007–वि.II)

के.डी. सिंह, सचिव